宿命皇后 上

木子西 著

重庆出版集团 重庆出版社

图书在版编目（CIP）数据

殇宫：宿命皇后 / 木子西著. —重庆：重庆出版社，2012.6
ISBN 978-7-229-05059-7

Ⅰ.①殇… Ⅱ.①木… Ⅲ.①长篇小说–中国–当代 Ⅳ.①I247.5

中国版本图书馆CIP数据核字(2012)第059267号

殇宫：宿命皇后
SHANGGONG: SUMING HUANGHOU
木子西 著

出 版 人：罗小卫
丛书策划：李　子
责任编辑：罗玉平
责任校对：胡　琳
装帧设计：第七印象

重庆出版集团
重庆出版社　出版

重庆长江二路205号　邮政编码：400016　http://www.cqph.com
重庆现代彩色书报印务有限公司印刷
重庆出版集团图书发行有限公司发行
E-MAIL:fxchu@cqph.com　邮购电话：023-68809452
全国新华书店经销

开本：720 mm ×1 000 mm　1/16　印张：35　字数：556千
2012年6月第1版　2012年6月第1版第1次印刷
ISBN 978-7-229-05059-7
定价：49.80元

如有印装质量问题，请向本集团图书发行有限公司调换：023-68706683

版权所有　侵权必究

皇命宿后

第一章　富贵险中求 … 001
第二章　螳螂捕蝉，黄雀在后 … 023
第三章　后宫金兰易折 … 057
第四章　龙子龙女 … 087
第五章　天下最毒妇人心 … 111
第六章　尔虞我诈 … 139
第七章　策谋反攻 … 163
第八章　釜底抽薪 … 186
第九章　夺宫 … 208
第十章　大义灭亲 … 232
第十一章　举步维艰 … 258

第一章　富贵险中求

　　让小安子二人在宁寿宫门口候着，自己匆匆走了进去，院子里已有不少妃嫔，正中的位置还空着，两边的十来张楠木椅上已坐了不少人，丽贵妃和淑妃也在，还有不少三品以下不能入座的妃嫔在椅后空旷处站着。

　　一踏进宁寿宫正殿，立时感到无数的眼光向我投来，在一大堆妒忌、嘲弄和看戏的眼光中我感到了一丝真诚，那是端木晴望过来的，看着她有些担忧的眼神，我心里有些明了太后今日唱的这出戏只怕是针对我而来。

　　春宵苦短日高起，君王从此不早朝！这在本朝还是从未有过的事，然而这一次，皇上连续三天宿在樱雨殿中没有早朝，也该是太后出来的时候了。

　　淑妃看见我进来朝我笑着点了个头，而丽贵妃只是侧身看着她旁边茶几上的青花茶杯，仿佛它能生出花来，唇边带着一抹似有似无的笑意。

　　我正准备上前聆听一下众人在谈论什么，顺便打听一下，却听见太监通传："太后驾到！"

　　太后在一群宫女太监的簇拥中走了进来，身着明黄绣凤缎袍，雍容华贵。殿里众人纷纷给太后请安，我也随同拜了下去。只感觉头顶一道凛冽的目光扫向我，那明黄的缎袍在我身边停留了片刻，方才继续缓缓朝主位走去。

　　"大家都起来吧！"太后正坐在中间雕凤富贵宝座上，淡然地开口道。

　　大家刚一落座，太后缓缓地开了口："莫贵人，你知道何为四德吗？"

　　太后冰冷凛冽的眼光扫向我，我身上不由得冒起一层薄薄的冷汗，从众人中走了出来，回答道："女有四行，一曰妇德，二曰妇容，三曰妇言，四曰妇工。"

"嗯，看来你记得还很清楚。那你说说何为妇德？"太后喝了一口茶，双目紧盯着我继续问道。

"回太后。清闲贞静，守节整齐，行己有耻，动静有法，是谓妇德。"我在脑海里思索着以前娘教我读的班昭的《女诫》。想到娘，我心里一酸，但随之涌起的是无尽的力量和坚持，我知道我现在面临着巨大的挑战，我必须勇敢地去战胜它，才能为娘亲报仇并拥有无限力量来对抗这场风波。

"啪"的一声响，太后重重拍了一下雕凤扶手，众人也不由得跟着打了一个战。太后厉声喝道："亏你还有脸说！莫贵人，你可知你身犯何罪？"

我心里轻蔑地笑了一声：果然！蓦地握紧了拳头，将指甲深深地掐入手心，心里跟明镜似的直发寒：定是那有心之人嚼舌根嚼到太后跟前去了，这才有了今日这出三堂会审。

只是，富贵险中求！你们用这样的手段让我受罚，又岂能想到，这也是一种争宠的手段！

心中有了一些底气，我一点点将手松开，从楠木椅后绕了出来，走到正中央跪了下去，低下头深深地吸了一口气，这才抬起头来望着太后，目光清澈，态度诚恳地道："太后，臣妾进宫时日尚浅，并不熟知宫中礼仪，因此犯下大错，请太后教诲。"

"妹妹好像同我一起进宫的，一算也是半年多了，时日也不算短了。"宁雨瑶在丽贵妃身后用极低的却又能让周围人都能听到的声音说道，丽贵妃像没看到眼前发生的事一样，只是极端庄地坐在那里，面带微笑。

倒是淑妃向太后赔笑道："太后，这贵人妹妹虽进宫时日不短，却每日深居简出，又是新近受宠，想来对宫廷礼节也不熟知，这才犯下这等大错。"

淑妃向来是宫里公认的最心慈善良的娘娘，可我每每都能捕捉到她眼里的阴冷，感觉到她心里的欲望。如今我身受圣宠，又是住在她宫里，她自然要拉拢我了。

太后听完，叹了一声，目光斜扫过我，对着丽贵妃不紧不慢地说："本来皇上宠幸谁，哀家这做太后的管不着。可是你仗着皇上对你的宠爱，致使皇上荒废朝政而不及时劝阻是一大过也；再者说了，这独占皇宠，使后宫不能雨露均沾，对皇嗣开枝散叶不利是其二也；独占皇宠致使后宫怨气郁结，引起不必要的事端此其三也。贵妃，你说对不对？"

丽贵妃不料太后会点到她，慌忙站起身来，尴尬地笑了几声，说道："太后说得极是！"

太后又看向我："莫贵人，你说哀家说得对么？"

我坦然地望着太后的双眼，态度中肯地说："我知太后素来是菩萨心肠，慈悲为怀，但是臣妾自己知道这次犯的错实在是罪不可恕，不敢抱侥幸之心。"

既然伸头是一刀，缩头也是一刀，我索性豁了出去，咬咬牙，挺直了腰："太后，千万不能因为心疼臣妾初犯而坏了宫里规矩,让太后难做!请太后责罚,以正典刑!"

一语既出,周围众人皆诧异地看着我,唯有太后暗自点头,眼里竟有赞许的意思。太后微微沉吟了一会子,瞥了一眼神情各异的妃嫔们,这才说道:"虽说你对宫里的规矩不大清楚,犯此错误也情有可原。但这一次兹事体大,你犯的错又不能不罚,这……"

太后看向丽贵妃,丽贵妃却似没看到,依然只是端庄地坐在那里。站在丽贵妃身后的宁雨瑶却迫不及待地开了口:"太后英明!所谓没有规矩不成方圆。今天出了这事儿情有可原,明儿出了那事的又事出有因,那这宫里岂不要大乱了么?"

太后慈爱地看着她,温和地说:"那依瑶嫔看,今儿这事该如何处罚为好?"

"宫里有宫里的规矩,臣妾说了不算,请太后宣行刑司的太监前来,一问便知。"宁雨瑶也不点破,只搬了宫里规矩,推到行刑司里。

我闻言一惊,抬头看向她,要知道宫里的事只要惊动了行刑司,皮肉之苦那是在所难免了,她却是一副幸灾乐祸的样子。

太后却听得连连点头,吩咐身边的陈林:"那就叫个行刑司的人来问问。"

陈林听后疾步走到后面,安排了人去传行刑司的太监。

不一阵子行刑司便来了人,远远便跪倒在地:"奴才行刑司掌事太监江锋拜见太后!"

"起来回话吧。"太后淡淡地说,"想来你也知道叫你前来所谓何事,如今,你就当着众人的面说说这宫规吧。"

"回太后,莫贵人所犯宫规依祖宗规矩,当庭杖二十。"江锋不敢起身,只规规矩矩地跪了回话。

此话一出,众人哗然,庭杖二十,连一般青壮年都未必受得住,更何况是娇滴滴的弱女子。太后沉吟道:"这……"

太后话未说出,旁边一人站出来,清晰地说:"太后,臣妾认为不妥!"

我心下诧异,此时竟然有人替我说话,抬起头来,只见一女子从人群后走了出来,只见她身着粉红绣菊小袄,下系一条月白绣菊纱裙,体态轻盈,身姿婀娜,我这才想起来她便是进宫时和我同封为份位最低的答应柳月菊。

如今已是柳才人的柳月菊行至中央,跪倒在地:"太后,臣妾认为此处罚不妥。"

太后本就有些犹豫,如今见有人提出异议,微微一笑,问道:"柳才人认为有何不妥之处?"

"回太后,这二十庭杖就算是男子也承受不起,更何况莫贵人这么个娇滴滴的弱女子呢?莫贵人她系初犯,又有情有可原之处。知错能改,善莫大焉;如今莫贵人已然知错,并已表明态度痛改之,依臣妾看,就请太后施以小惩以示警戒,以正典刑好了。"

"柳妹妹说得极是。"这时端木晴走了出来,"莫贵人如今是皇上宠爱之人,倘若有

个什么伤筋断骨的,皇上未免会埋怨太后您执法太过严厉。这样会有损太后与皇上的母子之情,若真那样,那真真是今天在座各位姐姐妹妹的不是了。太后,您说是不是?"

太后一见她出来,嘴角也露出一丝柔和的笑容,说道:"还是柳才人和晴贵嫔考虑得周全。那就这样吧,改为藤条十下。贵妃,淑妃,你们看如何?"

淑妃起身连连称是,贵妃也脸带微笑称赞太后处事公平合理,太后这才示意陈林去传行刑司安排执行。

我本以为今日便要命丧宁寿宫了,如今听得改为藤条惩罚,心下松了一口气,抬起头来对上端木晴和柳月菊的目光,微点头以示谢意,眼睛一转,看见贵妃的眼像毒蛇的信子扫过我,又优雅地端着旁边茶几上的青花瓷碗喝了口茶,不时同淑妃说笑几句。宁雨瑶站在丽贵妃身后绞着丝绢满脸愤愤不已。

很快便有内侍搬了宽凳出来,又在上面铺了丝垫,江公公领了捧着藤条的小太监立在一旁。

我一咬牙,站起身来,把心一横,走到宽凳前,推开准备上前按住我的姑姑。两人看向太后,太后点了点头,两人这才退了开去,任由我自行趴在丝垫上。

热辣辣的痛在背部蔓延开来,周围静悄悄的,众人连呼吸都不敢大声,好似谁发出声音,鞭子下一次就会抽在谁身上。

我耳里除了藤条的声音便只剩下江公公尖锐的数数声了,我咬紧牙关,死死抓住丝垫,不允许自己叫出声来,没两下子便满头大汗,到后来身体竟然感觉不到什么疼痛,似乎藤条不是落在我身上一般。

直到柳才人上前扶我起来,我这才知道十下已经打完了。

我站起身来,轻轻推开柳才人,强撑着上前几步,面向太后跪了下去:"臣妾谢太后教诲!今后臣妾一定谨记宫中规矩,不再犯错。"

太后眼里满是欣赏和担忧,脸上却庄严无比,看向众人:"罚也罚了,哀家相信莫贵人也记住了,以后也不会再犯。其他妃嫔也应以此为戒,谨记宫规。"

众人忙起身拜了:"臣妾谨记太后教诲!"

太后又恢复了和蔼可亲的面容:"都起来吧。莫贵人,你快下去休息吧!"转头吩咐身边的人,"你们扶着莫贵人回樱雨殿,陈林,你去叫常给哀家诊脉的华太医过去为莫贵人问诊。"

我这时早已撑不住了,晕晕沉沉地趴倒在地,向太后请了一个安,便由云琴嬷嬷带人扶着退下了。

一路上浑浑噩噩,不知道是怎么回到樱雨殿的,待趴到自己熟悉的那张床上时,全身已是摊在床上,大口大口地喘着气。

小安子呜咽着大声吩咐秋菊秋霜一个去烧热水,一个去请太医,自己则手忙脚乱地给我端来温水:"主子,你觉得怎样?疼吗?"

我用尽全身力气冲他轻轻一笑:"我没事,小伤而已,过几天又能活蹦乱跳的了。"话未说完,只觉眼前一黑,便不省人事了。

迷迷糊糊中,好像又回到了家里。赔钱货,就知道吃,就知道穿,养大了也是跟你娘一样做妓女,二娘恶毒的声音在我耳边盘旋。

隐隐中,又回到宫里,淑妃的笑里藏刀,丽贵妃蛇蝎一般的眼神,宁雨瑶步步紧逼的咒骂,我觉得自己就要崩溃了。

不!不!别得意,我不会屈服的,总有一天我会得到我想要的!

不一会子又好像听到秋霜在哭:"怎么打到这般田地?主子身子娇贵,让行刑司的太监们拿了藤条抽怎么受得了啊?"

又一个像是秋菊叹了口气说道:"还不是那些妃嫔见我家主子得宠,看不顺眼,心生嫉恨便到太后那里嚼舌跟挑拨的。"

小安子从外边端了温水进来,见二人在我床前只掉泪,便骂道:"两个不懂事的小蹄子,别光只是哭。还不赶快把主子里面的小衣褪下来,过会子血干在背上再要脱下来就难了。"

感觉有人轻轻地掀开被子,伸手想要褪下小衣,刚提起衣角,我忍不住"哎哟"叫了一声,那人连忙停了手,脱脱停停好几次才褪了下来。

我这才感觉到背上火辣辣的一片,直痛到四肢百骸。

忽又听到守门的小太监通报:"皇上驾到!"

秋霜忙拿了我平日里午休用的纱被给我盖上,匆匆出去迎接圣驾。我知是皇上来了,也不起来,索性装睡。

过了一会儿,便听到了进来的脚步声,一股淡淡的古龙香香气,深深浅浅地将我包围其中,这是我送皇上用的香囊,想来他一直带在身边,才有这熟悉的味道,我心里一酸,眼角泪如泉涌。

"言言……"刻意压低的声音在我耳边响起,夹杂着心疼和歉疚。

他一手轻握我的手,温柔地拿了送到唇边吻了又吻,另一手手指轻轻将我眼角的泪擦去,又用极细微的动作揭起我背上的纱被,我像被蜇了一下般缩了起来,又慢慢地放松下去。

良久,感觉有冰凉的东西滴落在我的背上,一滴、两滴、三滴,渐渐扩大开去,冰凉的感觉也逐步扩散开去,背上的灼热感也慢慢消失了。

我舒服地哼了一声,缓缓地睁开了眼。他见我醒来,眼中满是欣喜,急急地问我:"言言,你醒啦?还痛么?"

秋霜在旁破涕为笑:"主子,刚才皇上给您敷了异域进贡的雪圣果,现在可好些

了？"

　　听她这么一说，我也觉得背上的疼痛已没有先前那般厉害了，便挣扎着想要坐起来。

　　他一时大急，忙按着我的手："你的伤还没有好，不必拘礼，就这么趴着。"

　　我这才想起自己并没有穿衣服，顿时羞红了脸，害羞一笑，不想却牵动了背上的伤口，又忍不住呻吟起来。他忙扶了我趴好，又将纱被给我盖上，见我无事，这才如释重负地吐了一口气："言言，你没事朕就安心了！"

　　他侧坐在床边握着我的手，呢喃着说："是谁下得这般毒手，朕饶不了她！"

　　秋霜直直地跪在床边，流着泪说道："今儿皇上一走，太后就叫人来宣了主子去，一进宫就说主子媚惑君主，有失妇德，便要治主子的罪。可巧我家主子又委实老实，也不辩解，就这么硬生生地受了十下藤鞭。所幸有柳才人和晴贵嫔求情，太后才将二十杖责改为十下藤鞭，否则，主子有可能就回不来了。"

　　皇上听得秋霜如是说，全身紧绷，愤愤地说："杨德槐，去给朕查查，看看是谁敢到母后跟前乱嚼舌根，朕绝饶不了他！"

　　我轻轻抚摸着他的手，轻声说："皇上，肃……郎……，都过去了，我不会放在心上的！"

　　我看到他眼中浮现出满满的欣喜，他伏下身来，难掩激动，声音有些抑制不住的轻颤，在我耳边低低地说："言言，你刚才叫朕什么？"

　　我把羞红的脸埋在锦枕里，他却伸手扳过我的脸，深深地看着我："言言，以后私下里你便这样叫我。"

　　我注意到了他并没有用"朕"，而是用了"我"。我立刻抓住机会接着说："皇上，太后罚我自然有她的道理，宫中姐妹们向太后进言也有她们的好意，皇上若因宠爱臣妾便要处罚那些人，那臣妾就真真要落个恃宠而骄的罪名了。"

　　"你……"沉默半晌，他才说道："此事朕就不再追究了。这样吧，朕这就下旨，封你为贵嫔！"

　　我专注地看着他，一直看到他的眼睛深处："臣妾前日里才刚刚连晋三级，如今又擢升为贵嫔，恐怕，恐怕会犯众怒，请皇上三思。"

　　他明了我话中的意思，温柔地看着我："就是这眼神，让朕想忘都难；就是这样的宠辱不惊，让朕想放都放不下。言言，你信朕么？"

　　我不明所以地点了点头，他却满眼洋溢着幸福，向我保证道："别人见不得肃郎对你的宠爱，我就偏要宠着你。有肃郎在，没有人敢为难你。你放心，肃郎以后不会再做让言言为难的事。"

　　"肃郎！"我将头靠进他的手臂中，"您快别这么说，您对言言的心意，言言铭记于心。"

"傻丫头！"皇上笑着摸了摸我的头，"快抬起头来看看，朕给你带了谁来。"说着又朝门口高声道："杨德槐，还不叫人把她带进来！"

我这才发现满屋子的奴才宫女们不知何时已退了出去。小玄子带了个宫女进来，眼里满是担忧地看了我一眼，才跪了回道："禀皇上，宫女带到！"说完又恭敬地退了出去。

那宫女一直低着头，走上前来直跪下去："奴婢见过皇上、贵嫔主子！"

"抬起头来！"皇上放开了我，又一副威严庄重的样子。

随着她缓缓将头抬起，我深深地抽了口气，满脸欣喜，惊呼出声："彩衣！"

彩衣那边已红了眼圈："贵嫔主子，是奴婢！"

我转向皇上，因为喜悦和激动，声音微微有些打战："皇上，臣妾谢皇上恩赐！"

皇上见我高兴，也喜笑颜开，站了起来。"言言，好好休息，朕处理完政事再过来看你。"又转向彩衣吩咐道，"以后你就跟在贵嫔主子身边，好好伺候主子。"

"奴婢遵旨！"拜完又往旁边挪出道来，才又拜了下去，"恭送皇上！"

直到听到前面殿里传来小玄子通传"皇上摆驾"的声音，我才示意彩衣上前来，拉着她道："彩衣，你受苦了。"

她欣喜地拉着我直掉眼泪："没有，没有，主子，奴婢不苦。"

我安慰地拍拍她的手，让小安子带了她下去。看着彩衣的背影，我不禁笑了，又得一得力臂膀了。彩衣是如贵嫔带来的家生子，如贵嫔败北丢了命，将她给了我。我要争宠，朝那个人复仇，她也要为如贵嫔报仇，倒也是同路中人了。

次日醒来时已近晌午，只是深秋不见阳光的天气有点难分早晚，我撩帷下榻，开窗而立，一阵泥土的清香扑鼻而来，微感轻寒，见窗前园中土润苔青，想来昨儿夜里落了秋雨。那雪圣果果真了得，一宿工夫，背上的伤已无大碍。

皇上昨儿在殿里陪我用了晚膳，本来打算留下陪我，可是被我以身上有伤不便服侍为由，劝他往烟霞殿晴贵嫔处去了，一来是报答她的搭救之恩，二来是想让太后知道我确是知错改之。

身上多了件晨袍，我转头一看，原来是彩衣，我朝她微微一笑，走去坐在妆台前任她为我梳头，自己默想：从昨儿个太后对我的兴师问罪情形来看，形势对我大为不妙。因为我的圣眷荣宠已经威胁到某些人的地位了，如今又晋了贵嫔，赐了封号"德"，再这样下去难免成为众人眼中钉、肉中刺了。此时，我虽有圣宠在身，但内无皇子权力为凭，外无权势靠山所依，羽翼未丰，想要生存便要尽量避免腹背受敌，才能越爬越高，笑到最后。

想到这里，我心里有了计较，吩咐彩衣叫了小安子进来："小安子，我交代你打听我家人的事办得怎样了？"

"回主子，已经送了信去，只是还没有回音，恐怕还得等上几天。"小安子回道。

"嗯，深秋了，那些桂花还没有完全凋谢吧？"

"谢得差不多了。"

"你带上宫里的太监们，趁着雨露未干，去拣那些刚刚绽放的摘。"

正说着，守门的小太监通传杨公公到，我忙带人出去接了旨。

刚用过午膳不久，秋霜进来禀，说是皇后娘娘、贵妃娘娘、淑妃娘娘派人送来了礼。过了一会子又来禀，尹充仪、晴贵嫔、瑶嫔等过来探望了。

我示意知道了，秋霜按我的意思选了件素净的衣服给我穿上，又喝了碗小安子送上来的参汤，我这才由二人搀扶着走去正堂。

入得正堂便要挣脱二人上前给姐妹们见礼，中间位分最高的黎昭仪疾步跨上前来，扶了我坐到主位的软座上，笑道："妹妹快别多礼，今儿个姐妹们相约来看妹妹，一来是恭贺妹妹晋封，二来是探望妹妹病情，聊表心意。倘若因此便叨扰了妹妹养病，那姐妹们心里又如何过意得去。"

众人连忙跟着称是，我这才勉强坐好，又忙招呼大家入了座，让宫女们上了茶。

尹充仪一喝便赞道："好茶！这大红袍可真真是好茶，听说武夷山一年里也就产那么几斤，却不想在妹妹这里喝到了，也算是饱了口福了。"

宁雨瑶本就板着脸，如今又听得尹充仪如此说，只揭了茶杯看了一眼，复又盖上，冷哼一声，也不说话。

众人静了下来，尴尬地看了看她，又看了看我，我温和地笑笑，正要开口。

那黎昭仪毕竟进宫久些，处事老练些，见尹充仪说错了话，破坏了气氛，忙转移了话题："妹妹，姐姐来得匆忙，也没准备什么好东西，只带了些补身子的燕窝，妹妹好生静养。"

我忙笑着谢了礼，叫秋霜代收了。

宁雨瑶示意宫女送上锦盒，我亲自起身接了过来，打开盒盖，只见里面躺了一只通体透亮，仿若玉脂，已成人形的雪参，忙推辞过去："瑶嫔姐姐送如此贵重之礼，妹妹岂敢接受。"

宁雨瑶傲慢地走上前来，正要说话，却被黎昭仪抢了话去："妹妹如今已晋为贵嫔，怎可再自称妹妹？"

宁雨瑶愣了一下，朝黎昭仪恶狠狠地瞪了过去，我忙笑着圆场："同侍君侧，都是自家姐妹，不必太过计较。"

那宁雨瑶不屑地瞥了我一眼，眼里满是不甘，嘴里却道："姐姐如今身子不好，应多多进补，安心静养。"

"如此，我便谢过妹妹好意了。"我笑着道了谢，眼光扫过处，她双手紧撕丝帕，却也只是默默地退到一边。

众姐妹又相继送了其他礼物，正说话间，听得守门的小太监通传："皇上驾到！"

众人皆是一愣，随即面露欣喜，又各怀心思，毕竟她们中有人已许久未见圣颜了，我能理解她们的心情，便招呼了众姐妹一同迎接圣驾。

"臣妾恭迎圣驾，皇上万岁，万岁，万万岁！"

皇上看着跪了一地的妃嫔们愣了一下，大步上前，轻柔地将我扶了起来坐到软座上，这才道："众位爱姬平身。"

众人起身却也只是规规矩矩地分两行低眉顺目地站着，我微微有些尴尬，也想起身，皇上按住我，抬头笑着对众人说："大家都坐下吧，不必拘束。看你们姐妹相处甚欢，朕心中甚是宽慰。"

众人见皇上如是说，这才坐了下来。我笑着说："皇上，众位姐妹是来探望臣妾病情的。"

皇上听我如此一说，又转头望了望众妃嫔，温和地笑道："看你们姐妹和睦相处，朕心中甚是宽慰。"说罢又转头吩咐道："小玄子，去叫御膳房安排些点心，朕与众位爱姬共进下午茶。"

皇上话音刚落，柳月菊那边倒咯咯笑了起来："皇上，你来了德姐姐这里，却又叫御膳房准备点心，那岂不是真佛面前要大刀么？这宫里谁不清楚德姐姐做糕点的手艺堪称一绝？"

皇上朝着那银铃般清脆的笑声望了过去，愣了一下，这才哈哈笑道："倒是朕糊涂了。"

我看在眼里，也不说话，只吩咐小安子备了些菊花糕，泡了上好的普洱茶，送到众人面前。皇上夹了一块放到嘴里，又喝了些茶，便称赞起来："嗯，不错不错，每次到爱姬这里，总是能一饱口福。"

见众人不动只是望着他，又道："大家不必拘束，都尝尝。"众人这才小心翼翼地开始吃点心，正吃着，小玄子碎步跑了进来，在杨公公面前耳语几句。

杨公公一脸焦急，欲言又止的样子。我示意了皇上一下，跟他递了个眼色，他这才看到杨公公的表情，微点了一下头。

杨公公这才上前在皇上耳边小声说了，我假装低头喝茶，却注意到皇上脸色微微一变，随即又恢复正常，只吩咐道："你去告诉西宁，朕过一会子便到。"

我斜眼望去，只见端木晴整个人一愣，慌忙低下头去，手中的茶洒了一身，秋菊已上前服侍。我笑着说："皇上，政事要紧！"

他起身，专注地看着我，歉声道："言言，朕晚点再来看你。"说完，转身疾步离开。

众人满脸失望地望着他的身影直至消失，大家仿佛一下子都失去了语言能力，屋子里静得连根针掉在地上都能听清楚。

黎昭仪尴尬地笑笑："想来德妹妹也乏了，我们便先行退了，改天再来看妹妹。妹妹好生养着。"众人忙附和着退了。

端木晴走在最后，见众人走远了些，这才上前来："德姐姐！"

我大惊，忙站了起来："这可使不得，晴姐姐。"

端木晴忙拉住了正要拜下去的我，扶了进房上了炕："妹妹一直记得姐姐说过，进了这个地方就要说这里的话，做该做的事。如今姐姐赐了号，便在妹妹之上，称一声姐姐也是规矩。"

我拉了她的手："妹妹说得是，如今这宫里，只有你说话亲近些。"

端木晴笑了起来："你这丫头，就知道贫嘴。今儿早上我去姑妈那里，她还问起你的伤势呢，这不，我就急急过来看看了。"

我听到太后问起，微微有些紧张："哎，太后可有说起其他？"

端木晴见我局促起来，忙说："太后昨儿个就已传了华太医问过情况了，如今又问起你来，我看太后挺喜欢你的，改明儿我带你一并过去她那里说说话。"

"如此，便要谢谢妹妹了。"

"对了，"端木晴像是想起什么似的，一脸严肃地盯着我，"这宫里当面喜笑颜开，姐姐长妹妹短的热乎乎地叫着，背地里什么麝香、红花、毒药的拼命往你屋里送的人多了，姐姐还是小心为好。"

我有些诧异，愣了一下，这才道："多谢妹妹提醒，我记心上了。"

端木晴又叮嘱了些让我好好保重，养好身体之类的话，这才走了。

彩衣来请示那些礼物如何处理，我随意挥挥手，叫她锁入库房。

忽地想起宁雨瑶送的那只雪参来，这雪参长在冰天雪地里，一千年也长不到半寸，如今送来这只已成人形，只怕是万年极品啊。

这皇后的病说好也便好得差不多了，我在这宫里异军突起，她毒计害不了我，自然得使上拉拢政策了，若是皇后将我拉了过去，只怕于她也是大大的不利。因此即便是恨我入骨，也不得不强颜欢笑，做足表面功夫。

脑子里忽地想起小时母亲提过，这雪参难得，是补中极品，却也要慎重用之，要是配上某些个东西……

我灵光一闪，忙招呼了小安子上前来，悄悄在他耳边吩咐了几句，他一愣，随即回道："奴才这就去办。"

彩衣回来，我叫她吩咐人另找地方收了东西。

过了一会子，小安子回来了，暗地里朝我点了点头，我这才吩咐彩衣叫秋霜拿了雪参到厨房分了少许，煲了参汤送了过来。

彩衣将汤盛在青花瓷碗中，放了勺子端上来，我接过碗，拿勺子搅了几下，舀上一勺便要往嘴里送。

小安子在旁急道："主子！"

我顿了一下，眼一闭，将汤送进嘴里吞了下去。

彩衣不明所以，奇怪地问小安子："怎么啦？"

小安子忙掩饰了过去："没，没什么。我见汤热，怕主子烫着。"

彩衣嗔怪道："怎么会，我试过的。"

小安子没有说话，只背转身去，偷偷对着墙角抹眼泪。

我平静如常，慢条斯理地将碗里的参汤喝得一滴不剩，眼光瞟向墙角那盆新换上的天仙子，嘴角多了一朵小花。

朦胧醒来神清气爽，转眼处却见一片明黄，我一惊，抬头对上的却是一双焦虑的眼，我偷瞄了一下四周，却见满屋子的太监宫女们跪了一地，彩衣和秋霜在跟前默默地流着泪。

我有些不明所以："皇上……"

他猛地伸手搂我入怀，紧紧扎进怀里，仿佛想要将我揉进身体里，颤抖的声音里透着恐惧："言言，醒来就好，醒来就好，你没事朕就放心了。"

说完又将握着我的肩推到眼前，仔仔细细地上上下下看了又看，问道："言言，你有没有哪里不舒服？"

我还真真是被弄糊涂了："没有啊。臣妾睡了长长一觉，现在只觉神清气爽，并没有哪里不舒服啊？臣妾还糊涂着这一屋子的人是怎么回事呢？"

他长长地舒了一口气，才道："南宫阳，你给朕说说，这是怎么回事？"

"回皇上，"床边跪着个四十出头，留着小胡须的男子："臣行医二十余年，从未见过贵嫔主子这种怪疾，请容臣再……"

"庸医！"皇上打断他的话，厉声说道："养兵千日，用在一时！平日里你们个个医术了得，疑难杂症，哪个不是说得头头是道，如今面对病情，又要再思量，再查阅，朕养你们有何用？！"

"微臣知罪！"南宫阳颤巍巍地拜了下去，不知如何面对皇上的盛怒。

我忙爬下床，跪在皇上身后："皇上息怒！"

他闻声转过，却见我跪倒在地，又急又气，疾步上前扶了我起来躺回床上："言言，你快躺好。"

"皇上，"我按住他的手，嘟着小嘴，委屈道，"臣妾好好的，南太医自然诊不出病来，皇上怎可责难南太医？"

"从昨儿夜里昏睡到今儿午时叫无事？"皇上软了口气，却仍是心存疑虑。

"前些日子臣妾日夜担心皇上，夜不能寐，如今皇上已解除烦恼，胸有成竹，臣妾也

放下心中巨石，自然要补回前些日子少睡的时间了。"

皇上叹了口气，挥挥手叫众人散了，轻扶我脸庞："言言，你若感不适，便要立即传太医前来，知道么？"

我钻进他怀里，抱着他的腰，一副小鸟依人的样子，怪声怪气地回道："是，臣妾遵旨！"

他轻笑出声，爱怜地摸着我的头："傻丫头，真拿你没办法。"

我窝在他怀里咯咯直笑，心道：娘，你说的都是对的，女儿正在走向成功，你一定要保佑女儿。只有女儿爬上高位，才有资格将手伸向朝堂之上，才能为你报仇……

皇上一走，小安子便闯了进来，哭倒在跟前："主子，别再继续了，奴才求你了。"

我上前扶了小安子同坐炕上，拿丝帕细细地替他擦了泪："小安子，男儿有泪不轻弹，在这里，只有你是男人，我们都需要你保护，你可要挺住了。"

"可是，主子，这太危险了，奴才担心……"

"担心什么？担心我死了？"我按住他的手，冷冷地道，"就像你说的，如果真死了，那也是命，只能认命。更何况那些人一个个都没死，我自然也死不了。"

"可是那些个庸医……"

"太医院那些个庸医自然不知道，可是有一个人，他肯定知道。"

"谁？奴才去请他来。"

"华太医，这宫里只有他资格最老，见识最广，医术最高。我这法子是一本杂记上所见，我相信凭他的阅历一定看过。不过，我们不能去请他来，我们什么也不知道，什么也不做，只在这里等着他来。"我沉静地坐着，仿佛说的是别人的事一般。

"主子，那参汤……"小安子受了我的感染，却仍有丝丝疑虑。

"小安子，还有几天中秋了？"

我突然话峰一转，小安子有些不明所以："回主子，还有五天。"

"嗯，你安排一下，参汤再喝个两三天便可以了；那雪参可是好东西啊，剩下的留了等着给我补身子用。"

同端木晴一起去了太后殿里送了些菊花糕回到殿门口，小安子就上来报柳才人在殿里候着。我进门时她已听到通报迎了上来。

"拜见德贵嫔！"

我虚扶了她一把，笑道："妹妹快起来，都是自家姐妹，何须多礼。"边说边示意她入座，又叫秋菊上了茶。

"听说姐姐身子不爽，妹妹特来探望，姐姐可要好好休养。"柳才人微低着头，"妹妹身份低微，没有什么好东西，今儿个皇上恩赐，妹妹不敢独享，送来与姐姐共享。"

我顺着她的眼光看去，才见到旁边茶几上堆满了锦盒，笑道："既是皇上恩赐，妹妹只管收了便是，怎的好转赠与我？"

那柳才人却起身跪了下去："姐姐不说，妹妹也不是糊涂人，若无姐姐提携，皇上又怎会记起嫔妾？姐姐的大恩大德，妹妹无以为报，日后姐姐若有用得着妹妹之处，妹妹万死不辞。"

我忙叫彩衣将她扶了起来："都是自家姐妹，妹妹如此便是与姐姐分生了。若真要说恩情，那日里若不是妹妹出言相救，我只怕是早已命丧九泉了。"

柳才人又惶恐起来，我径直道："既是自家姐妹，就不再说那些。妹妹不嫌姐姐这里僻静，常来坐坐，姐姐就很高兴了。"

柳月菊这才定下心来，高兴地道："只怕到时姐姐要嫌妹妹叨扰了。"

她眉峰一转，眼光到处，叹道："姐姐这花好奇特！"

我望向天仙子那妖娆的红叶，笑道："呵呵，我也不知那是什么花，前些日子在后院里看到，觉着稀罕，便叫奴才搬了进来。怎么？妹妹识得此花？"

"嫔妾也只是看着稀奇，才向姐姐打听打听，不想姐姐却也不知。"

我们又闲聊了几句，谈起宫中正在准备的中秋佳节，心中不免有些伤感，我便找了个借口打发了她去。

中秋宴会日渐临近，皇上因为要处理边关之事，皇后大病初愈，佳节即近，我便劝他歇在了储秀宫。

我的身子一天不如一天，也只是在他来时强撑着，更是严令跟前的人不许透露半句。眼见着明儿便是中秋，我才令小安子拿了前些日子在晨露里采下的含苞欲放的桂花，强撑着亲手做了桂花饼。彩衣在旁心疼得直掉泪，小安子只是默默地陪着我，一言不发，我心知身边这些人，懂我的其实只有他一人。

中秋节当晚，我让小安子按我的吩咐做了准备，自己只带了彩衣一人前往。

今夜宁寿宫里灯火通明，喜气洋洋，热闹非凡，衣香鬓影，环配叮当，鲜花着锦；妃嫔们争奇斗艳，皇族贵戚们则锦衣华服。

太后端坐上首铺着大红绣有龙凤呈祥锦缎桌布的大案后面，正与在旁边陪伴的皇后细说着什么，淑妃面带微笑，安静地坐在皇后下首。我坐在右边第五张椅上，上首坐着尹充仪，下首坐着端木晴。

丽贵妃在左首第一张楠木椅上坐着，正指挥着宫女太监们做皇上驾临前的最后准备。我看见内侍们奉上各桌的酒菜大多是各人自己平日里爱吃之物，不免心里暗自佩服丽贵妃代理六宫事宜，真真是心细如丝，竟如此观察入微，事事设想如此周到，想来多年圣宠不衰，坐到离皇后不过一步之遥的贵妃位也是有理由的。

当值太监尖细的声音响起："万岁爷驾到！"鼓乐齐鸣，皇上已在一曲祥和喜庆的平安颂中大步走进宁寿宫。

皇后急忙走到大殿正中，率领各妃嫔、皇亲行跪拜之礼，高呼："恭迎皇上，皇上万岁，万岁，万万岁！"

我偷偷看了一眼皇上，只见他身着明黄双龙戏珠袍，面带喜色，身后却是跟着一俊朗青年，神情庄重，两眼却焦急地在人群中寻找着什么，我心知这便是西宁桢宇了。

皇上朗声说道："众爱卿平身！"

"谢皇上！"礼毕，各自归位。

皇上携皇后的手走去上席陪伴太后，路过我面前时，不免回头看了我一眼，我假装未见，低头摆弄着桌上那双象牙银筷。

西宁与皇亲们一起坐在了后排，与我们斜对而坐。虽然他一副若无其事的样子，但我却每每逮住他瞟过来的眼光，只作不见。偷偷看了旁边的端木晴，她从皇上进来后便一直低着头，只是用手端杯时洒落在桌上的酒泄露了她的心情。

大殿正中打扮得十分妖艳的美貌舞女正在婀娜起舞，廊下乐师们演奏着悠扬乐曲；宫女们正川流不息地为各桌奉上桂花饼和樱花酿时，我微微松了口气。

一曲终了，舞女翩然退下，早已等候在旁的宫女们上前为众人倒满了樱花酿，用银叉将桂花饼切成小块放入银盘中，众人这才推杯换盏共庆中秋，佳酿入喉皇上便向我投来一抹了然的目光，我忙低了头小口地吃着桂花饼。

皇上却笑着问旁边的太后："母后觉得这佳酿如何？"

太后却拍拍皇后的手，笑问："皇后以为如何？"

"暗香扑鼻，入口甘醇，饮完后不闻一丝酒味，只感唇齿留香，确为酒中佳酿。"皇后边品边道。

"再配上这桂花饼试试？"

太后和皇后在身边宫女的伺候下用着桂花饼，皇后细细嚼来，又饮了一小口樱花酿，赞道："香气扑鼻，圆滑如脂，入口即化，甜而不腻。这宫中新进了御厨了么？臣妾却是不知原来这宫中还有此等手艺之人。"

皇上就手取了一块吃着，却是但笑不语，太后温和地笑道："德贵嫔，还不快出来谢恩。"

我忙离了桌，走到大殿中央，规规矩矩地跪了："嫔妾拜见皇后娘娘，谢娘娘誉赞！"

皇后连连称赞："妹妹手艺纵是御厨也有所不如啊。你且细说说，我想这殿上众人也是和我一样想知道。"

我又拜了下去。"承蒙娘娘不弃。"这才朗声说道，"这桂花当选晨露中初绽者为上，采回来过水用蜂蜜蜜了后烘干，与花生、芝麻、陈皮等混了碾碎做馅，然后用桂花上打下的露水团了面，烘烤而成。"

皇后温和地说:"也难得妹妹如此有心,真真是个心灵手巧的可人儿。"

太后在旁也点头称是,皇亲、嫔妃们见太后金口称赞,也纷纷附和着直把这桂花饼夸得绝无仅有。

太后笑道:"皇儿,按例当赏。"

我忙跪了回道:"贵妃姐姐为了这中秋家宴劳神费力,辛苦之至。佳节之际,臣妾别无所长,献份心意本就应该,岂敢居功。"

皇上龙颜大悦,笑道:"丽贵妃心细如丝,任劳任怨,德贵嫔心灵手巧,贤良淑德,都该赏。杨公公,把前儿进贡的南韩丝绣鸳鸯锦赏赐贵妃三匹。"

此言一出,堂上一片哗然。不多时,杨公公跟前的跟班太监小玄子已端着一个大锦盒进来跪在贵妃面前,捧着锦盒的双手高举,将锦盒送到贵妃抬手即触的地方。

丽贵妃打开盒盖,只见一片彩光夺目。这南韩丝绣鸳鸯锦富丽典雅,色彩浓艳庄重,质地坚实柔和,刺绣过程中使用大量金线,金碧辉煌,是御定的贡品。因为工艺复杂,成本巨大,很是珍贵,在南韩本国皇室也甚是稀罕,有"寸锦寸金"的说法。

统共每年也就进贡我国十匹,如今皇上金口一开,便赏了丽贵妃三匹,她自是眉开眼笑,盈盈拜下:"臣妾谢皇上厚赐!"

我在旁边站着站着但觉头晕目眩,呼吸沉重,虽然我按住胸口强行忍住,却也不禁轻喘了几声。皇后一听我喘息,马上让身边的宫女扶我回位置上坐好。

"德贵嫔,你尚在病中怎可如何操劳?"皇上语带责备却满脸关怀,回头吩咐小玄子,"送德贵嫔早些回去歇了,顺便去把今年新进的东阿阿胶送一匣子到樱雨殿去。"

端木晴抢了上前扶了我:"皇上,佳节团圆之际,姐姐身子不爽又一人独处,臣妾想送姐姐回去,陪姐姐说会子话。"

皇上即刻准了,沉吟一下,又补充道:"杨德槐,去御药房把异域进贡的那枝千年灵芝也一起送过去。"

话音刚落,又是一阵哗然。东阿阿胶名贵就不消说了,从古至今,一直最享盛名,补气养血效果最佳。而那枝千年灵芝就更难得,自古便有长生不老的"仙草"之称,宁神安眠,调养生息效果最佳。前不久才由异域进供而来,皇上一直当宝贝似的锁在御药房里,别人想看一眼也是不能,如今却赏给了我,岂能不招来哗然。

皇后淡淡瞥了一眼贵妃,笑道:"依本宫看,那南韩丝绣鸳鸯锦倒配丽贵妃的天姿国色,只是那俗物怎比得千年灵芝这稀世奇珍呢?皇上把这么名贵的药材恩赐于德贵嫔,德贵嫔可要好好调理身子,莫辜负了皇上的一片心意啊!"

丽贵妃那原本红润的脸色一下子失去了血色,我看在眼里,却只做未见,任由端木晴扶了离开。

刚出宁寿宫,彩衣早已经迎了上来扶了我上轿回到樱雨殿,我留了端木晴直到御赐之

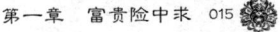

物送来，华太医替我诊完脉，开完方子离开，这才笑着说："妹妹，我想休息了，你还是回去参加宴会吧，耽搁了妹妹这许久，我心里已是很过意不去，就不再留妹妹待在这里了。"

端木晴淡然道："妹妹也不再去那宴会了，姐姐好生歇着，妹妹就先回去了。"

我一边叫彩衣将她送到殿门口，一边叫了小安子前来，小声吩咐道："小安子，你且跟了去，看到什么回来禀我，但只能远远跟着，不可被人发现，注意安全！"

小安子点了点头，迅速从小门出去，跟了上去。

第二日一早便有消息传来，说是派了西宁将军前去祁关平乱，皇上一大早便去了凯旋门亲送西宁桢宇出征。

我起身梳洗完用了些清粥小菜，小安子已进来肃身立于一旁。我禀退了众人，又令彩衣在门口守了，示意小安子坐下。

小安子谢过恩，才在小软凳上歪了半个屁股，我有些迫不及待地想证实自己的揣测："小安子，可有什么发现？"

小安子神情微变，有些惊恐，起身到门口、窗边仔细查看，确认无人了，才坐了回来，小声道："主子，果真被你猜中了。"小安子深吸了一口气，这才将昨夜所见细细道出。

晴贵嫔出了樱雨殿不多远，云秀嬷嬷早已等候在了那里，两人小声地说着话直接回了烟霞殿。奴才在门口等了一会子，不见有动静，本想离开，又想着主子不会无缘无故叫我跟上，奴才便躲在烟霞殿门外转角的小园子里，正好能同时看到烟霞殿的正门和侧门。

又过了好一会子，才有一人从殿侧小门里悄悄出来，奴才本没在意，待那人走远了一点，奴才越看越觉得那身段熟悉，借着月光觉察出那人便是晴贵嫔，忙远远地跟了上去。

那晴贵嫔专拣偏僻的地方走，绕了一圈竟是入了桃花源，幸亏奴才时常陪主子去那里散步，熟悉地形，这才没有被发现。走着走着，竟然进了桃花屋，已故薛后生前游园累了时常在那里休憩，如今早已荒废许久。

奴才借着夜色掩饰，从破旧损坏的小窗中翻了进去，躲在了茶水间。不一会子敲门进来一人，竟是个男人。奴才大惊，万分惶恐，心都提到嗓子眼了，软在茶水间，连呼吸都不敢用力，二人说话极小声，可奴才却也听得仔细。

只见那男的道："表妹，我好想你！"

晴贵嫔却哭道："表哥，你我今生已是注定无缘，这都是命，我们只能认命！"

"不，不，我不认。"那男的却是异常坚定，"我说过，这一辈子，除了你，我谁也不要！"

"皇城里有多少官宦人家的好女儿等着嫁你，表哥切莫再执迷不悟。"晴贵嫔像是下定了决心似的，"我如今已经是宫中嫔妃，这一辈子已无希望再踏出宫门了。表哥以后不要再传信进来，我已决定这一辈子再也不见你了！"

"什么？！你敢！"

奴才听到屋子里的撕扯声和晴贵嫔的低呼，这才鼓足了勇气偷偷将门帘掀了条缝。

只见那男的抓了晴贵嫔一推便将她摔在了炕上。晴贵嫔想爬起来，那男的却上前按住她，撕扯中那男的用力一扯，竟将晴贵嫔衣衫扯散。

时间好似停在了这一刻，两人皆是一愣。晴贵嫔因用力挣扎微微有些气喘，面如春桃，唇绽似樱，肤如凝脂，衣衫散乱，一对酥胸在大红绣凤肚兜包裹下浑圆丰满，呼之欲出。

那男的看得两眼喷火，晴贵嫔挪了挪身子，呢喃道："表哥，你喝多了……"那男的却像触电般爬上炕将晴贵嫔紧紧搂住，任由晴贵嫔推打挣扎，也躲不过他挑逗的吻和双手的抚摸，渐渐地竟呻吟出声。两人犹如干柴烈火，干下了苟且之事……

我越听越心惊，喝道："快住了，别再说下去了。"

小安子这才从沉思中清醒过来："主子，现下该如何是好？"

"小安子，这些事烂在肚子里也不能说出的，否则……"我顿了一下，话锋一转，柔声道："你今儿身子不爽，去喝些银耳汤，好好休息一天，明儿个再当班吧。"

"奴才谢主子恩典。"小安子谢了恩，这才下去了。

我叫了彩衣进来，吩咐道："彩衣，今儿个小安子身子不爽，你安排个人上上心，小心伺候着。"

正说着，只觉眼前一片模糊，最后的意识里只听见彩衣的呼唤：主子，主子……

也不知过了多久，朦胧醒来，正要起身，彩衣却按住我道："主子，你，你快躺下。"我隔着纱帐，瞧见了正在为我诊脉的华太医和坐在一旁满脸焦急的皇上。

我茫然问道："彩衣，我这是怎么啦？"

彩衣却是抽泣起来："主子，你正与奴婢说话间便晕了过去。主子，见你醒来真好，可吓死奴婢了。"

皇上见我醒来，早已按捺不住，掀了纱帐进来，侧坐榻上，握着我的手。我正要起身，却被他按住，我柔声道："皇上，臣妾害你担心了……"

他轻拍了拍我的手，安慰我，更像是安慰他自己："没事的，没事。有华太医在。"

华太医伸出二指，搭在我盖着丝帕的手上把脉，过了片刻又道："还请德贵嫔换一只手。"我依言换过一只手，他又细细诊了一会子脉，请旨道："皇上，请恩准微臣观德贵嫔面色。"

"准。"皇上话音刚落，秋霜秋菊便上前掀了帘子，华太医抬头看了看我的面色，奏请皇上看了我的舌头，接着从随身的医箱里取出个布包，打开来，上面却是长长短短插了一排银针。华太医伸手拔出一枚，对我说道："德贵嫔，微臣要在您身上下针。"

我点了点头，他在我手腕处找准穴位，将那银针轻轻扎入，微旋转一下，又拨了出来，转身对着窗，在阳光下细看，骤然脸色一变，沉声问道："贵嫔主子最近都吃些什么药？"

彩衣忙出去取了医案前来，华太医拿了细细看着，脸上神色变幻莫测，约莫过了一炷香的时间，华太医这才放下手中的医案，眉头深锁，自言自语道："那几位大人所开之药都没有偏差。可是，可是怎么会这样呢？"

"华太医，究竟怎样？"皇上听得他如此呢喃，倒有些着急起来。

突然，华太医像是想到什么，压低声音："皇上，可否近一步说话？"

"不。"皇上尚未表态，我却是态度坚决地反对道，"皇上，臣妾的病情臣妾要自己知道，请华太医当面道来。"

彩衣隐约从华太医脸色知道事情有些不对劲，小安子示意她领了众人退了下去，自己则守在了门口。

皇上见我态度坚决，只是朝华太医点了点头。华太医跪在皇上跟前，双手一拱，沉声道："恕微臣直言，德贵嫔已中毒！"

我如晴天霹雳，全身颤抖，已然是说不出话来，只眼泪簌簌而下。皇上也是震惊万分，再见我的表情已经愤怒万分："难道是那帮太医……"

"不，微臣看过德贵嫔的医案，不是他们。"华太医否决了皇上的猜测。

"那……"皇上一下子懵了。

"据微臣观察，德贵嫔中这毒已经有些时日了，只是毒性慢，所以不易被人察觉。"

皇上大感不解："既然不是那几个太医，那为什么他们没有诊断出来，你却知道呢？"

华太医神情中微露得意："这毒不是寻常毒药，世所罕见，那下毒之人也是心思缜密，机缘巧合居然让他给遇到了。这种毒，中毒之初便是嗜睡，全身发软，四肢无力，寻常人只当是体虚之故，轻易诊断不出，开药常以补为主。微臣行医四十余载，遍读百家医书，在一本杂记上记载的中毒症状与德贵嫔有些相似，这才斗胆以银针试之。"

说到这里，华太医把那根银针举了起来，托到皇上眼睛刚好能看到的地方。

我凑到皇上身边，定眼一看，只见原来银白发亮的针头此时已变为墨黑色，我大惊失色，低呼出声，含泪欲滴。

皇上神色凝重，沉声问道："华太医，如今该当如何？"

华太医回道："皇上，目前还只是微臣初步推断，究竟是与不是，还要待微臣将这毒物寻了出来，方可确认。请皇上恩准微臣查看德贵嫔殿中之物。"

"准了。"

华太医又朝我拱了拱手："德贵嫔，请恕微臣斗胆放肆了。"

我忙虚扶了一把，道："华太医客气。华太医医术精湛，有口皆碑，能请到您诊脉，是我几世修来的福气，不必拘束，只管查看便是。"

华太医这才起身，先将里间床前、窗边、镜前细细看了一番，这才绕出屏风到了外间，四处环顾。

皇上扶了我紧随其后，神情紧张地望着他。华太医猛地停了下来，大步跨到屋角那盆天仙子前，我松了口气，示意皇上看向华太医。

皇上扶了我坐在雕花楠木椅上，这才问凝神沉思的华太医："爱卿可有发现？"

华太医恭敬回道："皇上，这花……"顿了一顿，这才问道，"德贵嫔可否告知微臣，此花从何得来？"

我一片茫然，不明所以："这花，我也不知道名字，这是刚住进来那会子，闲来无事，便带了小安子他们整理后院时发现的，我见这花挺别致的，便叫小安子搬了进来，放在这里有半年光景了。怎么？华太医，这花有问题么？"

华太医点了点头道："此花产于异域山中瘴气之地，吸收瘴气精华而生，叶红如血，极为罕见。三年开花，芳香异常；九年结果，养颜极品。单说此花乃花中极品，甚是难得，但微臣记得那本民间杂记中有记载此花若是配上某些特殊物品，便会产生剧毒。请问德贵嫔最近可有进食或收到什么特殊物品么？"

"每日里除了御膳房送来的食物，我只自己做些小糕点，想来并无不妥之处。"我顿了一下，又道："若说有什么特殊之物，也就是皇上平日里赏赐之物，再有，便是前日里宫里其他姐妹探病送来的礼物了。"

"德贵嫔，可否容微臣细察之？"

"这个自然。"说着便命门口候着的彩衣吩咐他人将那些额外收起来的锦盒搬了上来，摆了满满一桌，请华太医细看之。

华太医将桌上物品一件件拿了仔细查看，放到鼻下闻之，不放过任何蛛丝马迹。突然，他奇怪地"嗯"了一声，拿起那只触手全无的雪参，闻了闻，又用手掐了一点须肉放到嘴里细细品尝。

稍许，这才胸有成竹地问道："德贵嫔近些日子可是在食用这雪参进补？"

"正是。"我笑着答道，"我看这雪参似极为名贵，却是不识品性，便令彩衣送去太医院请了孙太医查看，孙太医说这雪参乃补中极品，并无不妥，我这才令人每日切用少许煲汤进补。"

"这便是了。"华太医一副原来如此的表情，"这雪参产自天寒地冻之巅，而这天仙子生于湿热瘴气之地，一寒一热，原来皆是圣品之物，同时出现便成了剧毒。中毒之人嗜睡如命，且一次长过一次，最后便会长睡不醒。"

"啊？！"我大惊失色，蓦然全身无力，万念俱灰，软软地从椅子上往下滑，彩衣忙

上前扶了我，呜咽着泣不成声："主子，主子……"

皇上回过头来，伸手扶了我，眼里布满心疼，我抓住他的衣服，就那样生生地望着他，只唤了声"皇上……"便再没了声音，泪如泉涌，像断线的珍珠般滚落而下。

我感觉到他颤抖的身体和沉重的呼吸，最终一下便缓和下去，消失无踪了，只冷静问道："华太医，如今德贵嫔的毒可有法能解？"

"回皇上，德贵嫔中毒时日尚浅，如今只需采了天仙子叶用无根水三碗煎一碗，每日三服，三天便可解毒，再调养一段时间便可痊愈。"

"好。华太医，此事朕就派你全权负责，切不可出一丝差错。"

"微臣领旨。"

"小玄子。"

"奴才在。"

"你把这天仙子给朕看住了，等华太医药用完便销毁，这种害人之物切不可再留。"

我看着他有条有理，铿锵有力地处理问题，神情刚毅竟散发出一种特有的魅力来，不觉中竟痴痴地看着舍不得转眼。

"皇上，这天仙子甚是难得，就这样毁了未免可惜，请皇上交与微臣浇养。"

"此等害人之物，朕岂可再留。"

"皇上，"我见华太医极欲求之，又无可奈何的表情，不由得道，"此花有害，却也有利，皇上切不可因为臣妾受了它的荼毒便要毁之。华太医乃医者，臣妾相信华太医能将它善管善用之。"

"华太医，你替德贵嫔诊脉有功，朕就依你喜好，将这天仙子赐予你浇养。"华太医还未来得及谢恩，皇上口气一转，沉声道："可如若还有人因为天仙子中毒，朕唯你是问！"

"微臣谢皇上恩赐，谨遵圣谕！"华太医跪谢了恩，便带了人捧了花出去开方煎药了。

皇上沉着脸扶我进得里间歪在睡椅上，自己坐在一旁，命小玄子传了彩衣和小安子进来。屋子里的空气重得让人喘不过气来，彩衣和小安子跪在地上六神无主，瑟瑟发抖。

仿佛过了一个世纪那么长，皇上才缓声道："那雪参是何人所赠？"

"回皇上……"彩衣跪在地上，眼睛不由得看向我，心里拿不准该不该说。

皇上看她望向我，沉着脸扫了我一眼，也不说话。小玄子在一旁看得明白，厉声喝道："该死的奴才，皇上问你话，还不赶快照实回禀。"

彩衣吓得浑身打战，连开口的力气都没了。小安子毕竟进宫久些，沉声回道："回皇上，那雪参是前些日子宫里其他娘娘主子来看德主子时一并送来的，奴才记得清楚，那颗雪参是瑶嫔主子所赠，当时我家主子看着名贵还不敢收，瑶嫔主子说是贵妃娘娘一片心意，我家主子这才千恩万谢收下了。不想，不想……"

说到此时小安子已是泣不成声，彩衣虽然惊讶万分，倒也机灵："当时瑶嫔主子清高自傲，压根不把德主子放在眼里。奴婢心里还奇怪着，瑶嫔主子平日里对我家主子素来不满，怎会亲自前来赠与这雪参，想当初主子之所以被太后处以藤鞭，还是因为瑶嫔主子……"

我蓦然从睡椅上爬了起来。"住口！该死的贱婢，也不看看这是什么地儿，敢在皇上面前嚼舌根子，真是活腻了。"我声色俱厉哭道，"平日里我都是怎么教你们的，看来我是教不了你了，我这就叫人将你送了出去，我这樱雨殿是留不了你了。"

说着就要叫秋霜她们进来，彩衣泪流满面，哽咽道："主子，奴婢也是替你委屈……"

我又急又气，怒道："你还嘴硬，小安子……"

小安子跪爬到我跟前，磕头不止："主子，你行行好，切莫再将彩衣送了出去，你不看彩衣平日对主子忠心耿耿，细心照料，也看在如贵嫔的分上饶了彩衣这一次吧……"

我如遭电击，愣在当场！

彩衣眼泪簌簌直下，磕头道："主子，你切莫赶奴婢出去，奴婢下次再也不敢了。"

我再也无力说话，歪在睡椅上挥了挥手，轻声道："都下去吧！"

小安子扶了彩衣退了下去，我挣扎着要起来，皇上上前按住我，我低声道："皇上，彩衣进宫时日尚浅，无知冒犯，皇上切莫怪罪。"

皇上心疼地看着我，眼里满是柔情："言言，你总是这么善良。"顿了一下，吩咐小玄子："小玄子，传朕旨意，丽贵妃代理六宫，积劳成疾，特准在长春宫静养，任何人不得叨扰。"

我心中一喜，这旨意明为静养，实为幽禁，乍喜之后不由得脊背发凉。我这着险棋本就是黄蜂尾后蜇，一着不慎就会引火烧身。

皇上如今下这一道旨意，想来对她已是心有间隙，可毕竟多年的恩情岂是说断便断的，既然已经是一着不慎，那就不能打草惊蛇，只能从长计议了，否则她反扑起来，羽翼未丰的我根本无力自保。

"皇上！"我轻唤着，看着他摇了摇头，委婉劝道："那天仙子放置在前，雪参相送在后，如今并没有确切证据证明这下毒之人便是她，臣妾宁愿相信她将这雪参赠与臣妾本是一片善心。皇上如今这样做，恐怕难以信服众人，臣妾也会心中难安。"

"言言，你心善朕心里有数。可这后宫也到该整一整的时候了，当初的如贵嫔，如今的你……"他猛地拥我入怀，"你知么？朕刚才好害怕，好怕你像如贵嫔那样一言不发便离朕而去，朕答应过你，要保护好你，再不让你受半点委屈的。可如今，你就在朕的眼皮底下被人下了毒……"

"肃郎。"我反抱着他,轻抚道:"你是一国之君,你的一言一行举国上下都盯着,如今没有确凿证据如此草率幽禁贵妃,莫说是后宫,就是朝野上下也会起风波。你对言言的心意,言言心里清楚,如今之计也只能谨慎防备。"

皇上叹了口气,感叹道:"如若她们也能像言言这般替朕着想,那朕何至劳累至此。"

"若真人人如此,皇上哪还记得臣妾啊。"我咯咯直笑,窝在他怀里撒娇,"那臣妾还是愿意只臣妾一人这样,皇上便只宠爱臣妾一人。"

皇上受了我的影响,笑了点了点我的鼻子:"你呀,朕真是拿你没办法……"

我心中五味掺杂,被宠爱原来是如此幸福的一件事,只是,我甩了甩头,责怪自己切不可有如此幼稚的想法,毕竟君恩浅薄。母亲只在府中面对几个姨娘尚且如此,自己身在这佳丽三千的后宫,如果不努力往上爬,且不说报仇血恨,连自保都怕是……

第二章　螳螂捕蝉，黄雀在后

我连服了两次华太医送来的药，一觉睡到第二日晌午，精神已是好了很多。正坐在窗前梳洗时，小安子进来报："主子，莫大人已携子在外候了好一会儿了。"

我一发呆，手中那枚珍珠步摇已是"啪"地一声掉地上了，几颗米白珍珠滚落开来，我目光呆滞地盯着它一直滚落到床边。

小安子轻唤道："主子……"

我回过神来，也不答话，只叫秋霜去准备午膳，又叫彩衣换了衣服梳了头，对镜而立。上着粉红刺绣牡丹小袄，下穿月白撒花褶裙，雍容华贵的飞凤鬓上斜斜地插着一支翡翠镶金琅环步摇。

我满意地点点头，这才叫了彩衣和小安子上前扶了我，犹如朵游动的牡丹般缓缓移到楠木椅上靠了下来，彩衣又取了软凳垫于脚下，取了大红绣凤小锦被盖在腿上，我挪了个舒服的姿势。小安子又命小宫女将珠帘放了下来，我这才示意他将厅里那两人带了进来。

父亲微低着头，神情紧张地挪了进来，二哥一言不发地跟在身后，不时四处偷瞧。小安子轻咳了一声，二人吓得跪倒在地："微臣拜见德贵嫔。"

再次见到这个我称之为老爷，娘称之为丈夫的男人，心中百感交集。大半年前相见，他坐太师椅，我跪地上，如今再见，却是我坐贵妃榻，他跪在我跟前，真是三十年河东，四十年河西，倘若当初他能预见今日相见，不知他是否还愿跟我交易，送我入宫了。

我用力地将指甲掐进手心，让疼痛来提醒自己理智。仿佛过去了一个世纪，地上的两人已是心惊胆战，深秋的天里竟冒了一头冷汗。我深吸了一口气，轻声道："呀，怎么父

亲还在地上跪着？"转头呵斥道："该死的奴才，我病着难道你们也病糊涂了么？还不赶快扶我父亲起身！"

小安子连声道："主子息怒，奴才该死，奴才该死！"说着便命小太监们搬了楠木椅前来，又扶了二人坐了下来。

我压下心中对他的仇恨，做好充分的准备，这才命人卷了珠帘起来："都是自家人，就不必如此拘礼，我与家人亲近些，想来皇上也是不会阻拦的。"

珠帘卷起，穿金戴银，衣着华贵的我充分向父亲证明了皇宠正浓，我在他眼里看到了惊讶，但更多的是贪婪的光芒，二哥更是目瞪口呆，双眼就那样直愣愣地看着我。

我在心里冷笑着：如若你能善待我的母亲，如今我便也善待于你，但你偏偏……如今我能送你的只能是一枚不定时的糖衣炮弹了。

我微笑着轻咳了两声，二哥回过神来，脸上一红，又低下了头。我轻声道："父亲近来可好？"

"好，好。"父亲见我态度温和，喜笑颜开的样子，想来一时很难适应。

"家里可好？"我试探着问道。

父亲颤了一下，二哥猛一抬头，对上我含笑的双眼，脸色微白，忙躲开了去，父亲忙抢着答道："好，一切安好。"

"真的么？"我温柔却有力地问道，父亲紧张地看着我，摸不准我是否知道些什么，只是想来我在这深宫之中，定然是不会知晓，但毕竟做了亏心事，又面对如今已身居高位的我，难免有些不安。我笑道："我娘身子一向不好，如今父亲说家里一切安好，想来娘的身子经过这大半年的调养已是大好了？"

父亲取了手巾拭着头上的冷汗，讷讷应着："是，是啊，已见大好了。"

"这深秋的天，父亲觉得热么？彩衣，还不赶快开了窗。"我温和地笑道，"女儿独自身在宫中，娘那边就拜托父亲多费心了。"

父亲见我如此，已是断定我不知内情，定了定神，换上惯有的冷静，熟练地敷衍着我："德贵嫔只管放心，有我莫某吃的，断然不会让月娘饿着。"

"如此，女儿便放心了。"我仿若对他的话坚信不疑，叫秋霜拿了许多平日里我自己用不到却珍贵异常之物，让父亲回时带着，又笑道，"女儿一人身在宫中，平日里连个说话的人都没有，如今女儿位分不够，皇上恩赐，准父亲和二哥进来闲话家常，这一别也不知何时能再见。可若留久了，只怕会惹来闲话，如今已到晌午，父亲和二哥便用过午膳才回吧。"

父亲和二哥谢了恩，这才随我到了西花厅，宫女上前引了我入座，我示意彩衣带她们退了出去，笑道："父亲，二哥，如今已没有外人，不必拘礼，都过来坐吧。"

父亲又领着二哥谢了礼，这才入了座，一见桌上菜式，饶是父亲也算是当朝三品官员，也难掩惊艳之色。

龙凤呈祥、燕尾桃花虾、海参全家福、凤尾鱼翅、金丝酥雀……各种精美菜式摆了满满一桌，我只作未见二人神色，恍若平常，把了白玉杯举向父亲："女儿敬父亲一杯！"

父亲忙端了杯："微臣谢过德贵嫔。"说完才颤巍巍地一饮而尽。

我用镶金象牙筷夹了那道海参全家福中的海参往父亲碗里放，父亲忙端了碗送到跟前我刚好能放进的地方，嘴里不断道谢，我又示意二哥随意，这才道："父亲不必太过拘礼，都是一家人。过往之事，如今都不必再提，父亲只要记得当初对女儿的承诺也就是了，更何况女儿一人在这宫里，也是孤掌难鸣，一家人以后还要相互帮衬着过日子呢。"

父亲到此时才算是放下了警戒之心，谨慎地享受起眼前的美食来，二哥倒像是乡巴佬进城似的，早已低头猛吃。

"说相互帮衬那是德贵嫔自谦了，如今德贵嫔早已是宠冠六宫，以后的日子还要靠德贵嫔多提携，但有用得着微臣的地方，德贵嫔尽管吩咐。"父亲喝了几口小安子刚送上来的一品血燕，态度虔诚地说。

我见鱼儿咬钩，也不答话，只招呼二哥品血燕。父亲顿了一下，见我并无异色，又厚着脸皮道："为父这户部侍郎上任已十年有余，终因得罪了付尚书而不受重用，到如今也不能为你二哥求得一官半职，实在惭愧。眼下这事，得要靠德贵嫔多上心了。"

"父亲的话，女儿记在心上了，只是此事终需从长计议，二哥回去要耐心等待。父亲也要管好二哥，切不可坏了名声，否则女儿只怕也是爱莫能助。"

父亲点了点头："这个自然。德贵嫔但有吩咐，只管带信出来，侍卫长万福安那边微臣已打点妥当。"

我点了点头："有劳父亲费心了，以后一家人便要常来常往，相辅相成，平步青云，光耀门楣方指日可待。"

父亲连连称是，又说了一会子话，我才命彩衣将先前赠与的物品拿了，又拿了些补品，语笑连连地请父亲带与母亲，代我向她问安。交代许久，这才命小安子将二人送至宫门。

第二日华太医便向皇后禀了我的病情，皇后带了众人亲自前来探病，说我重伤初愈，气血两虚，不宜侍奉皇上，先静养一段日子。一边嘘寒问暖，嘱咐我安心调养，呵斥奴才们尽心伺候，一边眉开眼笑地吩咐杨公公摘了我的绿头牌。众人一听，也跟着眉开眼笑，眼里多了道光芒，毕竟少了我，她们又多了些许侍寝的机会了。我但笑不语，毕竟天仙子一箭双雕之计已成功了大半，皇后吩咐摘了我的牌子，我也松了口气，枪打枝头鸟，我早该退下来隐于林间了。

皇上到底找了茬，在皇后宫里龙颜大怒，将瑶嫔贬为常在，禁足在落霞殿。丽贵妃一接到消息便去了御书房，却被皇上再三拒之门外，直到圣旨下，尘埃落定，还被皇上狠狠

第二章　螳螂捕蝉，黄雀在后　025

训斥为管束不严，协助皇后管理后宫失职。丽贵妃自然将这一笔记在了皇后头上，我却因闭门养病置身事外。

我闭门养病之初，倒还时常有人前来探望，毕竟我宠冠六宫虽在病中，皇上也每日里前来探望。不出几日，皇上来的次数明显减少了，众人也就不那么勤了，再几日，皇上只是偶尔进来小坐一会儿，吃些糕点，我这殿里也就冷清下来了，只端木晴常来，柳才人偶尔来闲话几句，又送了不少时常送来的梅花熏香。可她们却不知，皇上因公事繁忙未翻牌子歇在光明殿和龙翔宫的日子，都是待到夜深人静时只带了杨公公来了我殿里。

眨眼已是半月有余，寒露袭来，早晚已是冷冽异常，衣领袖边早已裹上了海虎毛。这两日我月事来了，行动不便，便劝皇上去了端木晴殿里。

用过午膳，我照例歪在躺椅上午歇，闭着眼却全无睡意，脑子里思量这段时间发生的事，想来在这宫里，若无个贴己的太医调养好身子，只怕是有命争宠无命享。蓦然起身，唤彩衣取了华太医看过的医案前来细看，反复斟酌。

小安子掀了帘子进来，我示意彩衣带了宫女们出去，小安子这才上前小声道："主子，打听清楚了，当日里给如贵嫔诊脉的是南太医。"

"南宫阳？！"我脑子里灵光一闪，忙拿了旁边几上的那叠医案，取了刚才看过的那几张药方来，递与小安子，"你看看这几张药方，这个南宫阳开的药方明显与其他几位太医大相径庭。小安子，你再跑一趟，拿了这药方寻个可靠之人问问去。"

小安子领命出去了，我漫步走到窗前，望着光秃秃的樱树发呆。彩衣不知何时进来的，拿了件晨袍披在我身上："主子，天冷，你如今正是体虚之时，就别站在窗口吹风了，我加了炭盆，你先靠一会子吧。"

我点了点头，依言歪在躺椅上，捂了小锦被，彩衣知我怕炭味，加了些前些日子柳才人送来的梅花香。香味传来，我却微感有些恶心，皱了皱眉，喝了口茶强压了下去。

彩衣惊道："主子，可是身上不好了？我去请太医！"

我再闻，空气中哪里有什么腥味，只剩下梅香飘来，清新淡雅，想来是那炭味让人恶心了，于是我摇了摇头："没什么，别瞎紧张，可能是那炭味熏人。"

不一会子，小安子回来，说他寻了无人时，塞了五十两银子给御药房的药童，药童看了，说这方子是常用的清肠解毒之方。

我心中一惊，想来当日里他已诊出我已中毒，却是为何不禀？顿了一下，我吩咐道："彩衣，你去请南太医前来诊脉。"

不一会子，南宫阳便来了，小安子早已做好诊脉准备。南宫阳上前拜道："微臣见过德贵嫔。"

我忙虚扶了一把："南太医何需多礼。前先午休，偶感不适，麻烦南太医跑这一趟了，就拜托南太医了。"

"德贵嫔客气了，此乃微臣分内之事。"南太医又拜过，这才上前歪在小软凳上，伸手按在我早已盖了锦帕放在几上的手腕上。他屏息静气，沉着认真，半晌才道："刚才微臣已仔细为德贵嫔请脉，贵嫔小主脉象平和，想来背上的伤早已痊愈，只是气血不足，只需静养一段时间，好好调养身子。"

"有劳南太医了，无事甚好。既然南太医过来了，不妨陪我闲聊几句。"我笑吟吟地说道，"彩衣，给南太医端茶看座。"

小安子搬来一把楠木雕花椅放在我下首位，彩衣奉上两杯新沏好的信阳毛尖，一杯奉上给我，一杯奉给南宫阳。南宫阳谢过我，这才接了茶坐下。

我慢条斯理地用杯盖轻拂茶面，又小口吹去茶沫，斜着眼睛瞥了一眼南宫阳，说道："南太医，好久不见了，不知南太医近日可有高升？"

南宫阳听我这样问，脸上掠过一丝尴尬的表情，放下茶杯，坐直了身子答道："回禀德贵嫔，臣……臣尚无……升迁。"

我放下手中的杯子，浅浅一笑，双目直视南宫阳，一字一句道："只要南太医尽心为我诊脉治病，我相信南大人必有步步高升，展翅高飞的一天！"

南宫阳蓦然起身，双手抱拳冲我深深一鞠，道："德贵嫔知遇之恩，臣铭感在心，终生难忘。从今日起，必然全心全意为德贵嫔效犬马之劳以报大恩！"

我微笑着冲他点了点头，别有深意地看了他一眼，闲闲地问："真的么？"

南宫阳听我口气突变，有些摸不着头脑，细观了一下我的脸色，谨慎地说："微臣句句皆是肺腑之言！"

我"啪"的一声将茶杯重重放在桌上，双眼紧紧盯着他，冷冷地说："那南太医当日既已诊出我身中奇毒却是为何隐瞒不报？"

他浑身一颤，"咚"地跪在地板上，语无伦次道："微臣……微臣听不明白德贵嫔的话。"

"你既已隐瞒不报，却又为何开了解毒之方？"我紧紧相逼。

"这个，微臣……"

"嗯？"我坐直了身子，冷冷地道，"既然南太医这也不知，那也不明，我也只好差人请了皇上来，禀了此事，请皇上定夺了。"

"德主子饶命！"南宫阳跪在跟前拜了下去，我看不清楚他的神情，却见他的手指紧握成拳，关节都有些发白。我也不说话，只静静地看着他。好一阵他的手才缓缓松开来，语气平静地回道："德贵嫔既已知晓，微臣也就直言不讳了。"

我见他松了口，也重重地透了口气："南太医，我也是觉着事有蹊跷，这才请了你来，想问个明白。南太医快快请起，只管道来便是。"

他有些惊讶，抬起眼来，我眼神清澈地看着他，含笑朝他点头示意，他这才坐了下

来，细细道出此事前因后果。

"当日微臣前来请脉，发现德主子虽长睡不醒，却脉象平和，微臣想起恩师在世时曾谈起过此现象乃中毒所致。微臣也只是听说，并不敢妄下断语，这才试着开了些较温和的清肠解毒之方。

"微臣回去后翻遍恩师辞世时所赠全部医书，终于在一本医学书上寻到了有关记载，微臣这才想起那日告退时注意到的德贵嫔房里那盆红叶草与那书上所绘之处大有相似，微臣这才知道那是天仙子，也断定德贵嫔的确是中毒。"

"微臣本想禀了皇上，却在此时听说华太医已为德贵嫔请了脉，开了方子，德贵嫔身子也已见大好，方才微臣进来时并未再见到那盆天仙子，想来华太医已为德贵嫔确诊，开了解毒的方子了，微臣才疏学浅，实在惭愧！"

"话虽如此，可我近日里总觉头晕胸闷，时常恶心想呕，也不知是不是毒未除净，这才请了南太医过来诊脉。"

"德贵嫔，这……"南宫阳有些为难道，"太医院有太医院的规矩，德贵嫔此疾首诊既为华太医，复诊却换了微臣，这于礼不合。况且，华太医乃太医院院首，医术精湛……"

"况且，你因性情耿直得罪了华太医，"我打断他的话，盯着他一字一句道，"多年来处处受其牵制、压迫，以至于在太医院行医二十余载，却还只是个九品医官，若不是你处处谨慎小心，医术了得，早已被其寻了茬赶出太医院了。"

"德贵嫔！"南宫阳跪在跟前，微感汗颜，"德主子既然都已知道，就请德主子高抬贵手，切莫为难微臣。"

"为难你？我倒觉得我是在救你。"我闲闲地说，"既然南太医觉着我这是在为难你，那我就不为难南太医了。小安子，送南太医。"

南宫阳听我如此说，反而愣在当场，犹豫起来，顿了一下才道："还请德贵嫔明示。"

我复又叫小安子扶了他坐回椅子上，换了新茶，这才道："南太医，很多时候明枪易躲，暗箭难防，且是防不胜防啊。"

我顿了下，喝了口茶，见他凝神细听，这才又道："南太医还记得梅雨殿里的如贵嫔不？"

"啊？！"南宫阳端茶的手不由得抖了起来，我似没看到似的，继续说道："如贵嫔走之前是南太医去请的脉吧？可偏偏南太医诊完脉没两天她就出事去了。"

"当时确是微臣诊脉，不过如贵嫔不过是体虚多梦，微臣开了方子便离开了，微臣诊完脉还禀了皇后，记录在册了。"

"南太医既然前去请脉，应该不会不知当时如贵嫔已身怀龙裔了吧？"

"这……"南宫阳直着身子僵在当场，诧异我是如何得知。

我将茶杯不轻不重地放在几上，"磕"的一声脆响，温和地说："事到如今南太医还拿我作外人，凡事遮遮掩掩，那我也就不多言了。小安子，送客！"

南宫阳神色凝重，愣在当场，犹豫不决，我靠在椅子上，一副轻松自在的表情，天知道我心里有多紧张，但为了将来又不得不赌上一把。空气仿佛也凝住了，沉重得让人喘不过气来。

正在这当头，殿门口当值的小太监高声通传道："皇上驾到！"

我和南宫阳不由得同时松了口气，同时起身，南宫阳神情紧张不知所措地看着我。我示意他少安毋躁，侧耳听了一下外面的声音，皇上已进到殿中，我已听到他问秋霜我在何处。

我歉意地看着南宫阳道："南太医，现先只得委屈你了。"见他点头，我才吩咐道："小安子，你速带南太医到茶水间暂避片刻。"

我小步移到梳妆台前对镜理妆完，这才转身朝门口走去，才走两步帘子就被掀了起来，我含笑瞟了一眼打帘子的小玄子，迎上走进来的人儿拜了下去："臣妾恭迎圣驾。皇上万岁，万岁，万万岁！"

才刚跪下去，就被皇上大步上前拉了起来，温和中透着关怀："言言，说了多少次了，私底下不用对朕行此大礼。你现在身子不好，要好好调养。"

我窝在他怀里，任由他搂着上了炕，娇声道："皇上，这礼不可废。要是传了出去，便是乱了规矩，臣妾可怕怕。"

"要是谁再敢多嘴，朕绝饶不了她！"皇上心疼地搂我在怀，微带歉意道，"言言，朕答应过你严惩上次到太后跟前嚼舌根之人。"

"呀，皇上还记着这回事？"我诧异道，"当时皇上也就那么一说，臣妾也只当是皇上哄臣妾开心，也没放在心上。当日里无论是谁到太后面前说了此事，臣妾也绝不怨恨她，的确是臣妾不识大体，只要皇上不嫌弃臣妾，臣妾便心满意足了。"

皇上扳过我的身子，深情地望着我："朕答应过言言的事，从来没有忘却过。只是当日知情之人皆是太后身边的人，朕不得不谨慎之，所以拖到现下才查了出来。当日里到太后面前哭诉的竟是身居高位的黎昭仪，朕本想拿了治她个妖言惑众之罪，却不想今儿早上太医刚诊出她竟有喜了。"他歉意地看着我，"言言，朕可以不管她，可朕却不得不顾及……"

"皇上。"我压下心头万般滋味，轻抚道，"黎昭仪入宫多年，行事循规蹈矩，臣妾本无怨恨之意。倒是昭仪如今身怀龙裔，臣妾要恭喜皇上了。"

"言言，你可要好好调养，朕可是一直在等你给朕好消息呢。"

我羞红了脸直往他怀里钻："皇上坏，臣妾可不依。"

他宠溺地看着我，哈哈直笑。

我想着茶水间躲着的南宫阳，顿了一下，问道："皇上，你可有去看过黎昭仪？"

"朕得知那人是她后，又被边关诸事缠身，今儿刚下朝丽贵妃便禀了朕龙胎之事。下午朕批阅完奏章，左右为难，踌躇着便来了你这里，还没来得及过去呢。"

"这就是皇上的不是了。黎昭仪喜得龙裔正盼着皇上前去呢，皇上却跑来我这儿，传出去那还了得。皇上现在就去，我这儿不留你了。"我一本正经地起身，拉了他往外推去。

他拗不过我，走到门口，又转过身来，握着我的肩问道："言言，你不会生气吧？"

我笑道："你若再不去，我就真生气了！"

说着便挣开他的手，跪拜道："臣妾恭送皇上！"

他啼笑皆非地拉起我一同出了门，埋怨道："别人巴不得朕不走，你反倒好，来了都把我往外赶！"

送走了皇上回到屋里，南宫阳早已等候在那里，见我进来忙低眉顺目地让我入了座，看我神色无异，心情像是因皇上到来变得极好，这才小心翼翼道："德贵嫔，刚才之事是微臣不对，德贵嫔大人大量，就不要放在心上了。"

我若无其事地伸手摸着桌上的青花瓷盖碗茶杯，细细地欣赏着，仿佛它是难得的名贵古董般，但笑而不语。

南宫阳见我不接话，顿了一下又厚着脸皮说："那日微臣前去给如贵嫔请脉，当时就诊出如贵嫔已身怀龙裔。如贵嫔也挺兴奋的，当时就赏了微臣，还请微臣暂时不要回禀皇后，说是要等皇上回来给他个惊喜。微臣见她那样兴奋，纯真幸福，也就同意了，当时就替她担心，皇上不在宫里，变化太多。果不其然，还没等到皇上回来就出了事，连皇上最后一面也没见上就去了。微臣怕惹火上身，也不敢多言，战战兢兢直到这事慢慢被遗忘，吊到嗓子眼的心才放了回去。不想如今……"

说到此处他停了下来，偷偷瞧我神色。

"不想如今却被我提了起来。"我见好就收，毕竟我也只是为了让他为我所用罢了，"南太医真的觉着这事就风过无痕，水过无迹了么？南太医难道不好奇我是怎么知道这事的么？"

"还请德贵嫔指点。"如今看来他已经是信了我，我既然给了他台阶，他当然顺势而下了。

"宫里私底下在议论，说是你把这事告诉给丽贵妃，瑶贵嫔这才下了手，如今皇上已经将瑶贵嫔降了位，接下来，不知道会轮到谁了。"

"德贵嫔救命！"南宫阳呼地起身，咚的一声跪倒在我跟前，"微臣冤枉，当日微臣一时心软答应替如贵嫔隐瞒，并无私心。德贵嫔明察，微臣行医二十余载，即使是得罪华太医也只是谨言慎行，小心避罪，不敢做丝毫违背良心之事。不想如今一时不察竟酿下大祸，微臣死不足惜，可怜我内人跟着微臣近三十载，如今绝症在身，微臣实在不忍扔下她一人而去。请德贵嫔高抬贵手，救微臣性命，微臣定当感恩图报。"说着说着，不禁悲从中来，老泪纵横。

"我一个失宠的嫔妾，如何救得了南太医？"我冷冷地说。

"如今这后宫能救微臣者只德贵嫔一人！刚才微臣虽身在茶水间却是听得清清楚楚，德贵嫔仁德贤惠，进退适宜，深得圣心，平步青云，宠冠六宫指日可待！请德贵嫔看在微臣一片诚心，救微臣于水火。"

我这才亲自起身上前扶了南宫阳坐了回去，递了丝帕与他，复又坐回，轻声道："我请南太医来，自然是清楚南太医为人，也没有想要为难南太医的意思，只是想提个醒，顺便请南太医为我诊脉，调养身子。"

"微臣谢过德贵嫔。"话已至此，双方皆是心照不宣。

我盼咐彩衣送了下午茶，请南宫阳共用，他也不客气，大口吃了几块，想了一下对我说道："德贵嫔，可否容微臣再次为你请脉？"

我诧异道："可是有不妥之处？"

他沉吟道："微臣也说不上来，只是刚才请脉之时，觉得有些奇怪。"

我吃惊道："南太医不是说华太医已确诊，并已解毒了么？"

"不瞒德贵嫔，微臣觉着德贵嫔所中之毒并不太像表面看到的天仙子混了雪参这么简单。"

"啊？！"我心里一惊，这殿里我已经防得严严实实，近得身边的也就小安子和彩衣，再有就是秋霜、秋菊了，难道他们中间也有暗子不成？心里打着鼓，嘴上却是笑吟吟地对南宫阳说："麻烦南太医了。"

彩衣在几上摆上刚刚撤下去的湘红金丝绣团垫，待我将手放了上去，又拿丝帕盖上。南宫阳待我点头示意后，才上前歪在小软凳上，伸手放至我手腕处，凝神诊脉，表情时喜时忧，一副高深莫测的样子，看得我心里直打鼓。

待到他收回手，我已是急不可待地开口询问："怎样？南太医。"

他却是不答话，转身拿了身边医箱里取了布包打开，拔出一枚银针，目光炯炯地看着我，说道："德贵嫔，微臣要在您身上下针。您可信得过微臣？"

我点点头："疑人不用，用人不疑！"

他的脸上顿时满是激动之情，只见他把那银针轻轻地扎进我手腕一穴位处，微旋了旋，又取出来对着光细看，脸上神色变幻莫测，大约过了一炷香的时间脸色稍微好转，但满是疑惑之情，口中连连称奇："那天仙子之毒确实已解。可是，可是怎么会这样呢？"

突然，他看着正飘出袅袅香气的香鼎，像是突然想到什么："德贵嫔可否近一步说

话？"

我会意，挥手让彩衣和小安子都退了下去，隐约从他脸色知道事情有些不对劲："南太医有话不妨直说。"

"德贵嫔，恕微臣直言，你现在的情况恐怕不只中了天仙子毒这么简单。"说着将刚才那根银针举到我眼前，"德贵嫔请看，若是单单中了那天仙子之毒，这针头定然是黑色，娘娘已服了解毒之药，这黑色也就慢慢变为褐色，待毒除尽这针头自然是闪亮无比。可如今这针尖却是一点朱红，加之微臣刚才为德贵嫔请脉，平和中略有缓动，实在是怪异。"

我定眼一看，原来亮闪闪的针头此时已变为浅褐色，只是那针尖处却有一点鲜红，我的心一下子沉了下来，只觉得背后一阵凉气顺着脊梁骨往上蹿，急问道："如今该当如何？"

"微臣也不敢断言，请德贵嫔给微臣一晚上的时间，容臣仔细思量，明日午时微臣再为德贵嫔诊脉。"见我点了点头，南宫阳又道，"现下最要紧的是找出这毒物来，从现在起德贵嫔吃的用的要万分小心才是。德贵嫔鼎中熏香可否容微臣细察之？"

"南太医不是外人，请自行取之。"得到我的允许后，南宫阳走至炕前，打开鼎盖，将未燃烧的香灭了，连同香灰一起倒进贴身丝帕，包了放入袖中。

转身回来之际又被梳妆台前的东西吸引了过去，见我点头示意才走了过去，拿起梳妆台上一盒刚开的胭脂，放在鼻尖闻了闻，问道："德贵嫔，这是南韩新进贡的胭脂吧？"

"嗯，前儿个皇上令小玄子送过来的，说是新鲜玩意儿，让我试试。"

南宫阳点了点头，笑道："微臣恭喜德贵嫔圣宠依旧。不过德贵嫔可要谨慎些，这胭脂微臣在晴贵嫔殿里也见过，当时微臣见红得有些可喜便多看了一眼，晴贵嫔以为微臣想送内人，硬是送了微臣一盒，让微臣转送与内人。微臣回去后仔细察看多时，这胭脂虽好，却含有硼砂，德贵嫔用时可要谨慎才好。"

"硼砂？"我奇怪道，"此物有何不对？"

"此物对平常人倒没什么危害，但若是孕妇长时间接触使用，轻则胎儿不保，重则性命不保。"

"啊？！"我急道，"南太医可有告知晴贵嫔此事？"

南宫阳见我问起，有些惶恐道："微臣疏忽，暂未告知，德贵嫔这里事情有了结果，微臣便前往。"

"南太医不必麻烦了。"我定下神来，平静地说："我这里的事就要麻烦南太医上心了，晴贵嫔那边我常过去，此事我就顺便告知她了，南太医就不必费心了。"

"德贵嫔说得是。那微臣便先告退了。"南宫阳朝我拱了下手，便开始收拾医箱准备离去。

我见事情已然落定，又急着想他回去研究病情，也不留他，只朝门外喊道："小安子，还不赶快送进来。"

"是，主子！"话刚落音绣帘掀起，小安子托了个托盘进来，上面放着两个小锦盒。我亲自上前取了锦盒中一对羊脂白和田玉观音和玉佛递与南宫阳，他连声推辞，我推了过去，说道："这对玉像在归元寺开过光的，据说能保人平安，让人心想事成。我如今赠与南太医，一来愿南夫人早日康复，二来祝南太医心想事成。"

他怔怔地看着我，默默地收下了。我又吩咐小安子将另一个锦盒中的一品血燕放入南太医医箱中，又对他说道："南夫人的病，但有我这里能帮得上忙的，南太医尽管开口。"

南太医眼里弥漫上水雾，庄重地跪了朝我一拜："微臣谢德贵嫔知遇之恩！"说罢起身拿了医箱头也不回便离去了，小安子忙跟了出去送至殿门口。

第二日一早，我便去了烟霞殿，云秀嬷嬷跟我早已熟识，一见我来便迎了上来："德贵嫔来啦，我家主子正在房里看书呢，老奴带您过去。"

"有劳云秀嬷嬷了。"我说着便跟在她身后进了正堂。云秀嬷嬷打了绣帘让我进，嘴里说着："主子，你看看谁来了？"

我进得屋里，端木晴早已闻声绕过屏风迎了出来，一见是我，高兴道："我说是谁来了让云嬷嬷这么高兴呢，原来是德姐姐来了。"

云秀嬷嬷有些不好意思起来，微微有些羞涩道："老奴都大把年纪了，主子还这么戏弄老奴。老奴高兴，那是因为德主子来了，主子你就会高兴了。"

我们都呵呵笑了，入得房里围着炭盆坐着闲聊了起来。我示意彩衣将锦盒拿上前来，笑道："听说南韩又进贡了些好东西，皇上差人给我送了两匹丝绣鸳鸯锦，给妹妹送上一匹，看看有没用得上的地儿。"

端木晴上前打开盒盖，伸手摸了一下，啧啧称奇："果真是好锦，难怪宫里人人都想着呢。别人想一匹都不得，姐姐那儿一送可就是两匹，皇上可把姐姐放在心尖上呢。"

我狠狠瞪她一眼，笑道："少取笑我，谁不知晴贵嫔自入宫以来便是圣宠不断，还不从实招来，皇上赏了你什么稀罕玩意？"

"也没什么。"端木晴淡淡地说，"都是些身外之物，德姐姐倒是可以看看有没得着的。"

说着便叫人端了上来，端木晴笑道："德姐姐看看，若是有喜欢的，只管拿去。"

我上前看了一下，都是些珍珠、步摇之类的饰品，突然看到那个熟悉的胭脂盒子，伸手拿了起来，打开放在鼻子下闻着那淡淡的胭脂香。

"这是皇上命人送来的胭脂，据说很是好用，我素来不喜欢这些东西，也没用过。前日里南太医也是爱不释手，我便送了他内人一盒，想不到姐姐也中意。"说着便把剩下那

一盒一并塞到我手里，"统共就送来这么三盒，还剩下两盒，姐姐一并拿去吧。"

我呵呵笑道："如此我便不客气啦，妹妹既然不喜欢，以后但有这胭脂送来，姐姐只管往我这里扔，有多少我便接多少，你若是不给，我就厚着脸皮开口要，看你能好意思不给。"

边说边笑呵呵地将胭脂交与彩衣收了起来，对那硼砂一事却是只字未提。

端木晴笑骂道："就你嘴贫。对了，我听说黎昭仪有喜了，你知道么？"

"我也听说了。你说我们要不要送点什么过去？"

"按理是应该要的，可是送什么好呢？"

我想了一下，建议道："依我看，送些补品过去，让黎昭仪好好补补身子。"

端木晴还未说话，伺候在旁的云秀嬷嬷倒开口反对起来："老奴以为不妥，还是送些用的比较好。如今黎昭仪这龙裔宫里不知有多少人惦记着，两位主子送些吃的东西去，将来万一有个好歹，两位主子便有最大嫌疑，只怕满身是嘴也说不清楚，岂不是给那些有心之人有机可乘了。"

我和端木晴满是赞同地点了点头，端木晴道："还是嬷嬷想得周全，此事就拜托嬷嬷全权处理了吧。"

云秀点了点头，欠身道："主子如此说，奴才这就去库房取上几匹锦缎子送了过去。"

端木晴点头示意她前去办理，我也起身道："那我也就不留了，回去拣些用的送过去。当日我病时黎昭仪也常来探望，如今她大喜了，我若不赶着去了，岂不显得有些失礼。"

端木晴见我如此说，也不相留。我带了彩衣回到樱雨殿，即刻吩咐她去库房取了个翡翠黄金长命锁送到黎昭仪殿里，并带了话，说我身子不爽不便前去，怕过了病气给她，等身子好了再去看她。

正说话间，小安子掀了帘子进来，说是南太医来了，已在偏殿里候着了。我忙叫小安子领他进来，引他坐到楠木椅上，又命彩衣奉上新茶，带了宫女、太监们退了出去。

南宫阳喝了口新泡的极品铁观音，见宫女太监们都退了出去，这才低声说道："德贵嫔，昨日请脉之事已有结果。"

"哦？！"我一听不由得放下茶杯，聚精会神地听他细说起来。

"微臣昨日回去便将先师留下的那本医书反复仔细研究，却也只是提到和雪参共现会出现中毒，再有也便是略微提了一下说与某些花类也有过敏现象，具体却是未说。

"微臣又将带回去的熏香仔细查看了一下，却发现这熏香中也是大有文章，这熏香中掺有附子花粉，又用藏红花水浸泡后烘干而成。

"微臣内人身旁有个婆子，相公是熏香房的师傅，微臣连夜请他过府，向他请教。他却说这种制熏香的方法虽说不常见，却也有人用，梅香幽长却略显味淡，有些师傅便在制香时掺进附子花增加其浓度，然后再用藏红花或是麝香类浸泡，这样熏香能长久保存而不致受潮变质。

"微臣冥思至五更天终不得结果，内人放心不下送来参汤，却不小心将那参汤打翻在书桌上，微臣心疼先师遗物，手忙脚乱清理间却意外发现了先师手稿，内中便记载了他行医时遇到的疑难杂症。"

"微臣秉烛夜读，惊喜发现其中有一桩病史记载却是和德贵嫔的脉象症状极为相似。"

"哦？！"我听他讲述，情绪也沉浸到他的讲述中，听到此处不由得问道，"那手稿上怎么说？"

南宫阳喝了口茶，继续说道："那手稿上提及的病状与德贵嫔极为相似，中毒之时并无异状，发作之时却是在中毒后第一次月事来时，一般人很难察觉，只是身上血流不止，直至香消玉殒。一般太医诊断皆为内分泌失调，开方子也都是消炎止血之方，未曾想这是中毒所致。"

"中毒？"我大惊，语无伦次道："南太医，我如今，如今正是……"

"啊？！"南宫阳顿时明白过来，安慰道："德主子不用怕，就算毒发，也是下次月葵之时。况且，如今既已发现此毒，便是有法可解，微臣这就开方子煎药。"

小安子忙带了南宫阳走到书桌前，伺候他开药方。南宫阳早已胸有成竹，提笔疾书，写好后递与小安子："你速去药房抓药，三碗水煎一碗，一次三次，按时送来与德主子服用，三日见效，五日去毒。"

"南太医放心，奴才这就去办。"小安子接了方子就往外走去。

"小安子。"我叫住他道，"此事你亲自去办，不要假以他人之手。"

"是，主子。"小安子会意地点了点头，亲自张罗去了。

我又请了南宫阳坐回位上，问道："南太医，可否详细跟我讲解这中毒之事？到如今我也是一头雾水。"

"这个自然。"到如今解毒有方，也就只当闲聊了，但我还想知道来龙去脉，将那下毒之人揪出来，南宫阳哪里知道我的心思，只当闲话，细细说与我知。

"德主子还记得微臣昨日带回去的熏香么？"

"记得。可南太医不是说这熏香并无问题么？"

"是啊，要在平时使用，的确无半点问题。可偏偏德贵嫔房里放了那盆天仙子，德贵嫔中了那天仙子之毒，气血两虚，又闻了这掺有附子花和藏红花麝香类的熏香，月事来时便会蹦骒带下，血流不止。德贵嫔先前用的熏香可是再不能用了，如果德主子很是中意这梅香，就由微臣从家里那婆子夫家买了，检查过了再给德贵嫔送进来。"

"如此甚好，我也好放心使用，就是要麻烦南太医了。"我忙接了话来表示赞同，一

来我还不确定这殿里是否真有暗子，二来我还不想打草惊蛇，惊了那送香之人。"

"德贵嫔信得过微臣，微臣感激还来不及呢，怎敢说到麻烦。"

"南太医接着说那刚才之事，我正听到兴头上呢。"我催促他接着讲那中毒之事。

"据恩师记载，当年他也是遇到这种病状，起初也只作一般妇科病症治疗，到后来翻然醒悟此乃中毒之时已是为之晚矣，到最后也只能眼睁睁看着病人香消玉殒而束手无策。"

"到他研制出解毒之方时，已是几年之后了。这是恩师行医一世最遗憾之事，他临终也没能原谅自己诊脉不细。微臣这才明白为什么恩师在时时刻要求微臣诊脉之时凝神聚力，反复斟酌。"

"哦，原来如此。"我试探性地问道，"那依南太医之见，我这毒是巧合，还是人为呢？"

"这个……"南太医揽了揽胡须，喝了口茶才道，"德主子这次中毒，若说巧合，倒也说得过去；但若是人为，这下毒之人心不可不赞之细，也不可不叹之毒啊。微臣自跟恩师在宫中行医已有二十余载，后宫争斗素来惨烈，德贵嫔还是小心为上。"

我点了点头："嗯，看来我还是得要多加防备，多谢南太医提醒。"

南宫阳正要说话时，小安子却掀了帘子端了刚煎好的药进来，透明的玻璃皿中盛了满满一碗墨绿色汁液。

南宫阳亲自上前拿起皿中银制小勺搅了几下，舀了两小勺倒进皿旁试药的小杯中，端起杯来，在我惊讶的眼光中一饮而尽。

心里的某根弦被拨动了，感激之情随着波纹直扩散至四肢百骸，我就那样愣愣地看着他认真的表情，心中百感交集。我只是想寻个可靠的太医跟在身边调养身子，不想却得他如此诚心相待。

"德贵嫔！德贵嫔！"我回过神来，南宫阳已端了药送至跟前："可以放心服用了。"

我鼻子一酸，眼中已涌上些许雾气，一言不发接过药皿，一口气饮完，将碗放回小安子端着的托盘中，喝水漱了口，这才稳住了情绪。

南宫阳见我服完药，起身道："德贵嫔，微臣先告退了，德贵嫔记得定时服药，三日后微臣再来复诊。太医院那边？"

"太医院那边烦请南太医处理了。南太医双眼熬红，满脸倦容，满身疲惫，我也就不留了，回去好生歇着。"说着又朝小安子吩咐道："小安子，叫彩衣去把中秋时皇上赐的东阿阿胶取上半匣子来。"

"德贵嫔厚爱，微臣愧不敢当，先前已赏赐许多贵重物品，微臣万不敢再受礼了。"南宫阳向来在宫中行事如履薄冰，谨慎小心，加之开罪了华太医，许多妃嫔也不将之放在眼里。如今我如此礼遇，他自是深觉受宠若惊。

我却在一旁咯咯笑了起来，抓住他的软肋不放："如今这份礼受与不受，南太医说了可不算。我这阿胶可是赠与南夫人补身子用，若要推辞，也得南夫人说了才算。南太医带话回去，请夫人早日养好身子，亲自过来道谢。"

见我如此说，南太医只好收了赏赐，千恩万谢地离去了。

小安子送走了南太医，进得屋子来，见我沉着脸独歪在靠椅上，忙加了炭，拿了小锦被给我焐着腿，口里念道："主子，你可要爱惜好自己的身子，气坏了身子可不值得。"

我叹了口气，感叹道："我把她当恩人般感激，时时念着她的好，记着她的情。皇上面前更是时常提携她，她倒好，从我背后捅刀子。"

小安子歪在软凳上边给我捏脚，边劝道："这种人哪值得主子您为之伤怀啊。"

"这也怪我粗心大意，连自己殿里的人都防着，却真真是没有防她半分。那日里，她突然问起那盆天仙子时，我就该警惕了。现在想想那不久，她便隔三岔五地过来闲话家常，还送些熏香过来，只怕是见那花时便已起了歹念了。"

"主子您心善，可也不能给别人欺啊，更何况是想要您命的人。"小安子分析道，"现在回过头去，当日她在太后跟前救你，不过是想借你做垫脚石，近了皇上。如今她已顺利在皇上跟前占有一席之地，主子你便成了她的绊脚石了。"

我美丽的单凤眼里闪过一丝骇人的寒光，手里一紧，指甲深深嵌入手心，骨节泛白，丝丝痛意直达心灵深处，又慢慢地松开来，温和地说："我如今倒成了绊脚石了，想过河拆桥，卸磨杀驴了吗？不过这后宫漂亮的女子可多了，君王的恩宠是以天来计算时间的，能飞上枝头的又有几人？我既然有办法让她飞上去，自然也就有本事把她拉下来。"

"主子可不要怪奴才多嘴，这后宫本就是个你死我活的地儿，今天你饶了她，明儿指不准要你命的就是她了。主子本把她当贴己人，她却阴着给你下毒手，想来这段日子闲聊时她知道主子不少私事了，主子如今想怎么做，心里可要有个底。"

小安子毕竟是经过事的人，看得清楚，想得明白，每每都能把话说到我心坎上，让我每次遇到事总想跟他商量着办。

我点了点头道："放心，小安子。既然爬上去的道路布满荆棘，摔下来又岂可全身而退，她想害我，不成，那粉身碎骨的那个就只能是她自己了，可怜她还全然不知，指不准晚上都为自己的阴谋天衣无缝而兴奋得睡不着觉呢。"

小安子接道："可她哪里知道如今她不过是透明玻璃缸里的一尾小鱼，一举一动皆在主子掌握之中。"

"如今我心里的刺又何止柳才人一根，另外那根可是扎在宫里每个娘娘主子心尖上的，我自然也不例外。"我叹道。

"话虽如此，主子也不能贸然出手，否则只怕是螳螂捕蝉，黄雀在后。"

蓦然脑子里闪过一丝念头，坐直了身子问道："螳螂捕蝉，黄雀在后么？这天仙子的

事我就做了次螳螂了，自然也就不会再有下次了。小安子，最近柳才人来得并不怎么勤，是不是常往黎昭仪殿里跑？"

"那是当然，一来她俩本就交好，二来黎昭仪如今有龙胎护身，皇上时常过去瞧她，柳才人自然是跑得勤了。皇上明里到主子这里来得勤的时候，她不也常常跑么，如今自然往热闹处钻了；她若知如今皇上暗里来得更勤的话，岂不连肠子都悔青了。"小安子如今说起她来已然是一副不屑的语气。

"这些日子除了晴贵嫔，也就她还过来坐了。我本想着要不要再提携她一下，不想她却窝藏祸心，真真是我错看了人。"我惋惜道，"多娇柔伶俐的人啊，活生生的一朵花，我还真是不忍心……"

"主子，那可是朵有毒的花儿。"

"那好吧。小安子，明儿南太医将那梅香熏香送进来，你不动声色地换上点上，再派人过去请柳才人过来叙叙旧。"我慢条斯理地布置着，就像在布置自家后院一般，"对了，小玄子那里偷分而来的天仙子你去接了，藏到后院僻静处，好生养了，不可给任何人知晓。"

"奴才记下了，主子放心。"

第二日一早小安子就来禀柳才人来了，我心里冷笑连连：我正想着法让你来，你却自己送上门来找死，那我便只能成全于你了。

我叫小安子去引她进来，又走到梳妆台前坐了下来，朝彩衣递了个眼色，示意她依计行事，她点了点头，拿起玉梳替我梳起头发来。

小安子引了柳才人进来，她一见我便笑吟吟地拜了下去："嫔妾拜见德贵嫔，德贵嫔吉祥！"我却像是没听见般，也不与她搭话，她尴尬地站在原地。

待到她笑脸快挂不住时，我猛地一抬手，将彩衣手上的玉梳打落在地，"啪"的一声掉地上，玉梳应声而断，我喝骂道："该死的贱婢，如今连你也敢欺我了么？"

彩衣面色惶恐，立时跪在地上："主子息怒，奴婢不敢。"

我冷哼一声，也不答话。柳才人见我突然朝自己贴身宫女发难，也是一惊，想退又不敢，踌躇了一下，方才上前赔笑道："德姐姐秀发乌黑柔亮，最适合梳些流行的样式，恰逢今日阳光明媚，正是出门逛院子的好天，姐姐该梳个牡丹流云鬟才好。"

我斜睨了她一眼，也不说话，她却自顾自上前，拿了梳妆台上的檀香木梳给我梳头。先将一头长发梳理顺了，再将前面分成几股，绾到头顶编好，用台上锦盒中的金镶玉簪子别住，又将后面头发绾了个松鬟，拿了盒中几支珍珠簪子在拧好的鬟中心斜斜地插了一排，便成了。

我在镜中端详半刻，神情一松，含笑道："妹妹梳出来的发鬟好生别致，比那些不中用的奴才不知强出多少。居然这样手巧，以前倒是没瞧出来。"

柳才人笑道："哪里是嫔妾手巧，姐姐风姿绝代，梳什么头都好看，只是姐姐看惯了彩衣梳的样式，因此才觉得妹妹梳的比旁人好罢了。"

我点点头，似笑非笑道："还赞妹妹手巧，这会子倒觉得这嘴可比手还巧，可真真是说到我心窝里了。说的也是，彩衣梳来梳去就那几种发式，我早就看烦了。"

"姐姐既然喜欢，妹妹便多给姐姐梳几回。"

"那可不好，怎么着你也是主子，给我梳头成何体统，也教别人说闲话，这样罢，让彩衣派个人跟你学学，学会了回来给我梳便是。"

"是，还是娘娘想得周到。"

我边聊边动手描了眉，见她在跟前细细地瞧着，便拿了胭脂打开来，用棉团沾了点晕开来，轻轻抹在脸上，霎时，白净的脸蛋上透出自然红来，白里透红，自然天成，看上去竟无半点化妆痕迹。

柳才人在旁叹道："姐姐这胭脂真神奇，抹上去竟无半点痕迹，真真是好东西。"

"是啊，"我瞟了她垂涎欲滴的神情一眼，若无其事地道："前儿个皇上派小玄子送过来的，朝鲜新近送来的，听说好用，就赏了我两盒叫我试试。还真真是好东西，用后清爽舒适，肌肤白里透红，容光焕发，据说孕妇用了不仅能亮肤，连生下来的孩子肌肤也会跟着细腻嫩白呢。"

"真的？！"柳才人惊道，转一念，又感叹道："皇上可真真是上心，好东西总不忘往姐姐殿里送。"

"我身子骨弱，倒常常烦皇上惦记了。"说着又转身吩咐彩衣，"去把另外那盒拿出来让柳妹妹带回去也试试。"

柳才人一听，满脸欣喜，嘴里却推辞道："姐姐不可，如此贵重的礼物妹妹岂敢收，姐姐还是留了自己用好了。"

我接过彩衣手上的胭脂塞进她手里，拉着她同往炕上坐下，亲热地说："都是自家姐妹，妹妹如此说就见外了啦，你我本就亲近些，妹妹不嫌弃我就高兴了啦。"

"姐姐如此说，妹妹也不推辞了。"边说边将胭脂收了起来，眼光一转，瞥过香鼎，笑问道："姐姐觉着那梅花香好用不？"

"挺好用的，让妹妹费心了，我每晚都熏着呢。"

"姐姐喜欢就好。"

又闲聊了几句，她便告辞了，我假意留了几句便由她去了。不一会子，小安子进来回话，说她果真去了黎昭仪殿里。我们相视一笑，计划成功一半了，只静静地等着那一刻到来，心中这两根刺拔除在望。

午歇醒来，彩衣上来伺候我起身时禀了南宫阳等了有阵子了，我忙叫人先带了他过茅竹屋，又吩咐宫女备了糕点，好生伺候着。自己起身梳洗好后便到了茅竹屋，南宫阳见我到前，忙起身迎了上来："微臣给德贵嫔请安。"

我忙虚扶了一把，含笑道："南太医不必多礼。"示意他一同坐在竹椅上，午后的阳光照在身上暖洋洋的，舒服极了。

彩衣用上好的紫砂壶冲了铁观音送了上来，南宫阳笑道："德贵嫔也是爱茶之人。"

"也只是略知一二罢了。"我端了茶在手上，道，"铁观音的汤色清澈明亮，淡雅幽香，甚是得我心意。据我所知，南太医才是真正的喜茶之人，茶艺才学首屈一指，我跟南太医一比，不过是小巫见大巫了。"

"德贵嫔谦虚了。"南宫阳一提起茶来，倒来了劲，"铁观音美曰'绿叶红镶边，七泡有余香'，属安溪山地所产为上品，依微臣看，德主子这茶可真真是安溪早春晨露中采摘下来，确为极品。"

"呵呵，宝刀当佩英雄！这等好东西到了我这粗人手里真真是浪费了。"我转身吩咐道，"彩衣，去把剩下那半罐子拿了来，只有南太医这懂茶之人方可用。"

南宫阳又要推辞，却被我打断："南太医总是与我客气，摆明了要将我当外人了。"

南宫阳只好将茶收下，我话锋一转："南太医，听说皇后旧疾复发，卧病在床了。"

"是啊，皇后身体向来虚弱，自从那年月累坏了身子，便大病一场，调养了大半年方才好些。最近几年来更是时好时坏。"

"是么？"我拿探究的眼神看着南太医道，"可我听说她刚调养好那几年却是健康得很，直到后来皇上让丽贵妃辅助皇后掌管后宫开始才又时好时坏。"

"德贵嫔冰雪聪明，什么都逃不过你的眼。德贵嫔把微臣当自家人，微臣自然也不能把德主子当外人，你想知道，微臣便知无不言。"

南太医叹了口气接着道："皇后娘娘身子骨的确较弱，可也不至于三天两头卧病不起。皇后娘娘膝下无子，朝中又无大丞相助，所依的不过是太后而已，可太后终究是皇上的母后，行事还是得要顾着皇上的感受。丽贵妃可就不同了，虽说也是无子，可是有皇上的宠爱，朝中又有宰相撑腰，这气势那是一日日见涨，一路直升到贵妃，眼看着便要取皇后而代之。皇后称病不出，任丽贵妃呼风唤雨，只作不见，好在丽贵妃入宫多年并未产下一男半女，否则……"

我叹了口气道："如今看来，这宫中只怕就要变天了啦。"

"不管这天怎么变，德贵嫔都要记得，你如今正在养病中，宫中诸事均与你无关，只需安心养病。"

我点了点头，含笑道："南太医开的药方果真有效，这才第二日，已然见好。对了，听说最近太医院恭太医请辞还乡了，我已向皇上举荐你顶替他做院史了。"

南宫阳猛地起身，跪在面前道："微臣今日便是为此而来。"说着便拜了下去，口中道："微臣谢德贵嫔知遇之恩。"

拜完又从随身的衣箱中取了几服药出来，双手呈到我跟前，道："这是微臣祖传之方，待德贵嫔再调养几日便可服用，包准叫德贵嫔心想事成。"

我忙上前扶了他起来，似笑非笑地说："本是一家人，何需说些见外的话，南太医的好意我收下了，以后这身子还要烦劳南太医多上心呢，这宫里本就要相互扶持的。"

正说话间，彩衣上来禀告，说是丽贵妃派人来请，说是有重要事情需马上过去。我忙叫人送了南宫阳出去，回房换了身素净得体的衫子，这才带了彩衣和小安子赶往长春宫。

到了殿门口，我让小安子守在门口等消息，自己带了彩衣进去，正堂里早已坐了不少人，我进得殿里，病恹恹地与众人打了个招呼，淑妃示意我过去坐在她身边。

我悄声打听，淑妃也只是摇头，只说是丽贵妃突然派人传了过来，也摸不准她葫芦里究竟卖的什么药。正说着，晴贵嫔带了云秀嬷嬷来靠在我下首位坐了，我正想与她说话，却听得长春宫掌事太监尖声道："贵妃娘娘到！"

我们忙起身齐拜道："嫔妾恭迎贵妃娘娘，娘娘千岁，千岁，千千岁！"

丽贵妃走到正中雕凤红木椅上坐了，抬眼瞟了我们一眼，冷声道："都起来吧。"

我们谢了恩，刚坐下，丽贵妃用冷冽威严的声音说："今儿个请众位姐妹前来，是因为宫里发生了件大事，皇后姐姐尚在病中，本宫代皇后姐姐掌管，此事又不得不处理，只是兹事体大，如今请众位姐妹做个见证。"

我们面面相觑，正摸不着边际，丽贵妃柔声道："晴贵嫔，有人向本宫揭发你私通他人，淫乱后宫，兹事体大，本宫不敢大意。如今就请你当着众姐妹的面作个交代，也好堵了那些搬弄是非之人的口。"

众人俱是一惊，眼光不约而同地朝这边望了过来，有怜悯担忧的，更多的是幸灾乐祸。端木晴浑身一颤，顿了一下，又若无其事地起身走到正中间，跪了回道："嫔妾惶恐！娘娘所问之事嫔妾全然不知，实在不知该如何作答。"

"是吗？"丽贵妃似笑非笑，语气平和道："晴妹妹不必惊慌，起来坐了说话吧。本宫也是不信，但这后宫流言蜚语甚多，本宫代管六宫，不得不谨慎处之，这才请了众姐妹来，问个清楚，说个明白，也好封了那些胡言乱语之人的嘴。"

端木晴谢了恩，坐回椅子上，道："娘娘既然说是流言蜚语，自然也就不可信了，如今娘娘既然传了众人前来问，自然便是信了。如此，娘娘有什么尽管问，嫔妾知无不言。"

"好，晴妹妹果真爽快。本宫问你，清明节时皇上摆宴，你以身子不爽为由提前退了，实则并未回烟霞殿，却是去了何处？"

"回娘娘，时日已久，嫔妾哪里记得，无非就是散散步，找宫里姐妹闲话几句而已。"

"妹妹既然记忆力不是很好，那本宫就问个近的。"丽贵妃此时已是目光灼灼地盯着端木晴，"中秋节那晚，妹妹送了德贵嫔回去后并未回殿，却又是去了哪里？"

"回娘娘，嫔妾那晚扶了德姐姐回去，一直伺候在侧，当日为德姐姐诊脉的华太医和送御赐之物的小玄子公公皆可为证，娘娘可传二人前来问话。"

提到那日御赐之事，丽贵妃脸色一变，眼里闪过一丝阴冷，戴着熠熠生辉的金色护甲的手紧抓着椅臂。忽然，只听得"咔"的一声，那金色的护甲硬生生地被她折断，冷声道："诡言狡辩，晴贵嫔，你真真是不见棺材不掉泪。"说着朝门外冷喝一声，"给本宫带上来。"

我们一惊，不由得望向门口。两个小太监拖了个人进来，扔到殿中，众人望去，心里不由得一颤，只见那人儿头发凌乱，满身血衣，任由太监们扔在地上，却是动也不动，我估摸着打成这样，只怕如今只有出的气儿，没有进的气儿了。

坐在我边上的端木晴脸色惊变，伸手死死地抓住我的手，身子微颤，眼睛死死地盯着地上的血人儿，眼中涌满泪花。

我转过头去，细细辨认着地上的人儿，她终于动了一下，慢慢地用尽全力微偏了头过来，看向我这边。蓦地，我伸手捂住嘴，生生地将那声惊呼吞了进去：地上那人儿不正是晴贵嫔殿里的宫女小初么？！

耳边响起丽贵妃威严的声音："晴贵嫔，地上这人相信你是再熟悉不过了，她已将你私通罪行如实交代，你还有何话可说？"

原本躺在地上毫无生气的小初一听丽贵妃的话，立时用手撑着地面抬起头来，拼命地朝端木晴摇头，口中发出断断续续微弱的声音："主子，奴婢……"

丽贵妃定然是未料到昏迷中的小初居然还能清醒过来，威严的目光突地扫向门外，高声喝道："来人啦，还不快将这淫乱宫闱的贱妇给拿下。"

立时行刑司掌事太监江锋带了一群太监冲了进来将整个正堂团团围住，众妃嫔见这阵势无不正襟危坐，原本有意为之求情之人，也都低眉顺目，无人再敢多看，多说，生怕一个不小心就成了同谋帮凶，受到牵连。

我正想出来说话，却发现自己动也不能动，这才发现原本站在椅子后面的彩衣死死地拖住我，我望了过去，她一脸严肃地朝我摇了摇头。

端木晴早已起身走到小初身边查看她的伤势，安抚她的情绪，正在这时门外两个小太监扭了不知何时从殿中消失的云秀嬷嬷进来。

云秀嬷嬷头发凌乱，满脸心疼地看着端木晴，歉意道："主子，老奴无用。"

端木晴满脸淡然地摇了摇头，蓦地抬头生生地盯着丽贵妃，满眼的冷傲倔犟，一字一句道："娘娘有什么只管冲我而来，何必为难一个小小的宫女。"

"好，既然你已经承认罪行，本宫就不得不执行宫规，以正典刑。"

"欲加之罪，何患无辞。娘娘何必如此兴师动众，娘娘既然容不下嫔妾，嫔妾便成全娘娘，娘娘赐酒一杯便可。"

"本宫代管六宫，行事自然有礼有法，晴贵嫔既然不认罪，本宫自然能拿出证据来，让你口服心服。来人，先将晴贵嫔拿下。"

"娘娘不可！"我挣脱彩衣的阻拦，大步走到中间，跪拜下去，高声道，"贵妃娘娘向来最是宅心仁厚，管理六宫执法公证，众家姐妹有目共睹。嫔妾坚信今日娘娘请了众多姐妹前来，定然是有所凭证，只是娘娘既然说收到密报，晴妹妹私通他人，那也应该将那私通之人拿了出来，如今并无真凭实据，但凭一个满身是伤，从头至尾一声不吭的宫女，便要拿了晴贵嫔，此举只怕难以服众，也有损娘娘清誉。"

丽贵妃见我如此说，又看了看满殿的妃嫔，眼波流转，顿了一下才缓声道："德贵嫔说得也有些道理。那先这样，晴贵嫔即日起在烟霞殿内抄经念佛，修身养性，任何人不得打扰。江公公何在？"

"奴才在。"

"你负责照顾晴贵嫔的饮食起居，派些人守护好晴贵嫔，严禁他人打扰晴贵嫔清修。"

"奴才遵旨。"

"即刻送晴贵嫔回宫。即日起，宫中众人，但凡有本宫宣传问话者……"

正在此时，门口小太监通传道："皇上驾到！"

我松了口气，转头望眼欲穿地盯着门口，等待那抹熟悉的身影出现。那抹明黄的身影出现时，我鼻子竟有些酸，眼里弥漫着雾气，提到嗓子眼的心顿时落回原处。

丽贵妃忙带了众人跪迎圣驾，拜道："臣妾恭迎皇上，皇上万岁，万岁，万万岁！"

皇上进得殿中，着急地搜索着什么，见我好好地跟众人一起跪在地上迎接他，缓了一下道："都起来吧！"

我们起身却只是拘谨地站着，皇上走到正中位坐了，冷冷地说："听说丽贵妃在长春宫三堂会审，朕特来看看。"

丽贵妃脸色一变，上前回道："臣妾惶恐，臣妾接到密函，说晴贵嫔私通外人，淫乱后宫，兹事体大，臣妾代皇后姐姐统管六宫，此等大事，万不敢有丝毫疏忽，这才传了众姐妹前来问话。"

"是吗？"皇上目光炯炯地盯着丽贵妃，指着地上的小初问道，"那你给朕说说，这个又是怎么回事？"

"这个……"皇上突然出现，丽贵妃始料未及，被抓了个正着，一时也不知如何辩解。

"朕和皇后信任你，把六宫交由你代理，你就是这样代理的？"皇上厉声道，"如贵嫔去时朕便说了，此类事件到此为止，你把朕的话当耳边风么？"

丽贵妃脸色大变，"咚"地跪倒在地："皇上息怒，臣妾惶恐。"

"晴贵嫔私通，私通何人？有何证据？"皇上追问道。

"这个……"丽贵妃小心地偷瞄了一眼皇上，小声道，"臣妾正在查证中。"

"查证？！查证中就搞得如此兴师动众？晴贵嫔再不济也是朕亲封的宫妃，你如今这样一做，叫她以后如何在这宫中做人？朕一向宠你，信你，倚重你，你就是这样回报朕的么？"

"臣妾知罪，请皇上责罚。"丽贵妃磕头不止，此时的她才真真正正感到了恐惧，在皇上心中的地位一落千丈，更是面临代理六宫的权利被剥夺的危机。

皇上抿着嘴不说话，我却感到他心中那道墙正在慢慢倒下去，忙上前跪了："皇上息怒！贵妃娘娘代理六宫尽心尽力，一向宅心仁厚，此事关系皇家声誉，这才忙中出乱，考虑略显不周，实在情有可原，请皇上从轻发落。"

众人忙跟着跪了："皇上息怒！"

皇上看着昔日疼爱的人儿此时头发乱乱，满脸泪水的狼狈样，心中一软，语气也缓和了下来："爱妃先起来吧，不是朕要怪你，而是此事你处理得实在有失妥当。这样吧，你就当着众人的面，给晴贵嫔赔个不是好了。"

丽贵妃双手紧紧一握，关节泛白，复了又慢慢地放开来，身子慢慢地面向端木晴。

"皇上。"端木晴直直地跪在地上，双目含泪，目光坚定地望着皇上，"臣妾请求皇上彻查此事，贵妃娘娘言辞凿凿地说臣妾淫乱后宫，就请皇上下旨严查。臣妾的宫女因为此事已是奄奄一息，此事如若不查个清楚，臣妾就要背上淫妇的恶名，臣妾也便没脸立足于后宫，皇上不如赐臣妾死罪！"

"嗯，晴贵嫔说的也有道理。"皇上顿了一下道，"既然丽贵妃说收到密函，想来也有些线索，那就由丽贵妃负责查证。"

"谢皇上给予臣妾洗刷冤屈的机会。"端木晴说着便拜了下去。

"快起来吧。"

"谢皇上。"端木晴又谢了恩，这才爬了起来，小步走到我旁边来。我却明显感觉到她步伐凌乱，正想上前扶她，她却已软软地倒了下去。

我大吃一惊，忙上前扶了她搂在怀里，口中叫道："晴妹妹，晴妹妹！"

皇上见状也是大惊，忙大步走到我身边，大声吼道："快传太医！"

众人见状也是围了上来，现场一时乱成一片，我见端木晴昏迷不醒，怕众人围着更是呼吸不畅，小声示意皇上。

皇上眉头一皱，怒吼："都住了！"缓了一下才柔声道，"大家都先回去吧。"

众人忙退了，我见端木晴还未清醒，着急之下，用手狠狠地掐住她的人中穴，过了几秒钟她才幽幽转醒。

云秀嬷嬷欣喜道："主子，你醒了，有没哪里不舒服？"

皇上在一旁见人已醒来，吩咐道："先将晴贵嫔扶至炕上。"

我准备帮忙扶晴贵嫔，她却拉着我的衣袖，我询问地望向她，她摇了摇头，虚弱地说："回去，我要回去！"

我望向皇上，他转头吩咐道："杨德槐，传朕的龙辇来。"

小安子挤上前来，合着云秀嬷嬷一起将端木晴扶上了龙辇，靠在皇上怀里，往烟霞殿而去。

太后早已得信在烟霞殿里等着，见众人回来了，忙让进屋里等华太医诊脉。

我进得屋里，也不敢高声，只规规矩矩地跪着磕了个头，拣了个角落里站着，同众人一起静静地等着太医诊脉。

过了许久，华太医才缩回手，一副胸有成竹的样子，我们都着急地望着他，想快一点知道结果，又怕是坏消息。

华太医揽了揽胡须，这才起身对着太后和皇上跪了下去："恭喜太后，皇上，晴贵嫔有喜了。"

"什么？"皇上激动得从椅子上站了起来，似乎有点不敢相信，"华太医，你能确定么？"

"微臣以项上人头担保，诊断无误。"

"好，好，"皇上微微有些语无伦次，"有赏！"

太后喜极而泣，悄悄转过头去擦掉眼角的眼泪。我喜笑颜开，真心为端木晴感到高兴，我努力想如愿的事，她却是无心插柳柳成荫，上前跪拜道："臣妾恭喜皇上，恭喜太后！"

太后激动得有些说不出话来，还是皇上唤了我起来，稳定了一下情绪，却是想到："华太医，晴贵嫔既是有了身孕，又为何会晕倒呢？"

"回皇上，晴贵嫔身子本就虚弱，初怀龙胎凤体不适，再加上急火攻心，这才会突然昏厥。如今醒来，当好生将养，微臣这便去开几服安胎药送来，请晴贵嫔按时服用，静心调养，定保母子平安。"

"那好，既然这样，就尽快去办！"皇上吩咐着，顿了顿，又说道，"往后晴贵嫔养胎之事就由华太医全权负责。"

华太医忙跪了叩头道："臣自当尽心尽力！"

"嗯，你先退下吧！"

华太医低头退了。

端木晴被巨大的欣喜冲击着，一脸难以置信的表情望着我，我上前侧坐在床边，抓住她的手笑着朝她用力地点点头。

端木晴靠坐在榻上，用手轻抚肚子，脸上满是身为人母的光辉。依照端木晴的表情和

上次小安子跟踪回话的日子推算，只怕这龙胎……

欣喜过后的太后冷静了下来，自然也就想到了先前的问题："哀家听说晴贵嫔是晕在长春宫里被抬回来的？"

皇上微微有些尴尬，沉吟道："母后，此事……"

我忙上前跪了，准备告退，太后摆了摆手，示意我坐到她旁边，拉着我的手道："莫丫头留着吧，你与晴儿亲如姐妹，如今又是皇儿心坎上的人，哀家也是喜欢得紧，哀家看得出来你是真心实意地对待晴儿，也是这宫里真真正正把皇上当丈夫般对待之人。如今这屋子里也便没了外人，哀家也就当着你们说说这宫里的事。"

太后语重心长地说："皇儿，你亲政前，朝上宫里都是哀家替你操着心。自你十六岁亲政以来，哀家再未问过半句，无论是朝堂之上，还是这后宫之中，就连薛皇后故去之时，哀家也从未干涉过半句。哀家总觉儿孙自有儿孙福，既然我儿做了一国之君，哀家横加干涉只会让我儿缩手缩脚。"

皇上感叹道："母后含辛茹苦抚养儿臣长大成人，儿臣十二岁登基，十五岁亲政，这期间心酸痛苦只母后一人最为清楚。儿臣一向尊母后，敬母后，母后的恩情儿臣时刻牢记心中，片刻不敢相忘，也从未有过嫌母后干涉之意。"

太后点了点头，欣慰道："哀家一辈子最骄傲的事就是有你这么个好儿子。既然皇儿说不嫌哀家干涉，哀家如今就来说说这后宫之事。皇后体弱多病，皇儿命丽贵妃代管本无可争议，可如今这宫里的事已到不得不问的地步了，远的哀家就不说了，如贵嫔的事皇上心里应该也是清楚的吧？莫丫头的那顿藤条有人心里可巴不得换成杖刑呢，如今晴丫头又是身怀有孕晕倒在长春宫里被抬了回来。皇儿，这后宫的天可是不见半点光了。"

皇上郑重其事地走上前，跪在太后面前道："母后教训得是，儿臣记下了。"

太后这才喜笑颜开地扶了皇上起来，顿了一下，又说："如今晴儿身子不方便了，怕是这殿里人手不够了，这样吧，叫云琴也过来，同云秀两人一起好好照顾晴丫头。"

端木晴本想下地谢恩，被太后喝住了，这才不自在地歪在床上道："臣妾谢过太后！"

皇上沉吟了一下，朝门口叫了声："杨德槐！"

"奴才在。"一直候在门外的杨公公忙掀了绣帘，进来跪在跟前，"皇上有何吩咐？"

"传朕旨意：晴贵嫔自入宫始，温婉贤淑，颇得朕心，由贵嫔晋升为婕妤，赐号'晴'。"

"奴才遵旨！"

我忙起身朝端木晴拜道："见过晴婕妤，嫔妾给婕妤娘娘问安！"不等端木晴拉着，又自顾起身坐到跟前，欣喜地拉了端木晴道："恭喜晴姐姐双喜临门，妹妹可是要讨赏的噢。"

"要没有妹妹在长春宫里力保我，如今只怕我已如小初般……"说到此处，端木晴却是眼泪如断线珍珠般簌簌而下。

我忙取了丝帕替她擦了泪道："姐姐莫要伤心，如今不是好好的么？华太医刚刚才说要姐姐好好调养身体，你如今只可想高兴之事，切莫想那些不开心的事。你不为自己着想，也要为肚子里的孩子着想啊。"

说到此处，端木晴却是哭得更凶了："贵妃娘娘言辞凿凿，含血喷人，当着宫中众姐妹的面诬蔑我是淫妇，如今我哪有脸面在这宫中立足，怕只怕吾儿日后被人诬指为野种，倒不如今便不生他下来也罢，免得他跟着我这没用的娘亲受苦！"

我大惊，万想不到一向淡如清水般的端木晴竟也说出这些话来，只一瞬间也就明了过来，忙接了话来："妹妹行为端正，冰清玉洁，宫中向来有口皆碑。皇上已然答应彻查此事，姐姐就要相信皇上，一定会将此事查个水落石出，还妹妹一个清白。"

"好端端怎么又哭了，有朕在，谁敢！"皇上见端木晴泪流不止，怒火中烧，大声朝门口吩咐道，"小玄子，传朕旨意，宫中无论位分高低，但有搬弄是非口舌者，重惩不赦！"

太后在旁暗自点头，又转身对云秀嬷嬷小声吩咐着。

用过晚膳回到殿里时已是伸手不见五指，小安子上前伺候我脱了海虎毛滚边厚袄披风，引我进到早已烧好炭的房中。

我歪在躺椅上，小安子又拿了锦被捂好，我感叹道："还是待在屋里好。"

彩衣端了新熬的姜汤递到我手上，接了话道："今年这天怪冷的，照这样只怕过几天就要开始下雪了。"

"是啊，这宫里的冬天也来啦。"我将喝剩的姜汤递回给彩衣，又招呼两人围着炭盆坐下。两人谢了恩，这才歪在两个小软凳上。

"小安子，今儿个皇上是你请来的吧？"

"主子说笑了，皇上哪是奴才能请得动的，奴才不过是赶巧遇着了罢。奴才等在长春宫门口，左右不见主子出来，向长春宫门口小太监打听又没什么信儿，奴才左等右等也不见有人进出，门口反而增了太监守得严严实实的，奴才担心主子出事，心急如焚。

"正苦恼无计可施之时，却见皇上自栏桥而来，奴才赶紧在长春宫正门口来回走着，只盼能引起皇上一行人注意。还是小玄子机灵，见奴才满脸焦急地守在门口，心里挂着主子，远远地将皇上禀了奴才是主子殿里的主事太监，皇上这才上前询问奴才。奴才赶紧禀了是贵妃娘娘召见，许久未有音讯，奴才守在门口，不知殿中情形，奴才话未说完，皇上早已疾步进了殿中。

"奴才跟着小玄子进得殿中，见主子平安无事，这才松了口气，不想贵妃娘娘这次却

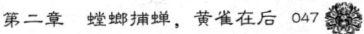

是冲着晴婕妤的。"

我感叹道："要是今儿没有你引了皇上来，后果难料啊。"

彩衣在旁接着道："奴婢今日寸步不离跟在主子身边，照这种情况看，婕妤娘娘屋里只怕是有她不知道的棋子，而且还是贴己的人儿。"

"你是说……"我诧异道，棋子肯定是有的，贴己的却是未必了，毕竟云秀嬷嬷在宫中几十年了，这些个事她应该是非常清楚，也是知道怎么处理的，近得端木晴的人应该是知根知底儿的人才是了。

"是了，主子。"彩衣肯定地说，"照这情形，贵妃娘娘只怕是得到信儿，知道婕妤娘娘可能已有龙胎，又知她有那么几晚行踪可疑，这才布下今日的局，想先下手为强了。主子想想，如果不是贴己的人儿，又怎么会知道婕妤娘娘的月事和行踪呢？"

"这样一说，我很多疑团也就豁然开朗了。毕竟晴婕妤和黎昭仪不同，黎昭仪内无所依，外无所靠，即使有了皇子也不会威胁到她的地位；可是晴婕妤可就不同了，内有太后可依，外有身为尚书的爹爹及手握兵权的王爷舅舅。如若再产下皇子，贵妃娘娘的地位便岌岌可危了啊。这样说来，她行今日之险棋也在常理之中了。"

"这可是条一箭双雕的好计谋啊，主子。你想想，这计谋如是成了，婕妤娘娘就不说了，那龙胎定然是不保的；如果不成，宫里人也会有所议论，婕妤娘娘的声誉定然大受影响；再有说了，哪个男人能忍受得了别人说自己的女人红杏出墙的？"说到此处，小安子不由得降低了声音，小声道，"皇上他也是男人啊……"

"如此一来，无论结果怎样，婕妤娘娘也是那吃亏之人了。"我叹道，"好歹毒的计谋啊。"

"可偏偏主子你站在了婕妤娘娘这边，皇上心里怎样想，大家不知，可如今大家看到的是皇上全然护着婕妤娘娘的了。"彩衣担忧地看着我，"主子，你可要小心为上了，毕竟是你破坏了丽贵妃的好计谋啊。"

"奴才看来，危险也是机遇了。"小安子分析道，"如今主子树了贵妃娘娘这么个大敌，可皇上叫贵妃娘娘查，也未必没有用意。查不出来，贵妃娘娘的中宫令恐怕就到头了；查出来了，那主子恐怕也就难逃干系啊。"

"啊？！"我一惊，到底还是小安子想得周全些，沉了一下，才道，"如今这形势恐怕得要好好度量度量才好了。"

"主子还是要多跟淑妃娘娘多来往才是，太后那边更该多去拜访才是。"

"嗯。"我点了点头，伸了个懒腰，闲闲地说，"明天婕妤娘娘身怀龙胎之事传了出来，这宫里又不知有多少人要痛心疾首，银牙咬碎了。"

彩衣起身道："主子，奴婢去给你熬点小米粥垫垫胃，暖暖身子吧，忙了一下午了。"

我点了点头，待到彩衣起身出门去了，我才轻声问小安子："黎昭仪那边还没消息么？"

"还没呢，应该快了，也就这几天的事了。"

"小安子，这宫里的形势日渐复杂，咱们想要在这里头安身立命，只怕得要努力一把，做上点事才是啊。"

"依奴才看，这婕妤娘娘的龙胎可得要好生利用才是啊。"

我点了点头，小声地和小安子商量着。

今年的冬天来得特别早，昨儿夜里下了一夜的雪，今日一早屋外竟堆了没脚背深的雪，除了几株凌寒而开的残败傲菊还未凋谢外，院子里已是光秃秃的一片。

浓冬的太阳被薄云缠绕着，露出苍白无力的光芒。我令小安子派人清扫了正堂前和两回廊处的积雪后，在西屋烧了炭盆，除了彩衣、秋霜、秋菊和小安子外一干奴才宫女们围在屋子里取暖。不知道为什么，我有些害怕这样的季节，因为它让人感觉冷到骨子里，一颗心也凉凉的。

小安子听到外面的示意声掀了帘子出去了，过了一会子又急匆匆地跑了进来，跪在地上，沉声道："主子，贵妃那边来人，请您去长春宫一趟！"

我放下手中的书，坐正了身子，伸手端了端发髻上的金步摇，望着跪在地上的小安子。心下转了几番，问道："有没问清楚来人是为了什么事？"

"这个，主子恕罪，奴才没打听出来。"小安子微微抬起头，满脸歉意地回道。

"哦，你起来吧。"我看了一眼彩衣，吩咐道，"准备一下，贵妃说要去咱们就去。"

彩衣沉吟了一下，又转头朝小安子暗暗使了一个眼色，小安子点了点头，转身疾步出去了。

踏出东暖阁，正堂里站着的两个小太监见我出来急忙下跪请安。我满脸堆笑，说道："起来吧，不用这么客气。这天寒地冻的还劳烦两位公公跑这一趟，两位公公贵姓？"

说着示意殿里的小太监们扶起两人。那两位公公一时反应不过来，怔怔地看着我。秋霜、秋菊已奉上热茶，两人才回过神来，接了茶连连说着："主子太客气了。"

聊上几句才知，年纪稍长的是陈公公，稍轻的是桂公公。我示意二人将脚放在椅子下的铜暖脚炉上，轻言软语道："两位公公的岁数也算是宫里的老人了，说起来我入宫时日尚短，您二位也算得上我的前辈了。"

我示意二人喝着热茶，看着他们，盈盈一笑："说起来，我是个主子，其实只不过靠着万岁爷的宠爱才坐在这里，要有对二位不恭敬的地方，您二位可别介意啊！"

两位太监忙不迭道："不敢不敢，娘娘这不是折煞奴才了吗！"

彩衣从侧门走了进来，笑着走上前，往两人手中一人放了两锭银子。我笑道："哎，

说什么折煞不折煞的,要是两位公公不嫌弃,今后倒是多来我这樱雨殿走动走动,多提点提点我这小辈也好。"

两人眉开眼笑地将那银子收了,陈公公赞道:"早就听说这宫里德主子最是和蔼可亲,平易近人,从不拿乔;奴才还只是半信半疑,如今是闻名不如见面了。"

我呵呵一笑。"那是众人谬赞了,不提也罢。"话锋一转又说,"咱们快走吧,可别让贵妃娘娘等急了!"

陈公公一拍脑门,说道:"瞧奴才这愚木脑子,主子,这边请!"

走到长春宫,陈公公进去通报,不一会子便缩着身子出来了,说:"主子,贵妃娘娘请您一人进去。"

"主子!"彩衣拉着我的胳膊不放,担忧地看着我。

我心知长春宫是她的噩梦,安抚地拍了拍她的手,回给她一个不要担心的眼神,挺直了身子,慢条斯理地走进了长春宫。

陈公公一路带我入得正殿,示意我进了门。大门在身后缓缓关上,砰的一声直渗人心,光线一下子暗淡了下来。我眯着眼,过了几秒才适应了眼前的环境,慢慢看清楚殿中的一切。

端坐在正中凤椅上的却是传言中重病卧床的皇后,她脸色苍白,满目阴郁;旁边右首坐着丽贵妃,她眼中满是不屑和不快,却抿着嘴没有说话;左首位却端然坐着淑妃,她眼神飘忽,满脸平和,看不出半点端倪。

柳才人跪在地下,衣衫凌乱,昔日一丝不苟的发髻如今已岌岌可危,髻上的饰品早已不知去向,浓冬日里刘海鬓发却汗湿了沾在脸上,泪流满面,精心装饰的妆容毁于一旦,我暗暗替她惋惜,只怕今日之后她便只能在这宫中落寞老死了。

她本低头哭哭啼啼的,看我进来猛地抬起头来,眼中露出喜悦的神色,几乎是大叫出声:"德姐姐,你要替我做主啊!"

我先向皇后、贵妃和淑妃行了礼,这才看向皇后,恭恭敬敬地问:"不知皇后娘娘今天叫嫔妾来所为何事?"

皇后看着我,蹙紧了眉头,半响才虚弱地说道:"德贵嫔先坐下说话。"我谢了恩,在左边末位坐下,有宫女沏上茶来。

皇后这才叹了口气说道:"不知道妹妹听没听说黎昭仪的孩子没了?"

我正端了茶拂着茶沫,猛地手一顿,茶水险些溅到身上,忙将茶杯放在旁边几上,抬起头,满脸难以置信的神色看着皇后:"什么时候的事?这怎么会呢?前几日我去看黎昭仪时她还满脸幸福地说好好的呢?"

皇后没有说话,倒是贵妃冷冷地开了口:"刚没的,所以才把妹妹你叫过来问问清楚。"

我霍地一下站了起来，面向丽贵妃正色道："请问贵妃娘娘这话是什么意思？难不成黎昭仪的孩子没了跟嫔妾还有关系不成？"

丽贵妃意味深长地看了我一眼，娇笑道："妹妹可别误会，本宫可没这个意思。"

淑妃说道："妹妹别多心，贵妃不是这个意思。只不过，太医去看了，说黎昭仪服了一帖药，里面有易小产的红花。"

我看向皇后道："皇后娘娘明查，嫔妾从没给黎昭仪送过什么药，这事与嫔妾没有关系！"

皇后看着跪在地上的柳月菊说道："可是柳才人说那灵芝珍珠液是从妹妹这儿知道的！"

我居高临下地看着柳月菊，面色颇为不快，道："月菊妹妹，我可从来没有跟你说过什么灵芝珍珠液的事情啊，你怎可如此谋害于我？"

柳才人眼睛红红地看着我，泣不成声，哽咽着："德姐姐，你告诉皇后，那灵芝珍珠液真的是美容的密药，我不知道还会有这样的成分啊。"

说着又向皇后、贵妃和淑妃磕头："皇后娘娘，贵妃娘娘，淑妃娘娘，德姐姐没跟嫔妾说过灵芝珍珠膏的事。是嫔妾那天去德姐姐殿里，本想给德姐姐个惊喜，便没有叫守门的小太监通传，自己在屋外听见德姐姐和彩衣说灵芝珍珠液之事，后来，嫔妾就去找南太医要了这药。后来……"

说到此处，柳月菊看了看坐在堂上的几人，又瞥了瞥我，脸上一阵红一阵白的。"后来皇上经常……经常翻嫔妾的牌子……还夸嫔妾身上香。"柳才人的声音低了下去，头也垂了下去，"黎昭仪与嫔妾素来亲近些，她向嫔妾倾诉说身怀龙胎后，皇上只是偶尔过去坐上一会子，几乎未翻过她的牌子。嫔妾不好瞒她，就告诉了她灵芝珍珠液之事！"

我看看皇后和贵妃，只见皇后抿着嘴，脸上的表情阴晴不定；而贵妃恨恨地瞪了柳才人一眼，一副恨铁不成钢的样子。淑妃却松了一口气，欣慰地看着我。

柳月菊在地上磕着头："皇后娘娘饶命，嫔妾真不知道那药里有易小产的红花，要是知道嫔妾便是有一千个胆子也不敢告诉黎昭仪了！"

我看着皇后，不紧不慢地说："皇后娘娘，这灵芝珍珠液嫔妾可没跟任何一个人说过，也没推荐给别人用过。想来是黎昭仪自己想邀圣宠，这才偷偷用药，这事跟嫔妾没关系。请皇后娘娘明察！"丽贵妃轻哼一声，斜目瞟了我一眼。

我看了一眼跪在地上的柳月菊，心里冷笑连连，嘴上却道："月菊妹子虽然鲁莽，不过也是一番好心，说来说去只不过是黎昭仪自己，怀了龙胎也不好好保重，这个可怨不了别人。"

柳月菊听我这番话，从地上抬起头来，感激地看着我。

淑妃开口道："此番看来，倒真真是黎昭仪自己怀了龙胎，还精心设计，想得圣宠惹

第二章　螳螂捕蝉，黄雀在后　051

下的祸。"

皇后正踌躇间,外面的太监高声通报:"皇上驾到!"

我们四人赶紧离座行礼:"臣妾恭迎皇上,皇上万岁,万岁,万万岁!"

皇上修长而魁梧的身影匆匆进来,皇后早命太监搬来一张椅子,自己让了正位,退至侧位。

"众位爱妃平身,赐座!"

我们谢过恩,待到皇上落座后才纷纷坐下,柳才人依旧跪在地上。

皇上看看我,又看看柳才人、贵妃、淑妃,才转向皇后,关怀地说:"皇后,既然身子不好就好好养着,怎么跑贵妃宫里来了,是什么事这样劳师动众的?"

皇后长叹了一口气,把事情的来龙去脉说了一遍,又掏出绣帕在眼角沾了沾泪花:"这事谁对谁错实在难以断定,可是万岁爷的孩子就这么没了,我这做皇后的又不能不管!"

皇上状似漫不经心地看了我们一阵,说道:"依朕看,那孩子只是一个意外。"

皇后和淑妃似乎没料到皇帝对这事如此轻描淡写,急了起来,又怕触怒龙颜,淑妃试探着问道:"皇上,那,黎昭仪她……"

皇上回头吩咐杨德槐:"德槐,回头你叫小玄子给黎昭仪送些补身子的药材去,叫她无须太过伤心,好生将养,朕明日再去看她。"

"皇上!"皇后低低地喊了一声,皇上转头看了她一眼,又扫了地下的柳才人,冷冷地开口道:"今后这宫里任何妃嫔用药必须经太医查验许可!柳才人鲁莽行事,杖责三十,降为答应!"

丽贵妃不满地看了我一眼,向皇上说道:"皇上,柳才人鲁莽,那德贵嫔她就没错吗?"

皇上淡淡地说道:"贵妃,你没有听见柳才人都说此事与德贵嫔无关吗?这事就这么定了!"

说完离座携了皇后的手道:"皇后,你体弱,往后只需在宫里好生将养,宫里的事少操些心。"顿了一下,又道:"我看这宫里杂事甚多,贵妃一人恐怕操劳过度,力不从心,往后就由贵妃和淑妃二人共同协助皇后管理后宫吧。"

丽贵妃蓦然一惊,抬起头来,却对上皇上冷冷的目光。皇上看了她一眼:"大家都各自回宫歇息了吧。"

出了门,彩衣急忙拥上前来,扶了我关切地问道:"主子,你没有事吧?"

我摇摇头,柔柔地笑着,为她抹去额前细细的汗珠,这大雪天的急出一头汗来,心里说不出的温馨与宁静。

用过晚膳,皇上派了小玄子过来传话,说是今儿宿在储秀宫里,天冷,让我早些歇着。小玄子说完皇上的话，又上前低声道："主子，事情都办妥了。我先回去了，这几日杨公公身子不爽，我先回去伺候着。"

我点了点头，转头向小安子示意，小安子会意地取来早已备下的东西，送了小玄子出去。

我伸了个懒腰，叫彩衣替我梳了个简单大方的流云髻，就着妆台上首饰盒挑起簪子来。我扫了一眼满盒的翡翠珍珠，淡淡地说："等会子去探望柳才人，还是别打扮得太艳丽了。"

我伸手挑了几颗碎玉珠花别在鬓边，对着铜镜仔细看了看，浅蓝暗纹棉袄配上晶莹剔透的星星点点几粒碎玉，倒显得极为素雅恬静。我满意地点了点头，回头吩咐彩衣："去拿了我叫你准备的东西，顺便把那盒血燕拿上，去红霞殿！"

彩衣边帮我披厚披风，边笑道："主子，你可真会替别人着想！只是这天寒地冻的，还是别去了吧，奴婢替你走这一趟好了。"

我拿起罗黛在眉上描了描，似笑非笑道："总算姐妹一场，如今她要走了，我做姐姐的怎么能不关心，怎能不亲自去送送她呢？怎么着也得让她明明白白地走了才是。"

小轿一路进了红霞殿停在正门口，彩衣扶了我下来，入得殿里，院子里的宫女太监们看见我来，都上前来请安，我只点了个头便疾步进了柳月菊的卧房。

这卧室里门窗紧闭，空气沉闷，灯光昏暗，炭火烧得旺旺的，刺鼻的药气弥漫着整个屋子。过得片刻我才适应了房内的光线，这才看到子初站在放着青纱幔子的床前，见我进来急忙跪下身去。

我也不理她，径直走到重重纱帐之前，轻声道："起来吧。你家主子怎样了？"

听我如此一说，原本一脸悲伤的子初眼泪像断线的珍珠般滴落而下，哽咽道："回德主子，我家主子，我家主子她……怕是不……"

帐子里的人觉察到我的到来，虚弱地问了声："子……初，是……是谁？"

子初没敢起身，只小声答道："回主子的话，是德贵嫔来看望你了。"

我看着身前的纱帐，温和而关切地问道："妹妹今儿身子可好？"

只听得纱帐中传来用尽全力又自嘲的声音："如今，还愿意来看妹妹的也就姐姐一人了。"

我轻轻地笑了起来，转身吩咐道："妹妹身体不好，你们做奴才的也不好好伺候！还待在这儿干吗？看着让人闹心，都退下吧！小安子，派人接替他们的工作，彩衣，把东西送上来。"

彩衣依言将那盏雪燕递到跟前，我亲自拿了放到子初手上，温言道："子初，你是你家主子最信任的人了，如今你家主子落难，不知有多少双眼睛看着，膳食的重任就落在你肩上了，你亲自去。"

子初满眼含泪，"咚"地跪倒在地，磕头道："奴婢替主子谢过德主子，德主子的大恩大德奴婢一定回报！"

　　我拉了她起来："快去吧。"

　　待到子初出了门，我转头吩咐道："彩衣，这屋子里空气太闷，药味太重，不适合妹妹养身子，把妹妹前些日子送的熏香点上！"

　　我大步上前，一把掀了纱帐，目光冷然地盯着卧在床上的柳月菊，闲闲地，一字一句道："妹妹何必娇气，想当初姐姐受鞭刑之时不也是这样熬过来的？不过，只怕妹妹没那福气熬过来了！"

　　柳月菊万没料到我会突然变脸，原本苍白却带着欣慰的脸蓦然一变，呼吸声变得急促和沉重起来，眼光惊恐，怔怔地看着我，颤声道："姐……姐……"

　　我温柔地笑着，看着躺在纱帐之中的柳月菊，头发散乱，厚厚的棉被下面压着她落叶似的手，她睁大眼睛，眼中闪烁着与苍白的肤色截然相反的灼灼光芒，直直地看着我。

　　我站在床前，浑然不觉地看着她，嘴中发出"啧啧"的声音。"妹妹真是憔悴啊！"我伸手斜斜地掠过自己标致的发髻，一副万分惋惜的样子，"那行刑的太监定是下了黑心，使上了力了啊。妹妹好可怜啊，行刑时也没人帮你求个情！"

　　听到此话，柳月菊恍然大悟，眼中闪过一抹狠戾的光，大叫着："你这贱人，你想置我于死地！"

　　我呵呵一笑，柔声道："妹妹，你说错了。我不是想置你于死地，而是已经置你于死地了，你抬头看看屋里殿外哪个不是我的人？"

　　"你！"她恶狠狠地看着对她盈盈而笑的我，弯了腰猛地扑了过来。我侧过身子一避，她便摔倒在地上，沉重地喘着气。

　　我上前一步，状似不经意却一脚踩在她的手上，踏得死死的，居高临下，咄咄逼视着她："好妹妹，我今儿来，就是想让你走得明明白白，免得去了也只是个冤魂。"

　　"你，你，你好狠毒！"柳月菊拼命挣扎着，恨恨地看着我。

　　"你为了攀高枝，得圣宠下毒害我的时候，就早该料到会有今天了！"我冷笑一声，"就凭你？还不是我的对手！"

　　柳月菊一下子失去了力气，全身颤抖着："你，你果然知道了！"

　　我收回脚，看着她眼中的怨恨，也不生气，对又要拼命起身上前的她道："妹妹还是省点力的好，姐姐可提醒你了，越是挣扎可就发作得越快啊。"边说边饶有兴致地看着她，她果然立刻便躺在地上不动了，只气喘吁吁地瞪着我，我倒是忍不住了，"扑哧"一声笑了起来："好妹妹，怎么你的主子不来保护你啊？"

　　柳月菊急促地喘着气，突然开始咒骂我，语气恶毒而刻薄："你这个贱人，你不得好死……"

我"咯咯"地笑着，直起了身子，冷冷地看着躺在地上披头散发的柳月菊，淡然道："你骂吧！不管怎样，这一生一世我都已注定在你之上，踩着你，压着你，现在还掌控着你的生死，抓住这最后的机会尽情地发泄吧！"

听我这样一说，她反而愣在当场，继而号啕大哭起来。

待到她哭够了，转为抽泣时，我才歪在椅子上叹息道："我一直拿妹妹当知己，时常在皇上面前提携你，不料你却在熏香中下了手脚，想置我于死地。自古胜者为王败者为寇，妹妹又何必不甘？"

"你……"

"不管妹妹信或不信，我确实没有害妹妹之心。但是我却发现了妹妹送我的熏香中的秘密，从那时起，我们便只能你死我活了。"我感到心在不停地收缩着，快要喘不过气来了，"如今说这些已是多余，我今儿来主要是送妹妹上路，再有便是解了妹妹心中之惑，让你走得了无遗憾。"

心知已是必死无疑，柳月菊反而冷静了下来，撑着全力爬了起来，移至梳妆台前，气喘吁吁地坐了下来。

我取来披风给她披上，又拿起台上檀香木梳给她梳起头来，轻轻地，温柔地，如同她每次为我梳头一般，我一阵恍惚，那段美好时光似乎又回来了。

"姐姐，那灵芝珍珠液之事是故意让妹妹听见的么？"

"是我早就命人布好的局，不过那黎昭仪的孩子没了可不是因为那灵芝珍珠液。"

"那是？"

"妹妹还记得那盒南韩进贡的胭脂么？"

"胭脂？姐姐不是说那胭脂孕妇用了不仅能亮肤，连生下来的孩子肌肤也会跟着细腻嫩白的么？妹妹素来与黎昭仪走得近些，她怀了龙胎，这东西又有这功效，所以妹妹便……"说到此处她恍然大悟，竟轻笑起来，"可笑我还一直想着那灵芝珍珠液。"

"其实根本就不存在什么灵芝珍珠液，妹妹身上的香不过是我赠与妹妹放在枕下的香囊中的熏香而已。"

"输在姐姐手里，妹妹口服心服。姐姐心思细腻，思维严谨，这后宫中无人能及，这中宫令早晚是姐姐囊中之物！"柳月菊诚心道，面对死亡却坦然起来，没有了惧怕，只有满脸的释然和轻松。

我替她梳了个牡丹流云髻，不觉又想起当日里她为我梳这发式的情景，眼泪含在眼眶中，默默地取下头上的碎玉珠花斜斜地给她插在鬓旁。

她对着镜子左看右看，扯开嘴角轻笑起来："姐姐梳的这个牡丹流云髻可比妹妹当日为姐姐梳的别致多了，可笑妹妹还自鸣得意，拿了在姐姐面前显摆。"正说话间，却听她呕了一声，忙从怀中取了条白色丝绢捂住。她颤抖着手将丝绢拿开了，赫然见上面竟是一

口鲜血,再看镜中,嘴角处还沾有一点余渍,她似擦水渍般用丝绢擦净,又用粉扑扑上些粉遮去。

我看着镜中脸色苍白却美丽异常的柳月菊,眼泪再也忍不住了,如断线珍珠般滴落而下。她从镜中见我落泪,愣了一下,惨然一笑:"姐姐何必落泪,为我这种人,实在不值!"

我只唤了声"妹妹",却是已哽咽着,再也说不出话来了。

柳月菊却转头朝我温柔一笑,伸了手,轻声道:"最后再烦劳姐姐一次!"

我扶了她伸出来的手,将渐渐虚弱的她扶了起来,慢步挪至床上,待她躺了上去,又用锦被将她盖好。

"姐姐,你送与妹妹这熏香可真香……"

"姐姐,谢谢你,妹妹终于解脱了!"

"姐姐……"

说着说着,竟没了声,放在胸前的手垂到床边,手中那块染了猩红鲜血的丝绢散落在地。

我忍着心里的痛,低下身子捡了起来,绢上赫然是:

四张机。鸳鸯织就欲双飞。可怜未老头先白。春波碧草,晓寒深处,相对浴红衣。

我赫然,蓦然明白她说终于解脱了,只是,她又如何要下毒害我呢?已经不可能是为了争宠。

我长叹一声,原来活着未必就是胜利者,去了也未必是冤魂,将她的手拉了放进被窝中,轻声道:"妹妹,你就安心去吧。"

门口传来"哐啷"一声碗碎声,我转头望去,却是子初端了参汤进来,见到的却是已安然离去的柳月菊。

子初疾步上前,跪倒在床前,痛哭失声:"主子,主子……"

我扶住子初,将那方丝绢递与她,轻声道:"子初,你家主子已安心去了,你节哀吧!"

子初默默地拿了那方丝绢,轻声道:"主子,你终于可以与他去地下相会了。"说罢默默地将那方丝绢收了放入她怀中。

"主子,黄泉路上你一人太孤单,奴婢跟去伺候你!"我一听,心知不好,转过头去,还未来得及出声,子初已然一头撞在床头,跟着柳月菊去了。

我愣在当场,好半天才缓过神来,拖着沉重的身子走到门口,掀了帘子,彩衣忙上前来扶了我。我有气无力吩咐道:"在她屋里派个机灵点的人禀了皇后娘娘,吩咐小安子打点主事太监替子初买副好点的棺材堆个坟头吧。"

我回到樱雨殿里,心中全无半点胜利的喜悦,只有说不出的凄凉和无奈。

第三章　后宫金兰易折

　　第二日午歇起身，我带了彩衣去看过黎昭仪，她似一夜之间老了许多，神情呆木，我陪她说话也时常走神，我看着心酸，吩咐她的贴身宫女好生照料她，便退了出来。回到殿中用过下午茶便随手拿了本《杂记》看了起来。

　　"主子，杨公公来了。"彩衣走进来道。

　　我放下手中的书卷道："真的？快请进来！"

　　不多时绣帘被掀了起来，我忙迎了上去。杨德槐见我便要行礼，我一把扶了他，道："这里没有外人，公公不必多礼。"

　　他倒也不推却，在彩衣的搀扶下在楠木椅上坐了，又在秋菊的伺候下脱了靴子，踩在椅子下面早已生好的铜暖炉上。秋霜又奉上新泡的秋香铁观音，杨公公接过茶，连喝了几口，才放在几上，对我说道："我说那些个小太监干吗老爱往德贵嫔这里跑，一说到你这儿，个个争着来呢！还是来德贵嫔这里最舒畅。"

　　我温柔一笑，软言细语道："杨公公说笑了，不过是众人抬举罢了。"

　　他呵呵笑着道："奴才也是最喜欢过德贵嫔殿里了，这不，巴巴的又来了。"说着又端了热茶连喝几口，赞道："好茶！奴才没记错的话，这该是今年安溪新进的秋香铁观音吧？听说今年天寒，被霜打了，总共也没进贡几罐。"

　　"一听公公就是好茶之人，一喝就知道名儿，听你这么一说，这茶倒珍贵起来了。好茶，当送懂茶之人！"我转头道："彩衣，把柜子里那罐未开封的拿来，让杨公公带回去好好品品。"

"哎哟，德主子！这么好的茶赠与奴才岂不浪费了！"杨德槐推辞起来。

"杨公公这是什么话？好茶就该配懂茶之人了。"

杨德槐正要推却，却忍不住咳嗽起来。

我一惊，忙关心道："公公身子哪里不好了？可有看过太医？"

"唉，"杨德槐叹道，"老啦，不中用了啦！最近几天夜里连续落雪，染了风寒，老寒腿又犯了，前两天还躺着呢！"

我温言道："昨儿夜里大雪积了不少，今儿这么冷的天还害哥哥亲自跑一趟，做妹子的心里怎么过意得去？妹子这里有些上好的虎骨，活筋松骨，好使着呢，妹子用不着，放着也是浪费，哥哥一并拿上。"说着又吩咐道，"彩衣，把那两匣子虎骨也拿来。"

杨德槐这才眉开眼笑道："妹子这样说，那做哥哥的就不客气了！"

又聊了几句，杨德槐起身道："皇上派奴才过来传话，他用过晚膳就过来。眼看就到晚膳时间啦，奴才就不打扰德贵嫔啦，先回去伺候着了。"

我笑着起身，送他朝门口走去："杨公公这是公事，我就不留你了。"

送至门口，见我还要外出，杨德槐忙拦了我："德贵嫔留步，这大冷天的，待在屋子里暖和就好。"

我忙吩咐彩衣送他出去，自己回到椅子上捂着。小安子进来递给我一碗温水，再递过来一包珍珠粉。我接过来，把珍珠粉倒进嘴里，和水吞下，见彩衣进来，吩咐她道："彩衣，让外面的人生好炉子，把热水准备好，我要沐浴。"

彩衣答应着，转身出去准备了。过了一会子，小安子给我围上围巾，披上披风，慢步走进西暖阁时，彩衣早已在门口等候着。见我来了，忙掀了帘子，侧身让我进屋。

屋子里烧了暖炉，连空气都是暖洋洋的。彩衣替我挂披风围巾，我拨掉头上的玉簪，及腰的长发披泻下来。彩衣服侍我到屏风后面褪下衣衫，露出雪白如脂的肌肤，彩衣直愣愣地看着我，半晌也没移开眼。

我被看得有些不好意思起来，伸手在她头上弹了个榧子，嗔怪道："丫头，看什么看？！"

彩衣顿时回过神来，满脸通红，羞涩道："主子，你真美！难怪皇上会一直宠爱着你。"

我摇摇头，叹道："再美的容貌也会有衰老的一天。以色侍君者短，以才侍君者长。"

跨进浴盆，温热的水一下将我淹没，晕红的灯光，淡淡的梅花熏香味让我心中五味混杂，整天思量着算计别人也是很累的。

我挥手让彩衣她们都退下，跷着腿搁在盆沿上享受这难得的悠闲，过了一会子，眼皮渐渐重起来……

蓦然惊醒，水已经有些凉了，我伸个懒腰准备起身，却发现旁边一个身材修长的男人正目不转睛地看着我。

我"啊"的一声惊叫，本能地用手护住胸前。

"别怕，是朕！"低沉而磁性的声音响起。

"肃……"我正要开口，他伸出食指来抵住我的唇，"嘘！别说话，让朕好好看看你！"

虽然和他早已有了肌肤之亲，可是在这明亮的灯光下赤裸相见还是第一次，我不禁面红耳赤。他的眼神因我的娇羞更加炽热起来，猛地伸出双手把我从水中抱起来，顺手抓了屏风上的浴巾裹了身上的水珠，朝里间的床榻走去。

雪白的软缎被褥上，晕红的灯光下，我曼妙的身姿越发粉嫩光泽。他举起我乌黑的长发在鼻间轻嗅，我抚摸着他清瘦了的脸颊，问道："肃郎，你可是真心爱臣妾？"

"当然，言言要是不信，朕可以当天立誓！"他冲动地举起右手来。

我慌忙捂住他的嘴，在他耳边低低地说着："臣妾相信。肃郎龙体为重，切不可随意起誓。"他动情地抱着我："朕说的是真的。"

我看着他，笑而不答，却奉上自己红艳润泽的双唇，他的眼刹那间变得火热，揽住我的颈，细细地吻着我的唇、眼、眉、鼻梁，还有身上的肌肤。

随着他的吻，我绷紧的身子慢慢柔软，思绪也紊乱起来，仿佛着火似的口渴，体内有欲望的火苗在蠕动。我伸出手臂搂住他的颈项，情不自禁地呻吟出声。感受到我的灼热，他迫切地低下头来夺取我的唇，狂热地诉说着他的热情："言言！言言！"

一夜缠绵，我做尽逢迎之能事，曲意承欢，待到激情过后，他用锦被裹着我们，依偎着取暖。

"主子，主子？！"蒙胧中我听到彩衣唤我，却怎么也睁不开眼。只听到进进出出凌乱的脚步声和彩衣同小安子的交谈声，不一会子，又迷迷糊糊地睡着了。

再次醒来，只觉口干舌燥，全身发热，四肢无力，眼光到处竟是明黄一片。

"言言，你醒了？"焦急的声音中带着喜悦。

我一惊，正要起身，却被他小心地搂入怀中，下巴上初生的胡碴子摩擦着我光洁的额头，喃喃自语道："你可醒了。"说着又示意彩衣拿了靠枕让我靠上，满脸严肃地问我："可有哪里不舒服？"

我不明所以地摇摇头，不明白为何他会如此紧张。

"主子，你可醒了，吓死我和小安子了。"是彩衣的声音，我循声望去，她半跪在脚榻旁，双眼通红，神色憔悴却露出喜悦的笑容。我转过头，发现小安子也跪在后面，正在用袖子擦眼角。

"好了，好了。德贵嫔醒来就好了。"旁边传来南宫阳稳重中带着欣喜的声音。

众人正欢喜之际，我却突然觉得天旋地转，胃里好像有什么东西往上面钻，我努力想克制，却是徒劳无功，忙将头伸至床头银罐处，"哇"的一声，将一团带着腥味的东西吐了出来。

众人俱是一惊，皇上急道："南宫阳，这是怎么回事？德贵嫔究竟身患何疾？"

"启奏皇上，德贵嫔旧疾初愈，身子虚弱，再加上初怀龙胎凤体不适，所以才会导致突然昏厥。如今醒来，当好生将养，饮食也应以清淡为主。微臣会为娘娘开几服安胎药送来！"

龙胎！巨大的喜悦冲击得我整个人晕乎乎的。我不敢置信地看着彩衣，她冲我笑着点点头，我才相信这天大的好运降临到我头上了。

"那好，既然这样，你就尽快去办！"皇上吩咐着，顿了顿，又道，"南宫阳，以后德贵嫔安胎一事由你全权负责。朕把这重任交于你，你可不要辜负了朕对你的信任啊！"

"微臣定当全力以赴！"南宫阳微微有些激动，这么多年了，皇上第一次正眼瞧了他，亲自对他委以重任。

小安子同南宫阳准备安胎药去了，彩衣识趣地带了众人退了出去。我还沉浸在龙胎的喜悦中，皇上宠溺地吻了吻我的额头，轻声道："太医的话，你都听见了吧？如今你可不是一个人了，你身子又弱，可要好生保养。"顿了顿，又凑到我耳边道："可得给肃郎生个大胖小子噢！"

我脸蛋发热，娇羞地把头埋进他怀里："要是生个女儿呢？肃郎就不喜欢了么？"

他抚摸着我的背："也喜欢，只要是言言生的，肃郎都喜欢！"

我点点头，不再说什么。

我兴奋到半夜才迷迷糊糊睡着了，第二日醒来已是日上三竿，刚打了个呵欠，就看见彩衣笑呵呵地走了进来，请了一个安，拍拍手唤了小宫女们捧着盥洗用具过来。

我懒懒起身，就着宫女捧到跟前的水晶杯洗漱起来，彩衣拿干净毛巾过来，服侍着我把脸洗干净，换上宝蓝绸缎褥裙，又扶了我到梳妆台前。

我问道："万岁爷什么时候走的？"

"万岁爷待主子睡沉了便走了，临走时特意吩咐奴婢不许吵着主子休息，想来是怕其他主子知道万岁爷宿在殿里给主子惹来麻烦。昨儿主子不好，奴婢心里着急，是小安子去禀的皇上过来，宫里怕是好多人都知道万岁爷在主子这儿。"

"嗯。"我点了点头，心里有些感激他为我所想。

彩衣给我盘了个轻松而简单的参云髻，秋霜用红木黑绒盘端来一些头饰，让我挑选。满盘的金银珠花看得我眼花缭乱，我摇摇头，吩咐道："放桌上吧，你去把后院新开的梅花摘几串来插在屋里。这天儿成天烧着炉子，怪闷的。"又看向彩衣："你随便挑个简单的珠花插上吧。"

刚刚用过早膳，小安子进来通传："主子，小玄子公公前来宣旨！"

我刚站起来，就见小玄子已大步进来，前后还有许多小太监跟着。小玄子走到殿中，笑意盈盈地看着我："德贵嫔接旨！"

彩衣上前扶我跪下。

"奉天承运，皇帝诏曰：樱雨殿德贵嫔自入宫以来，温柔贤淑，谦良恭顺，颇得朕心，现由贵嫔晋升为婕妤，赐号'德'，钦此！"

"臣妾领旨谢恩。皇上万岁，万岁，万万岁！"我在彩衣的扶持下起身，亲手接过印玺和诏书。

"皇上有赏！"小玄子一本正经地尖着嗓子说道。

我正重新行礼，他却慌忙扶起我，送我至软椅上靠了："婕妤娘娘，皇上口谕，娘娘有孕在身，可直接受礼便是。"

我点了点头，看着已不断成长逐渐成熟的小玄子，心中百感交集，心疼他的经历，欣慰他的成长。

"皇上有旨，赏和田白玉送子观音一尊给德婕妤！"

"皇上有旨，赏绫绡帐一副给德婕妤！"

……

彩衣喜笑颜开地领着宫女太监们接下。我示意小安子带了众太监到偏殿暖身子，喝热茶，打发赏钱。自己则带了小玄子进屋中，吩咐彩衣守在门口。

"弟弟，你如今时常在皇上跟前当差，咱姐弟想单独见上一面那是难上加难。这些日子也很少跟弟弟多亲近，弟弟受委屈了！"我拉着小玄子的手，眼眶微微有些湿润。

"姐姐这样说岂不是不拿弟弟当自家人了，如今宫中形势我们大家都清楚，一不留神被人抓住了把柄就是把命都搭进去了。弟弟也不是那不知情的人。倒是姐姐要多加小心，姐姐这龙胎里里外外不知有多少人惦记着呢。"经过这一段的宫中生活，小玄子的成长让我欣慰，亦让我心疼，但我却知要在这宫中生存就必须要这样。

"嗯。"我点了点头道，"这便是我借此机会单独留你的原因了，如果是皇子，那我们以后的路就要顺畅许多，即便是女儿，在这子嗣不旺的皇家，也是一种保障了。只是这龙胎离出世还有漫长的九个月啊，怎么熬过这九个月是件斗智斗勇之事了。"

"这个弟弟心里明白，但凡姐姐有用得着的地方，弟弟定然全力以赴，万死不辞！"

"胡说！"我激动起来，眼泪含满眼眶，"不要动不动就说死，这宫中就咱姐弟二人相依为命，咱们有过誓言，要一起做那人上之人，谁也不能提死。"

小玄子见我情绪激动起来，惊慌失措地扶住我："不提，不提，姐姐身子为重，切莫过于激动！"

我这才微微控制住了情绪："小玄子，如今杨公公年纪大了，身子骨慢慢不行了，这大好机会你可要抓住了！"

"这个弟弟明白，小安子已经盼咐过弟弟了！"

"嗯。"我感叹道，"如今这宫中危机四伏，不知有多少双眼睛盯着这樱雨殿，单靠咱姐弟二人之力，实在有些势单力薄，疲于应付啊。"

"那依姐姐之意？"

"我今儿留你，就是想问问你的意思。"我犹豫了一下，才道，"如今我们恐怕得要借助他的势力做个垫脚石了。"

"姐姐！"小玄子蓦然一惊，抬头惊讶地望着我，随即又黯然地低下头，"此事但凭姐姐做主！"

我拍拍他的手，叹道："你心里的痛，做姐姐的感同身受，其实姐姐心里又何尝不是恨到入骨入髓。如今的情形，咱们只能忍辱负重，等咱羽翼丰满，展翅高飞的那天，便是捕食的那天了。"

"姐姐，咱们会有那天么？"

"会有，一定会有，肯定会有那天的，咱们姐弟要共同迎接那天的到来！"我目光灼灼，坚定地告诉他！

又聊了几句贴己的话，见时候不早了，我才叫小安子送了他们一行人出去。

彩衣喜笑颜开地看着摆满了整个正殿的御赐之物，我也踱步上前，同她一起细细地看着，一时看看这个，一时摸摸那个。

彩衣高兴地说："主子，你看，这些东西都是真正实用之物，皇上对主子你可真真是上心。明儿我就带她们一起为小皇子准备衣着用度。"

"彩衣！"我低声喝道，"这话不可乱说，谁也不知究竟是不是皇子，祸从口出啊！"

彩衣一惊，深知自己失言，就要下跪赔礼，我忙拉了她："我也不是怪你，以后小心着就是了。"转念一想，又补充道，"把这话传下去，叫宫里头的人都给本宫老实点，莫要叫人抓了把柄找着茬！"

彩衣忙点头答应着。

这时，小安子通传说是带了宫里众人前来，彩衣忙扶了我坐到正位上，这才传了众人进来。一众人跪拜道："奴才（奴婢）拜见德婕妤，婕妤娘娘千岁，千岁，千千岁！"

我坐在炕上，看着脚下跪着的那片黑压压的人群，沉着脸，也不说话。过了许久，终于有那么一两个大胆的悄悄抬头，见我脸色凝重，吓得忙低了头，不敢再乱动了。

我这才端了桌上的茶，揭了碗盖，轻轻拂开茶沫子，抿了一小口，慢慢地问道："小安子，都到齐了吗？"

小安子点了点人数，道："回主子话，都到齐了！"

我点了点头，看了彩衣一眼，她会意地领了两个小宫女从侧门往西暖阁去了。

我扫视了地下的众人一眼，缓声道："都知道柳才人的事了吧？"

地下的人听了，头低得更低了。

"那不用本宫说，大家都知道了吧？柳才人宫里的太监宫女们全都入了辛者库，到今儿不知还剩下几个！"我放下茶，语气冷淡得像是说的不是生命，而是东西一般。话一出口，我明显看到地下的人差不多都颤抖起来，几个胆小的宫女更是一下子红了眼睛，肩膀不停地抽搐着。

"狡兔死，走狗烹。你们都听说过吧？"我冷笑一声，"不要以为出卖主子可以有什么好处。要知道主子倒了，你们也不过是丧家之犬，只能任人宰割！"

我顿了顿，问道："本宫平日里待你们如何？"

小安子带了众人磕头道："主子待奴才们一向和善。"

时常跟在小安子身边的小福子接道："这宫里谁不知咱们主子最是心善，旁的奴才们都羡慕咱们能在主子跟前当差呢。"

这时彩衣带着那几个宫女去而复返，只是每个人手里都捧着镂空雕花木漆盘。我高声道："你们只要好好服侍本宫，不去动那些个歪念，本宫自然不会亏待你们。本宫今儿晋位，你们来道喜，本来不该说这些，只是丑话本宫不得不说在前头。"

我手一挥，彩衣她们把手中的盘子放在众人面前，我轻声道："这些玩意儿是赏给你们的。"

众人目瞪口呆地瞧着摆在面前的盘中的金银珠宝、琉璃玉石发出夺目的光彩。半响，小福子率先反应过来，忙朝地上"咚咚"地磕着响头："奴才谢主子厚赏，奴才誓死效忠主子。"其余众人也纷纷磕头："奴才誓死效忠主子！"

我满意地看着，唇边浮上一丝笑容："只要你们做得好，以后还有别的赏赐，不过……"我拉长了声音，待众人集中精力看向我时，轻轻将手一松，手中青花茶杯应声而碎，我用温柔却叫人冷彻心扉的声音说道："谁要是敢像柳才人那样陷害本宫，本宫定要灭他满门！"

屋子里有人是那日跟着去了柳才人殿里的，自然多少知道一些我的手段，顿时满屋子一下子安静了下来。好一会儿，才又纷纷磕头道："奴才不敢！"

我这才喜笑颜开，吩咐小安子："你把这些东西带下去均分给大家。"小安子连忙答应着，带了众人谢恩退了出去。

我端坐窗前愣愣地看着鹅毛大雪从空中一片片飘落而下。不到半个时辰，院中的常青树和光秃秃的樱树上便积满了雪，扫净的院子里又积了没脚背的雪花。蓦然有人从身后搂着我，银妆素裹的美景随着窗户被关上消失了，耳边传来关心的责备声："言言，这大冷天的，怎么坐在窗前冻着，冻坏了身子可怎么好？"

我愣愣地看着他，没有说话，忧愁满面。他见此情景，不禁怒从中来说："这殿中的奴才都哪去了？给朕滚出来！"

刚端了参汤进来的彩衣一见皇上发怒，忙放了盅子上前跪着，小安子听得怒吼声，也飞快进得屋前，跪在跟前："皇上息怒！"

"朕是怎么交代你们的？你们这些奴才又是怎么伺候主子的？"皇上越说越急，我见情形不对，怯怯地伸手握住他的手，温柔地看着他，眼神专注而清澈，带着些许乞求。

他叹了口气，挥手示意二人退下，拥了我同坐炕上，呢喃道："言言，你要朕拿你怎么办？"我将头埋进他肩窝里，伸了两只小手抱住他的腰，轻声道："皇上，臣妾……臣妾怕……"

他用力搂着我，没有说话，我接着道："黎昭仪那么好的人，也被人……那孩子说没便没了！"

他听出我的声音中的颤抖，忙放开了我，拿了丝帕替我擦着泪："言言，不怕，有朕在呢！"我点点头，好半晌才稳住了情绪，皇上宽慰道："言言，你如今已位居三品，按祖制，每月可与家人见次面，朕看还是让莫爱卿进来陪陪你。"

我点了点头，谢过恩，与皇上同吃了些新鲜水果。皇上沉吟了一下道："言言，莫爱卿在户部任侍郎已十几年了，如今付尚书病重，朕想让莫爱卿暂代尚书一职。朕想问问你的意思？"

我猛然起身，"咚"的一声跪在地上，正色道："皇上，祖宗规矩，后宫不得干政。"皇上一愣，随即扶我起身："朕特准你一次，朕就想听听你的意思。"

我这才回道："皇上准臣妾说，臣妾便据实以告，若有不合皇上之意处，皇上切莫怪罪臣妾。"见他点头示意，我才接着道："家父任户部侍郎已是十年有余，虽无过，但却无功，擢升尚书只怕难以服众，且付尚书尚在，皇上执意如此只怕会寒了老臣们的心。依臣妾之意，代理事务则可，至于升职，如今却是万万不可提及。一来可先考察家父的能力，二来也可安抚朝中老臣的情绪。"

皇上听着连连点头："言之有理，言言之意甚合朕心！朕本想如此，又怕你多心，说朕对你的家族尚存疑虑，如今看来，倒是朕多心了。言言的智慧非一般女子能及啊！"

我又道："皇上，那朝堂之上的事臣妾不懂，臣妾只知任人唯贤，您切不可因着臣妾的关系便偏爱家父，历代外戚专权的典故历历在目，请皇上谨行！"

皇上龙颜大悦，一方面夸我知书达理，堪称典范，另一方面又下旨让父亲代理户部事务，并让二哥出任主事一职，协助父亲。

过几日父亲带了二哥进宫千恩万谢自是不说。

皇上代太后前往归元寺还愿未归，我与端木晴同往太后宫里闲话家常。在宁寿宫用过下午茶方才回来。进得屋中却未见彩衣迎上来，正奇怪间，听得小安子在门外低声呵斥道："小碌子，小点声，没见主子刚回来么，吵到主子看我不扒了你的皮！"

我朝帘外问道："小安子，发生什么事了？"

过了一小会儿，小安子才带了小碌子进得屋来跪在跟前。小安子表情微微有些奇怪，扭捏了一下才小声道："主子，出事了！"

"什么事？"

小安子忙示意小碌子，小碌子这才回道："主子，彩衣姐姐出事了！"

我一惊，追问道："究竟何事？细细道来！"

"主子不在，行刑司来了两个小太监，说是奉旨办事，进来什么话也没说，便将彩衣姐姐拿了前去问话。奴才四下打听，这才探到，好像是彩衣姐姐私托宫中侍卫往外带东西，那侍卫被抓了个正着，把彩衣姐姐供了出来。"

"啊？！"我一听，心如火燎，急道，"有没打听清楚这事谁负责？是谁下令抓的人？"

"这个……"小碌子满脸歉意道，"奴才无能，请主子责罚！"

我定了定心神，轻声道："小碌子，本宫知道你已经尽心尽力了。你先下去，用过膳，好生歇着。"

小碌子谢过恩，转身出去了，我才道："小安子，叫人替我更衣整容，去永和宫正殿！"

"主子，这下雪天的，你的身子……"小安子担心地说。

"这雪还不大，况且这儿本就是永和宫，去正殿也就几步路而已，没事，我撑得住。"我坚定地催促他，"快，照我的话去做。"

小安子欲言又止，终于咬了咬牙，转身安排去了。

一路疾行至永和宫正殿，平日里常来常往，门口的太监们也熟识了，平日里也没少受我的恩泽，一见我在这雪天里过来，忙将我迎了进去，又通报了淑妃的贴身宫女海月。

还没坐稳呢，海月便笑吟吟出来跟我见礼，将我引进东暖阁。淑妃正靠在贵妃榻上看书，我上前见礼："臣妾拜见淑妃娘娘！"

淑妃忙放了书，示意海月将我扶了起来，嘴里说道："妹妹勿须行礼，如今妹妹身子重，皇上早已特旨免了妹妹的跪拜礼节。"

我轻笑道："那是皇上和众位姐姐的恩典，嫔妾万不敢恃宠而骄。"

"妹妹真是知书达理，难怪皇上老爱往妹妹殿里去。"淑妃脸上笑着，可我分明看到她眼里闪过一丝幽怨的眼光，"妹妹快过来焐着取暖。这大冷天的，还下着雪，怎么过来了？"

我谢了恩，坐在右首位上，接过宫女奉上的热茶，也没顾得上喝，只放在一旁的几上，轻声回道："不瞒姐姐说，妹妹这是无事不登三宝殿。妹妹身边的宫女彩衣出了事，

被行刑司的人拿了，妹妹无计可施，想着姐姐如今协助皇后娘娘掌管后宫，这才厚着脸皮来，想跟姐姐讨个人情！"

"这事我刚才听宫里的太监禀了，这会子妹妹冒雪前来，我想着妹妹就是为了这事来的。"淑妃叹了口气道，"妹妹，这事不是姐姐不想帮忙，而是姐姐心有余而力不足啊！"

我心里一震，问道："怎么？姐姐。"

"妹妹住在姐姐宫里头，妹妹的事自然就是我的事了。刚一听说，我就急了，也想帮妹妹。可妹妹有所不知啊，姐姐这表面上风光得很，说是如今协助皇后姐姐管理后宫了，可实际上，我也不过是贵妃娘娘跟前一打杂的而已。"

"啊？！有这等事？"

"是啊，我协助的不过是安排值班，照单发发月俸、各宫各殿的日常用度而已，其他的都是丽贵妃一人处理。说白了，我也不过就是挂了个名而已。如今妹妹这事，我也是听宫里太监们来禀了才知道的，唉……"

我一听，心中那点希望瞬间破灭了，眼泪在眼眶中直打转，呜咽道："姐姐……"

"妹妹别难过，身子要紧。"淑妃安慰道，"妹妹想救彩衣的心情姐姐能理解，可这事由丽贵妃亲自处理，姐姐是半点插不上手。姐姐听说，这彩衣是梅雨殿已故如贵嫔的贴身宫女，皇上因着如贵嫔之事对丽贵妃心生间隙，如今彩衣犯在她手里，只怕是……"

"难道就真的没办法了吗？"

"妹妹如今自个儿身子要紧，听姐姐的话，先回殿里好生歇着，皇上明儿一早就回来了，你再求个情。"

"如此便谢谢姐姐好意了。"我起身道，"妹妹叨扰姐姐多时，先行告退！"

淑妃直起身子："这大冷天的，姐姐也就不留妹妹了，早些回去歇着，龙胎要紧啊！"说着又转头盼咐海月送我出门。

我谢了恩，带着小安子出了正殿，却直奔永和宫大门。小安子大步上前问道："主子，咱们不回殿里么？这是去哪儿啊？"

我强忍悲痛，哽咽道："小安子，咱们去长春宫。"

"主子！"小安子上前将我拦在宫门口，急道，"贵妃娘娘素来与您有隙，如今你前去，不正是羊入虎口么？"

"如今这情形，除了去求她，还能怎样？即便是羊入虎口本宫也只能一试了，别无选择。"

"主子，淑妃娘娘不是说皇上明儿就回来了么？到时主子去求求皇上，皇上开个口不就行了么？"

"小安子，皇上明儿才回来，你想想，彩衣在丽贵妃手里能过得了这一夜么？"

小安子沉默了，我绕过他，迈开沉重的步伐坚定地走向长春宫。小安子忙跟了上来，撑了油伞替我遮雪。

长春宫门口的小太监进去通报，过了许久，才见丽贵妃跟前的展翠姑姑慢慢地走了出来，行至我跟前见礼："奴婢给婕妤娘娘请安！"

我忙笑着上前，伸手去扶她起身，口中道："姑姑何需多礼，这下雪天的还来叨扰，给姑姑添麻烦了。"

展翠身子微侧，后退两步，避开了我伸过去的手，不冷不热地说："娘娘请随奴婢进来吧！"

我尴尬地收回手，示意小安子不可多言，跟了进去。

行至正殿阶下，展翠姑姑停了下来，转身道："娘娘稍等片刻！"

我忙道："有劳姑姑了！"

我站在雪中静静地等待着，小安子立于身后替我撑着油伞。一刻钟过去了，也不见展翠姑姑出来，小安子立于身后苦苦劝我身子为重，先回去再从长计议。

我置若罔闻，心中一片混乱，脑子里只有一个念头：救彩衣！

雪一片片落下，浅浅一层淹没了我的鞋边，我麻木地立于雪中，双腿早已失去了知觉。展翠姑姑将手焐在袖子里走了出来，立于阶上朗声道："婕妤娘娘，我家主子请你进殿说话。"

我忙谢了恩，小安子忙收了伞，扶我上了台阶，进得殿内。门在我身后"哐啷"一声关上了，我眯了一小会儿眼方才适应了殿中的光线。

屋子里炭炉烧得旺旺的，温暖如春，殿中主位上丽贵妃正歪在靠枕上看书。我忙上前跪了见礼："嫔妾拜见贵妃娘娘，娘娘千岁，千岁，千千岁！"

丽贵妃满脸带笑，柔声道："妹妹快起来，皇上已然免了你跪拜之礼，你又何须多礼。"

我接过宫女奉上的热茶，喝了一小口，暖和着身子。丽贵妃又语带歉意道："姐姐方才歇着，醒来才听人禀了说妹妹早过来了，忙叫人请了进来，这大雪天的，害妹妹久等，姐姐心里真是过意不去。"

我忙接了话来："姐姐客气了，是妹妹前来叨扰娘娘了。"

丽贵妃接过展翠奉上的茶，喝了一口，又道："妹妹这大雪天的来本宫这儿，可有什么事？"

我忙端正起身，跪在地上一拜，回道："妹妹特来请罪！"

"哦？"丽贵妃满脸诧异，"妹妹如今身子重，正是静养之际，深居简出，更何况妹妹素来知书达理，恪守宫规，本宫并未听说妹妹有违礼制之处，何来请罪之说？"

"妹妹殿里有个叫彩衣的宫女，母亲病重，特求妹妹允她送点银两出去，全怪妹妹愚

笨，见她可怜，竟答应了。如今那宫女被行刑司的公公拿下，请娘娘救救她！"

丽贵妃皱眉道："竟有这样的事情，本宫却是不知。"说着转头问展翠姑姑："怎么也没人来说？"

展翠姑姑回道："方才娘娘午歇时行刑司的公公来禀过了，奴婢还没来得及禀了娘娘，婕妤娘娘就来了。"

我忙笑道："只一桩小事，太监们按规矩办事哪敢劳烦娘娘您啊，妹妹也是急得没法子，才来找娘娘求救。"

"若是这样，本宫也不好说什么……"丽贵妃沉吟片刻，又道，"宫里有宫里的规矩，本宫也不能仗着自己掌管后宫便坏了规矩不是？"

我一听，知她是推托之词，又恳求道："妹妹也知为难，但常听宫中姐妹说娘娘宅心仁厚，对宫人最是宽宏大量的，还请娘娘可怜她因家中拮据，母亲病重才冒险违反宫规，容妹妹回去好好管教她，她定不敢再犯了。"

丽贵妃蹙眉喝下半盏茶，顿一下道："听你一说，她原是个有孝心的，既如此，本宫便问问他们，放与不放的本宫也无法现在就给话儿，毕竟宫规深严，祖宗规矩，本宫也不敢随便乱改。若真真是违反了规矩，也不能因着妹妹求个情，便了了之了，今儿这个犯，求个情便算了，明儿那个也跟着犯，那这宫里还定着这些规矩有何用呢？你说是这个理儿不，妹妹？"

"娘娘言之有理，但她也确是事出有因。"

"也不是本宫说你，妹妹可要把自己的奴才管好了，若真出了什么事，少不了也连累妹妹你。妹妹先回去吧，明儿本宫叫了行刑司的太监来问问情况。"

我忙道："娘娘说得是，是妹妹无知不懂礼数，今后还要娘娘多多指点才是。"

又起来说了一阵子话，我才赔笑着告辞退了出来。小安子迎上来询问情况，我含泪欲滴，只是不说话。

"婕妤娘娘慢行一步。"

我转过头去，却是展翠姑姑追了出来。我愣是将眼泪逼了回去，生生扯开嘴露出个笑脸来："展翠姑姑有礼！"

"婕妤娘娘可否借一步说话！"

我不明所以地点了点头，展翠姑姑将我带至僻静处，示意小安子走远了，才小声道："娘娘想救彩衣的心情奴婢可以理解，难得娘娘能对一个奴婢如此上心。其实娘娘想救人也不是没有办法，只是不知娘娘是否愿意……"

我一听有办法，不由得转悲为喜，激动地拉了展翠姑姑的手："还请姑姑指点一二。"

"娘娘在这宫里待了这么久了，也该知道有得必有失的道理，如今娘娘想救彩衣总不能不付出任何代价，只是求个情而已吧。"

我一听，心里明镜儿似的，面上却不敢表现出来，只小心问道："那贵妃娘娘的意思？"

"娘娘应该知道，我家主子最大的心病便是入宫多年，也没能为皇上产下一男半女。"

我蓦然一惊，惊讶地抬头看向展翠姑姑，又忙低了头，心道：原来她竟打着这主意。

展翠姑姑也不理会我的惊讶，逼问道："婕妤娘娘意下如何？"

我颤声道："姑姑容我回去，好生考虑考虑！"

"好，娘娘请便！"展翠姑姑也不留我，侧身让我离去。

待我和小安子走到长春宫门口时，身后传来展翠姑姑不高不低的声音："婕妤娘娘可要快些考虑啊，那行刑司的牢房可不是一般人能待的地方啊！"

我如被人点了穴道般愣在当场，许久，小安子才小声叫了声："主子！"

我如梦初醒，拉了他疾步出了长春宫。

"主子，展翠姑姑她……"小安子想问，又见我神色有异不敢问，可心里始终担心着又不得不问。

我看着他小心翼翼的神情，心里一酸，雾气弥漫了双眼。这宫中的人情冷暖看得多了。再看着跟前陪我四处奔波劳累，真心实意关心着我的小安子，我究竟何德何能得他忠心如此？

我放慢了脚步，低声道："展翠姑姑她，替我指了条救彩衣的路！"

"真的？！"小安子又惊又喜，可一见我的表情，立时明了："想来也不是什么好主意！主子，她的意思是？"

我叹了口气道："贵妃娘娘，她想要本宫肚子里的龙胎！"

"啊？！"小安子急道，"不可！主子，你没应承她吧？"

"我说考虑考虑。"我颓然道，"不用你说，我亦知不可。可彩衣我又岂能不救？难道，这便是命么？无论我怎么努力也终逃不出既定的命运么？"

我万念俱灰，漫无目的地前行，忘了寒冷，也忘了疲惫。小安子不敢多言，只在身后默默地跟着。

"主子，前面路口站着的好像是黎昭仪！"

我抬眼望去，真真是多日未曾露面的黎昭仪，身着锦绣厚袄，披着银狐毛裘披风，在伞下静静地看着我。

我强忍了悲痛，上前见礼："妹妹拜见昭仪娘娘！"

黎昭仪平静地看着我，半晌才道："妹妹真想救彩衣，不妨到储秀宫走一趟，兴许能见到皇后姐姐。她最是心善了，你求求她发句话，丽贵妃也会礼让三分。"说完便淡淡地

转身而去。

我如抓住救命稻草般欣喜若狂，全身又充满了力量，转身疾步朝储秀宫走去，心中默念：彩衣等我！

小安子先于我一步上前敲开宫门与守门的小太监交涉，我见他边说边回头指了指站在宫门口阶下雪地里的我。

小太监大步踏下台阶，到我跟前行礼："奴才小曲子给德婕妤请安，婕妤娘娘……"我不等他说完，已亲自扶了他起来。"公公何须多礼。"说着朝他手里塞了一锭银子，"公公在这冰天雪地里当值，虽说是职责所在，可谁都是娘生父母养的，公公保重身子。"

"多谢婕妤娘娘。"小曲子有些呜咽道，"娘娘素来和善，平日里没少关照奴才们。这大雪的天日，娘娘怎么来了？"

"小曲子，本宫有要事求见皇后娘娘，烦请您代为通报。"

"呃，"小曲子面带为难，"不瞒娘娘，皇后娘娘已卧床多日，除皇上外，不曾见过他人，娘娘此来，只怕是……"顿了一下，又道："这大雪天的，娘娘定然是有要事，如此，奴才便斗胆一次，禀了皇后主子跟前的宁英姑姑，至于成与不成，奴才就无力决定了。"

我忙柔道："有劳公公了。"

过了一会儿，宁英姑姑出来了，我忙上前两步："姑姑有礼！"

宁英姑姑微屈了下身子，口中不冷不热道："奴婢见过婕妤娘娘！"

我忙讨好道："姑姑勿需多礼，这大雪天的，给姑姑添麻烦了。"

宁英姑姑又道："婕妤娘娘，皇后主子旧疾复发，不便见客，你先回去吧。待主子身子好了，奴婢再禀了主子宣娘娘来见！"说罢便转身离去。

"姑姑留步！"我忙疾步踏上台阶，拉住已往宫里走的宁英姑姑，褪下手上那串鸡血红珊瑚石手链塞进她手中，哀求道："姑姑费心！嫔妾实在是有很重要之事，不得已才冒了大雪斗胆求见皇后娘娘，劳烦姑姑了！"

宁英姑姑到底是跟在皇后娘娘身边的红人，很是识货，瞭了一眼手中的手链就知是稀罕物，忙收了起来。这才转身对着我，轻言软语道："婕妤娘娘，不是奴婢无情不通融，实在是皇后主子旧疾复发，又偶感风寒，已几日未下榻了，奴婢实在……"

我没有说话，只拿哀求的眼神看着她，宁英姑姑叹了口气道："不用说，奴婢也知娘娘是为了那宫女而来。那宫女能得婕妤娘娘如此善待，也是她的福分，奴婢也甚是感动。如今，奴婢就冒着被责罚的危险走这一趟吧！"

我顿时热泪盈眶，呜咽道："多谢姑姑！姑姑的恩情他日一定涌泉相报！"

宁英姑姑指了指门侧跟对面园中的小亭道："娘娘先去那边躲躲雪，奴婢去去便回。"

过了许久，才又见宫门开了条小缝，一抹绿色的身影挤了出来，我忙出了亭子迎了上去。宁英姑姑下得台阶在路上与我相见。

我急问道："姑姑，怎么样了？"

宁英姑姑低着头，小声道："婕妤娘娘，奴婢帮不了你！"

"啊？！"我心中那一丝希望再次破灭，一个趔趄，小安子忙扶住我，我颤声问道："姑姑，皇后娘娘她怎么说？"

"婕妤娘娘，皇后主子她说宫中事务历来由丽贵妃全权处理，如今更是交由贵妃和淑妃共同管理，除非发生大事，否则她不便出面。此等小事，婕妤娘娘若有冤屈，只管与贵妃和淑妃娘娘说便是了。"

"可是……"我心力交瘁，欲哭无泪。

宁英姑姑又道："婕妤娘娘，你可别怪皇后主子，主子她历来身子不好，很多事也是心有余而力不足啊！"

我似没听见般，心中只有无尽的绝望和愤恨，真的是天要亡我么？当初救不了宛如，如今连彩衣也救不了么？不，不，不可以，一定要救她，不然我如何对得起死去的宛如妹妹！

我挣脱二人，上前几步，朝着储秀宫正门的方向，拉起裙衫跪在雪地上。二人大惊，忙围了上来，小安子惊道："主子，主子，你这是做什么啊？"

我也不说话，只那样直直跪着。

宁英姑姑上前劝道："婕妤娘娘，你这又是何苦，你已经尽力了，好与不好看她个人的造化了；皇后娘娘的性子你们不知，奴婢可是清楚的，婕妤娘娘您越是如此，皇后主子便越是不会见你了。更何况如今婕妤娘娘你身怀龙胎，自个儿身子要紧啊！"

"主子，主子，奴才求你了，保重自个儿身子啊！"小安子在旁哭求，我却置若罔闻。

"小安子，好好劝劝你家主子吧。奴婢先进去了，晚了只怕皇后主子要责罚了。"说完怜惜地看着固执的我，摇摇头进了储秀宫。

宫门又重新关上，将我最后一丝希望也完全打碎了。

我跪在储秀宫门口近两个时辰，天色渐渐暗了下来，鹅毛大雪片片飘落而下，淹没了我跪在地上的双腿，小安子陪跪在侧，替我撑了油伞遮去头上的大雪。

我全身僵硬，冰冷麻木，两膝酸痛，黯然绝望：当日救不了宛如，如今难道连彩衣也救不了么？

脑子里翻来覆去想着这句话，头要裂开一般地疼，整个人昏昏沉沉的。

小曲子在门口四处张望许久，才溜了出来，见我冷汗淋淋，脸色煞白，立时便要坚

持不住了，劝道："德娘娘，彩衣左右不过是个奴才，娘娘已经尽力了，这又是何苦来着？"

我头脑混乱，没听清楚他在说些什么，只跪着也不答话。

小曲子也不敢多待，只朝小安子手里塞了个东西，又慌忙跑了回去。

小安子一接手上的东西，忙收了伞，上前来，小声道："主子，奴才得罪了！"

说罢也不理会我，径自解了我的披风的带子，拿了个东西往我的脖子上一挂，又用力往我胸口塞，复又捂好袄子，系上披风。

我只觉有股温暖从胸口涌向四肢百骸。

天完全暗了下来，我脑中空白一片，神志不清，脸色煞白，突然感觉一只手伸来抚摸我的脸，明黄绣龙长袖。木然抬眼，一身明黄绣龙袍子，再往上看，皇上那张熟悉的脸苍白无血，两眼正怔怔地看着我。

他终于回来了，我心中一松，喉咙处咯咯作响，却是发不出任何声音，眼泪如断线珍珠般一大颗一大颗滚落而下，滴落在皇上手上。

皇上目光冷凝，伸臂将我打横抱起，一言不发往樱雨殿走去。

杨德槐跟在后面心惊胆战，走了几步实在忍不住，壮起胆子道："万岁爷，奴才叫宫辇过来吧，万岁爷千金之躯……"

皇上转头狠狠地瞪了他一眼，吓得他打一激灵，后面的话全咽进肚子里再不敢提了，缩在后面低声对小玄子吩咐道："快去太医院叫南太医！"

一路被皇上抱回樱雨殿中，秋霜秋菊见此情形，惊慌失措，忙磕绊着帮皇上扶了我躺在床上。

南宫阳先于其他太医，一路狂奔而来，皇上顾不上让他见礼，叫人拉帷帐，只拿了块锦帕将我的手盖了，就叫他诊脉。

南宫阳搭脉一探，眉头深锁，苦了脸色。皇上侧坐床边，见他神色凝重，心中不由惊惧，乱了方寸，又不敢贸然打扰他请脉。

足足过了半炷香的工夫，南宫阳方才收了手。皇上强忍住心中的惊恐，颤声问道："脉象如何？德婕妤的身子怎样？"

南宫阳跪在地上战战兢兢回道："婕妤娘娘心力交瘁，受了惊吓，又在冰天雪地里跪了几个时辰，身子亏损严重，幸亏关键时刻护住了心脉，方才性命无忧，只要细心调养，恢复过来便可无妨。"

"护住了心脉？"皇上感到奇怪，略一沉吟，转头问道："刚才你们给娘娘更衣，可曾发现娘娘身上有什么东西？"

秋霜忙取了从我身上摘下来的东西，跪在地上，双手奉到皇上跟前，回道："回皇上，这是奴婢在为娘娘更衣时从娘娘胸口解下的暖炉。"

皇上拿了早已冰凉的暖炉捏在手中，厉声道："小安子！"

"奴才在！"候在门外的小安子忙应声进来，见皇上若有所思地拿着那暖炉，脸色一变，立时"扑"的一声跪在地上，连连磕头道："皇上恕罪，当时娘娘跪在冰天雪地里，奴才苦劝不得，万不得已，才出此下策！皇上饶命啊！"

皇上还未说话，给我暖身子的秋菊已惊叫出声："不好了，娘娘……娘娘见红了！"

南宫阳闻声忙再次诊脉，皇上塞了暖炉给小安子，上前问道："南宫阳，怎么样了？"

南宫阳定了定心神，咽了口口水，才回道："回皇上，娘娘……娘娘有流产的迹象……若真如此，娘娘性命堪忧！"

皇上顿觉四肢无力，心悬在了嗓子眼，半晌才问道："可有什么法子保胎？"

南宫阳回道："皇上，婕妤娘娘对臣恩重如山，信任之极，亲点职位低下的微臣为她养胎，臣定当竭尽全力。只是此事事关重大，其他几位太医皆候在门外，请皇上容臣等商量诊治！"

皇上点了点头，转头朝门口吩咐道："杨德槐，传几位太医进来！"

"奴才遵旨！"杨公公掀了绣帘，太医们陆续进得殿中，跪在南宫阳旁边。

"南太医，你等要拼尽全力，若是婕妤娘娘有个好歹，龙胎不保，你就等着满门抄斩！"

南宫阳头冒冷汗，却也沉着地磕头回道："臣定保婕妤娘娘母子平安！"

皇上又转头朝其他太医吩咐道："尔等要全力协助南太医，若是抗旨不遵，德婕妤有个好歹，你们也别想有好果子吃！"

众太医诚惶诚恐，连连磕头道："微臣遵旨！"

皇上侧坐在旁，专注地看着我，朝众人挥挥手，无力道："都下去吧，研究好了快开方子！"

我躺在床上，众人的话却是听得清清楚楚，我想起身求太医们想办法保住我的孩子，却怎么也睁不开眼。

蒙眬中又见到彩衣衣衫凌乱，哭喊着叫我救命，我泪流满面，竭尽全力却是无法靠近半分，只能眼睁睁看着她被行刑司的太监们拖走了。

正痛心苦闷间，又感觉有人用手轻轻擦去我眼角的泪水，将头埋进我的肩窝，呢喃道："傻言言，我说过一切有我的，你怎么就不信呢？"

我想伸手轻拍他的后背，告诉他"我信"，可怎么也使不上力，睁不开眼。他却突然猛地起身，厉声道："言言，你一定要好好的，我不许你有事！不许！"

我吓得全身一激灵，不停地往后退，直至没入层层黑暗中。

又过了一阵子，只觉有人用力往我口中灌进汤药，我心中不由涌上一团厌恶之情，这

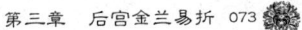

些人怎么就不让人好好安歇呢，好不容易睡着了又被吵到，我微微有些赌气，又因着汤药味苦，便用力咬紧牙关，往外吐。

只听秋霜在旁急得直掉眼泪，呜咽道："皇上，灌下去的药，主子全吐了出来。"

有人握住了我的手，熟悉的感觉涌上心头，耳边传来他熟悉而温柔的声音："言言，朕知道你虽然没有醒来，但朕相信，你一定能听见朕的话，听话，把药吞下去，它能救你的命，亦能救咱们的孩子！"

孩子！我愣住了。

对，孩子！我不能没有他的，药，喝药！

温暖而熟悉的唇印在我唇上，随之而来的是苦苦的汤药，我顿时明白过来，原来是他不顾汤药的味苦，自己用嘴渡给我喝，我用尽全力将药往肚子里吞，眼角滚下两滴热泪！

秋霜在旁欣喜道："皇上，吞下去了，吞下去了！主子有救了！"

接连三天，我躺在床上，清醒的时间越来越长，昏迷的时间越来越短，但无论怎么用力也没有办法睁开眼，张开嘴，皇上也逐渐恢复了正常的生活，我索性静心躺着听屋子里的动静。

端木晴来了几次，因着天冷的关系，被皇上责令回去静养，彩衣也在皇上回来的第二天就放了回来，她不顾身子虚弱，一回来就亲自照顾我，时常跪在床前低泣自责。

宫里其他姐妹也相继来了，病中的皇后令展翠姑姑亲自送了礼过来探望，淑妃也来过两次，就连丽贵妃也亲自来过一次。

几日来，皇上除了早朝及批阅奏折外，几乎都在樱雨殿里，亲自给我喂药，守着我，等我醒来。

我感到了他的心痛，脸颊上滴落的温热液体诉说着他的深情厚谊。我第一次感到了心痛。对，心痛，如油落烧红的煎锅般"滋"的一声，从心里向周围扩散开去，直扩散至四肢百骸。

痛得快不能呼吸，用力地张了口想大口呼吸，却正赶上他渡送进喉的药，竟呛了个正着，"咳、咳"声中也睁开了双眼。

手中的碗"哐啷"一声掉在地上，皇上如被人点了穴道般愣在当场，怔怔地看着我。我朱唇轻启，连张了几次，才几不可闻地唤了声："肃郎！"

皇上方才回过神来，确认是我醒来了，忍了又忍，终是忍不住喜极而泣，伸手抹去眼泪，才微笑道："是，是我！"

他握着我的手，竟不能自已地颤抖着。我忍不住回握着他的手，鼻子一酸，雾气弥漫双眼。

眼前的这个男人已年过不惑，微有些发福，两鬓也已有了白发，可是，他却是除了娘之外第一个给我温暖、让我取暖的男人。想想自己，却仅仅因着权势而攀附、迎合于他，心中不免有些愧疚。

日夜伺候身侧的小玄子边抹眼泪，边出去传了太医南宫阳进来。

南宫阳诊完脉，面带喜色跪了回道："启禀皇上，婕妤娘娘母子平安！"

皇上一听，悬在嗓子眼的心方才落了回去，大喜，连连道："好，好。南太医护佑龙胎有功，重赏！"顿了一下，又不放心地问，"德婕妤可是真好了？"

南宫阳恭敬回道："娘娘与龙胎均已平安脱险，只是娘娘身子极其虚弱。臣再开几服方子，娘娘好生调养段时日便可痊愈。不过，娘娘日后千万不可大意，若再出意外，臣也无力回天。"

我在南宫阳开方调养下一天天好起来了，皇上每日里都会过来，又私下增派了侍卫保护樱雨殿，我这殿中明里依旧如常，可暗里就如铜墙铁壁般，连只苍蝇也飞不进来。

彩衣在皇上回来的当天晚上便放了回来，只因此事事出有因，皇上也不便出面责罚，此事便不了了之了。

皇上的恩宠我更是小心翼翼地接受着，时常劝皇上切勿疏于国事，也不可因此而冷淡了宫中众妃，一时倒也风平浪静。太后也甚是满意，时常叫人送些赏赐之物过来，虽在病中，我却同时得了皇上和太后的恩宠，芳名传遍后宫，无人能及。

这日里午歇起来，闲来无事，便叫了小安子伺候在旁。

"主子，你可想好了？"小安子又旧事重提，追问我的意思。

"可是，毕竟情同姐妹，本宫又如何下得了手……"虽然早已万事俱备，只差我点头了，我还是犹豫不决。

"主子，你就是心善，别人可不是你这样想的。"小安子见我还在犹豫，不由着急起来。

"小安子，我知你是真心为我好，可我……"我叹了口气，"那黎昭仪之事，我已是后悔万分；如今又要……，我这心里实在是愧疚不安啊！"

"主子？你怎么这么善良呢？你真真以为那日里黎昭仪劝你前去求助皇后是好心么？"

"她见我求救无门，这才冒了大雪给我引路出主意，难道你觉得有何不妥？"

"主子！你仔细想想，她平日里本就和皇后淑妃走得近些，那日里她劝你求助皇后，主子你去了却被皇后拒之门外，这难道是巧合么？"

我正疑惑着，小安子又说："如今主子的龙胎就是这宫里所有娘娘主子心中的那根刺，哪个不算计着怎么拔，又有谁不巴望着出什么意外，只是皇上护得紧才没人敢动而已！那日里那样的大雪，那样的寒冷，主子来回奔波着，若是能累出个好歹来，岂不正顺了某些人的心意了？再有说了，黎昭仪自己的龙胎没了，主子若是生出个小皇子来，得宠晋位自是不必说的，她的地位只怕会岌岌可危啊……"

小安子的话令我如醍醐灌顶般清醒过来,如今看来她倒真真是没安好心了。可笑我为了报答她冒雪指路之情,这段时日时常在皇上面前或多或少提起她,皇上还连着翻了几次她的牌子。可叹我错把狐狸当羔羊,打心底里感激着她的情意,不想她却是安了这心。

我深吸了一口气,说道:"黎昭仪之事不可再提,可如今眼前这事又与往日不同,毕竟我与她一直以来走得很近,况且她一片诚心待我,我又怎可以怨报德呢?"

"主子,奴才在这宫中十几年了,这样的事见多了。她待主子好,不过是因为她在主子面前永远是高高在上的,主子你的存在影响不到她的地位而已。她怀了龙胎,自有太后照料着,一下子就升了婕妤;主子有了龙胎,虽说有了皇上的圣宠,也升了婕妤。可主子你要清楚,这产下的皇子命运可就是完全不同的了,这点,不用奴才说,主子也是清楚的。再有说了,主子顶着风雪四处求救无门,又在冰天雪地里跪了几个时辰,这宫里宫女太监们都知,难道她不知道?主子几时见她出现了?不过是皇上回来了,这才巴巴地赶来而已。"

我闭上眼睛,半晌才小声道:"小安子,非得要走这一步么?"

"主子,奴才和小玄子合计过了,只能如此!更何况主子如今的情况,定然是万无一失!"

我点了点头,朝小安子挥了挥手。小安子愣了一下,明显松了口气,恭敬道:"奴才这就去安排。"

因着我体虚,加之天气寒冷,大半月来一直待在殿中未出门。我实在是闷得慌了,吵着要出去,皇上没办法,只好在晴日的午后,偶尔到后院茅竹屋前观雪景,看殿里的宫女太监们堆雪人、打雪仗。

用过晚膳,皇上依旧赖在樱雨殿中,我三催四请赶他,他却耍起横来说:"你看看这宫里,谁不巴望着朕宿在她宫里,你偏偏倒好,老把朕往外推!朕可不管,朕今天还就不走了,看你能把朕怎么办!"

我含笑深情地望着他,柔声道:"臣妾能拿万岁爷你怎么办呀!这宫里素来是万岁爷您说了算,万岁爷都发话说不走了,臣妾除了伺候您就寝还能怎么办呀!"

皇上像个小孩似的朝我眨眨眼,一副胜利的表情。我装着没看见,唤了彩衣她们进来伺候就寝。

半夜里蒙眬间听闻小玄子在屏风外低声但着急的呼唤声:"皇上!皇上!"

皇上起身半卧在软枕上,问道:"何事?"

我立时醒了过来,微抬起身子,将头靠在皇上身边。

小玄子跪在屏风外气喘吁吁,颤声道:"回万岁爷,晴婕妤,晴婕妤她不好了!"

皇上呼地坐起身来,追问道:"怎么就不好了?"

"回万岁爷,晴婕妤半夜里闹肚子疼,云秀嬷嬷派人来禀,奴才不敢大意,这才斗胆回了皇上。"

我二人俱是一惊,皇上起身下了床,我跟着要起身,皇上将我拦住:"你好生歇着,朕去看看!"

我固执地摇摇头,愣生生地望着他:"臣妾和晴姐姐素来情同姐妹,臣妾对晴姐姐的关心半点不比皇上少,臣妾留在殿中只会更加焦急不安!"

皇上愣了一下,按住我的手软了下去。我忙唤了门外守夜的宫女进来伺候更衣。

一行人冒雪赶至烟霞殿,屋子里跪满了宫女太监。皇上挥了挥手让众人退下,在小玄子的伺候下上了正位坐了,我坐了右首位。

皇上看了看伺候在旁的宫女,问道:"晴婕妤究竟怎么了?"

小初忙上前跪了道:"回万岁爷,主子白天还好好的呢。万岁爷命人送的青果,主子素来喜酸,一口气吃了好几个呢。可不知怎的,到了半夜里只叫肚子疼。云秀嬷嬷派人请了太医过来,后来主子疼得越来越厉害了,奴婢们不敢大意,这才派人禀了万岁爷。"

"如今情形如何?"皇上一听,急了。

小初却是眼泪婆娑,哽咽道:"云秀、云琴嬷嬷伺候在旁,奴婢们没敢进去打扰,只是刚才奴婢送热水进去时,听到云秀嬷嬷说……"

说到此处,小初却是悲痛得说不出话来了。我见皇上脸色不好,忙追问道:"云秀嬷嬷说什么,你倒是快说啊!小初。"

小初咽了口口水,哭道:"云秀嬷嬷说主子见红了!"

我全身一颤,不由得站起身来,皇上已然是大步进了内堂,我忙跟了进去。

华太医正凝神诊脉,云秀云琴两位嬷嬷见皇上和我进来,欲上前行礼,被皇上以手止住了。云秀嬷嬷却将皇上拦了下来,见礼道:"此处恐有不便,请万岁爷到正殿稍待片刻!"

"嬷嬷,晴婕妤她怎样了?朕就在此等候可好?"毕竟是太后身边的嬷嬷,皇上纵然心中着急,也不敢硬来;况且祖宗规矩,皇上是不可见红的。

云秀嬷嬷正为难间,云琴嬷嬷上前来,伺候皇上在窗口的椅子上坐了下来,又拉了屏风挡在跟前。

皇上无奈,只得坐了静静地等华太医请脉。

空气里药味和腥臭的血味混杂在一起,弥漫着整个屋子,压抑着每个人的心,怎么也喘不过气来。

我轻声走至床前,洁白的床单上是一片触目惊心的红,一点点延伸至端木晴身子下,床边放着的盆里,水早就被血染成了鲜红色。

我颤抖着手,捂住嘴,用力地控制住自己不哭出声来,眼泪却似断线的珍珠般簌簌而下。云秀嬷嬷抹着眼泪,上前扶了我歪在旁边的软凳上。

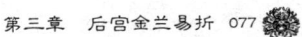

约莫过了半炷香的工夫，华太医才收回手，睁开眼。我忙上前坐在床侧，拉住端木晴的手。只见她脸色苍白，神情萎靡，感觉到我的存在，用力反握了我的手，半响才睁开眼，挤出声来："妹……妹……，你……你来了！"

我刚刚擦干的泪又忍不住滴落下来，连声道："是我，是我！"

华太医走至屏风外，朝皇上见礼："微臣叩见皇上！"

皇上顾不上叫他起身，焦急地问道："怎么样？华太医，晴婕妤她……"

"起奏万岁，晴婕妤她……"华太医跪在地上，迟疑着。

"你，你倒是说话呀！"皇上急了，忍不住提高了声音。

华太医叹了口气，摇着头道："晴婕妤她性命无碍，身体虚弱，但只需好生调养便可无事，可是，可是已经滑胎！"

"啊！"皇上一个趔趄，小玄子赶紧上前扶着他。

"不！"原来躺在床上虚弱无比的端木晴却蓦然用力尖叫起来。我忙上前伏下身子抱着她，连声道："姐姐，快放松，不要用力啊！"

云琴嬷嬷亲自为端木晴煎药去了，云秀嬷嬷在旁着急万分，却也是无能为力，"咚"的一声跪在地上，哭道："主子，你别折磨自己了！你要罚就罚奴婢吧，都怪奴婢不好，这大冷天的就不该让你……"

端木晴猛地推开我，急喝住她，接着道："云秀嬷嬷！都怪本宫自己嘴馋喜食酸，这大冷天的一口气吃了那么多青果，才惹下这祸事。"说着双手在锦被上捂着肚子，呢喃道："孩子！他们说你没了，怎么会呢？怎么好好的说没便没了呢？"

我看在眼里，半点不动声色，轻声道："事已如此，姐姐还要多多保重！孩子以后还会有的，姐姐如今可要好好调养才是！"

太后得到消息后连夜赶来，进得屋中，也没顾得上跟任何人说话，径自到了端木晴跟前。我忙行了礼，退到边上。此时，端木晴最需要的恐怕便是太后的安慰了，毕竟，她们是亲人。

门外，云琴嬷嬷招呼着宫女们送了药来："快！快着点！快送进去给娘娘早些用了！哎哟喂，笨丫头，你看着点，洒了娘娘的药，你拿命也赔不起！"

"来人啦！"皇上沉着脸，坐在楠木椅上沉声道。

"奴才在！"小玄子上前跪了。

"你去把烟霞殿里所有的太监、宫女都给朕带来！"皇上的脸色难看到了极点。

烟霞殿正殿里跪了黑压压一片，奴才们大气也不敢出，伏在地上。

"今儿夜里是谁守夜？"

云秀嬷嬷跪着上前两步："回万岁爷，今儿晚上是老奴和宫女小初守夜。"

"那今儿晚上究竟是怎么回事？"

"回万岁爷，主子原本好好的，可到半夜里就叫肚子疼，连着如厕两次也不见好，老奴不敢大意，就叫人去请了华太医过来。到后来越发不见好，老奴这才斗胆，命人裹了万岁爷。后来的事，万岁爷都知道了。"

"小初？"小初见皇上点到自己的名，忙跪到云秀嬷嬷身边。皇上凝神一看，认出了她便是当初在长春宫中遍体鳞伤的宫女，问道："你家主子平日里饮食如何？最近几天都食用了些什么？"

"回万岁爷，娘娘的饮食奴婢们一向细心着，不敢有丝毫大意。每次用餐都是两位嬷嬷用银针试毒，再由奴婢亲自尝了才敢给娘娘享用！昨儿下午万岁爷命人送了青果过来，娘娘看着喜人，一高兴便吃了许多，奴婢劝也没用，想想主子素来喜食酸，也就没多干预，怕扰了主子的兴，惹她不高兴，对养胎不利。"

"该死的奴才，明知这天寒，还让你家主子食那多冰冷的青果，也不怕寒了胃。那夜里有没给你家主子食用热汤？"

"回万岁爷，这个……这个……奴婢不知！"

"不知！"皇上勃然大怒，"你守夜却不知你家主子有没用热汤？！定然是偷懒睡着了！着实该罚！"

小初拼命地磕着头，额头上直冒冷汗："皇上饶命！不是奴婢偷懒，是……是……"

"回皇上，是老奴让小初去歇着的。"云秀嬷嬷接了话，"前些日子娘娘孕喜得厉害，殿里的宫女太监们也跟着累坏了。这些日子，娘娘的情况稳定多了，老奴和云琴嬷嬷思量着，这养胎的日子还长着呢，怕这些奴才们精神不好了，伺候主子时出了差错。于是夜里都是老奴和云琴两人轮流带个小宫女守夜，今儿夜里老奴见娘娘早早便熟睡了，于是便让小初回去睡了！"

皇上听着，也不答话，阴沉着脸。自从上次小初在长春宫里受了酷刑，也愣是没吐半个对端木晴不利的字出来后，端木晴便把小初调到跟前，疼得紧。

我见皇上如今的神色，这小初定然要被责罚，于是轻声道："皇上，小初平日里对晴姐姐最是忠心了，夜里歇着也定然是累到了极点。况且有云秀嬷嬷亲自守在跟前，想来也没有什么不放心的，这才大意了。"说着又转身责怪道："你也真是的，虽然是云秀嬷嬷亲自守着，你也该惊醒着，你家主子身子不爽时就该起来帮着才是。"

小初此时已是六神无主，见我帮着说话，才道："回德主子，奴婢确是困极了，可也只敢小心眯着，不敢熟睡。三更时，奴婢还听到主子同云秀嬷嬷小声说着话呢，后来……"

"皇上，皇上，不好了！"云英嬷嬷从内堂跑了出来，打断了小初的话："启禀万岁爷！晴婕妤她……见红了！"

众人俱是一惊，皇上起身疾步进了内堂，我们紧跟其后。

华太医忙上前凝神请脉，皇上上前扶着伤心欲绝的太后，我和云琴、云秀嬷嬷几位立于旁边。屋子里太后早已命人收拾干净了，可绣被下白色床单上又隐隐可见鲜红色。

端木晴满头大汗，面如雪色，嘴唇发紫，呼吸微弱，仿佛随时会停止般。我心如刀绞，将手塞到口里咬着，努力控制自己不哭出声来。

过了好一阵子，华太医蓦然起身，走至桌前，提笔疾书，写完后递给云秀嬷嬷："嬷嬷快去抓药，三碗水煎一碗水，送与娘娘服下。"

太后和皇上拿询问的眼光看着华太医，华太医看了床上的端木晴一眼，抱拳道："太后，皇上，请外间说话！"

"不用了！"原本闭着眼的端木晴此时已睁开眼来，小声说道："华太医不用瞒着我，我自个儿的身子自个儿清楚，我怕是不行了！"

我们不由得都转头看着华太医，只盼他能说端木晴无事。可华太医却沉重地点了点头，太后一个趔趄，亏得皇上站在旁边，忙扶住了她。

早已泣不成声的云琴、云秀嬷嬷忙上前扶了太后坐在一旁的椅子上，我再也控制不住心中的悲痛，嘤嘤痛哭起来。

床上的端木晴却满脸平静地挣扎着起身，我忙上前扶了她，又拿了靠枕垫着她的头。端木晴虚弱地说："姑妈，皇上，德妹妹，两位嬷嬷，都别伤心难过了，这就是命，我认命了！"

"孩子，你还年轻，怎么说这样的话呢？"太后还不能接受她疼爱的侄女立时便要香消玉殒的事实。

"姑妈，皇上，我已然时候不多了，想和德妹妹单独待一会子，说几句贴心的话！"

太后点了点头，道："好，哀家和皇上就在门外，但有何事，只管唤我们进来。"

端木晴点了点头，生生扯出个微笑目送几人离去，又道："云秀嬷嬷伺候在旁吧！"

云秀嬷嬷低声应了，立于一旁。

端木晴待众人离去，这才回过头来，看着我："一直好想跟妹妹说几句贴己的话，又一直没有机会。如今再不说，只怕是没机会了。"

我眼泪忍不住又掉了下来，呜咽着出不了声。

"如今这屋子里没有外人，我终于可以跟妹妹好好谈次心了。"顿了一下，才道，"我那些个见不得人的事，想来妹妹是完全清楚的吧？"

我点了点头，答道："略知一二。"

"妹妹既然知道，那为何还处处护着姐姐呢？"

"自入宫来，我二人情同姐妹，叫别人姐姐是位分所定，唤你姐姐却是诚心诚意！"我虽为了往上爬，为了报仇，但是对端木晴的情却是真真切切的。

"妹妹！"端木晴立时痛心万分，号啕大哭起来。

我忙上前温言相劝，不料她哭得更厉害了。

过了好一会儿，她才止住了哭声，稳住情绪：“妹妹，姐姐于心有愧啊。”

"姐姐何出此言？自入宫始，你我二人情同姐妹，不说我二人自己，这宫里谁不清楚啊？"

端木晴摇了摇头，整理了一下情绪，才又接着说道：“妹妹待我自是如此，我待妹妹却是有了私心。

"进宫之初，我对妹妹之情亦如妹妹待我，可自从有了这龙胎后，姐姐便渐渐有了私心。要说这原因，恐怕得要从入宫前说起了。"

"主子！"立于一旁的云秀嬷嬷越听越惊心，试图阻止端木晴说下去。

"嬷嬷！怕是从德妹妹赠我樱花酿开始，她便已是知晓此事了。如今我只想将藏在心里的话都说给妹妹知，走得轻轻松松而已！"

顿了一下，又接着说道："我本与西宁两情相悦，不料却被父亲逼迫入宫，心如死水，也就剩下副行尸走肉了。云秀嬷嬷见我可怜，便找了机会让我二人通信，见面。

"一入宫门深似海，这辈子已然是有缘无分了，我也不想耽误了西宁。因此在他出征前，我本想与他做个了断，不想却因此铸下大错，也就有了这所谓的龙胎。

"本来已心如死水的我仿佛又有了活下去的希望，我想把他生下来，给他最好的，让他过最好的生活，成为人上人。不想妹妹你也有了龙胎，皇上对妹妹的恩宠让我日夜难安，毕竟一个无宠的后妃产下的皇子也是不会受到重视的。

"正在我挖空心思也找不到机会的时候，彩衣被丽贵妃抓了，你四处求救无门。我便对在殿里闲聊的黎昭仪说也许求皇后有些用，不过是想你多操劳一下，巴望着能因此掉了胎而已，黎昭仪果真去拦了你。

"后来听小初说你跪在冰天雪地里不肯起来，我才着急起来，一方面派人快马加鞭去请皇上回来救你，另一方面却去了宁寿宫与太后聊天，并暗地里命人封了消息，不给太后知道。

"不想人算不如天算，你大病一场，龙胎依然还在；我却摔了一跤，掉了孩子！"

"那日里皇上是妹妹派人请回来的？"我满脸诧异地问道。

端木晴骄傲地点了点头："凭端木家里里外外的势力，这点小事还是能办到的。"

我惨然笑道："妹妹还在心中诧异姐姐为何不曾出现，原来这里面还有这多曲曲折折！姐姐到底还是没能忘了你我姐妹之情，派人禀了皇上，这才救了妹妹一命。"

端木晴伸手隔着锦被捂住被子，淡然道："我又岂是没有私心，只是如今孩子没了，再争又有何用？我也没有活下去的必要了。"

"姐姐！"

"妹妹！"端木晴又道，"所幸你无事，龙胎也无事，否则姐姐就是去了也不会安心的。你放心，姐姐亏欠你的，一定会尽力补偿于你！"

"姐姐！"我泪如泉涌，连声道，"妹妹不要什么补偿，也没有听说姐姐有什么亏欠妹妹的，只要姐姐好好地活着，妹妹能时刻陪伴在你身边，也便心满意足了！"

"傻妹妹！生死有命，谁也违抗不了！姐姐最后再求你一件事。"

"姐姐请讲，妹妹定当尽心竭力！"

"西宁回来，若知我已去，定然伤心欲绝，求妹妹寻个机会见他一面，替我带句话给他。"

"姐姐请讲！"

"世间事不过是过眼云烟，端木能在有生之年与他相知相恋，不曾后悔！"

我点了点头，端木晴转向云秀嬷嬷："嬷嬷，你待晴儿如亲生女儿般，德妹妹就如我妹妹般，往后我不在了，嬷嬷你要像待我一样照顾德妹妹，可好？"

云秀嬷嬷连连点头，哽咽着："娘娘的盼咐，老奴记下了！"

端木晴这才笑了："德妹妹在这宫中势单力薄，有嬷嬷照顾，我这做姐姐的也就放心了。嬷嬷，晴儿时候不多了，你与妹妹且先出去，请太后姑妈进来。"

我们点了点头，入了正殿，禀了太后，云秀嬷嬷扶了太后疾步进了内堂。

皇上面露沉痛，上前来扶了我，低声道："言言，朕知你与晴婕妤情同姐妹，可如今事已至此，你可要保重身体啊，万不可再有个好歹，朕可再也承受不住了。"

我低泣着，点点头，轻声道："臣妾深懂。皇上也要保重龙体，臣妾不能没有你，宫里的众姐妹不能没有你，天下的百姓也不能没有你啊！"

皇上紧紧将我搂在怀里，浑身颤抖着，我知他在用力克制自己的情绪。皇上心里的痛我又何尝不知，后宫子嗣不旺，太子殿下又身子虚弱，端木晴出身望族，怀了龙胎又被有经验的嬷嬷指为最易一举得男者，如今好好的说没便没了，连人也跟着快没了，叫他如何能接受！

众人正伤心哭泣间，忽听得云秀嬷嬷在内堂连叫："娘娘，娘娘！"

皇上忙带了我们进得内堂，端木晴已然是油竭灯枯，奄奄一息躺在床上，见我们进来，微抬了下头，轻声叫："皇上！"

"朕在这里！"皇上忙应了，大步走至床前，侧坐下来。

端木晴拉着他的手，又朝我伸出另一只手来，我忙上前将手递了过去，她拉了我的手放进皇上手里，双手握住我俩的手，道："皇上，臣妾请求你，在往后的日子里，将对臣妾的疼爱一并给德妹妹，给她幸福！"

皇上用力地控制住情绪，点了点头！

端木晴那样生生地看着他，用尽最后的力气又道："皇上……答应臣妾……皇上！"

皇上深吸了一口气，沉重地道："樱雨殿德婕妤接旨！"

我忙退了几步，跪在跟前。

"樱雨殿德婕妤自入宫始，温婉友爱，贤良恭顺，现由婕妤晋升为昭仪，赐号'德'，入住月华宫落霞殿，掌一宫之主，钦此！"

端木晴听着皇上的话，眼含欣慰，面容带笑软了下去，手直直地垂落而下。

华太医颤声道："启奏皇上，晴婕妤已经去了！"

话一落，屋子里顿时哭声一片，太后一口气没上来，软软地倒了下去，所幸几位嬷嬷在身边，忙扶住了她。

皇上强忍悲痛，起身吩咐乱成一团的众人各行其是。

我哭倒在床前，任凭众人怎么也劝不住，怎么拉也不起来，心中的痛无法用语言形容，仿佛用力呼吸一下都会要了我的命般。

我死死地拉住端木晴怎么也不放手，怎么也不相信这宫里唯一一个关心我，帮助我，陪伴我的人就这样离去了，而这一切皆缘自于我的私心。

我伤心欲绝，哭得肝肠寸断，终于一口气没喘上来，两眼一黑，身子一软便什么也不知道了。

醒来时人已在樱雨殿中，皇上侧坐在旁，见我醒来众人方才松了口气。

南宫阳拱手道："启奏皇上，德昭仪醒来便无事了。只是德昭仪的身子异常虚弱，万不可再受任何刺激！昭仪娘娘自己也要保重身子，万不可再伤心哭泣了。"

"你先下去开方子吧！你们也先退下吧。"众人谢了恩，方才鱼贯而出。

皇上拉了我的手，神情憔悴，双眼发红，嘶哑道："言言，你可千万保重自己，朕可不能再失去你了！"

我鼻子一酸，眼中又弥漫上雾气："肃郎！"刚一开口，泪水已装满眼眶，我想起南宫阳的话，又看看如今皇上的神情，忙深吸了一口气，生生将眼泪逼了回去，稳定了一下情绪，才道："臣妾遵旨！"

他脱靴上床，不再说话，将我搂在怀中，闭目养神。我任由他搂在怀中，将头枕在他肩窝处，伸手反抱住他。他愣了一下，随即又放松下来，过了一会子才沉沉入睡。

过了大约半个时辰，我听得屏风外有人小声说话，想喝住他们，又怕吵醒了皇上。正犹豫间，只听得皇上开口问道："谁在外面？"

"禀皇上，边关三百里加急！"屏风外传来小玄子的声音。

"知道了！"皇上拍拍我的背，轻声道，"言言，你好生歇着，切不可再胡思乱想，朕晚点再过来看你！"

我点了点头道："皇上也要好生保重身子！皇上忙，就不要过来了，殿里这么多人，会侍奉好臣妾的。"

皇上点了点头，这才下床让宫女伺候更衣离去。

第三章　后宫金兰易折　083

我又在床上歪了一会子，方才叫了彩衣伺候我起身，喝完安胎药，正吃着甜品，小安子进来禀了，说是晴婕妤跟前的宫女小初过来了。我忙叫小安子带了她进来。

　　小初进得屋中跪了磕头道："奴婢给昭仪娘娘请安，娘娘千岁，千岁，千千岁！"

　　"快起来吧。"我示意小安子搬了软凳过来，"小初啊，咱们以前也时常在晴姐姐殿里相见，你到了本宫这里也不必太客气了，坐吧。"

　　我以前常去烟霞殿里，待她们也是很和善的，如今晴婕妤虽是不在了，但她见我还似往常那般和善，也不客气，只谢了恩便在软凳上歪了半个屁股。

　　"小初，你今儿个来本宫这里所为何事啊？"我对她的到来终究有些疑惑，除了是为了往后的去处，我想不出来她到来的其他理由，但是就她对端木晴的忠心程度，如今端木晴尸骨未寒，她应该还不至于……

　　小初神色严肃，起身"咚"的一声往地上跪了："娘娘，求你替我家主子伸冤！"

　　"伸冤？！"我大惊，疑惑道，"小初，你家主子的事已由太医确诊，又怎么扯得上冤枉二字，何来伸冤之说？"

　　"娘娘，奴婢有内情禀报！"

　　我一听，朝旁边的小安子点了点头。小安子会意地示意众人退了，又到门口，窗口看了，方才朝我点了点头。

　　我这才道："小初，你起来坐着吧，如今没有外人，你有何内情只管细细道来。"

　　小初谢过恩，又重新歪回软凳上，道："回昭仪娘娘，这段时间我家主子确实孕喜很严重，奴婢们日夜伺候在侧，也的确很疲惫。昨儿晚上云秀嬷嬷见奴婢歪在门口打瞌睡，就叫奴婢先去睡了。

　　"奴婢见主子没什么不好，也就去了。可奴婢毕竟是守夜之人，哪敢熟睡，模糊间听到主子和云秀嬷嬷说话到很晚，奴婢困极了，便睡了过去，但隐约听到值班的太监打三更天的锣。

　　"不知过了多久，奴婢再次惊醒过来，忙起身前去伺候，不想主子屋子里一片寂静，守在门口的云秀嬷嬷也不见了踪影。正疑惑间，却听得从殿前回廊处传来了细细的脚步声，奴婢心里紧张，不敢擅自露面，便躲在了院中的常青树丛中。"

　　"你是说……你家主子昨儿夜里和云秀嬷嬷一起出去了？"我小心翼翼地追问道。

　　"奴婢不敢有半句假话，正殿门口的灯笼虽朦胧，可是奴婢看得真真切切。"

　　"即便是你家主子出去了，这也扯不上什么伸冤之事啊？"

　　"请娘娘待奴婢细细说来。"

　　我点了点头，示意小安子上茶。小初也不客气，接了茶过来，喝了一大口，这才稳住情绪，接着道："云秀嬷嬷扶了主子上了台阶，不想却在最后一个台阶上踩滑了，主子一下子就从台阶上滚了下来。云秀嬷嬷大惊，连唤主子，奴婢也正想上前帮忙，主子却喝住了云秀嬷嬷，只吩咐扶了她入了正殿。

"奴婢心吊到嗓子眼，咚咚直跳，过了好一阵子才回过神来，忙出来往殿里奔去，想看看主子的情况。不想也在最后一个台阶上滑倒了，索性没有滚下台阶。

"奴才爬起来，拿了挂在门口的灯笼细看，这才发现最后一阶台阶上竟结了浅浅一层薄冰，与其他地方积上的雪断然不同，倒像是被人刻意泼了水一般，上面还铺了薄薄一层积雪，奴婢将雪赶开，在灯下明晃晃一片。"

"啊？！"我惊讶万分，"那先前皇上问起，你为何不说？这连续的大雪天，想来那冰也不会化了，你只需禀了皇上，皇上自然会叫人详查，自然会替你家主子做主了！"

"奴婢自然晓得，可偏偏……"小初说到此处，不由得红了眼，泪如雨下，哽咽道，"那时主子不好了，云秀嬷嬷派奴婢叫了众人，又去请华太医。待奴婢请了太医回来，殿里殿外早已烧满了火盆，那冰……也早已化成了一摊水。奴婢人微言薄，又无真凭实据，即便是说了，也没人相信啊！"

"那你可曾见那泼水掩雪之人？"我紧张得心吊在了嗓子眼，表面却是丝毫不动声色。

"回娘娘，奴婢不曾！这才不敢乱说。"

"是了，你既没见那泼水掩雪之人，又没了薄冰做真凭实据，实在很难取信于人！"

"奴婢跪在主子灵前左思右想，实在不忍主子就这么不明不白地去了，这才冒昧来求娘娘。求娘娘看在平日里与我家主子的情谊上，帮我家主子伸冤啊……"说着又嘤嘤痛哭起来。

我暗自松了口气，安慰她道："小初，如今事已至此，你也要节哀才是。你刚才所说，本宫自然相信，只是本宫若就这样禀了皇上，也只怕很难取信于他。你且先回去，咱们得要不动声色调查些什么来，方才好禀了皇上。"

小初又跪了："奴婢先替我家主子谢过娘娘！奴婢这就回去，不动声色，娘娘但有用得着奴婢的地方，只管派人前来，奴婢万死不辞！"说着又磕了头，方才离去。

待小初走远，小安子方才上前来，低声道："主子，不知这小初方才所言是否有所隐瞒。"

我略一沉吟："你是怕她还知道些什么？"

"奴才是怕她还看到些什么，对主子有所隐瞒。"小安子点了点头，顿了一下，又道，"主子，小初可留不得！"

我一惊："你是说……"

"主子，小心驶得万年船啊。这个时候，宁可错杀，不可放过。"小安子脸上闪过一丝狠绝的表情。

我愣了一下，方才点了点头。

小安子朝我拱了一下手："主子，奴才这就去安排！"

"等等！"我叫住已快走到门口的小安子，待他回到跟前，才轻声道，"这事，不用咱们动手。你去帮我给云秀嬷嬷带句话，就说昨儿晚上小初一夜未睡。"

小安子愣了一下，顿时明白过来，笑道："还是主子高明！奴才这就去办。"

第二日刚起身，便有消息传来，小初没了……

第四章　龙子龙女

　　西宁桢宇于腊月里班师回朝，皇上亲自到皇城门口迎接自是不说。

　　转眼间年关将至，黎昭仪再次被太医诊出身怀龙胎，消息传来，我又气又恨，离她上次龙胎没了也不过三个多月，如今又有了一月有余的龙胎，怎么算也是那些日子我在皇上跟前提携她时怀上的。

　　小安子和彩衣几番劝说，我才静下心来，安心养胎，毕竟她一个无宠的昭仪对如今的我而言，暂不具任何威胁。

　　新年里，太后照旧在福寿宫中摆宴，宫中五品以上后妃均位列席间。为了显示皇家重君臣之情，又请了些许朝中重臣及皇亲国戚，西宁桢宇自然在列。

　　宴席上我见西宁频频朝我这边环顾，心里记挂着桃花源之约，又恐他这般神情引来他人疑心，便借口向皇上说身子不爽，便先行退了。

　　回到殿中，换了衣衫，又命彩衣守在门口，有人前来只说我身子不爽，睡了。自己则带了小安子挑了僻静处一路从樱雨殿侧门来到桃花源中的废弃小屋中。

　　西宁桢宇早已等候在屋中，我令小安子守在门口，自己独自进到屋中，朝背着我面向窗口的修长身影微屈身子："西宁将军有礼！"

　　西宁桢宇一听，忙转身朝我单膝跪地，拱手道："微臣见过德昭仪，昭仪娘娘千岁，千岁，千千岁！"

　　我忙虚扶了一把，柔声道："此处并无外人，将军何需多礼！快快请起。"

　　"谢娘娘！"西宁桢宇谢过恩，这才起身。

我这才借着微弱的灯光看清眼前的男子：修长魁梧的身材，刚毅有型的脸配上如雕刻般俊美的五官，让人蓦地想到了神祇。

我微微一笑，心中终于明了为何端木晴即便是入了宫门，有了皇上的宠爱，也始终对他恋恋不忘。

西宁桢宇被我这样直愣愣的眼光看得微微有些不好意思，轻咳一声，道："微臣冒昧约见昭仪娘娘只因云秀嬷嬷讲晴儿临终前有话托德昭仪带给微臣。"

"正是。"我顿了一下，见西宁桢宇憔悴的神情，熬红的双眼正用祈盼的目光看着我，不由得心里一酸，柔声道，"晴姐姐临走前，托我告诉西宁将军：世间事不过是过眼云烟，她能在有生之年与将军相知相恋，不曾后悔！"

西宁桢宇一听便红了眼，雾气弥漫了双眼，微微有些哽咽："这话，云秀嬷嬷已经告诉过我了。"顿了一下，调整了情绪，又道，"今日微臣冒昧相约娘娘前来，主要是微臣心中有些疑问，想请教娘娘。"

我愣了一下，心中直打鼓，表面上却是不动声色："西宁将军言重了，请教二字实在愧不敢当。西宁将军有何疑问，我自是知无不言。"

"如此，微臣便直言了。"西宁桢宇朝我拱了拱手，道，"云秀嬷嬷告诉微臣，晴儿是因身子羸弱，怀了龙胎后不慎滑倒，滑胎后血崩而亡，不知情况是否果真是如此？"

"这个……"我不知他终究是何意，忙不咸不淡地推脱道，"当时宫中太医诊断结果确是如此，况且云秀嬷嬷在晴姐姐身边自然最是清楚了，既然云秀嬷嬷如此说，那自然便是了，我也是听说见红了，这才巴巴地赶了过去，确实不太清楚，也都是听说的。"

"可微臣却听说晴儿是吃了皇上命人送去的青果后，方才滑胎而去了。"

我一惊，万没料到他连这个也知道了，看来定是经过多方查证了，反而沉静下来，沉着应对了，略一沉吟，道："这个……"

西宁桢宇目光炯炯地看着我："听姑父说娘娘与晴儿情同姐妹，如今看来也不过如此。晴儿含恨而去，娘娘却为求自保，推三阻四，不肯据实相告。"

我叹了口气，道："晴姐姐临了本有交代，宫中争斗素来惨烈，分不清谁对谁错，也就不必让将军您知晓个中因由了，只盼你能早日忘却她，寻了中意之人，幸福地度过下半生。如今看来，依将军的性子，不弄个明白，定然是不会善罢干休了。既如此，与其让将军费心竭力冒险查证，不如我据实以告了，将军若是有个好歹，晴姐姐九泉之下只怕也难以安息。"

"如娘娘不愿意据实以告，微臣就算丢了身家性命，也定要查个水落石出，如今娘娘既愿意据实以告，微臣先谢过娘娘！"

"晴姐姐滑胎前确实摔了一跤，出事那天晚上三更天里，晴姐姐冒了大雪和云秀嬷嬷外出回来，在殿前台阶上摔了一跤。"

"那天正是冬月十五！我清楚地记得，去年的冬月十五，也是在那样的雪夜里，我和晴儿私定终身，并约定待来年开春我便上门提亲，迎娶她过门。不想我还没来得及上门，宫里却传了道太后懿旨，令她三月入宫选秀。从此便一墙之隔，咫尺天涯了！"

"晴姐姐在当天晚膳后也确实食了许多皇上赏赐的青果，当天夜里摔倒前便腹痛难忍，这才叫云秀嬷嬷扶回殿中，不想却摔了一跤。"

"微臣用尽一切办法，却在宫中遍查不到青果的下落，只查出当天下午皇上也赐了昭仪娘娘一篮青果。"

"既然西宁将军能查到皇上赐了我青果，那一定也查到了，晴姐姐孕喜最喜食酸，而我却从不食酸，送进我殿里那篮子青果全进了太监宫女们的口！"

西宁愣了一下，没有说话，我又道："西宁将军对此事如此上心，那定然也知晴姐姐在确诊身怀龙胎之前恰恰被丽贵妃以私通他人，淫乱后宫之罪当着众妃嫔的面围在长春宫中，几乎遭人毒手！"

西宁桢宇眉头深锁，神色凝重，陷入沉思。

我却恍若未见，自顾自道："那不知西宁将军可有查到晴姐姐生性淡泊，无欲无求，却偏偏在有了身孕之后幸福异常，对腹中胎儿珍惜备至，到去时已有近三个月的身孕，算算日子，受孕之期正好是将军出征前夕！"

西宁桢宇如遭当头棒喝，愣在当场，半晌才明白过来，神情异常激动，上前两步颤声道："你的意思，你是说……"

我听他口中连说"你"，并未称"娘娘"，又见他如此神情，忙下了饵，沉声道："此事只怕能瞒过众人，却瞒不过有心之人的耳目啊！"

"难道……你也怀疑晴儿她是为人所害？"

我静静地站着，没有说话。

西宁桢宇这才发现自己情绪过于激动了，到底是睿智之人，很快便冷静了下来，整理好情绪，这才开口道："我知道德昭仪心中的顾虑，这后宫就是吃人的地方，我本以为布置得宜，万无一失，不想晴儿还是出了事。既然德昭仪与晴儿情同姐妹，晴儿的妹妹，那便也是我西宁的妹子，日后妹子但有用得着兄长之处，尽管开口。"

我一听，便知他有意套近乎，想用怀柔政策从我口中知道更多。我不动声色，只作不知，微微屈身拜道："能做将军的妹子，是我的福气了，只要将军不嫌弃我这做妹子的，妹子哪有嫌弃之礼。妹妹拜见兄长！"

西宁桢宇忙上前扶了我，柔声道："妹妹如今也是有孕在身，该当好好保重身子才是！"

"谢兄长关心！"我透了口气，轻声道，"晴姐姐之事，妹妹心中一直有疑问。但在这后宫生存，如履薄冰，妹妹又无依无靠，岂敢多言；虽说皇上一直挂在心上，可毕竟无

权无势，人微言薄，又苦无真凭实据，也就只好一直隐忍；再又说了，此事也有些妹子想不明白的地方。如今兄长问起，妹子便如实相告了。"

"妹妹但说无妨，为兄洗耳恭听！"

西宁桢宇示意我在旁边的旧椅上坐了，又取出一只小瓶子，递到我跟前。

我接了过来，借着微弱的光仔细看着。西宁开口道："这是边关驱寒的鹿酒，这大冷天的，妹子可别冻坏了身子，先喝上一小口吧！"

我打开来，喝了一小口，顿觉一股暖流从胃中扩散开来，放下瓶子，又将手中的暖炉拿了贴近身子，这才将心中疑惑娓娓道出："晴姐姐未确诊出身怀有孕前，丽贵妃便先一步得了消息，拿了晴姐姐问罪，所幸皇上及时赶来，这才平安无事。"

"可有云秀嬷嬷在，近得晴儿身边的人应该都是靠得住的人了。"

"妹妹心中也一直奇怪，晴姐姐并未请太医诊脉，能知晴姐姐月信和行踪之人，定然是她亲近之人了。可有云秀嬷嬷在，近得姐姐身边的人实在是寥寥无几了，这丽贵妃是如何猜到姐姐可能身怀有孕，又是如何得知姐姐有时不在殿中的呢？"

我顿了一下，又接着道："经丽贵妃这么一闹，宫里或多或少总有人明里暗里谈论说晴姐姐的身孕并非龙胎。这男人最忌讳的莫过于此事，皇上即便是万岁爷，可他也是男人，这明里不说，暗地里有没有查，有没查出个好歹来，这便不得而知了。"

西宁桢宇点了点头："既有此一说，不管是真与否，皇上都定然会派人详查了。"

"这也是妹妹心中对晴姐姐之事纵有千般疑问，也不敢在万岁爷面前提起半句之因了，毕竟兄长便是晴姐姐的命根子，若是妹妹提及此事，不慎露了马脚，晴姐姐九泉之下也定然不会原谅妹妹了。"

"做兄长的错怪妹妹了，不该说妹妹在晴儿含冤而去后却明哲保身。"

"兄长不知道，才有此一说罢了。在晴姐姐出事的第二天，她殿里的宫女小初来找过我，说是那天夜里亲眼看见晴姐姐摔倒，后来发现那地上竟被人泼了水，结上了冰，又用雪掩埋了，才害姐姐滑倒的！"

"真的？那当时有没禀了皇上？"

"妹妹也问过她，当时为何不禀了皇上。她说当时晴姐姐正在生死关头，众人忙成一团，待她忙完再去查看时，殿里殿外早已烧满了炭盆，那冰早已和雪一起化为一摊清水了。"

"那岂不成了口说无凭了？"

"是啊，妹子想私下查证，待有了真凭实据再禀告皇上。为免打草惊蛇，便叫小初先回去，不动声色。可不想，那小初第二天就没了！"

"没了？！"西宁桢宇一惊，追问道，"是怎么没的？"

"太医诊断为自杀，可妹妹却是怎么也不相信，她信誓旦旦地对妹妹说要替晴姐姐伸冤报仇的,又怎么会自杀呢?"

"杀人灭口啊!"

"妹妹前思后想,还是觉着此事疑云重重!晴姐姐的死实在是可疑啊,只怕是有心之人精心策划好的啊!"

"听妹妹此话,定然是心中有底了!"

"妹妹也只是猜测,不敢断言,可是她的嫌疑最大了。"

"也是,毕竟晴儿有太后撑腰,在朝中能与她家抗衡的就只有端木家和西宁家的联盟了,她虽身居高位多年,可始终没能爬上去,也始终无所出。如今晴儿深受皇宠,一旦生下一男半女,她的地位便岌岌可危了。从她大张旗鼓地将晴儿围在长春宫中,便可探知一二了。"

"遭她毒手的又岂止晴姐姐一人啊!这些年这宫中子嗣不旺恐怕得归功于她了,如今妹妹已是如坐针毡,每日里提心吊胆,度日如年啊。"

"我猜着就是她,不想还真真是她。我发过誓,不管是谁,我西宁桢宇就算穷尽此生也一定要替晴儿报仇雪恨!"

"报仇之事兄长怎可落下妹妹,晴姐姐的事便是妹妹的事,晴姐姐的仇也便是妹妹的仇了!"

西宁桢宇扶了我,柔声道:"难得妹妹有此决心,自今日起,我们兄妹便同心协力为晴儿报仇雪恨!"

"好!"我点了点头,顿了一下,又愁道,"只是这报仇之事可谓是难上加难。她的家族权倾朝野,连皇上都要顾忌三分,这后宫之中又由她掌权,要扳倒她,谈何容易!"

"妹妹言之有理,此事需从长计议。今日夜已深,妹妹先行回去,早些安歇,兄长借故离开宴会已久,也要早些回去,以免引人疑心。"西宁顿了一下,又道,"妹妹勿需着急,如今既已下定决心,便要计划周密了方可行事。妹妹如今勿需多想,只管养好身子,生下龙子,稳固自己在这宫中的地位,方便日后行事才是。"

"妹妹明白。妹妹先行回去,静待兄长派人前来。"

回到殿中,却是睡意全无,便叫彩衣送了些殿里小厨房煲的热汤进来。我示意小安子一同喝些,他早已熟知我的性子,也不客气,先盛了试喝了一小碗。确认无事后便用青花瓷碗盛了送到我手中,自己才又盛了一碗歪在软凳上喝起来,我二人边喝边闲聊起来。

"今年的冬天可真冷啊,这种雪天里喝热汤可真舒服啊。主子,你多喝点!"小安子满脸幸福地喝着新出锅的生地龙骨汤。

我看着他幸福的样子,眼神也不由得柔和起来:"方才自己在外面冻坏了吧?多喝点,不够再叫他们送进来。"

"主子,你也要多喝点,你如今的身子要好好调养才是。"

"我知，如今我只需好生将养，生下龙胎才是大事，其他的都可暂放一边。"我大口大口地将碗中汤喝得见底，才将碗递了过去。

小安子将碗收拾起来置于一边桌上，欣慰道："今日主子与西宁将军结盟，可真真是一步险棋啊，所幸有惊无险，总算是成了。"

"这也是无奈之举啊，照他的决心，定然是不达目的誓不罢休之人，与其让他东窜西撞查出个好歹来，不如放在身边，时刻关注他的动静。"我现在想想，也是一身冷汗，如若没有将他引到长春宫那边，还指不准会出什么事呢。

"主子智勇双全，胆识过人，这才能说服西宁将军，结盟成功，奴才在门外听着也吓出一身冷汗！"

"可这西宁将军却绝非浪得虚名啊，所幸他并未查出些什么来，今日我所说之事，他定然会千方百计查证了。只望他别查出个好歹来，否则，我便是前功尽弃了。"

"奴才这就传下话去，让大家把嘴巴都闭紧了，避避风声，养精蓄锐！"

"嗯，此事得要绝密行事，若是出个纰漏，大家的脑袋全部都得搬家。"

"主子放心，奴才晓得。"

过了些日子，西宁果真派人前来联络，只叫我安心养胎，并暗中扶持我在宫中培养自己的人，形成自己的势力。

而他自己则联络了贴心之人，养精蓄锐，以便他日与仇人分庭抗争。

天气一天天暖和起来，因我生产在即，便省去了一切礼仪往来，只在樱雨殿中安心待产。

半夜朦胧中醒来想喝水，彩衣扶我起身，刚坐起来，但觉有些头重脚轻，天旋地转的，忙又躺了回去，靠在软枕上喘着气。

"怎么啦？主子。"彩衣紧张地看着我疼得煞白的脸。

一股绵绵的疼痛从小腹蔓延开来，全身如坠冰窖，抖得厉害，我咬着牙齿，道："彩……彩衣……"

彩衣却是着急万分，不等我说完已高声吼道："小安子，快，去传太医！"

我听得彩衣叫传太医，顿时一松，但觉眼前一黑，便软软地靠在靠椅上，隐约听见彩衣的尖叫声和众人忙碌的脚步声。

不知过了多久，朦胧间听见皇上气急败坏的吼声："大人孩子都不许有事，否则让你们都殉葬！"

"是，是，微臣自当竭尽全力！"耳边传来南宫阳沉稳的应答声，我心中平静了不少，有他在，至少我是平安的，我信他！

"肃……"我想要开口说什么，却被一旁的稳婆打断了我的话："娘娘，您醒了？"不待我答话又自顾自说道，"醒了就好了。"

我蓦然想起来我快要生孩子了,急道:"孩子,我的孩子?"

"娘娘,您别急,您听老奴的,不时便可顺利生产。"见我点点头,她才有节奏地念着,"呼气,吸气,呼气,吸气。"

如此再三,反而平静下来了。不一时又听得稳婆喜道:"娘娘,已经看见头了,用力,用力……"

我浑身早已大汗淋漓,想要张口说什么,却被塞进了一块软木,我只好用尽全力,却觉得全身像被车碾过似的酸痛无力,无数的金星在眼前闪烁,忽又听得稳婆大叫:"娘娘,出来了,出来了,再加把劲!"

我强撑着的一口气尽泄,立即又软在床上,只觉身子剧痛,无形中有好几只大手把我向不同方向拉扯,我好似要被扯得四分五裂般难受。

只听得稳婆到外间禀了皇上:"禀万岁爷,昭仪娘娘产下公主一名,母女平安。"我听得孩子平安,立时松了口气,昏厥过去了。

"醒了,醒了!"朦胧间听得彩衣喜道,又感觉一个人扑到窗前,刚欲碰我,正在为我扎针的人阻止道:"皇上,不可触碰!昭仪娘娘此刻只怕是疼痛难忍!"

一听"疼痛"二字,只感觉身上的痛楚越来越大,眼前的人影也越来越分明。我眨眨眼,凝视着皇上,他柔柔地注视着我,眼中是无限怜惜和心疼。

我扯开嘴转过头去,却见枕边空空如也,突地心下一沉,笑容愣生生地冻在当头,我明明听见母女平安的,怎么会不在了呢?伸手捂着肚子,带着哭腔道:"孩子,我的孩子!"

"别怕!别怕!"他想挨着我,又想起南宫阳的话,怕我疼痛,只在一旁着急着,像哄孩子似的,柔声道,"她好好的,稳婆带她去清洗着衣去了。"

我这才稍稍平静下来,可仍然有些不放心,他郑重地点了点头,又柔声安慰着:"朕会好好看着她,太医说你身子虚弱得很,快闭上眼休息下。"

心头的大石总算落地,我看着他布满血丝的双眼,心里说不出是什么滋味,只温顺地闭上了眼,在紫砂香炉里飘出的安息香温和的气息中,沉沉睡去。

再次醒来已是次日午后了,彩衣见我醒来,喜道:"主子真醒了!"

我看着彩衣憔悴不堪的面容道:"苦了你了!"我无力地笑了笑,身子有些软,听见窗外"咕噜咕噜"直响,抬眼看看,彩衣低声说:"小安子和秋霜用银吊子在煎药呢!皇上早朝去了,刚才叫小玄子传话过来,说是晚点再过来看主子。"

正说话间,小安子带着秋霜用木盘托了青花瓷碗进来,见我醒了,满脸喜色道:"主子,你可醒了。南太医说主子今日午时便会醒来,让我们备好汤药饮食,果真就醒了,真是神医!"

彩衣半跪在床边服侍我用完膳,吃完药,又让秋霜秋菊帮我擦洗了一下,顿觉身上轻

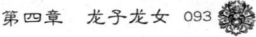

松了不少。

月子里我足不出户调养身子，女儿自然养在公主房里，奶娘每天抱过来给我看看。由于我身孕时身子异常虚弱，加之又是早产，女儿的身子骨实在令我忧心忡忡，刚生下不足一月，便要时常扎针，服药调养身子，皇上和我心疼异常，却也无可奈何。

好不容易熬到满月，我早早起身沐浴更衣。刚收拾停当，小安子进来禀报道："南太医来给主子请脉了！"

我点了点头，转身歪在榻上，彩衣便拿了个软枕垫在我身后，让我半靠着，又放下暖阁的罗帐。我从帐幔中伸出手去，放在榻边几上的金丝绣墩上，彩衣覆盖了丝绣锦帕。

南宫阳进来向我请过安，便细细地诊了脉，写了方子交给随行的小太监，让他们去御药房抓药。

"恭喜娘娘出月，娘娘身子已然恢复至生育前般健康了。"南宫阳面露喜色。

我点了点头，吩咐彩衣把罗帐挂上去，又道："去给南太医沏茶来。"

彩衣会意，带了其他奴才退了下去。我朝南宫阳点点头道："南太医快请坐。"

南宫阳谢了礼，才在椅子上坐了下来，接过彩衣递上来的茶，喝了几口，连赞好茶。

依我对南宫阳的了解，他定然有事情要禀，要不也不会在我刚出月的上午便急急地赶过来，想来他已是放在心中许久了，只等我调养好身子出月了。

我心下明了，表面却是不动声色，笑道："本宫知南太医喜茶，早早便备下了。彩衣，去把橱柜里那罐蒙顶黄芽拿了给南太医带回去。"

"多谢娘娘，微臣便不客气了。"南太医连说，待到彩衣出了门，南宫阳方收了笑容，顿了一下，才道，"娘娘，微臣有下情禀报，不过娘娘听后，切莫过于激动！"

我心下一惊，脸上却不动神色道："本宫知道，南太医只管道来。"

"娘娘早产，小公主体弱多病，并非身子虚弱之故，实是因为外物所致。"南宫阳边说边细细查看我的神色。

我大惊，急道："是什么东西，可查清楚了？"

"那日里微臣一进房中便觉味道可疑，忙叫人开了窗户，点了微臣送进来掺了保胎药的熏香。到后来娘娘产下小公主，微臣进来诊脉之后，便不动声色带了小安子详细查验娘娘屋中各物，发现是点的蜡烛有问题。"南宫阳从随身的医箱里拿出一根半截的红烛来，"经微臣仔细查验，有人将麝香粉末掺进蜡烛之中，娘娘屋中素来焚烧熏香，所以轻易觉察不出。"

我一惊，环看四周屋中所点的蜡烛，小安子回道："主子放心，当日里南太医一点，奴才便重新去内务府领了新的红烛来，将先前领来的全部销毁了。"

"依微臣看，娘娘殿里只怕是有娘娘不知道的暗子啊！"南宫阳又道。小安子奉上一个小匣子，打开匣子，里面静静地躺着一个盛过汤药的青花瓷碗，泛黑的汤汁早已干涸粘于白净的碗沿上。

我不明所以地看向小安子，他恭敬回道："主子，这是当日你生产之时，彩衣端了汤药进来时在屋外窗沿下发现的。当时稳婆正禀了皇上，说主子产下小公主，母女平安。"

我一惊，颤声道："你……你的意思是当日若稳婆禀本宫产下皇子，这碗药便送进来了？"

"回娘娘，这也只是微臣和小安子猜测之意。微臣细查，发现这汤药之中含有大量的藏红花，娘娘若是服下，不时便会血崩……"

我心里一紧，暗自舒了口气，这些日子时常叹息未产下皇子，如此看来，产下小公主也未尝属不幸，至少命还在。俗话不是说得好，留着青山在，不怕没柴烧么？如此一想，心中舒畅了不少，含笑道："如此说来，倒是小公主带着本宫躲过了一劫了。这事情皇上知道吗？"

南宫阳顿了一下，才道："没有娘娘的旨意，微臣不敢告知皇上，还请娘娘示下！"

我沉吟了一下，拢了拢耳边的碎发，问道："南太医以为此事该当如何？"

南太医道："微臣以为此事若是禀了皇上，也是发回后宫处理，到时只怕查不出个所以然来，反而打草惊蛇。如今已然是此种情况，已无力改变，娘娘不如不动声色，自己查证，再作打算。只是这暗子，娘娘还是要早日打算，不可不除啊！"

我点头道："还是南太医做事妥当，想得周全，以后就常到本宫这里走走，帮着检查一下日常用物。另外，小公主的身子还得有劳南太医费心了！"

"微臣义不容辞。"南宫阳看我已有些倦意，又道，"主子凤体初愈，说了这会子话也乏了，微臣便先告退了，娘娘保重！"

我点点头："南太医费心了，本宫也就不留了，你先忙去吧。小安子，把本宫命人备好的东西和那罐茶给南太医一并带了回去。"

"娘娘太客气了，微臣已然受了不少娘娘的恩惠了，怎好再……"

"本宫哪里有什么恩惠给你，这些不过是本宫赠予南夫人之物。南夫人治病之需但有本宫能帮得上忙的地儿，南太医只管开口，可不许跟我客气。"我笑道，"南太医回去代我向南夫人问好，本宫可一直等着她进宫亲自谢恩呢！"

"如此，微臣便恭敬不如从命了！"南宫阳又朝我施了礼，这才转身随小安子出去了。

小安子送完南宫阳刚进屋里，我一下子坐了起来，问道："那些蜡烛是谁去领的？"

小安子忙上来扶着我："回主子，是小碌子去内务府领的。"

"他人在哪里？"我咬牙切齿道。

"回主子，当天发现这些蜡烛有问题后，奴才就把他锁到西边僻静的小屋里，只对他人说他生了病，怕传染给大家，才让他独居。"

"去，把他带来，但是不要让别人看出端倪来。"我冲小安子吩咐道。

赶巧彩衣端了早茶，掀了绣帘进来，一见我歪在贵妃榻上，嗔怪道："主子，你怎么起来了？才刚好些。"

我示意她不必紧张："哪里有那么娇贵了？连南太医都说好了，你就不要再唠叨了。"

不一会子，小安子和小碌子一起进来了。小碌子全然没了往日那股子伶俐劲儿，脸色灰灰的，像只斗败的公鸡，一进门就跪到地上，猛磕着头："主子，奴才该死，奴才该死！"

头皮很快破了一块，渗出血来。

我心中微微有些不忍，终是冷然地看着他："你的确该死！可也得先起来，把话说清楚了再死也不迟！"

小碌子耷拉着脑袋，娓娓道出当日的情形来。

"那天彩衣姐姐说宫里的蜡烛快用完了，让奴才到内务府领些回来。本来一切顺利，内务府的人一听说奴才是主子殿里的，并未为难奴才，给了奴才十封。奴才怕殿里有其他事，也就不敢耽搁，急着往回走。没想到在白玉亭那边的玉带桥看见贵妃娘娘宫里的霍公公走在前头，奴才心想贵妃娘娘向来不待看主子，如今主子正是紧要关头，怕霍公公寻了茬，给主子添麻烦，就压慢了脚步，想等他过去了再走……"

"不枉平日里本宫三令五申叫你们不可在外招惹是非，此时你还能将本宫放在心上，也是忠心一片。"我赞许地点点头，又示意他接着说，"那后来呢？"

"主子素来宅心仁厚，对奴才们恩泽万千，奴才忠心主子那是理所应当。"小碌子磕头回道，"越是担心出事就越是会出事！好不容易等到霍公公下了桥，却不知怎的就崴了脚，坐在地上直'哎哟，哎哟'叫疼。奴才正想着要不要上前去，殿里打杂的宫女玲珑从小路上跑了出来，上前去扶霍公公。奴才无奈，即便心里本不愿意，却怕落了有心人口实，说奴才不尊重宫里老公公，所以，所以只好上前去，把蜡烛给了玲珑，自己则把霍公公扶了起来，又帮他揉脚。霍公公歇了会子，说他没事，就拐着脚走了，奴才这才从玲珑手中拿了蜡烛，走到一半，玲珑说是去绣房给主子取新绣的丝帕，奴才就自己回来了……"

声音渐低，小碌子一脸悔恨，磕头道："奴才实在不知道这些蜡烛里有害主子的东西，奴才一时失察铸下大错，罪该万死，请主子责罚！"说着，眼泪簌簌而下。

"彩衣，那日里是你派玲珑去取丝帕的？"

"不曾，奴婢记得清楚，因主子临产了，奴婢不敢再随便从外面拿东西进来，从上月起一切衣物用度都没再换新、增加，所以也定然不会派玲珑去取什么丝帕了。"彩衣满脸悲痛，"奴婢大意，只顾着防些日常衣物用度，却偏偏忘了那些个日常杂物！"

我没理会她，又问道："那本宫生产那晚，你们可有谁注意到玲珑可在跟前？"

"这个……"彩衣回道，"当时乱成一片，奴婢也不记得了。印象里好像玲珑是不在跟前的，至少有一会子没见到她的人。"

我盘腿坐在榻上，若有所思地望着窗外白花花的太阳，难道这真就是命么，千算万算却还是棋差一步，怎么也躲不过……

"主子！"小安子前行一步，跪到地上，"主子，依奴才愚见，小碌子并不是不本分之人，况且小碌子家人病危，也是主子命人送去的银子救了命，小碌子又岂会恩将仇报。这件事也许是被人利用也说不定，请主子……"

话未说完，彩衣也跪了下来，道："请主子明察，这事情奴婢等也有错，请主子看在小碌子平日里忠心耿耿的分上，从轻发落！"

小碌子万分感动地看着二人，只低呼了声"彩衣姐姐"便哽咽着再难开口了。

我伸脚穿上织锦滚金边的绣鞋，慢慢地绕过他们踱步走至窗前，屋子里一时静极了，只听见我们沉重的呼吸。

半晌，我才开口道："彩衣，小碌子前几日偶染风寒，如今虽是痊愈了，可身子虚弱得紧，你且带了他去，好生将养着！"

三人互看了一眼，半天才回过神来，忙磕头谢恩。

我叹了口气，道："如今事已至此，已是无力回天，只能听天由命了，只愿佛主保佑小公主平平安安，健康成长了！"

"娘娘一向仁厚，菩萨定会保佑小公主平安成长！"

我点点头，又郑重交代道："如今这蜡烛之事，并无他人知晓，你三人定要严守秘密。如今既已知是谁可疑，也切不可打草惊蛇，只是平日里要小心慎防，且要密切留意她的动静，随时禀告我。"

"主子，这样的棋子怎可放在身边，还是早早寻了事情问了罪，赶了出去才是。"彩衣急道。

"此事，我自有斟酌！你先带小碌子下去吧。"

两人谢了恩，方才下去。

待二人离去，我才又说道："小安子，殿里这颗暗子我暂不想除，这殿中的安危你可要上心了。"

"奴才知道。主子是想，即便是除了这颗，指不准哪天又安进来一颗，与其对付一颗我们不知的暗子，不如对付一颗我们已知的棋子。"

"嗯。"我点了点头，道，"再说了，别人可以利用她知道本宫的消息，本宫自然也就可以利用她传些于本宫有利的消息了。"

"正是，正是！"小安子恍然大悟，喜道："还是主子想得周全些。"

我沉吟一下，又道："再过上几天便是太后六十寿辰了，这寿礼可得要好好斟酌斟酌才行啊。"

小安子顿了一下，回道："如今晴主子没了，于主子也正是大好机会啊，平日里因着晴主子，太后便对主子另眼相看，主子若是能得太后欢心，在这宫中行事可就事半功倍了！依奴才之见，主子若在此时向太后打亲情牌，方为上策！"

我点点头，正想开口，彩衣却掀了绣帘进来，禀道："主子，皇上让小玄子传话过来，说黎昭仪早产，今天就不过来了，让主子好生歇着，明天再到主子这里来。"

我一愣，点了点头，叫小安子安排人去打探消息。到了晌午，我用过午膳，歇了一会子，小安子才进来，我忙问："可有消息？"

小安子回道："黎昭仪已经产痛，皇上皇后淑妃她们都在跟前守着。"

我起身摆弄了一会子案上的盆景，心神不宁地起身走到窗前，愣愣地看着园子里郁郁葱葱的花草。看得心慌，复又走回贵妃榻上歪着，端了茶一口一口浅抿着。

这一天是我入宫以来度过的最漫长的一天了，直至夜幕降临也还没有消息传来。

殿里早已上了灯，彩衣劝我先用些晚膳，我觉得没有胃口，勉强喝了一碗羹，又坐回贵妃榻上随手拿了本杂记看了起来。只看了一小会儿便熬不住了，只得躺在榻上养神。

彩衣拿了薄被过来给我盖上，我呢喃道："若有什么消息就叫我。"彩衣点点头，轻声道："奴婢知道，主子先眯一会儿吧。"不一会子我便睡着了。

睡着也不踏实，昏昏沉沉一直做着乱七八糟的梦。不知过了多久，朦胧间听得耳边有人轻唤："主子，主子。"

猛一激灵，睁眼看到彩衣在旁边叫我，我挣扎着起身，问道："黎昭仪可是生了？"

"是，主子，刚才小安子来禀，说是生了，母子平安。"

我也说不准心中究竟是何滋味，复又躺回去，问道："母子平安！是位皇子？"

"是位皇子。"彩衣见我神色不好，又道，"主子，夜深了，回床榻上睡吧！"

我静默不语，任由彩衣扶到床榻上睡下。

翌日，皇上一下朝便过来了，我正用午膳，忙起身上前福了一福，道："贺喜皇上！"

皇上喜得贵子，一脸笑容，道："是该喝上一大杯庆贺！"

我也没答话，只吩咐彩衣去取新酿的樱花酿来。

"昨晚夜深了，怕扰着你就没过来，你睡得可好？"

我走至窗边一边开窗，一边答道："臣妾听说黎昭仪母子平安便睡下了，一眠到天亮。"

皇上走至桌前，见上面摆的几盘菜几乎没动，一碗玉米羹也只喝了半碗，剩下的早已凉在碗里，便问："怎么只吃了这一点？"

"才刚吃呢，便觉着凉了，我叫她们再热热吧。"我说得十分勉强。

皇上拧着眉头，摸摸早已凉透的碗边，满是疑惑。明明是炎炎夏日，一碗粥怎可能吃了几口就凉了？分明是借口。

皇上抬头看向我，我却硬硬地别过脸不看他，假装忙个不停，一会子拨拨鼎里的熏香，一会子又摸摸案上的盆景，复又走了坐在贵妃榻上翻弄着昨天看的那本杂记。只把书页翻得"哗哗"直响，愣是没有看进半个字，只觉心烦意乱。

皇上看我瞎忙着，先是诧异，转而便明白过来，嘴角不由自主地扬起，含了丝笑意走到榻前与我同坐着，问："好端端的和谁生气呢？见着朕也不高兴么？"

我斜了他一眼，道："哪有？您是万岁爷，臣妾哪敢不高兴啊！"

"哦？倒还真有咱言言不敢的事？既没不高兴，怎么这书跟你有仇？都快被你拧烂了，看书也不是这么看的吧？还是朕的言言有边看边吃的习惯啊？"

我一愣，停住手一看，果真有好几页纸被我拧成了一团，飞快抬眼一看，正好碰上他促狭的目光，不禁大窘，起身便要走。

皇上一把按住我，伸手搂我入怀，在耳旁低语："是不是因为黎昭仪的事不自在？"

我一听更窘，红晕从细白的脖颈处漾开，渐渐脸颊也红了，忙低着头。可我越是窘迫，他却越觉得高兴，轻笑一声："真吃醋了？"

"胡说！"我更是觉得无地自容，羞恼地伸手捶他，粉拳软绵绵地落在他身上。他双眼一凝，心下欢喜，将我紧紧搂在怀里。

我窝在他肩窝处，呢喃着心中的不安："皇上，臣妾不是吃醋了，更不是嫉妒黎昭仪产下皇子，而是，怕皇上因此忘了臣妾……"

他一把将我搂得更紧了，似要将我糅进身体一般："傻子！肃郎这不是巴巴地就赶来看你了么？你对肃郎来说，才是最重要的！"

我终是平静下来，只将头靠在他肩上默默不语。

许久，皇上才道："心里可舒服了？再吃些东西罢，我能不能也跟着沾点光？"

我"扑哧"一声破涕为笑，见他年纪一大把了还装可怜逗我开心的样子，忍不住心中一软，作势道："罢了，就留些残汤剩饭给你好了！"

见我笑语嫣然，他方才放心下来，松了口气，歪在榻上闭目养神。

我忙命小安子吩咐小厨房多弄几样菜。不一会子，彩衣便把桌上的冷菜撤了，上了新做的金丝酥雀、白扒鱼唇、荷叶包鱼，以及几道素菜，一时倒也摆满了小桌。

我在白玉杯中斟满樱花酿，端了敬皇上："臣妾一敬皇上喜得龙子。"

皇上看了我一眼，笑道："朕更喜欢我们的小公主。"

我也不接话，只朝他碗里夹了些菜，又问道："皇上，黎妹妹的儿子可起了名字？"

"嗯，已经起了，宏，你觉得如何？"

第四章　龙子龙女　099

"黎妹妹一定很高兴。"我避重就轻答道。

吃了几口菜,我复又斟满酒杯,再敬道:"臣妾二敬皇上子嗣昌盛!"

皇上笑道:"怎么说起这些话来了,朕更盼与爱妃子嗣昌盛!"

我脸上绯红,只作没听懂,又敬:"臣妾三敬皇上江山永固,福寿绵长!"

皇上喜笑颜开,一口饮尽,又斟满酒,笑问道:"还有么?"

我一愣,心想已敬满三杯,又还有什么,奇道:"皇上三敬酒已喝了,又还有什么呢?"

皇上笑而举杯:"那朕替你说,四愿郎君千岁,五愿妾身长健,六愿如同梁上燕,岁岁长相见。"

说完示意我端起杯,挽过我的手,便要同我喝交杯酒。

我一惊,民间这交杯酒只有在娶正妻时方可饮,皇上自然也只能在同皇后大婚时才饮这交杯酒,如今怎么就……

正要张口间,皇上已一饮而尽,只笑着看向我。我想着那句"岁岁常相见",心中百味杂陈,举杯默默地看向他。

良久,才道:"亦既觏止,亦既觏止,我心则说。"说完,便一饮而尽。

皇上听我如此一说,大喜,我连饮数杯,早已不胜酒力,脸颊桃红,双目波光粼粼,默默含春,皇上不由含情默默地看着我,呢喃道:"言言,有你如此,夫复何求?"

我依在他胸口,他像拥珍宝般抱了我,走至榻前,轻轻将我放至榻上。我趁着酒劲,伸手吊住他的脖子,要赖着不让他离开。

他脱靴上榻,吻住我喋喋不休地呢喃,在沉重的呼吸声中褪去我的衫裙,伸手从挽钩上放下帐帘,遮掩住了无限的风情。

太后六十寿辰,皇上原本要大事操办的,无奈端木晴去了后,太后每日郁郁寡欢,身子也大不如从前了。皇上受太后劝阻,只得从简,命人在宁寿宫摆了家宴。

寿辰当晚,虽说一切从简,只是家宴,可宫中照样喜气洋洋,好不热闹。正中一张桌还空着,下首两边的桌上早已熙熙攘攘坐了不少人,三三两两地聊着天。

我坐于左边第一桌淑妃下首位,跟淑妃有一句没一句地聊着,对面丽贵妃正指挥着奴才们按位送上美味佳肴。淑妃喜笑颜开地和我聊着,可我分明看到她的眼光不时朝贵妃那边扫过去,夹杂着不屑,当然,更多的是嫉妒。

毕竟表面虽说是两人共同管理后宫,可能干的丽贵妃又岂能容许在手的权力溜走呢?我看在心里,表面却不动声色。

不一时皇上皇后太子以及端王、端王妃拥簇着太后入了席,众人拜见完,太后今儿心情好似大好,做主叫大家不必拘礼,今日家宴聚在一起,不避宫规嫌疑。

众人谢了礼,这才按位入座,待齐敬酒,恭贺太后"寿比南山,福如东海"后,又依次献上寿礼，有猫眼石、玛瑙、翡翠、玉如意等奇珍异宝，一时之间旁边长几上琳琅满目，流光溢彩，耀人眼目。

皇上所献一颗南海珍珠更是让众人交口称赞，太后喜欢得紧，叫云秀嬷嬷呈了上来拿在手中赏玩，笑道："吾儿费心了，这倒是个稀罕物，哀家入宫多年了，却也不曾见过有这么大粒却还能纯色至此的珍珠呢，倒不知道用它做什么好。"

皇后在旁笑道："母后许久不曾置办首饰了，不如再做顶凤冠，恰好镶上这珍珠，也不枉皇上和儿媳一番孝心。"

太后还来不及答话，就见端王命内侍抬了一口红木大箱进来放在殿中，众人好奇探头去看。端王亲自打开箱子，掀了遮在物件上的红锦缎，只见一尊三尺余高的红珊瑚赫然耸立，众人皆惊呆了，看着物件竟无一人说话。

半晌，还是皇上先回过神来，嘴角含了一丝笑意，道："倒叫三弟弄了这么个宝贝来。"

端王恭身道："母后六十寿辰，做儿子的理当孝敬。"转头对太后笑道，"儿臣镇守边关，多异域之物，儿臣见着稀罕，便买了回来孝敬母后，母后若是喜欢便是儿子的福气了。"

太后微笑道："吾儿一片孝心，哀家当然高兴了。"

太后才叫人收了礼物，丽贵妃便从宫女手中接过一楠木锦盒，款款走至殿中，莺声燕语道："臣妾也准备了一份礼物，只是不知能不能入得太后的法眼？"

太后笑道："谁不知道这宫里头就数丽贵妃心思巧妙了，哀家倒想见见这份寿礼。"

丽贵妃轻轻打开盒盖，只见一块拇指大小的纯黑墨玉静静地躺在盒中，众人一看，却是不甚稀奇。转念一想，若无稀罕处，丽贵妃也不会拿了这么显摆，再一细看，那玉表面竟轻浮出一层雾气来。

丽贵妃笑道："此乃传说中的暖玉，据说冬暖夏凉，能驱寒去湿，对身子极好，献与太后享用。"

太后笑道："贵妃一片孝心，哀家收下啦。"说着叫人呈上，在手中把玩片刻，又放回盒中，并未佩戴，丽贵妃脸色微变，却仍摆着高傲的表情，款款回座。

入宫虽已一年有余，但我甚少见到太子，几次皆是瞟到一眼，如今他端坐在皇上身边，我不免好奇望了过去。只见他身子有些单薄，脸色微白，想来是常年体虚养病之故。但见他神色熠熠，目光灼灼，不免顺着他的目光望了过去，却是停驻在向着右首位移动的靓丽身影上，我心下一惊：难道……

只见丽贵妃今日一身湘红金丝绣花宫装，梳着富贵流云髻，髻上斜斜地插着珍珠镶玉环步摇，一路行来如游动的牡丹般富贵逼人。

我暗笑自己多疑，想来今日丽贵妃光彩照人，美得不可方物，太子年轻气盛，觉得漂

亮，多看上两眼罢了。但心下终是有些疑虑，便不动声色，暗自进行观察。

宫中众姐妹依次献上寿礼，太后喜笑颜开，心情也异常高兴。我见众人寿礼已献得差不多了，起身走到玉阶前，福了一福："太后，臣妾也为您准备了一份寿礼。"

"哦？！"太后奇道，"德昭仪才生了小公主，做完月子了也应该好好调养身子，怎么也费起这心思来了。"

我微微一笑，柔声道："太后寿辰，臣妾尽尽孝心也是应该。太后富贵万千，普通珍宝又岂能入得了您的眼，臣妾捉襟见肘，也就不敢以短示人了，自己花了点小心思，做了份礼物，太后若不嫌弃就是臣妾的福气了。"

太后呵呵一笑，道："德丫头心灵手巧最是有名，如此一说，哀家倒迫不及待想一睹为快了。"

我嫣然一笑，轻轻拍了两下手，小安子和小碌子抬着一幅画走了进来，众人纷纷起身，想要一见端倪，却被画上红锦缎所阻。

待行至跟前停了下来，我才上前一步，玉手一揭，锦缎徐徐落下，一幅"百寿图"便呈现在众人面前。

这图字体笔画紧凑有力，中间一个大大的"寿"字，钩如露峰，点似仙桃，显得庄重肃穆，古朴圆润。其余99个小"寿"字更是各有千秋，字体各异，竟无一雷同。

满座皆是哗然，太后更是欢喜异常，亲自走下玉阶，上前细细察看，点头微笑道："也只有德丫头有这份心思了。来人哪，找个能工巧匠装裱起来，挂于哀家的暖阁中！"

众人见太后金口称赞，且要装裱悬挂，也纷纷附和着直把这"百寿图"夸得天上有地下无的，众妃嘴上夸着好，可我明明感到了一堆幽怨嫉恨的目光，也难怪，众人花尽心思和金钱，却被我拔了头筹，心里自然不是滋味了。

蓦然觉着有道凌厉的眼光直直地射了过来，我不经意地瞟眼望去，却正对上端王若有所思的脸，我心里一惊，忙侧过头，低眉顺目地回到座位上，却仍能感到那道凌厉灼人的目光。

接下来听了戏，宫中伶人又献了舞，众人见太后兴致颇高，又赶着说些吉祥热闹的趣话引太后高兴，直至戌初才渐近尾声。

皇上见太后面露疲惫，朝皇后使了个眼色，皇后正欲开口，小玄子急匆匆地进来，缩着头走到皇上身后贴耳小声说了几句话。

皇上猝然变色，沉着脸挥手命杨德槐退下。

太后虽饮了些酒，但神志清楚，见儿子脸色陡然大变，心中疑惑，问道："皇儿，出了什么事？"

皇上强作笑脸，回道："并没什么，是奴才不懂事，拿些无关紧要的话来禀报。母后，时辰也不早了，儿子先送母后回屋歇着罢。"

太后见他拿话搪塞，心中更是疑惑焦急，转头问小玄子："到底出什么事了？"

小玄子"咚"地跪倒在地，哆嗦着一句话也不敢说，只悄悄瞧了一眼皇上。

太后顿了一下，才叹了口气，摆手道："哀家老啦，也管不了你那些事了，你去吧，有皇后她们陪我就够了。"

众人见太后有些懊恼，皆起身默然站在一旁，不敢搭话。

皇上起身，一脚踹开小玄子，半跪在地："母后息怒，是儿子气恼这没眼色的奴才搅了母后寿宴才不叫说，是……是黎昭仪那边出了事，太医已经过去了，想来也没什么了，母后只管宽心。"

太后听完，半晌才道："你们都散了吧，哀家也累了，有奴才们伺候着就行了。"

众人跪拜告退，皇上与皇后她们直接去了黎昭仪处，端王携端王妃告退回府。我留下送太后回了暖阁，太后捂着我的手，轻拍道："你也才生产过了，早点回去歇着吧。"

我只得叮咛云秀、云琴两位嬷嬷好生伺候着，才退了出来，回了月华宫。

因着前几日连续熬夜写"百寿图"，回到殿中已是困极了，想来黎昭仪不过是月子里体虚有些什么头疼脑热的，也没多想。

梳洗沐浴完倒头便睡，一夜无梦到天亮。翻了个身，见天色尚早，又恍恍惚惚地睡了过去。朦胧间听得耳边有人轻唤："主子，主子！"

睁眼半天，脑子却糊涂着，不知身在何处，听到有人轻道："主子，黎昭仪殡天了！"

我打了个激灵，脑中空白一片，半晌才回过神来，拉住彩衣的手，急声问道："如何去的？"

"也不知道为何黎昭仪竟然血崩，太医们束手无策，到丑时黎昭仪便去了。"

彩衣见我愣在当场，木然不做声，小心翼翼地问道："主子，您没事吧？"

我心中如翻江倒海般，浑身无力说不出话来，只摇摇头，示意她伺候梳洗，又食不知味地勉强吃了几口粥。

到午时，内侍进来宣读圣旨，传达出殡安排。念完后待彩衣扶了我坐在椅子上，又上前赔笑道："万岁爷说德主子身子不好，今儿就不必去昭阳宫了，只待明儿去给良妃娘娘送行便可，叫德主子好生歇着。"

我从听说黎昭仪去了，便神情恍惚，思绪万千，内侍宣读的圣旨愣是一句也没听进去，如今听见内侍传的万岁爷的口谕，疑惑不解，呢喃问道："良妃娘娘？谁是良妃娘娘？"

内侍一愣，回道："回娘娘，黎昭仪已被追封'良妃'！"他还要再说什么，却被彩衣打断，塞了两锭银子在他手中，送他出去了。

小安子听得彩衣报，忙掀了帘子进来，在旁担忧地看着我，也不敢乱说话。

第四章 龙子龙女 103

我半晌才明白原来黎昭仪死后已被晋封为妃，惨然笑道："良妃么？呵呵，人都死了还要这些虚名何用！"

小安子小心翼翼地问道："主子，您这是？"

我深吸一口气，稳定了心情，平静下来才道："没什么，我只是替她悲哀而已。"

小安子叹了口气，道："其实黎昭仪也不容易，算来她还在丽贵妃之前入宫。不过一直未能产下一男半女，又无所依托，无人提携，虽说早年圣宠颇浓，可地位尚不如丫头出身却产下长公主的淑妃。这好不容易有了龙子，眼看着就要晋位，出人头地了，又……如今这妃是封了，可还不如不封。"

我冷笑一声，狠道："男人，都是这么虚伪的。如贵嫔如此，黎昭仪如此，连我娘，不也是如此么？"

小安子一听，大惊，忙四下察看，确认无人偷听后，才上前来，小声道："主子，可是前几日家书有说什么吗？"

"莫大人如今做了尚书，权力大了，腰也直了。前几日送进信来，说是我娘重病不治，已去了，因着我生产坐月便没传进来。还说什么他已追娶我娘做了正房，风光葬于莫家主坟，只叫我宽心些。"我说着呵呵笑了起来，直笑得满脸泪水，"我虽早已知道实情，他却拣了这个时候做了这些手脚，只叫人更加厌恶，死便死了，还需要什么虚情假意！"

"主子，这些话心里知道便好，若不好受了就在奴才面前说说，切莫表现出来啊，这里里外外不知有多少双眼睛盯着，只盼能抓了你的把柄来。如今黎昭仪出了事，主子若是表现出异常来，只怕有心之人会趁机兴风作浪啊。"小安子劝道，"主子的娘没了，主子心里一直憋屈着，奴才清楚，如今莫大人又假惺惺作了这些表面功夫，主子定然心如刀绞。可主子，这个关键时刻你可要挺住了，等咱们有能力的那天，定然报仇雪耻！"

我点点头，道："小安子，自进宫以来有你在跟前，是我的福气！"

小安子脸上微微一红，道："主子不嫌，便是奴才的福气了，奴才哪有主子说的那么好！"

我破涕为笑："难得你也有不好意思的时候！"叹了口气，又道，"其实你说的那些个道理，我也懂，只是有时候实在忍不住了才……去叫人进来伺候梳洗吧，这个样子如何见人呢？"

小安子应声出去，走至门口我又叫了他，吩咐道："不知昨儿个小玄子伤势如何，你悄悄送些虎骨之类的东西过去看看他，让他好生将养。"

用过午膳，我去了太后宫里，她也是十分难过，我便陪了她一下午，直到晚膳前才回到宫里。刚到宫门口，小安子便迎了上来，小声道："主子，您可回来了。万岁爷来了有一阵子了！"

我埋怨道:"怎么也不叫人去通报一声?"

小安子回道:"万岁爷不让去!"

我忙疾步回了樱雨殿,刚掀了帘子跨进屋中,彩衣迎上前来,轻声道:"主子,万岁爷在贵妃榻上靠着睡着了。"

我点了点头,示意她先出去,放慢脚步轻声走至跟前,但见他一扫素日意气风发的样子,就连在睡梦中也是神情忧郁,眉头深锁。

我挨着贵妃榻靠了,伸手抚上他锁住的眉头,他眨眼醒来,见是我,也不说话,只轻轻握住我的手。

我默默侧坐在旁陪了他一会子,见他要起身,忙搀了他坐到太师椅上,唤彩衣上茶。他一言不发坐了一会子,只默默喝着茶,也不说话。

天色渐渐暗了下来,彩衣已在一旁催促几次晚膳了,我犹豫再三,才上前轻声唤他:"皇上,身子要紧,先用晚膳吧!"

良久,皇上才长长地舒了一口气,抬头怔怔地看着我,苦笑一声:"朕虽不喜良妃,可她毕竟是朕儿子的母亲,朕身为帝王,却连自己儿子的母亲都保护不了,可叹可恨啊!"

我不敢随便接话,只挨着他歪在旁边的几上,静静地陪着他。皇上抬头望着窗外,眼神黯淡无光,半晌才缓缓开口道:"良妃十四岁就嫁过来,她一向胆小懦弱,初次见朕时吓得话都讲不齐全,又从来不争宠吃醋,最是深明大义,明白事理。虽说最近几年性情稍稍不如从前,可朕也能理解,毕竟她入宫多年并无所出,可这好不容易产下皇子了,谁知竟这样便去了。"

我忍不住潸然泪下:"良妃姐姐的确可怜,可这刚产下皇子,怎么好好的说没了就没了呢?"

皇上收回目光,低声道:"今日问了昭阳宫贴身伺候的宫女,说良妃原本好好的,傍晚时吃过太后着人送来的饭菜不一会儿便血流不止。"

我一怔,却是想不到还有此一出,斟酌再三才谨言道:"太后寿辰,黎姐姐不能亲自前去拜寿,母后这才赐些饭菜以示亲近,此乃人之常情,如何能咬定饭菜有问题呢?"

皇上点点头,道:"朕也知道其中定有蹊跷。母后素来慈善,与良妃之间并无任何瓜葛,良妃产下皇子的第二日,母后大喜,还若有似无地暗示朕要给她晋位呢,着实没有理由派人下此毒手。只是宫女如此一说,我倒不方便命人去查,只能将昭阳宫上下奴才封了口,以免太后知道这话心中烦恼气坏了身子。"

"自晴姐姐去后,太后的身子是一天不如一天了。皇上何不悄悄地将母后派遣送饭的宫女拿住,从她身上着手查明到底是哪里出了差错?"

皇上摇摇头:"这宫女虽比不上云秀、云琴嬷嬷她们,可也是每日里要在母后跟前露

第四章 龙子龙女 105

脸的，贸然将她拿住，母后定然要起疑心，反倒更不好收拾。"

"说得也是，一来母后年事已高，身子受不得波折，二来她若知自己一片好心却出了这等事，定然会伤心自责，若是出个好歹，可怎生是好，这事儿还得从长计议才行。只是黎姐姐一去，宏儿可如何是好？这孩子刚一出生便没了娘亲，实在可怜。"我难过道。

皇上哀声叹道："是啊，这孩子的确可怜。皇后身子多病又没精力照顾他，丽贵妃倒是主动请旨，说自己愿意将这孩子当做亲生孩子般抚养。朕想，贵妃她入宫多年并无所出，如今见这孩子如此可怜，定然会悉心照料了，再说，一时朕也想不出合适的人选，便应承了。"

我闻言，心中一跳，嘴上却说："贵妃姐姐如此做也是为皇上解忧，只是她既要代皇后娘娘掌管后宫又要养育宏儿，不知会不会过于辛苦？"

"朕问过丽贵妃，她说后宫并无多少事务，况且有淑妃帮她的忙，照顾孩子绝无问题，朕见她热切盼望的眼神，又对宏儿极好，也就没有再说什么，只命人拨了两个极有经验的嬷嬷到她宫中。"

我见皇上如此说，也便和道："贵妃姐姐说得也是，既然小皇子有姐姐照顾，皇上只管宽心吧。"

皇上点了点头，我见他心情仿似平静了不少，低声劝道："皇上，身子要紧，这宫里宫外的都要皇上一人扛着，无论如何你也要保重身子才是。"

他木木地点了点头，我忙扶了他到餐桌前，伺候他用过膳，早早地伺候他睡下了。

次日午后，宫中众姐妹一并到昭阳宫给良妃娘娘送行，良妃以妃子礼仪葬于皇家陵墓中。此后的一段时间里，因为皇上中年得子，却失了皇子的娘亲，宫中一时沉闷下来，无人敢舞乐喧哗。

又过了些日子，再无人说起那场凄凉而奢华的丧事，后来，便如没发生过一般，众人似乎又高兴地生活着，宏儿也一天天精神起来。

听彩衣她们说，我的小公主可是笑着来到这个世上的。刚生下来时，小脸憋得通红，却是怎么也不哭，稳婆急了，对准她的小屁屁就是两巴掌，不料她却"咯咯"笑开了。

当下稳婆便断言，这是个有福气的小公主，我当时笑笑，也没在意，只叫人重重打赏了稳婆。不料还真真被她说中了，这小家伙聪明异常，平日里从来不哭闹，才三个月大却似小精灵般，每次看到皇上来，便对他"咯咯"笑个不停。

皇上欢喜异常，便时常过来抱她，那股子喜欢劲儿，只怕连出生便没了娘，皇上异常疼痛的宏儿都要妒忌了。连太后也对她宠爱有加，若是隔上几天不带她去宁寿宫，太后便要差人来问了。

酷暑天里，我怕她中暑，便在暖阁四周放了冰块降温，只给她穿了个小裙裙，让她光着个小脚丫在地毯上爬着玩。

皇上掀了帘子进来，她一双美目直愣愣地盯着他，嘴角一咧便朝他伸出双手。皇上一看，乐了："言言，你看看咱们的小宝贝，这才多大呀，就知道要朕抱抱了，跟她娘一样爱撒娇！"

我脸上一红，嗔怪道："你在说什么呀？这大白天的，又在孩子面前……"

皇上哈哈大笑。小家伙在地上见我们说着话，没理她，放下举着的小手，小嘴一撇，哇哇大哭起来。

我一惊，待要上前，皇上已是大步上前，抱了她起来，轻声哄道："乖，朕的小宝贝，不要哭哭噢，哭花了脸蛋可就不漂亮了！"

小家伙一被抱起来就不哭了，听得皇上哄她，"咯咯"娇笑，在他怀里不停地蹦着，逗得皇上哈哈大笑。

我看着这一老一小的兴奋劲儿，心里升起一股暖流，眼里竟弥漫上了雾气，上前接过她，笑道："小宝贝，快别闹了，你父皇累坏了，你还这样闹腾。"

皇上喘了口气，坐到椅子上端了茶大口大口喝着："小家伙成天这样闹腾，可辛苦你了！"

我笑道："哪有娘嫌孩子折腾的，皇上心疼臣妾，没有将她送去南院，让臣妾养在身边，臣妾欢喜还来不及呢，哪会觉得辛苦。"

皇上见我如此说，也就不好再说什么，只拉了她的小手，柔声道："朕的小宝贝，马上就百日了，朕给你开个小宴会，可好？"

我一惊："皇上，可不能开这种玩笑，被别人听去，指不准传成啥样了。"

"谁敢！"小家伙一见皇上严肃，小嘴一撇，吓得皇上立刻放低声音，"乖乖，别哭啊，朕没凶你！"

哄好了她，才又转头朝我说："这也是母后的意思，摆个小家宴，庆祝庆祝，顺便给咱的小宝贝赐名。咱小宝贝马上就百日了，还没个正式的名字呢！"

我一听，鼻子一酸，眼中含泪道："臣妾还以为皇上忘记了呢。"

"怎会？朕忘记什么也不能忘记给咱们的小公主起名字呀？"皇上上前，伸手将我们揽在怀里，"朕一直没忘，朕答应过你，无论生儿生女都一样疼她的。"

我眼中的泪再也忍不住了，如断线的珍珠般簌簌落下，哽咽道："皇上不要太过宠爱于她，臣妾怕福泽太大她承受不起。"

"怎么会呢？朕的小女儿这么天真可爱，聪明伶俐，老天爷是不会舍得让她离开朕的。"

我眼泪掉得更厉害了，痛哭失声道："别人不知道，只当太后皇上专宠着她，更甚者传臣妾媚惑君主，方得专宠。可他们哪里知道，若不是南太医医术了得，她恐怕，恐怕……臣妾每日里提心吊胆，半夜里常惊醒了悄悄到小床边看看她还有没有好好呼吸着。"

第四章　龙子龙女　107

皇上拥着我，替我擦去眼泪，轻声道："言言，朕知道，朕都知道，苦了你了。"

怀里的小家伙看我哭，也跟着哇哇大哭起来，我忙擦了眼泪哄她。彩衣听得哭声，忙进来帮忙带着她，小安子又做些幽默的动作哄她笑，一屋子的人围着她忙碌着。

待到摆宴之日，用过午膳太后便命人将小公主接走了。待到晚膳时，我赶到宁寿宫，正殿里已摆上了筵席。因为是后宫妃嫔们小聚，也就用了圆桌，已然有三三两两之人围着坐着。见我到来，都上前贺喜。

又过了会子，众人差不多都齐了，皇上和太后方才出来，大家说话取乐，好不热闹。

正说话间，旁边的小太监上来禀报："太后，皇上，云秀嬷嬷抱了小公主求见！"

"快传！"太后一听，连忙道。我一听女儿来了，眼睛便不由得朝门口望去，已经有大半天没见她了，还真是想念得紧。

云秀嬷嬷进得殿中，怀中的小人儿骨碌着小眼睛，转个不停，想来是没一下子见到这么多陌生人。

云秀嬷嬷正要行礼，小家伙已然认出了经常见到的几张熟悉面孔，伸出小手咿咿呀呀吵个不停。太后一乐，笑道："不必行礼了，快抱到哀家这里来吧。"

云秀嬷嬷福了福身子，才上前将她交予太后手中。太后乐呵呵地接过小公主，余下众人的眼光也不由得追随着她细细看着。

只见小公主今儿着了一身大红的泡泡袖雪纺纱小裙，头发乌黑油亮，细嫩精致的小脸蛋上一对乌黑晶亮的大眼睛滴溜溜转个不停，戴着两个红玛瑙镯子的小手拍个不停，颈子上一串饱满晶莹的南海珍珠越发衬得皮肤白皙娇嫩，见到众人也不认生，冲着众人"咯咯"娇笑，活脱脱一个粉雕玉琢的女娃。

我才半日不见她，只觉她仿佛又长大了不少，看着她不哭不闹，惹人疼爱的样子，心中不免又想起南宫阳的话来，忍不住悲从中来。

太后抱了一小会儿，有些乏了，就送到我手中，笑道："今儿是德丫头的小公主百日，哀家可喜欢得紧，想抱来看看，想着大家也许久没聚了，就命人摆上几桌，顺便跟大家聊上一会子。这人老了，最怕寂寞了，你们可不要嫌我老太婆麻烦，拖着你们聊天才是。"

皇后笑道："母后说哪里去了，能时常陪您说说话是我们的福气，平日里我们还怕母后嫌我们吵着您呢。"

淑妃忙接了道："是啊，是啊。况且宫里谁不知德妹妹的小公主喜人得很，姐妹们巴巴地还要跑去月华宫瞧瞧呢。"

熙常在坐在桌下首，用羡慕的眼光看着小公主，柔声道："德姐姐真有福气，生了个这么可人的小公主。"

我知她是宫中舞伶出身，虽有圣宠却不一定有生育的机会，忍不住心生怜惜，安慰道:"熙妹妹还年轻,以后有的是机会呢。"

她一愣,万想不到我会如此礼遇她,喃喃道:"托姐姐吉言!"

众人正说着话呢,旁边传来"哇哇"啼哭声。众人循声望去,却见陈嬷嬷怀里原本熟睡的宏儿已醒来,正在哇哇啼哭,怎么也哄不好。

这大喜的日子被冲撞了,众人不由得愣在当场,偷偷看着太后,空气仿佛凝固了般,谁也不敢说话。

太后抿了下嘴,凝神没有说话。丽贵妃讷讷地解释道:"宏儿才刚满月不久,每次醒来没有见到臣妾便哭闹不休,臣妾这才叫人抱了他过来。"

我见众人也不说话,怕丽贵妃下不了台,忙接了道:"贵妃姐姐亲自照料宏儿,他醒来见不着姐姐会哭这很正常。陈嬷嬷,还不赶快抱上来给姐姐。"

陈嬷嬷正六神无主间,听得我如此一说,忙抱上前来送到贵妃手里。我怀里的小家伙一见来了个新人,忙伸头去看,一见宏儿兴奋得又跳又闹,伸手便要去拉,我忙抓住了她,生怕她不小心打到宏儿。

哪知原本哭闹不休的宏儿,听到小公主咿咿呀呀的声音,也停了哭声,睁眼看过来,看着看着竟破啼为笑,小脸蛋上还挂着两滴眼泪呢。

我们微微把两个小家伙抱近一点,小公主便拉着宏儿的手,两人"咯咯"笑个不停。

众人一见,也乐了,气氛一下子又热闹了起来。太后笑道:"这小公主就是讨喜人,连宏儿也喜欢她。贵妃啊,时常过德丫头宫里,让两个小家伙亲近亲近,也好有个伴儿。"

丽贵妃闯了祸,也不敢多言,只和声应着。

旁边的小太监上来禀了:"禀太后、皇上,吉时到!"众人忙静了下来,我们也忙分开了两个小家伙的手。

皇上站了起来,朗声道:"德昭仪之女赐名明珠,并封为浔阳公主!"

此话一出,众人一片哗然。

皇后怔在当场,淑妃更是脸色大变。这宫里谁不知道淑妃为皇上产下长公主心雅,心雅乖巧可人深得圣心,又有皇后提携,淑妃这才一步步擢升为妃。

已故薛皇后临产之时,皇上金口玉言:若产下皇子则为皇长子,赐封太子;若产下公主则为长公主,赐封浔阳!

皇族之女未满一岁便得赐封的除前朝出云长公主外,尚无二例。因此,心雅公主尚未正式赐封,众人嘴上不说,心里却早已认定这赐封也是早晚之事,万料不到今日风云突转,皇上竟金口玉言将这长公主的封号赐给了一个不过百日的小公主。

我愣了一下,踌躇着如何处之,旁边丽贵妃朝我猛使眼色,我见这情形,也不敢推辞,悲喜交加,抱了明珠跪了谢恩:"臣妾代明珠谢皇上隆恩,皇上万岁,万岁,万万

岁！"

皇上笑吟吟地说："爱妃快快请起！"

太后喜笑颜开，转头示意云琴嬷嬷，云琴嬷嬷忙从宫女手中取过早已备好的锦盒呈了上来。太后亲自打开盒盖，众人一瞧，却见是和田羊脂白玉佛像。太后亲自取出，亲手戴在浔阳的脖子上，细细打量着正了又正，半晌才笑道："哀家的皇孙女，真真是个粉雕玉琢的小宝贝，戴什么都好看！"

我忙抱了她谢恩："臣妾代浔阳谢太后赏赐，太后千岁，千岁，千千岁！"

太后笑吟吟地接过浔阳，又示意我起身。

宜贵人惊道："太后送的这不是上古遗物传世玉么？臣妾听说此玉在身便能祛邪避祸，若戴久了还能通灵呢，可是绝世宝物啊。"

"哎哟，母后，您送这么贵重的礼物，那不是显得臣媳们送的礼物寒酸了吗？"皇后笑意盈盈地吩咐展翠姑姑捧来一个大红锦盒，一面笑着一面打开，里面闪烁着浅蓝的幽光，却见是一只双凤蓝彩水玉香炉，雕工精美，材质通透纯净，一看就是个稀罕物。

太后接了过去，爱不释手地赏玩着，笑道："皇后何需说哀家，你这不也是费心了！想必所费不少吧？"

皇后笑道："德妹妹的小公主大喜，臣妾理当如此。"

丽贵妃也送了一套纯金打造的长命锁，众人见太后皇后和贵妃都送了礼，自然也不甘落后于他人，忙纷纷送了自己备下的礼物，什么南海珍珠、玛瑙镯子、檀香木佛珠、玉如意之类的翡翠首饰，琳琅满目。

太后又命人上了酒菜，众人闲话至酉时方才散了。

浔阳在我的担惊受怕中一天天成长起来，除了皇上和我，以及几个贴身之人，宫中无人知道浔阳的病情，只当我母凭女贵，暗传我不日便要擢升晋位了。我听罢，也只摇头苦笑，完全没了心思去理会这些，只每日里守着浔阳，生怕我一眨眼她便不见了，家有贵女初成长的喜悦及南宫阳的话煎熬着我。

贵妃果真时常抱了宏儿到我宫里，出于礼尚往来，我也便成了长春宫的常客。两个小家伙出生相差不到两月，时日一久，倒熟悉起来了，若是有个三五天不见，总会咿咿呀呀地吵着要过去。

第五章　天下最毒妇人心

　　转眼间秋天的脚步就来了,小安子掀了帘子端了盆菊花进来,直嚷嚷:"主子,快看!今年的龙爪菊开得多喜人啊。"

　　我转头一看,那泥金黄的西子流沙花朵有青花瓷碗般大小,外围的粗长花瓣向外散垂,弯成了大勾,内轮花瓣则向心合抱,充满了阳刚之气,异常喜人。摆于桌上,不一会子,屋子里便弥漫着幽幽的菊花香,让人心旷神怡。

　　我略一沉吟,道:"寒花开已尽,菊蕊独盈枝。"

　　小安子摆弄好花,笑道:"还是主子才情好,奴才只见着喜人,却半天想不出赞美之词来。"

　　我笑而不答,只示意小安子在旁坐了,才道:"小安子,西宁将军交代之事,小玄子那边安排得怎样了?"

　　"回主子,此事绝非一时半会儿便成的,现下已经初见端倪了。主子切莫心急,小玄子已经尽力了,毕竟他现在还屈居人下,做事未免还束手束脚啊。"

　　我点点头道:"我知他心思,但此时还不到时候,让他小心行事罢。对了,贵妃那边可有动静?"

　　"暂时未见。"

　　"可得小心才是,她收养宏儿,用心不可谓不良苦啊。"

　　"太子体弱,现下宫中除了宏儿并无其他身份显赫的皇子,奴才以为……"

　　正说话间,彩衣掀了帘子疾步进来,顾不得行礼,急道:"主子,浔阳公主不好了!"

您快去看看吧……"

我大惊,霍地一下起身,疾步出门,直奔西暖阁而去。

南宫阳已在榻前凝神诊脉,我见他神色凝重,在一旁心急火燎,又不敢贸然上前打断他。屋子里跪了一屋子的奴才,我挥手让他们先退了下去,只留了彩衣和小安子在旁伺候着,又吩咐小碌子在门口守着。

约莫过了一炷香的时间,南宫阳才收回手,呢喃道:"不可能啊,怎么会这样呢?"

我正要开口,他却转身朝我一拱手,道:"娘娘,微臣心中有所疑问,能否传了今日伺候在旁的奴才进来问话?"

我朝小安子点点头,不一会子刘嬷嬷便进来了。知道小公主身子不好了,我又传了她进来问话,她心中忐忑不安,一进来便跪在地上瑟瑟发抖:"老奴见过昭仪娘娘!"

我点了点头,冷声道:"今儿个是你在小公主跟前伺候着?"

刘嬷嬷冷汗淋淋,偷偷抬头望了一脸严肃的我一眼,又迅速低下头去,颤声道:"回娘娘,今儿午后一直是老奴带了几个丫头在小公主跟前伺候着。"

我见她全身发抖,面部痉挛,仿佛随时便要吓晕过去,缓了口气,柔声道:"刘嬷嬷,您是万岁爷钦点伺候小公主的奶娘,如今小公主身子不爽,本宫也没有要拿你问罪的意思,谁还没个头疼脑热的呢?只是如今要问清楚了情况,南太医方可对症下药,早日治愈小公主。您老不用太过紧张,只管如实回答便可。"

说着又命彩衣搬了软凳来,示意她坐了答话。刘嬷嬷这才稍稍平静下来,谢过恩,才歪了半个屁股坐在软凳上。

我看了南宫阳一眼,才又问道:"刘嬷嬷,今儿都有什么人来看过小公主?"

"回娘娘,上午时老奴不知,午膳后淑妃娘娘来过,听说主子在午歇,便进了西暖阁看了下小公主便回去了。后来,贵妃娘娘带了小皇子来过,来时主子还没起身,就在西暖阁里和小公主玩,后来娘娘起身了,丫头过来禀了,贵妃娘娘又说不用通报了,便又带了小皇子回去了。约莫过了两个时辰,老奴看到小公主神情异常,脸蛋红红的,忙派人禀了彩衣姑娘,请了南太医过来。"

"那小公主今儿都食用了些什么?"南宫阳在一旁沉声问道。

刘嬷嬷一愣,用询问的眼光看着我,我点点头,她才道:"小公主食用之物与往日并无异常。"顿了一下,又道,"娘娘,老奴想起来了。今儿贵妃娘娘来时,带了些雪域参果,说是稀罕物专门赠与小公主食用。老奴听说过此物,此乃调气补血的圣品啊,更何况当时贵妃娘娘先喂了小皇子一小块,方才喂的小公主,奴才也就不敢阻拦。"

我见南宫阳眼中闪过一丝流光,心下一动,忙道:"刘嬷嬷辛苦了,先下去歇着吧。"

刘嬷嬷磕头谢了恩,方才离去。

待刘嬷嬷一出门，南宫阳"咚"地跪在地上，沉痛道："娘娘，小公主恐怕，恐怕……"

"什么?你是说……"我脸色大变，大脑一片空白，眼前一片模糊，一旁的小安子忙扶了我，靠在椅子上。我深吸了一口气，告诉自己在这个时候要挺住，还没到绝望的时候，有气无力地问道："怎么会这样？"

南宫阳见我悲痛至极，小心翼翼地回道："娘娘，贵妃娘娘这一片好心却做了坏事啊！"

"她？！"我血气上涌，厉声道，"她下了什么手脚么？"

"娘娘，微臣只知这雪域参果别人服用了是调气养血的圣品，可小公主先天气血两虚，再加上年纪尚小，因而只能调养，不能劲补，况且这参果产于雪山之巅，性清寒，小公主身子抵御不了这种寒气，如今寒气已然入骨入髓！"

"可有法子医治？"我追问道，心中仅存一丝希望，只期盼南宫阳能给我肯定的回答。

哪知南宫阳低垂着头，声音微微有些哽咽："娘娘，微臣已无力回天。小公主如今已呈昏迷状态，顶多能撑一周；若微臣施针，小公主明儿便可醒来，如往常般生活，只是……"

"只是如何？"我怆然追问，如今一点点希望对我来说皆是救命稻草，我一遍又一遍地在心里告诉自己，绝对不能放弃。

"只是……只是小公主只能存活三天！"南宫阳一直以来对小公主宠爱有加，如今也忍不住悲从中来，声泪俱下，"微臣应如何处之，还请娘娘示下！"

我仿佛被人抽去了呼吸一般，怔在当场，连哭泣都忘了。小安子泪流满脸，跪在地上"咚咚"地磕头不止，哽咽道："主子！主子，你想哭就哭出来吧！"

彩衣也跪步上前，扯着我的衣衫，失声痛哭。

我置若罔闻，半晌，才轻声道："能不能容本宫好好考虑考虑？"

"娘娘可要快些才是，过了今日子时，微臣也不敢下针了。"南宫阳朝我拱了拱手，方才退了出去。

我起身上前，扑倒在浔阳的婴儿床边，再也忍不住心中的悲痛，失声痛哭起来："乖女儿，你醒醒，你一定是在跟母妃玩躲猫猫的，是不是？你快睁开眼朝母妃笑一个？你可不能有事啊，你可是娘的命根子！"

我抚着她的小脸，心中的痛无法用语言来形容，仿佛立时便会要了我的呼吸，怎么也不能接受我粉雕玉琢的小宝贝就这样离我而去了。

"主子，主子！你可要保重身子！"彩衣和小安子在旁泪流满面，连声劝道。

我看着昏迷中的浔阳，想起那个害我女儿变成这样的恶毒女人，心中悲愤万千，不由

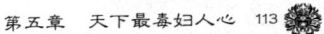

第五章 天下最毒妇人心 113

得收拢了拳头，指甲深深掐进手心，手心的痛又怎及得上心里的痛，眼中迸出深深恨意，咬牙切齿道："贱妇，你连一个不满周岁的孩子都不放过，本宫也绝不让你好过！"

说着，猛然起身，抹去眼泪，转头问道："彩衣，丽贵妃近日里多久来探望小公主一次？"

彩衣愣了一下，方才回道："近日里听说小皇子身子不爽，时常吵着要找小公主，丽贵妃便来得勤些，近几日里天天都带了小皇子过来。"

我若有所思地点点头，又问道："小安子，皇上陪太后去归元寺进香何时回来？"

"回主子，定于三日后。"

"好。"我低头轻吻了一下浔阳的小脸蛋，用几乎微不可闻的声音道，"宝贝，娘不会让你白死的！"说完转身吩咐道，"小安子，传南太医到小公主跟前守着等本宫的吩咐。你和彩衣跟本宫回东暖阁中，命小碌子守在门口，任何人不得靠近。"

第二日，浔阳又似往常般活蹦乱跳起来。我命彩衣传了消息出去，说是浔阳初食参果，偶感不适，如今已然大好了。

我足不出户，用所有的时间来陪伴浔阳，连她睡觉，我都坐于一旁盯着，只望能多看她一眼，又令彩衣取了笔墨纸砚，一得空便含泪将她的一举一动描于纸上。

浔阳似往常般对我"咯咯"直笑，而我多少次转过身去偷偷抹眼泪，心在滴血，却不得不对着她笑。有一次抱着她忍不住笑出眼泪来了，她拿疑问的眼光看着我，半晌又用粉嫩的小手轻轻擦去我眼角的泪水，嘟着小嘴在我脸上印上一个香吻。

我再也忍不住了，将她递与身边的彩衣，转到里屋失声痛哭。

丽贵妃果真每日里过来，只是她过来时我都回避着，只让小碌子禀了，说我在午歇，或是去了别的姐妹宫里。

第三日一早，我拖着疲惫的身体回到屋里，吩咐秋霜伺候梳洗后穿了一身月白衫裙，梳了个简单的平云髻。

秋菊端了发饰上来让我选，我摆摆手让她放了回去，转头看到桌上花瓶中有宫女新摘下来放在屋中的白玉兰，上前摘下两朵，别在发髻上，似有若无的香味飘荡在身边。

早膳都来不及用，我又去了西暖阁浔阳房里，秋高气爽的天气，我带了她在后院茅竹屋玩耍。

转眼间便是午后，在小安子再三催促下，我才依依不舍地带了浔阳回到暖阁中。直到太阳西下，也没见丽贵妃出现，看着天真烂漫，毫不知情的浔阳"咯咯"乐着，我心如刀绞，站在窗口，抬头望着深蓝色的天空，失神呢喃道："难道，真的是天意如此？"

小安子从门外掀了帘子，小步跑进来，急道："主子，来了，快到宫门口了。"

我一回头，上前亲了一下婴儿床上的浔阳，示意小安子一起躲到里间帘子后。

过了一会子，彩衣已迎了丽贵妃进来。丽贵妃边走边问："怎么？德妹妹又不在宫里？"

彩衣小心回道："回娘娘，我家主子说金秋的桂花做的桂花糕润滑爽口，是难得的甜品，午歇起身后便带了几个去园子里采桂花去了。"

小床上的浔阳见到宏儿，已是伸出小手招呼个不停，嘴里咿咿呀呀叫着，宏儿也是乐呵呵地从陈嬷嬷怀里伸出手来，陈嬷嬷忙上前将宏儿放至小床上。

两个小家伙爬到一起坐着，手拉手，咿咿呀呀吵个不停。

彩衣朝阁里伺候的下人吩咐道："有贵妃娘娘在，你们都下去吧，不用守在跟前。"说罢又笑着对丽贵妃说，"娘娘，奴婢怕他们在跟前拥挤，扰了娘娘的兴，便打发他们下去了。"

丽贵妃点点头，赞道："彩衣姑娘可真真是个贴心的人儿，难怪你家主子如此看重你，连本宫也越来越喜欢你了。"

彩衣忙福了一福，笑道："娘娘过奖了，奴婢愧不敢当！"我立于帘后分明看到彩衣长袖后的双手死死地拧着丝帕，我心里暗道：彩衣，你可要忍住了，不可坏事。

丽贵妃朝她带来的人摆了摆手，吩咐道："你们也下去吧，这里有陈嬷嬷伺候着就可以了。"几个小宫女福了福身子，这才退下。

丽贵妃笑道："彩衣姑娘好像是梅雨殿已故如贵嫔跟前的人吧？"

彩衣愣了一下，讪笑道："烦劳娘娘记挂了！"

丽贵妃斜睨了她一眼，又道："如贵嫔也真真是个福薄之人，皇上恩泽万千，得宠晋封近在眼前，却因着违反宫规被责罚，偏偏她身子骨弱，愣是没熬过去。"

我闭上双眼，屏住呼吸，指甲深深地陷进肉里，心里默默念道：彩衣啊，挺住，你可要挺住了，成败在此一举！

屋子里静得连根针落地都能清楚听到，过了好一会子，才听得彩衣颤声回道："是贵嫔主子福薄，怨不得别人！"

丽贵妃这才喜笑颜开："德妹妹才算是有福之人啊，你看这小公主，连皇上都金口玉言亲封长公主，太后也是喜欢得紧，连本宫也是有了几天没见着就想念得紧。"

彩衣卑谦地回了："贵妃娘娘吉言，福泽小公主！"

"要我说啊，彩衣姑娘才是最有福之人！"丽贵妃话锋一转，冷声道，"进了隽永殿能活着出来的已是不多见，彩衣姑娘转身便成了宠冠六宫的红人身边的贴身丫头，便可见彩衣姑娘的手腕才真真是不一般哪！"

彩衣立于一旁，不卑不亢地回道："德主子仁慈，见奴婢可怜，才收留了奴婢。"

丽贵妃见挑不起事来，也觉着无趣，便转了话题："德妹妹也真是的，放着这么乖巧的公主不管，就爱做些酒啊糕啊的。"

我松了口气，暗暗替彩衣捏了把汗，知她已闯过了这关。

第五章　天下最毒妇人心　115

彩衣赔笑道："贵妃娘娘说的是，我家主子便常说小公主有贵妃娘娘和五皇子时常过来探望、陪伴，那是她的福气，别人求还求不来呢！"

丽贵妃柳眉一挑："德妹妹素来和善，还要她不嫌本宫常来叨扰才是！本宫过浔阳跟前可比她这个亲娘勤得多了，她也不怕本宫抢了她的小公主？"

"娘娘说笑了。"彩衣小心翼翼回道，"贵妃娘娘如今已有了小皇子在跟前，又要掌管后宫事务，忙里抽闲地过来探望小公主，是娘娘的恩泽，小公主的福分，别人求还求不来呢。"

丽贵妃眼神这才柔和了下来，乐呵呵地说："敢情彩衣姑娘今儿个喝了蜜糖了，这小嘴儿甜得快腻死人了。"

那风情万种的神情别有一番风味，可如今这副表情看在我眼里却是可恶至极，真叫人恨不得冲上前去撕开她那张假面具。

彩衣身子微微抖了一下，才又回道："娘娘夸奖！我家主子临走时有交代，若贵妃娘娘过来，便顺便带些樱花酿回去。娘娘先歇着，奴婢这就去取！"说完，福了一福，朝我藏身处瞟了一眼，退了出去。

过了一会子，宏儿玩累了，躺在床上呼呼大睡，浔阳精神已不如先前，小脸微红，静静地靠在小枕上，两只眼睛滴溜溜地望着丽贵妃。

又过了一会子，还不见彩衣回来，陈嬷嬷忍不住朝门口探望一下，道："主子，天色已晚，这彩衣取个樱花酿怎么这么久啊？"

丽贵妃冷笑道："只怕这会子躲在角落里哭鼻子呢！不用管她，咱们不用等她了，先回去吧，等下出去叫小丫头告诉她一声便成了。"

"奴婢晓得。"陈嬷嬷起身抱了熟睡中的宏儿，又伸手取了小锦被将浔阳盖住。

丽贵妃起身上前，将浔阳轻轻抱了放平，盖好被子，缩回的手停在半空中，脸色一冷，眼里闪过一丝狠毒，迅速抓起旁边的小靠枕，狠狠地捂住了浔阳的小脸蛋。

我大惊，猛地起身就要掀了帘子冲出去，却被小安子迅速拖住身子，捂住嘴巴。

我一愣，身子随即软了下来，跌坐在椅子上，双手死死地抓住扶手，张口用尽全力咬住小安子的手，心如刀绞，眼睁睁看着浔阳面色通红，全身扭踢抓动着，发出"呜呜"的叫声，却是上前不得半步，眼泪如断线的珍珠般簌簌而下。

陈嬷嬷见状，脸色蓦然一白，顾不得抱着宏儿，"咚"的一声跪在地上，牙齿打颤，语不成句道："娘……娘娘……，不可！"见丽贵妃毫无反应，深吸一口气，拼命挤出一整句话来，"娘娘此时动手，就等于在给德昭仪踩死娘娘的机会啊！"

丽贵妃全身一颤，像被人施了定身咒般愣在当场，手上却顿时失了力气，我听见了浔阳大口大口的呼吸声，连哭的力气也没了。

仿佛过去了一个世纪那么久，丽贵妃才恨恨地抓开靠枕，狠狠地扔到旁边，咬牙切齿道:"小贱货,就让你再跟你贱货娘多活几日!"说罢拂袖而去,陈嬷嬷上前伸手将浔阳的小被子整理好,方才跟着出了门。

我全身一软,虚瘫在椅子上。小安子小心翼翼地上前,轻声道:"主子,主子,丽贵妃已经离开了。"

我心中一片迷茫,再也控制不住心中的恐惧,拉了小安子,嘤嘤哭泣起来。小安子全身一僵,愣在当场,一动不动地任我拉着。

"主子,主子!"彩衣在外连声呼唤,声音越来越急,带着点哭腔,"小公主她……"

我一听到说浔阳,顿觉精神一振:对了,浔阳,我的小宝贝还等着我呢,我一定要振作起来。

我疾步掀了帘子,大步走到床边,只见浔阳小脸通红,呼吸沉重,滴溜溜的大眼早已失去了光泽,可怜兮兮地看着我。

我双眼含泪,上前抚着她的小脸,轻声问道:"南太医,果真没有办法了么?"

南宫阳被我含泪欲滴的绝望神情惹得也忍不住红了眼,答道:"德主子,微臣如有办法,就是丢了性命也定然要保全小公主,如今……"

正说话间,浔阳却在小床上挣扎起来,呼吸渐渐沉重起来,咿咿呀呀地哭不出声来,双眼就那么愣愣地盯着我,仿佛在求我救她。

我再也忍不住了,跌倒在床前,拿手轻抚胸前替她顺气,只希望能减轻她的痛苦。南宫阳再也忍不住了,痛哭失声,哽咽道:"德主子,你行行好,让小公主好生上路吧!"

"不,不!"我一把将浔阳揽在怀中,"不要!小公主会好起来的,会好起来的!我求求你们了!"

彩衣嘤嘤痛哭起来,磕头不止:"主子!主子,你这样苦留,只会让小公主更加痛苦!"

我怔在当场,低头看着痛苦的浔阳,不知如何是好。

彩衣上前轻轻地将浔阳从我手中接了过去,放在床上,扶起我,轻声道:"主子,你就让小公主好生上路吧!"

小安子泪流满面,沉声道:"送小公主上路!"说罢拿了丽贵妃扔在旁边的小靠枕,轻轻捂在浔阳的小脸上。

我暮地转身,冷声道:"慢!"

小安子一惊,忙松了手。彩衣想开口,被我冷冷一眼瞪了回去。

我转身移回小窗前,低头看着浔阳,柔声道:"浔阳,娘的小心肝。娘送你去天堂,到了那里再也没了争斗、陷害和痛苦,无忧无虑地好好生活……"说完轻轻地将丝绢放了,将手伸了过去……

漫天红霞，给这白玉亭也洒上了一层淡淡的绯红，看在我眼里却异常的刺眼，让人感到一种说不出的孤独与清寒。只叫人一颗心没由来地阵阵蹙紧，千丝万缕，被死死缠住，仿佛立时便要失去呼吸。

可我知道，我只能默默地忍受着，带了小安子和宫里几个宫女小太监，采摘好金秋的桂花往回走，停驻在白玉亭上歇息片刻。

小安子上前轻声道："主子，万岁爷过来了！"

我闭上双眼，深吸一口气，再次睁开眼时，已在嘴角边挂上一丝淡淡的浅笑，远远地迎了上去，跪拜道："臣妾恭迎圣驾！皇上万岁，万岁，万万岁！"

皇上忙上前扶了我起来，软言道："爱妃快快起身！朕正欲往月华宫看你和咱们的小公主呢，没想到却在此处遇上了。"说着又看看旁边的宫女和小太监，疑道，"爱妃这是做什么去了？"

我柔声道："过些日子中秋便要来了，臣妾看这桂花开着喜人，便带了人过来采摘些，好做些桂花糕。"

"朕的言言就是心灵手巧！"说着便拥了我往前走去。

我笑道："皇上是要去看小公主吧？那不介意臣妾也搭个伴吧？"

皇上喜笑颜开，点了点我的鼻子，温言道："就你爱油腔滑调！"说着又"嗯"地清了声喉咙，才装腔作势道，"看在你为朕生下这么聪明伶俐的小公主的分上，朕就破例，准你同行！"

我呵呵赔笑着，心却在滴血。

皇上边走边问："朕这几日不在，小公主身子可好？"

"挺好的，有南宫阳好生照料着，万岁爷只管宽心吧！"

皇上貌似心情异常的好，一路上喜笑连连。

走过玉带桥，穿过小花园，绕过回廊，月华宫就在眼前了。

远远地便见到一个人跌跌撞撞地跑上前来，我和皇上不明所以地对望一眼。小玄子上前高声喝道："前面是谁？万岁爷跟前也敢随意跑动，惊扰圣驾，该当何罪？来人啦，拿下！"

"万岁爷！"那人"咚"地跪在地上，爬到跟前，回道，"皇上饶命，奴婢是月华宫宫女彩衣，奴婢不敢惊扰圣驾，只是有要事要禀。"

我看了皇上一眼，忙上前扶住彩衣，却见她衣衫凌乱，泪流满面，神情痛苦，我惊道："彩衣，你这是怎么啦？"

"主子！"彩衣哽咽着唤我一声，失声痛哭起来。

我大惊失色，拉了她，厉声问道："究竟出什么事了？"

彩衣哽了一下，才颤声道："回万岁爷，回主子！小公主，小公主她……"

"小公主究竟怎么啦?"我浑身颤抖,失声吼道。

"殁了!"

"什么?!"我怔在当场,随即吼道,"你胡说!"

说罢推开她,直奔月华宫而去。

一行人一路狂奔至宫中,掀了绣帘入得西暖阁中,奴才们早已跪了一屋子,低声哽咽着。

我跌跌撞撞扑至床前,语无伦次唤道:"浔阳,我的小宝贝,娘回来了!"颤抖着伸手上前,抚摸着浔阳早已冰冷的小脸,心下一惊,迟疑着伸手探了一下浔阳的鼻息,脸色大变,神情恍惚,绝望地尖叫出声,"不!"一口气没上来,眼前一黑便晕了过去。

朦胧间醒来,皇上将我搂在怀中,心疼地看着神情憔悴的脸上满是斑驳泪痕的我,温言道:"爱妃,你好些了么?"

我蓦然想起还孤零零躺在床上的浔阳,用力推开皇上,奔至床前,将浔阳抱起,紧紧搂在怀中,缩至角落里,泪流满面,怒视着众人:"你们骗人!浔阳只是睡着了,是你们嫉妒我的小公主招人疼爱,才骗我说她殁了。"说着又自顾自哄着怀里的浔阳。

皇上眼里满是悲痛,心疼地看着我,小心翼翼道:"言言,是他们嫉妒咱们的小宝贝,你乖,小宝贝睡着了,快把她放回小床上。"

我看看他,眼里满是怀疑,他朝我重重地点了点头,我才迟疑着将浔阳放到彩衣手上。皇上大步上前,将我搂在怀里,轻轻地替我擦着泪水,柔声哄道:"言言,你累了,朕扶你到床上歇着去。"

我点点头,乖巧地任由皇上扶了歪在榻上。皇上侧坐身旁,握着我的手,陪伴在侧。

过了许久,我情绪这才平静下来,眼泪从眼角汩汩而出。皇上拿手轻轻替我拭着泪水,一言不发。

我抓住皇上替我擦拭眼泪的手,轻轻地问:"皇上,其实他们没有说谎,咱们的小宝贝真的已经去了,对么?"

皇上看着我,半晌才沉重地点点头。

泪水再次无声滑落,我咽了一口气,这才有气无力地道:"我知他们说的是真的,可是南宫阳明明说浔阳是由于早产才体虚,只需小心调养,就会平安长大。今儿午歇起身后,我来看浔阳时还好好的,这才带了几个奴才出去采摘金桂,短短几个时辰怎么会说没了便没了呢?"

皇上眉头一皱,冷声吩咐道:"小安子,传令儿在小公主跟前伺候的奴才们进来。"

"奴才遵旨!"小安子应声而出。

此时太医院南太医、杨太医等也已赶到,皇上即刻宣了进来查验。

不一会子,奴才们跪了一屋子。几个太医轮流上前查验,查验完后又分别将结果写于

纸上，呈了上来。

我从旁瞟了过去，三张宣纸上赫然写着：窒息而亡！

皇上脸色一沉，用力将纸狠狠地揉成一团，冷声道："朕不希望有人多嘴，你们先退下吧。"

几位太医见皇上脸色不善，不敢多言，只行了礼便鱼贯而出。

皇上扫了众人一眼，问道："今儿都谁在小公主跟前伺候着？"

彩衣朝前一步，回道："回万岁爷，今儿午后娘娘带了几个奴才采金桂去了，是奴婢和刘嬷嬷带了奴才伺候在跟前。"

皇上点了点头，双目炯炯地逼视着彩衣："彩衣？！你是德昭仪跟前最得宠的丫头了，怎么亲自伺候在跟前小公主还出了事了！"

彩衣本就伤心欲绝，如今又听得皇上斥责，眼泪簌簌而下，往地上"咚咚"地磕头不止，不几下额上便渗出血来，哽咽道："奴婢该死，请皇上责罚！"

皇上阴沉着脸，冷冷道："你的确该死！可也得先说清楚这是怎么回事再死也不迟！"

彩衣顿了一下，吸了吸鼻子，调整了情绪，才回道："回万岁爷，今儿主子午歇起来便带了几个奴才采金桂去了。过了一阵子，贵妃娘娘便带了小皇子过来探望小公主，小公主身子向来虚弱，暖阁里一下子拥进太多人，奴婢怕春秋换季有人染上风寒之类的传染给小公主，便命他们都下去了，奴婢一人在跟前伺候着。贵妃娘娘也命人下去了，只留了陈嬷嬷在跟前照顾着。不一会子，小皇子和小公主都玩累了，躺在床上睡着了。奴婢本想贵妃娘娘该是要回去了，可不知怎的，娘娘突然对奴婢说想喝主子今年新酿的樱花酿，命奴婢去取些来。奴婢犹豫着，贵妃娘娘便急了，问奴婢是不是主子连几瓶樱花酿都舍不得赠与她喝。奴婢怕贵妃娘娘误会主子，又想着贵妃娘娘时常过来探望小公主，对小公主也是宠爱有加，更何况有陈嬷嬷在跟前，定会照顾好小公主，便到后院窖中取酒。不料，不料……"彩衣说到伤心处，又嘤嘤痛哭起来。

我轻声道："贵妃姐姐照顾宏儿有经验，她三两日总会过来探望浔阳，对浔阳疼爱得紧，想来也没什么。彩衣，你还是快说小公主到底是怎么殁的？"

皇上也追问道："不料怎样？你倒是快说啊！"

"不料奴婢取酒回来，贵妃娘娘已然不在了，小公主也早没了气息！"彩衣鼓足勇气般，突然扑到皇上脚边，喊出石破天惊的话来，顿时暖阁里安静下来。

"大胆奴才，贵妃娘娘代理六宫，养育皇子，岂容你诬陷！"小玄子呵斥道。

"奴婢所说句句是真，否则奴婢就是有十个胆子也不敢诬陷贵妃。"彩衣红着眼，迸出刚毅的眼神，直直地看着皇上。

皇上一言不发地盯着彩衣，仿佛要把她看成一个水晶心肝玻璃人。我愣在一旁，呢喃道:"怎么可能?怎么会呢?"顿时泪如泉涌,一把抓住皇上,失声痛哭,"皇上,贵妃姐姐明明有了小皇子了,怎么也不放过我的小公主,贵妃姐姐的心怎么就这么狠啊!"

皇上本就疼爱小公主,如今又见我此番惨状,也动了怒气,一拳捶在床沿上,冷然道:"毒妇,朕怎能再容你!"说罢又扶了我,柔声道,"言言,你放心,若真真是如此,朕绝不容她!"

见我点了点头,皇上又转头吩咐道:"小玄子,派人前去宣贵妃过来。"顿了一下,又道,"令人悄然前去,拿了丽贵妃跟前的陈嬷嬷,记住,不要惊动任何人!"

小玄子恭敬回道:"奴才遵旨!"转身离去时,悄悄朝我打了眼色。

我卧在榻上,脸容憔悴,眼睛大而无神,目光呆滞,彩衣跪在旁边,脸色苍白,紧抿着唇,皇上面色阴沉地坐在楠木椅上。

"贵妃娘娘驾到!"小太监尖细的嗓音仿佛是从喉咙里挤出来的,皇上一听眉头皱了起来。

不对!多年的本能让贵妃直觉地感到有些不妙的事情正在发生,尤其是在看到跪在地上泪流满面的彩衣,却没有看到原本放在暖阁里的婴儿床和浔阳后,心一下子沉了下去,却仍是不动声色。

"臣妾拜见皇上!皇上万岁,万岁,万万岁!"丽贵妃依然举止端庄,不愧代理六宫多年,在这种气氛下还能泰然处之。

"爱妃,平身!"皇上目光深邃的看着丽贵妃,半晌,才缓缓道,"爱妃,近日里可曾常过来探望浔阳公主啊?"

丽贵妃福了一福:"皇上,怎么突然问起这个来了?臣妾素来喜欢浔阳,况且宏儿若是三两天见不着浔阳,也会哭闹着要过来,今儿午后臣妾还带着宏儿过来了,后来小公主睡着了,臣妾才回去了。"

"睡着了么?可有人告诉朕,你离开后,便发现小公主没了气息,殁了!"皇上冷冷地开口,一双眼炯炯地盯着丽贵妃。

丽贵妃怔在当场,樱桃小嘴张张合合几次都没发出声来,看上去对此事一无所知,难以分辨是被人冤枉还是太会演戏了。

小玄子把一份彩衣和刘嬷嬷的供词交给丽贵妃,丽贵妃看着脸色变得愤怒起来,一对凤眼怒视着彩衣:"好大胆的贱婢,竟敢诬陷本宫,该当何罪?"

丽贵妃将手中的那卷供词劈头盖脸地朝彩衣扔去,猛地转身,双眼无畏地看着皇上:"皇上,难道您仅凭这丫头一面之词就怀疑臣妾吗?"

"这……"皇上万没料到丽贵妃居然如此理直气壮,心下倒有些迟疑起来。

"皇上,臣妾对浔阳小公主的疼爱之情,素来不比宫中其他姐妹少,平日里便时常来探望小公主,若真存了歹念,也不会选这么抢眼的时间下手了。今日为了这丫头一面之

词，皇上就见疑臣妾，臣妾……"丽贵妃句句在理，说到激动处，热泪盈眶。

皇上见了心下不忍，毕竟丽贵妃身份高贵，又掌管后宫多年，自己今日作为的确有欠周详。他离座起身，亲自上前扶着丽贵妃，软言道："彩丽不要伤心，只因朕正在调查小公主突然间便殁了一事，那丫头又提到贵妃。朕也不相信是贵妃所为，故差人请你来当面对质，以还贵妃清白。"

见皇上口气松动，丽贵妃立刻假意抹着眼泪，说道："清者自清，浊者自浊，臣妾愿意配合，只是此事若与臣妾无关，请皇上一定要还臣妾一个公道！"

"那是自然。"皇上扶了丽贵妃的手到楠木椅上坐下，方才回到正位上坐了，质问道，"彩衣，你说你去取酒时丽贵妃和陈嬷嬷在暖阁中陪伴小公主，取酒回来后贵妃娘娘和陈嬷嬷不在了，小公主也殁了，可是当真？"

彩衣从容答道："回皇上，奴婢并无半句假话。"

"你胡说，本宫离开时，小公主已然睡着了。陈嬷嬷现正在臣妾宫中，皇上可派人去寻她来与这丫头对质便知真假。"陈嬷嬷早已被她收买，更何况方才回去后又是对她一阵软硬兼施，丽贵妃如今对她可是放心得很。

"那好，小玄子，你派人去丽贵妃宫中把陈嬷嬷找来。"皇上转头吩咐道，顺便给了我一个安抚的眼神。

"奴才遵旨！"小玄子躬身退了出去。

"哼，彩衣姑娘，本宫自问待你不薄，当初如贵嫔去了，本宫念你是她进宫时带进来的丫头，怜悯于你，专门交代了人好生照顾你，想不到你如今粗心照顾小公主出了差错，却空口白牙来诬陷本宫，你该当何罪？"丽贵妃振振有词，自有一股凌厉气势。

彩衣不甘示弱，冷哼一声，满脸鄙夷地看着丽贵妃："如果不是丽贵妃专门派人照顾有加，奴婢又怎会进得隽永宫中，九死一生方才到了德主子跟前。"

丽贵妃还要再说什么，皇上狠狠地瞪了两人一眼，方才住了口。

"皇上！"小玄子领着几个小太监从宫门匆匆进来，跪在地上。

皇上一见他们身后无人，忙追问道："人呢？"

"回皇上，奴才等赶到长春宫时，发现陈嬷嬷已然被人下了毒，正躺在床上痛苦挣扎。奴才忙令人将她抬了回来，这会子南太医正在外面替她诊治。"小玄子气喘吁吁，惊魂未定。

"什么？"丽贵妃失声道，一下子脸色灰败下来。

"丽贵妃，这作何解释？"皇上神情阴郁地看着丽贵妃。

"不，这不可能！"丽贵妃呼地转过头去，怒视着身后的展翠，厉声问道，"你不是说陈嬷嬷吹了些风头疼，在宫中养病么？她怎么会中毒的？"

"奴婢，奴婢不知，奴婢走的时候陈嬷嬷虽然有些怏怏的，可并无大碍，怎么可能会……"任展翠姑姑是见过大世面之人，面对这惊天巨变，一时也不知如何应对。

"皇上，这事定是有人设计陷害臣妾！"丽贵妃激动地说道。

"设计？是谁设计贵妃？难道是德昭仪么？牺牲自己亲生的粉雕玉琢，集朕和太后万千宠爱于一身的长公主性命，只为陷害你丽贵妃么？"皇上的声音冷得仿佛是从冰块里蹦出来的。

"今儿午后臣妾确实来看过小公主。这在德妹妹宫中，想怎么说都可以，可并无人亲眼所见是臣妾下的毒手！"丽贵妃知道此时绝不能松口。

皇上一时无言，朝小玄子怒道："解毒！去叫南宫阳赶快救治，务必把人给朕救活了！"

小玄子忙应声出去。过了约莫半炷香的时间，小玄子才又进来，禀道："禀皇上，陈嬷嬷身上的毒已基本清除，如今陈嬷嬷已经醒来了，只是身子还很虚弱。"

"皇上，今儿天色已晚，您还未用晚膳，刚好陈嬷嬷身子也需要将养，依臣妾看，不妨明日再接着查，皇上以为如何？"丽贵妃听得小玄子禀了说陈嬷嬷已然脱离危险，心中不免有些着急。

皇上冷冷地斜了她一眼，吩咐小玄子："免了陈嬷嬷跪拜之礼，叫人把她抬进来回话！"

不多时，陈嬷嬷被四个小太监放在担架上抬了进来。陈嬷嬷挣扎着要起身，小玄子朗声道："陈嬷嬷，皇上已免了你跪拜之礼，你只管躺着回话，皇上的问话，你可要如实回答！"

"老奴遵旨！"陈嬷嬷应答着，斜着眼恶狠狠地瞟了一眼丽贵妃，丽贵妃心下一惊，不禁有些慌乱起来，心中明了陈嬷嬷已然认定她为下毒之人了。

"陈嬷嬷，今儿午后丽贵妃来探望小公主之时，你可有伺候在侧？"

"回皇上，老奴是小皇子的奶娘，小皇子过来同小公主玩耍，老奴自然是一直伺候在侧。"

"彩衣出去取酒后，这西暖阁里便只剩丽贵妃和你两人了？"

"回皇上，正是。当时小皇子玩了会子便睡着了，这暖阁里只剩下贵妃娘娘和老奴。"

"你们走时彩衣可回来了？"

"不曾，彩衣姑娘去得久了。娘娘见天色已晚，便领了老奴先回了，只吩咐宫门口的小太监知会一声。"

"你二人离开之时，小公主在哪？"

"小公主和小皇子玩耍了好一会儿，想来也是累了，躺在床上昏昏欲睡。"

"可丽贵妃告诉朕，你二人离开之时，小公主已睡着了；彩衣却告诉朕，她回来时，小公主已然没了呼吸,殁了!"

陈嬷嬷脸色一变,惊恐万分,失声道:"怎么可能?老奴明明……"意识到自己说错了话,慌忙住了口。

"你明明怎样?当时你和贵妃二人单独待在西暖阁中,都说了些什么,做了些什么?"皇上步步紧逼,毫不松口。

陈嬷嬷沉静下来,这才想到自己先前所中之毒,先前小玄子提起自己还断然不信,现在看来还真真是有人想杀人灭口了。

陈嬷嬷有些惶恐地回避开皇上炯炯的目光,转过去刚好对上丽贵妃紧张的神情和乞求的目光,死死拧住丝帕的双手泄露了她内心的恐惧,心中不由得冷哼一声。

"陈嬷嬷,朕的问题很难回答么?"

陈嬷嬷不自觉地朝丽贵妃看了过去,丽贵妃脸色苍白,万分惶恐,不由得轻叫:"陈嬷嬷……"

皇上冷冷地瞥了丽贵妃一眼,又转头紧紧逼视着陈嬷嬷:"嗯?"

"回……回万岁爷……"陈嬷嬷在皇上的逼视下冷汗直流,不由得语无伦次起来。

"陈嬷嬷,你可要想清楚了回答,朕可不能每次都恰巧在你中毒之时传你过来。"皇上见陈嬷嬷有些松口,又抛出诱饵。

陈嬷嬷蓦然一怔,脸色突变,身子软了下去,心知如今已是进退两难,只能放手一搏。如此一想,反而冷静下来,转头看向丽贵妃,冷然道:"贵妃娘娘,你不仁,可就别怪老奴不义了!"

"不,不是本宫!"丽贵妃无力地申辩着。

"皇上,老奴知罪!"陈嬷嬷热泪盈眶,从担架上爬起,趴在地上一个劲地磕着头,"今日里老奴和贵妃娘娘两人在殿中,彩衣姑娘久不见归,天色已晚,娘娘便吩咐老奴回宫。不想老奴刚抱了小皇子转身,娘娘……娘娘她……她……"

"她究竟怎么了?你倒是快说啊!"小玄子见皇上神色不好,忙在旁催促道。

"贵妃娘娘她拿了床边的小靠枕死死捂住小公主的脸!"陈嬷嬷在皇上的逼视、小玄子的催促下,用尽全力喊了出来,顿了一下又说,"老奴跪求之下,娘娘这才松了手,转身离去,老奴心下慌乱,随便替小公主盖了被子也跟着离开了。"

"丽贵妃,你还有何话可说?"皇上怒极反笑,双眼冷冷地逼视着丽贵妃。

"不!不是我!"丽贵妃霍然起身,厉声喊了起来。

"哼,贵妃娘娘,有没有你心里有数。"陈嬷嬷已然认定她是对自己下毒之人,如今又说出她的歹行,反倒豁出去了,不怕她了。

"陈嬷嬷,你定是受人唆使才来诬陷本宫!"丽贵妃仍然想做垂死挣扎。

"丽贵妃,当初如贵嫔刚被诊出身怀龙裔便被你借故杖责致死,你以为你做得天衣无缝，无人知晓么？老奴素与如贵嫔有所往来，她一知身怀龙裔便前来请教老奴养胎之法，不想第二天就在你贵妃娘娘宫中没了，这难道真是巧么？你命老奴在太后赐予黎昭仪的膳食中加入红花难道也是他人唆使的吗？"陈嬷嬷大声地诘问着，既然已树了丽贵妃这个大敌，为了扳倒她，索性一不做，二不休，把陈年旧事全抖了出来。

"你说什么？"皇上震怒不已，猛地一下站了起来。

陈嬷嬷悲愤地说道："回皇上，老奴句句属实！请皇上明查！"

我刚缓过神来，撑着靠在床边听，听到陈嬷嬷说到丽贵妃拿靠枕捂住浔阳的脸，脑海里不由得浮现出我用丝绢捂住浔阳的口鼻，轻轻将手覆了上去……

"我可怜的孩儿啊！"我痛哭失声，一下子晕了过去，从床上滚落在床边。彩衣和小安子忙上前将我扶了起来，躺回床上。

"爱妃！"皇上悲愤不已，又见我此番惨状，也动了愁肠，转头怒视着丽贵妃。

"咚！"皇上气极了，猛地捶了一下旁边的小几，冷冷地看着丽贵妃，笑道："丽贵妃，代理六宫多年，你果真是朕的好贵妃！居然瞒着朕做了这么多好事，你究竟还有什么恶毒手段是朕不知道的？"

说着又将几个太医的诊断结果扔在她身上，恨声道："别说朕单凭两个奴才的话便冤枉了你，这是太医院三位太医的诊断结果，你自己好好看看。好一个毒妇！"

"皇上！"丽贵妃只觉得自己已然掉进了一个别人早就挖好的陷阱里，她手握三张写满"窒息而亡"的宣纸，绝望地喊叫，形同弃妇，端庄的容颜荡然无存。

我才"嘤咛"一声，醒转过来，发现小安子正掐着我的人中。我转过头去，一见丽贵妃，顿时勃然大怒，厉声喊道："丽贵妃，你这毒妇，还我孩儿性命来！"说着，便要起身冲上前去。

小玄子双目含悲，快步上前，抓住我："昭仪娘娘节哀，一切自有皇上定夺！"

皇上看着悲愤莫名的我和失魂落魄的丽贵妃，怒上心头，大声喊道："小玄子！"

"奴才在！"小玄子上前两步，跪倒在地听候皇上吩咐。

"传朕旨意，丽贵妃心胸狭窄，奇忌无比，丧德败行，着内务府收回封印、宝册，禁足长春宫，听候发落。"

"奴才遵旨！"小玄子走到丽贵妃面前，躬身道，"娘娘，请吧！"

丽贵妃此时倒是镇定了不少，冷笑一声，扫了哭泣不已的我和怒目相视的皇上一眼，缓缓地站起来，头也不回地向外走去。

皇上看着瘫软在地的陈嬷嬷，道："五皇子乳母陈嬷嬷有失节守，其罪当诛。然自首有功，揭发贵妃罪行，死罪可免，活罪难逃，着发配到皇陵扫陵，永不得返回宫中。"

"老奴谢皇上不杀之恩！"陈嬷嬷身子慢慢软了下去，心下却释然：终于可以离开这个吃人的地方，解脱了！磕头谢恩后，又由太监们抬着退了出去。

"爱妃，你好些了么？"皇上心疼地看着斜靠在榻上，神情憔悴，脸上满是斑驳泪痕的我。

我默默地看了他一眼，摇摇头，轻声道："多谢皇上关心！"

"爱妃，你可是在怪朕没有废了贵妃？"我满腔怨恨，皇上又岂能不知。

我不再言语，直愣愣地盯着床头的镂雕花纹。

"爱妃，丽贵妃之父贺宝镜有功于朝廷，如今身居丞相之位，位高权重，朕就算想要即刻处死那贱人，也不得不顾虑到贺相的颜面……"皇上低低地叹息道，"君王也有君王的难处啊！"

我眼见皇上动情，对我晓之以理，心下明了，一双美目也快滴出泪来，伸手搂了他的脖子，软玉温香投了个满怀，呢喃道："皇上的那些个政事，臣妾不懂；可皇上的难处，臣妾能理解，只要皇上别忘了咱的小宝贝，臣妾便心满意足了。"

皇上伸手将我搂在怀里，柔声道："言言，你可得快快调整好心情，调养好身子，要不然朕会难过的。这样吧，等安葬好小公主，朕便抽空带你出去散散心。"

我窝在他怀中，轻轻地点着头。

皇上怕我睹物思人，果真在安葬完小公主后便带了我到出云避暑山庄洗温泉。不料刚到三天，宫中便快马加鞭来人，禀了说是太后身体微恙，请皇上速速回宫。

我本想也一并回了，却被皇上拦住了，说先回去看看，若真是紧要了，再派人来接我，留了我独自在出云庄。

皇上一回便没了音信，倒是小玄子派人悄悄来禀，让我速速回宫。我心下一沉，忙令人收拾东西，连夜赶回了宫。

秋日的早上微微有些凉，太阳懒洋洋地从窗户斜照进来，我端坐窗前，对着雕花铜镜，轻轻地用螺黛画着挑眉。

"主子，奴婢听说皇上新近纳了太后身边一个叫玉凤的宫女，封了答应。"彩衣边在旁边伺候，边小心说道。

"有这等事？"我放下螺黛，细细地看着刚刚涂好的晕开的腮红，嘴角漾着嘲讽的微笑，"想来是在太后身子不爽，皇上在跟前照看时瞧上了呗，这有什么好稀奇的？"

"娘娘真是前门刚拒虎，后门又迎狼啊！"彩衣恨恨地说道。

我从小安子手里接过青花细纹的盖碗，轻轻吹开面上的茶沫，淡淡笑道："这狼是来了，可却不是她。一个小宫女倒还暂时掀不起什么大风浪来，倒是她身后的人须得谨慎对待才是。"

深秋的早晚已觉微寒，可午后的阳光却温暖依旧。这宫中日复一日的争斗，已容不下我为浔阳肝肠寸断了，那人虽已被禁足，可一时半会儿却是分毫动她不得。

中宫令如今到了皇后和淑妃之手，安插心腹，替代权位，一时间丽贵妃辛辛苦苦建立的宫中权势，不过在我去了几日出云庄便已土崩瓦解。

"彩衣，小安子，今儿天气不错，你们陪本宫出去透透气吧。"我对着铜镜细细地看着，满头珠宝也掩饰不住眼中宝石一般闪亮的光芒，脸颊上红粉菲菲，透露出一股自然健康的颜色来。我满意地点点头，这南宫阳果然了得，居然能在这短短时间内将我的身体状态调养得如此之好。

三人出了宫门，沿着玉带桥朝白玉亭而去。

"主子，恕奴婢多嘴，近日里因为玉答应新宠，皇上来主子这里也不似往常那么勤了，怎么昨儿个主子又劝皇上去看淑妃和心雅公主呢？奴婢真是不懂了！"彩衣关切地看着我，见园子里微微有些凉风，忙替我披上银丝绣樱花纹织锦披风。

我瞟了一眼小安子，又转头冲彩衣一笑，道："可不是，在这宫里头待久了，有时候自己都不知道自己在做什么。不过，我总记得一句话'万事留一线，日后好相见'。"

彩衣虽聪明伶俐，可毕竟入宫时日尚浅，不如小安子干练，所以有些事，我也不放心交代给她。一方面是因为不放心，另一方面也是希望她能保有一颗纯真的心，在我力所能及的庇护下，过些简单而平静的生活。

彩衣心中一直留着如贵嫔的阴影，我在尽力达成她的心愿，更确切地说我在尽力拉拢西宁的势力，帮助自己成就权力，报仇雪恨。如今丽贵妃已被禁足，看似成功在即，其实只有我和小安子心中清楚，那一步之遥，已是咫尺天涯……

彩衣眼见大仇得报就在眼前，心情愉悦，不免活泼起来，凝神想了一下，又摇摇头："当真主子所想的不是奴婢能考虑的。"

我望着她，苦笑道："有时候，本宫倒很羡慕你呢！"

彩衣诧异地看着我。

我苦笑：简单而平静的生活？！我叹了一口气，像我这样终日算计着的女人，这只怕是一个我永远不能企及的梦……

转过白玉亭，远远地，望见皇后、淑妃和一群嫔妃正在假山上的谷雨亭里说笑。我站在一棵大桂树侧阴暗处，漠然地看着，也不出声。

"淑妃娘娘，心雅公主长得好俊啊，长大了肯定和娘娘一样是个大美人！"一身粉红丝绣海棠锦袍的熙常在凑在宁嬷嬷旁边细细打量着心雅公主，坐在铺着银兔皮褥子的汉白玉长椅上的淑妃淡笑不语，一副洋洋自得的样子，完全是得权之势。

"皇后娘娘，你看臣妾为您摘的这枝金菊如何？"新晋的玉答应披着大红羽纱披风走进亭里，后面一个宫女捧着一瓶金菊。

皇后看着那瓶经过千挑万选，经过匠心别致穿插的金菊，不禁微微点头笑道："难为你有此心思了！"头上的湘红宝石坠子随着头摆动而忽闪忽闪的，划出华丽的曲线。

"你们看，玉答应这身段，这气质，这装扮，活生生一个从画里走出来的美人般，难

怪能引得皇上侧目了！"荣贵嫔拊掌笑道。

"姐姐，快别取笑妹妹了！"玉答应急得直跺脚，脸色绯红，众人顿时哈哈大笑起来。

"依本宫说，那画里头的人啊，也不能像妹妹这般好！"皇后笑道，从宁英姑姑手里接过剥了皮的金橘，边吃边目光含笑地看着玉答应。

玉答应红着脸，低下头去摆弄着腰上系着的五彩丝带。

我冷冷地笑了笑，转过身，朝长春宫那边走去。

"彩衣，你先回去，把上次剩的那雪参切上一点，配上南太医开的药熬了。记住，不可假以他人之手！"

彩衣笑道："主子，奴婢办事，你还不放心么？"

我笑着朝她点了点头，待她离开后，又带了小安子继续朝前走去，行至长春宫旁僻静的园子处。

我遥望着长春宫，叹道："小安子，咱们这一步究竟是对还是错啊？这宫中的天也变得太快了些，我都有些不能适应。"

"主子怎么突然感叹起这个来了？"

"我是怕咱们费尽心力，到头来，只是为他人做嫁衣！"

小安子凝神一下，才道："主子的担心也不无道理，不过这本就是举手无悔之棋，主子如今即便是后悔了，也为时已晚。主子这几日的神情奴才看在眼里，主子的忧虑奴才心里也知道，奴才这几日也在权衡利弊。"

"哦？那你有何高见，不妨说来听听？"我知小安子既然这样说了，那心里肯定有了思量了。

"回主子，高见就不要提了，只是奴才分析了一下，说出来主子看看是不是那个理儿。"

我朝他点了点头，小安子才道："奴才倒觉得如今这情形，娘娘不妨以退为进，先让里面那个出来了，以便压制外面这两个。如今这情形，里面那个出来了，也只能是相互牵制，任何一个都无法独揽大权，这对主子来说是最有利的。"

"啊？！"我一惊，迟疑道，"放她出来也不是没有那个可能，只是小公主难道就这样白白去了么？西宁将军那边又该如何交代呢？"

"娘娘何需交代，这只是权宜之计。现在是西宁将军和莫大人出力的时候了，怎么做就看两位大人了。"

我点了点头，正想说什么，却见长春宫后门出来一人，鬼鬼祟祟从隐秘处离去，看身形，倒像是个奴才，忙示意身旁的小安子。

小安子点点头，迅速悄悄跟了上去。

我刚回到宫里，休息了一下，正喝着彩衣新炖的参汤，小安子掀了帘子进来。我朝他点点头，细心小口地喝完碗中的汤，将空碗递与彩衣，又吩咐众人退下。这才示意小安子坐在软凳上，低声问道："看清楚了去向没？"

小安子谢过恩，歪在小软凳上，喝了两大口茶，才低声回道："回主子，奴才一路跟踪那人，却觉着那身影倒不似小太监，反倒像极了宫中一人，奴才心下迟疑，便远远地悄悄尾随着，直到那人到了目的地，入宫门前微一回头，奴才方才看清楚，那人果真是……是……"说到此处，小安子脸部惊恐得微微有些痉挛。

我心下一沉，忙追问道："那人去了哪个宫里头？你看清了？是谁？"

小安子望了望四周，才起身放下茶杯，凑到我耳朵旁小声回了。我一听，愣在当场，软在座椅上，半响，才喃喃道："此事不可声张，派了可靠之人好生给我盯着。一有风吹草动，即刻来禀。"

正说话间，彩衣在帘子外禀了皇上过来了，我忙到正殿去恭迎圣驾。

待到晚膳后，东暖阁里处处都点着六支巨烛，一时间暖阁里灯火通明，却没有丝毫的烟火气。皇上兴致高昂，执了紫毫笔在书案上铺好的极品宣纸上用心画画，我立于书案前静静地为他磨着墨。他画上几笔又停下来侧着头看立于一旁的我一会儿，再画上几笔，又含情脉脉地对着我笑笑。

我实在忍不住了，笑着责问道："肃郎，哪有人作画这么不专心的？照你这个画法，就算是画到半夜，咱俩也别想歇息了。"

我不说还好，我一说，他倒来劲了，索性放下笔，上前握住我的手，笑道："古代的学子们常说'红袖添香好读书'，我倒觉着此话大为不妥。"

我停下磨墨的手，斜斜地瞥了他一眼："怎么个不妥法？"

他呵呵轻笑，轻轻抚摸着我的手，说道："有言言这样的佳人在侧，怎么能够静下心来作画啊？除非那人是个瞎子！当初说这话之人定然没有像言言这样的佳人作伴！"

"肃郎！"我轻轻嗔道，狠狠瞪了他一眼，羞红了脸，把手从他手中抽出。

绕过他走到书案前，把桌上的纸拿起来细细欣赏着，只见上面画着一个身穿粉红宫装的美人儿，画笔精致细腻，将画中之人刻画得栩栩如生，活色生香。

我婉转地瞥了他一眼，放下画纸，轻哼一声："臣妾为肃郎辛苦磨墨，原来却是为她人做嫁衣裳！"

他走到我身后，轻轻地抱着我，将头靠在我肩窝处，身上熟悉的古龙香蔓延过来，轻吻我耳边的秀发，吃吃地笑着："看看，可是打翻了醋坛子了？"

我故意嘟着嘴，挣脱他的怀抱，转过身去默默地拨弄着旁边高几上摆着的盆景，也不说话。

皇上愣了一下，随即笑着上前，拉我同坐贵妃榻上，撩着我的头发，关怀道："言

第五章　天下最喜妇人心　129

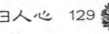

言,可是受什么委屈了?这平日里还劝朕雨露均沾,把朕往这个宫里推,那个宫里推的,怎么这会子又吃起醋来了?"

我抬头看了他一眼,仍旧没有说话。他叹了口气,用力将我搂在怀里:"其实,在朕心里,谁也比不上朕的言言!"

我俏皮地点了一下他的鼻子:"肃郎此话当真?"

他抓住我的手,送到唇边轻吻一下:"君无戏言!"

看着他明亮深情的双眼,我叹息一声,心,不可抑制地乱了。我反手抱了他,将头靠在他怀里,再也忍不住,泪如泉涌般湿了他的衣衫。

他惊了,从怀中推出伤心欲绝的我,急问道:"言言,究竟怎么啦?你倒是说句话,朕都快急死了!"

我眼泪掉得更厉害了,半晌,才抑住悲痛,低声抽泣着,哽咽道:"浔阳才去了不到一月,可这宫里为迎中秋,处处张灯结彩,好不热闹。别人不知浔阳倒也罢了,可我这做娘的心里,终究不是滋味!"

皇上顿了一下,看了看外面挂满门口回廊的红灯笼,自责道:"倒是朕疏忽了。"说罢高声朝门外喊道,"小玄子!"

"奴才在!"立于窗前阶下的小玄子忙应了进来,跪着候旨。

"你去内务府传朕旨意,太后凤体欠安,长公主新殁,三个月内,宫里禁歌舞奢华,吃斋着素,为太后祈福,为长公主哀悼缅怀,违令者,轻者杖责罚薪,重者降位去封,打入冷宫。"

"奴才遵旨!"小玄子磕头起身退了出去。

皇上起身,将桌上的画撕了个粉碎,又走回来,轻轻拭去我眼角的泪水,柔声道:"言言,朕喜欢看你快活泼的样子,如果你不高兴,朕以后都不再见玉答应了,也再不翻其他人的牌子,如何?"

我斜着脸,看着他一脸的真诚,我相信他此刻的诚心,可是以后会怎样呢?五年、十年、二十年,他也能如此坦然地对我作此承诺吗?

我伸手抚摸着他线条分明的脸庞:"肃郎,你莫非是要告诉全天下的人,言言是个善忌的泼妇么?"

皇上见我神色无异,捏着我的手,假意恨恨地说:"这也不好,那也不行,你倒越发刁钻了,朕都不知道该做什么好!"

我一下子依偎在他怀里,呢喃道:"就这样便好,什么时候想起言言,便来看看我,言言就不再拈酸吃醋了。"

他在我耳边轻笑道:"朕可是每天都想着言言呢,朕的言言是最好的!朕开心时,想与言言分享;不开心时,找言言说会子话,朕便开心了。"

"肃郎！"我轻声道着歉，"都是臣妾不好，让皇上为难了！"

皇上一愣："言言何出此言？"

"皇上，昨儿午后父亲大人进宫来看望臣妾，臣妾都知道了。因着丽贵妃之事，贺相让皇上为难了。"我低声道，"臣妾帮不到皇上的忙，也不愿皇上为难，皇上解了贵妃姐姐的禁足令吧。"

"哼，她谋害长公主，朕岂能容她？"皇上如今提起她来，依然是恨之入骨。

"臣妾是浔阳的亲娘，臣妾又何尝不恨？"我叹了口气，道，"只是那陈嬷嬷只说丽贵妃有这样的意图，却不能肯定就是丽贵妃害死小公主，况且丽贵妃怎么说也是宏儿的母妃，宏儿年幼，如今这状况，终是对他成长不利，况且贺相若有意为难，皇上处理起朝事来始终多有不便。皇上不为丽贵妃想，也要为宏儿皇子着想，也要为江山社稷着想啊！"

皇上脸上闪过一丝释然，明显松了口气。我心下一阵悲哀，他原来也是想如此，只是顾及着我的感受，才未主动提起而已。

"朕的言言，无论什么时候总是这么理智，这么替朕着想，这么善良……"

"皇上顺心，臣妾也便开心了！"

"怎么？今儿个吃了蜜糖？说出这么甜死人的话来！"皇上看着怀里脸蛋微红的我，心下一动，打横抱了我走向床榻，伸手从帐钩上取下绣帐，映出缠绵的身影。

丽贵妃出来的第二天午后，宁雨瑶就来了我宫里。当天晚上，皇后特意传我前去闲话家常，话里话外都是替浔阳不平，安慰着我，无非也就是怂恿拉拢罢了。

小安子见我歪在贵妃榻上辗转反侧，斟酌一番，小心翼翼道："主子该是烦恼着怎么办吧？"

"唔。"反正睡不着，我索性坐了起来，"你在这宫里头待得久些，我想听听你的看法。"

"依奴才之见，还是先对付贺相为先，一来可以压制丽贵妃在宫中的势力，二来可以扩充莫大人在朝中的势力。"

"可你就不怕皇后拉拢了我，对付完丽贵妃再来对付我？"

"其实主子心中也有数，同丽贵妃一起对付皇后，就不如同皇后联手对付丽贵妃。毕竟皇后娘娘身子骨较弱，而淑妃娘娘一向没有主见。"

小安子细细地分析着，我连连点头，道："和我想到的也差不多，再又说了，浔阳的死不能就这么不明不白地就算了。另外，在西宁那边也有过交代，他也好尽力扶持咱们。"顿了一下，又盼咐道，"小安子，去内务府登记录册，明儿请父亲大人进宫闲话家常。"

小安子应了声，急匆匆退了出去。

不过十来日的工夫，皇城里已然议论纷纷，说是贺相贪赃枉法，结党营私，更有甚者

第五章　天下最毒妇人心　131

传贺相功高盖主，自恃甚高，在朝堂之上不把皇上放在眼里，大有凌驾在一切之上之势；就连宫中也有人私底下在议论。

今儿本是腊月十五，按例皇上该是歇在皇后宫里的。既然知道皇上已经不会过来了，又因屋外下着大雪，天寒地冻的，我也就早早沐浴更衣，歪在贵妃榻上，随手拿了本杂记翻着。

正看得入神处，门外却传来了刻意放低的谈话声，我示意陪在一旁的彩衣："去，看看是谁这会子过来了。"

彩衣应声而出，不一会子掀了帘子进来回道："主子，是杨公公过来了！"

"快请进来！"我一骨碌爬起来，放下书，疾步转到屏风后披了晨袍出来，杨德怀已进到屋中，我忙迎了上去。

寒暄几句，赐了座。杨德怀连声道谢，屁股刚粘了椅子，又说："哥哥我是无事不登三宝殿啊，今晚冒雪过来，实乃有一事相求。"

"哥哥冒着这么大的风雪连夜赶来，定然是有万分重要之事，你但说无妨，只要妹子力所能及，定然尽心竭力！"

"其实对妹子来说，也不是什么难事了，如今放眼这宫中，能为此事者，只妹子一人尔！"杨德怀见我听得神色诧异，呵呵一笑，又神情落寞地说，"不瞒妹子说，皇上从今儿午后便待在御书房中，到现在连晚膳都没用。"

"啊？！"我惊呼出声，问道，"今儿不是十五么？皇上没去储秀宫？"

"没有，今儿下朝后，皇上便心事重重了。后来就一个人闷在御书房里，到了晚膳时间，奴才们催了几次，皇上一怒之下责罚了送茶的小太监，奴才们便不敢再说话了。奴才们实在没办法了，左思右想，几人商量了一下，这才厚着脸皮过来求妹子，妹子您能不能过去劝劝皇上？"

"这个……"我沉吟了一下，面露难色。

杨德怀急道："太后若是知道了，皇上若是有个好歹，奴才们可都是要掉脑袋的。这大雪天的，要妹子帮忙，做哥哥的心里也实在过意不去，只是眼下这情况，奴才们也实在是没着了，这才……"

"哥哥这是说哪里话？"我打断杨德怀的话，嗔怪道，"这点小忙说起来妹子是不应该推辞，这点雪又算得了什么？只是，这祖宗历来就有规矩，后宫不得干政，妹子是怕那有心之人瞧见了，又要搬弄是非了。"

杨德怀一听，急得头上直冒冷汗，连连道："这可如何是好啊！"

我略一沉吟，道："哥哥莫急！"说着又转头吩咐道，"彩衣，去把柜子里新做的桂花糕装上一小匣子，再放上一瓶樱花酿；小安子，吩咐人备轿。"

"妹子这是……"杨德怀见我明明怕人瞧见进了御书房，如今又作此吩咐，奇怪地问道。

我莞尔一笑:"本宫若是偷偷地去了,被有心之人不小心传到太后耳里了,明儿个太后问起,本宫倒还说不清楚了。如今,本宫正大光明地给皇上送夜宵去,看谁还敢乱嚼舌根,搬弄是非!"

杨德怀见我愿意帮他解围,立刻眉开眼笑地赞我妙计颇多。

我拎了小匣子,小步移进御书房中,皇上听得有脚步声进来,烦躁道:"朕说了多少遍了,你们这些奴才……"

猛地转过头来,见是我进来,忙迎上前柔声道:"爱妃怎么过来了?这大雪天的也不好生歇着。朕刚刚有没吓坏你?"

我盈盈一笑:"臣妾没有吓坏,倒是这些奴才们被皇上吓坏了!"说罢,瞟了一眼旁边站着的几个战战兢兢的奴才。

"你们先下去吧。"皇上挥挥手,几人如获大赦般松了口气,忙谢过恩,退了出去。

"皇上废寝忘食、勤政为民是好,可也要保重身子才是,臣妾给你做了些点心过来,皇上尝尝?"我边说边将匣子中的桂花糕拿了摆在旁边的小桌上,又拿了佳酿,取了酒杯斟满了酒。

皇上走上前来,径自取了一杯,一饮而尽。

我见他空腹喝酒,又饮得如此猛烈,急道:"皇上,你……"

他微微一笑,朝门口高声道:"杨德怀,朕知道你在门口,别躲躲闪闪的了,快进来吧!"

杨德怀如做贼被当场抓获般,不声不响地从门外慢慢移步进来,小心翼翼地赔笑道:"皇上英明,见都没见着就知道奴才在门口呢。"

"哼,哼。"皇上冷笑两声,不冷不热道,"说起来朕还得要好好谢谢你呢,若不是你多嘴多舌,朕今儿晚上还盼不来德昭仪过来探望朕呢!"

杨德怀脸色突变,"咚"地跪在地上,额头上竟冒了密密的一层冷汗,连声道:"皇上息怒,奴才,奴才只是……"

我上前瞟了一眼杨德怀,柔声打断他的话:"皇上,杨公公这不也是担心着皇上,又实在是没有法子,才出此下策。怎么?难道皇上这会子不想看到臣妾?"说着一副委屈万分,含泪欲滴的样子,作势就要往外走,"臣妾冒了大雪巴巴地赶了过来,不想皇上却……臣妾走就是了。"

皇上"扑哧"一声笑了,拉了我回到小桌前:"你这鬼精灵,真真是越来越无法无天了,对着朕也耍起小脾气来了。不过啊,朕还就吃你这套。"转头朝杨德怀一挥手,"看在德昭仪替你说话的分上,朕就饶了你这一次。快去传膳,朕要与德昭仪共饮一杯!"

杨德怀顿时愣在当场,傻了眼,不知作何反应,我笑道:"杨公公,皇上跟你闹着玩

呢！快去御膳房传膳吧！"

杨德怀这才反应过来，脸上早已乐开了花，连声喜道："是，是，奴才这就去办！"

不一会子，便上了满满一桌子菜，我挥退众人，亲自斟酒伺候在侧，又陪着皇上闲聊，说些他听着高兴的话，却对他闷在御书房一事只字不提。

用完膳，我看天色已晚，起身笑道："皇上，天色已晚，你也该去皇后姐姐宫里了，臣妾先告退了。"

皇上一愣，问道："爱妃，想来杨公公已然告诉你朕在这御书房中已独自从下午待到现在，爱妃从踏进这御书房到现在也有一个多时辰了，只字未提，如今又说要歇息了。难道爱妃就一点不好奇朕被何事困扰么？"

我温婉一笑，柔声道："皇上愿意告诉臣妾的时候自然会说，皇上要是不愿意告诉臣妾，臣妾即便是问，皇上也未必会说，说不定还会为难呢。皇上说过，臣妾便是你的开心果，解语花，如今皇上不高兴了，臣妾的职责只在于想办法使皇上高兴。如今臣妾不才，皇上虽没有高兴，却也心情好些了，况且今儿皇上按例是要去皇后姐姐宫里的，臣妾在这儿恐怕皇上会为难，所以臣妾还是先行告退！"

皇上用探究的眼光看着我，半晌，才上来扶了我道："言言，朕有时觉得你就是个孩子，就爱在朕面前瞎胡闹；有时又觉得你就是朕的爱妃，应该疼你，宠你；可有时朕又觉着你是那么冷静理智，连那些读书破万卷的学者都不及你的思维。朕有时倒糊涂着……"

"臣妾就是个谜一样复杂的综合体，皇上得用心才能读懂臣妾的噢！"我窝在他怀里，"咯咯"直笑，坏坏地说。

"你呀！"皇上点了点我的小鼻子，笑道，"就是个小捣蛋！"

我笑而不语，皇上沉吟了一下，指指桌案上的那堆奏折，道："朕左右为难，冥思苦想了一下午也没个结果。言言既然心里挂记着朕，来了，就看看吧。"

我吓得顿时跪倒在地："皇上，后宫不能干政！"

"起来吧！"皇上扶了我，"朕特准你看这一次！"

我移步桌前，慢慢地伸出颤抖的手，颤巍巍地拿起一本奏章翻开来，紧张得连呼吸都忘了。一看奏章上的内容，我不禁一惊，越看越心惊，急着而慌乱地大致翻看了一下桌案上那一堆奏章，内容大同小异，以王太尉、莫尚书为首的一帮众臣皆上折以贪赃枉法、结党营私、买卖官职等罪行弹劾贺丞相，并列事举项，提供了真凭实据，言辞激烈地要求皇上派专人察查，公开审理。

我心惊胆战，咚地跪在跟前，颤声道："皇上，臣妾不知，家父他……"

皇上叹了口气，上来拉了我起来，扶我到旁边椅子上坐了："言言，每天给朕下跪的人多了，不差你一个，你不要再动不动就跪了，这大冷的天，你身子刚见好，朕可心疼着呢。朕要你看，不是要责问于你，是要你替朕出出主意。"

我见皇上犹豫不决的态度，心中已微微有了些答案，只是……

"皇上，你觉着这奏折上所说可都属实？"我喝了口茶，定了定神，轻声问道。

"说实话，朕这心中实在没底。"

我微微一笑，缓缓道："皇上是不想贺相爷有事了，那既然如此，皇上只管放了这些个奏折到一边就是了，何必烦恼？"

"可……"皇上犹豫着。

"那皇上只管派个秉公执法之人细细查之便可了。"

"可……"皇上也犹豫着。

"皇上这是左右为难了。"我细细地分析道，"其实皇上心里想查，可又怕查出个好歹来，不好收拾。臣妾说得对么？"

皇上叹了口气，道："是啊，贺相为官多年，他那些个丁丁渣渣，不干不净的事朕心里也早已有数。只是，"皇上顿了一下，才道，"父皇去得早，朕十二岁登基，朕和母后孤儿寡母处处受人节制，若不是贺相鼎力相助，朕又哪能十六岁便亲政啊！只是这官越大，做得越久，私心也就越多，野心也就越大了，这些年，朕念着贺相之功，也就睁只眼，闭只眼地过着，不想他却越加地变本加厉，朕……"

我感叹道："可如今贺相年事已高，皇上若拿他开刀，未免伤了老臣们的心啊！"

皇上点点头，道："所以朕才会这么犹豫不决，举棋不定啊！"

"那皇上不如让贺相爷自己辞官回乡，颐养天年，然后再进行些调换变动，便可达成目的了。这样既能避免冲突，也能达成皇上的心愿了。"

"好主意！"皇上眼睛一亮，随即又黯然道，"就贺相如今的情况，要让他自动请辞，谈何容易啊！"

"能担此任者，这宫中只一人尔！"我神秘一笑，福了一福，"臣妾告退！"说罢也不理会身后叫我的皇上，径自出了御书房，坐上小轿回了樱雨殿。

第二日，小玄子便传过话来，说是当晚我离开后，皇上便命人收了奏折，连夜去了宁寿宫。

不几日，便有消息传来，贺丞相在早朝时自动请辞，皇上苦留不得，只得含泪答应，并挽留到新年后返乡。

转眼间新年便来了，太后与贺相本就亲厚些，如今贺相辞官还乡，离别在即，便趁着新年大摆筵席，请了许多皇亲国戚，携了家眷，同堂而坐。

丽贵妃依旧忙碌着筹办筵席，可本就已然失了皇宠的她，如今又失了贺相这座靠山，往后在这宫中的日子可想而知，眼中难掩落寞，可也只能强颜欢笑，毕竟皇上已然给足了她贺家面子了。

酒过三巡，皇后转向太后，微微一笑："母后，你平日里最是喜欢歌舞了，内务府前

些日子新进了一批歌艺俱佳的舞姬，不如趁今日热闹，让她们上来献歌舞吧！"

今儿新年，众人齐聚一堂，太后兴致颇高，点头笑道："宣！"

皇后浅笑着朝掌事嬷嬷一挥手，一队统一打扮的红衣少女便移步出来，移至殿中央后环成一圈，欢快地舞着，少女们的脸上洋溢着青春的娇嫩，整齐而一流的舞姿，风情各异的神采吸引着众人的眼球。

满场彩袖翩飞，热闹非凡，我心中却有些落寞，环看四周，见人人都注视着场中，便偷偷离席向外走去。

屋外，大雪纷飞，脚踩在雪地里"嘎吱嘎吱"地响着，我不禁想起，就是在这样一个大雪天里，我跪在雪地里四处求助无门；也就是在这样一个大雪天里，端木晴摔了一跤，丢了性命；如今又是在这样一个雪夜里，众人欢歌热舞，送走当朝一品大员贺丞相。

今天为官，明天为民，今儿是宠妃，明儿是罪奴，世事难料，我不知道这条路走下去等待我的又会是什么？

一路漫无目标地走着，走着，走着，竟到了桃花源。桃叶早已落光，光秃秃的桃树上竟三三两两挂了些灯笼，树枝上、灯笼上早已堆满了积雪。

我一路沿着凌波湖畔慢慢走去，不觉中竟走到了园中那几间废旧的小屋处，犹豫了一下，慢步移到屋前，推了门而入，慢步走至屋中，透过窗户望着窗外一片银装素裹的景象。

我心中一沉，自己有多久没有享受过这样的宁静了？正沉吟间，身后却有一双手拦腰抱了过来，我一惊，奋力地挣扎着，转过头，借着窗外微弱的光，恍惚间看到一张熟悉而憔悴的脸，带着满身的酒味。

我心中蓦然一惊，怔在当场：他怎么会在这里？随即又明了：是了，这是他们最后一次见面的地方，有着刻骨铭心记忆的地方，他又怎会不惦记着呢？平日里即便进宫，也难有今儿这样的机会随意走动，他出现在这里也实在是正常极了。

我看着他疲惫的身形，憔悴的样子，发红的双眼，痛苦的神情，忍不住有些心疼起来，心里有种说不清楚的酸涩在蔓延着，如此痴情的人儿，难怪端木晴说不枉此生，可偏偏两个如此相爱的人却怎么就得不到幸福呢？

虽然刚才在殿上只是小酌了几杯，可如今的我仿佛喝醉了一般，眼神迷离地看着他，不由自主地用手抚摸着他浓黑的眉毛，坚挺的鼻梁，厚实的嘴唇，光洁而刚毅的下巴。

在我的抚摸下，他渐渐地放松了下来，眼皮也慢慢地合了下来，将头靠在我肩窝处，低声抽泣着。

我叹了口气，扶了他同榻而坐，轻轻地拍着他的背，像哄孩子一样哄着他。他伸手轻轻抱着我，低声呓语道："晴儿，晴儿，你知道吗？我好想你！"热烈的呼吸在我耳边磨擦，柔软的双唇轻轻吻着我的玉颈。

我顿时觉得有什么东西兜头而下,脊背发凉,微微向旁倾了倾身子,想要躲开他。不料他顿了一下,猛地收拢原本环抱着我的双手,紧紧地将我搂在怀里,低头胡乱地亲吻着我。

我震惊万分,连声咒骂,暗责自己糊涂至极,他再怎么痴情,再怎么惹人心生怜惜,可他也是个正常的男人啊!现如今惹祸上身,可如何是好?

我大力地挣扎着,所谓的力对他而言却是如此的微不足道。我急了,狠命地用指甲挖他,甚至用牙齿咬他,像一头愤怒的小兽,他却始终紧紧地把我搂住,丝毫也没有松开的意思。

渐渐地,我累了,早已意乱情迷将我当做端木晴的他却不管这些,趁机勾起我的小脸,把自己柔软的唇贴了上来,挑逗地吻着我。

我陡然一颤,怔了一会儿,体内一种原始的本能苏醒过来,本能地骚动着,呼吸也急促起来。他仿佛感觉到了我的改变,忍受不住了,一翻身压住了我,拔去我头上的珠钗,瀑布似的黑发倾泻下来,缠绵着他的身躯。

他着了魔似的热烈地挑逗着我,身上淡淡的酒香暧昧地围绕着我们,温暖的手从我的背上一路轻抚而下。

我只觉身上一阵酥麻,感觉自己像溺水的人一样挣扎了几下,就放弃了。

昏暗的灯光下,我们努力地探索着对方的身体,热烈的喘息在耳边缠绕,周围的空气也如着火般的烧热……

激情褪去之后,我的意识也终于慢慢恢复了。我看到他赤裸的古铜色的肌肤,结实有力的胸膛上面还有细细一层汗珠,蓦然想起方才活色生香的一幕,忍不住双颊绯红,银牙咬碎,暗骂自己淫荡。

西宁桢宇醉了,难道自己也醉了么?怎么就这么疯狂起来?若是被人知道了,还能有看到明儿日出的命在?

我连忙起身,慌忙找了衣衫往身上套。西宁桢宇也已然酒醒,如今见那人是我,定然是万分后悔的吧?我忍不住心里有些涩涩的。

着好了衣衫,整理好凌乱的头发,我没有回过头去,顿了一下,轻声道:"都忘了吧,就当刚才什么也没发生过!"

半晌,没有回应,我轻叹了口气,举步朝门口走去,身后传来沉重的声音:"对不起!"

我无言以对,只轻轻说:"我们离开宴会太久了,我先过去了,你自己小心。"

"等一下!"我听到他起身,迅速着衣的声音。还没回过神来,他已然着好装近身前来,身上熟悉的味道再次袭来,我微微向后挪了一步,躲避着,生怕自己再沉沦下去。

他轻声走至门口,豹子似的蹿了出去,过了一会子,才回来,对我说:"周围都没有

人，快回去吧。自己小心！"

我愣愣地看着他，有些惊讶从他嘴里也能说出关心端木晴以外的人的话来。他被我看得有些不自在了，转过头去，缓一会儿，才低低地说道："长春宫那位还仪态万千地端坐在那儿，你可千万不能出事。你如果不想别人怀疑，就快点整理一下，去宁寿宫。"

我自嘲地一笑，是了，目前的我还是有利用价值的，他至少也要保证我的安全了。我依言在屋子里找了面镜子和梳子，借着窗外微弱的灯光，收拾自己的妆容。

一切妥当后，我打开门就要跨出去，回头看见他也在看我，问道："你，怎么办？"

"你先去，不要让别人怀疑你！我收拾下这里。"

我用力地透了口气，摇摇头，甩开那些杂念，头也不回地走了出去。

回到宁寿宫里，歌舞早已停了，殿中正有众多伶人精神抖擞地在台上使出浑身解数卖力地表演着绝技，看得众人目不转睛，连声赞好！我混在人群中，心不在焉地观看着，也跟着叫好。

过完大年，皇上亲率百官十里长亭送贺相，引得赞声一片，深得民心。皇上对我更加宠爱有加，丽贵妃处事更加谨慎低调起来，大半精力都花在了养育宏儿身上。

不久，边关来报，有少股土匪偷袭平民，烧杀抢掠，一时之间，人心惶惶，大多平民逃荒至关内。西宁桢宇主动请缨，镇守边关，剿灭土匪，为民除害。皇上自是加官晋封，亲率百官送他出征。

第六章　尔虞我诈

今年的春天来得特别的早，一过完大年就再也没下过雪。天气一天天回暖，午后的阳光暖洋洋地照得人昏昏欲睡，院子里的两排樱花树也一天天绿了树枝，爆出一颗颗小花骨朵来。

我歪在贵妃榻上看着明媚的阳光和满树的花骨朵，这樱花看着看着便要开了，想当初刚进宫时，这满树的樱花开得正喜人呢，如今花又要开啦。细细一算，这已是我进宫的第三个年头了。三年时间，转眼即逝，我，也早已是今非昔比了。

彩衣从回廊处一路疾跑而来，我皱了皱眉头，看着气喘吁吁的她。她对我的皱眉恍若没见般，直对我嚷嚷："主子，不好了，不好了！"

我顿时没了气，笑着摇摇头，示意她在旁边的小椅上坐下，才瘪她："本宫好好的在这里歪着晒太阳呢，主子我好好的，你大叫主子不好所为何事啊？"

彩衣一愣，顿时反应过来我拿她开玩笑呢，嗔怪道："主子，奴婢没说你不好，奴婢是说大事不好了！"

"哦？"我懒懒地调整了下坐姿，"什么大事不好了？"

"奴婢看主子的香精快没了，就去内务府领，听那里的小太监说，今年选秀的名单正在拟定中……"彩衣见我一副不紧不慢的样子，急得满头大汗。

我心下一惊，眼角瞟见有小宫女在院子里清扫，忙不动声色地挂了淡淡的笑容，瞟了她一眼，嗔怪道："后宫选秀这多正常啊，离上次选秀也三年了，是该选些品德兼优的秀女进来补充后宫，伺候皇上了。你大惊小怪个啥？"

彩衣见我责怪的眼神,这才注意到旁的那些小宫女,暗自吐了吐舌,接道:"主子原来早就知道了啊?奴婢还以为……"

"你呀!总像个孩子似的,什么时候才能令本宫省省心哪!"我不以为然地坐起身,伸出手,吩咐道,"扶本宫回屋去吧。"

"是,主子!"彩衣上前扶了我,慢步朝东暖阁走去。

一进暖阁,我便问道:"你还打听到什么?"

"奴婢给他们每人塞了锭银子,他们说那名单太后和皇后早就看过啦,现在压在皇上那儿,还没个音讯,眼看着就要三月了,大家都在揣测今年是不是要压后了。"

我点了点头,道:"平日里多留个心眼……"正说着,小安子掀了帘子进来,道:"主子,皇上过来了,快到门口了。"

我忙疾步疾行至铜镜前整了整妆容,带了彩衣和小安子出去,刚入正殿,皇上已然跨了进来,我忙疾步上前行礼:"臣妾恭迎皇上!"

皇上今儿心情状似大好,喜笑颜开地上前扶了我:"爱妃,快起来吧。"

我窝在他身边朝暖阁中走去,轻声问道:"皇上这时候怎么得空到臣妾这里来了?"

他在我耳边轻笑道:"怎么听起来酸酸的?貌似朕这时候不该来你这儿似的。"

我轻捶了他一下,嗔怪道:"平日里这会子皇上不是在御书房就是在军机处,臣妾也就是好奇,是什么风把一向国事为重的皇上吹过来了罢了。"

他低头在我耳边轻笑道:"朕本来在批阅奏折,抬头看见案头的解语花,便想起了爱妃,这不,一刻钟也坐不住了,巴巴地就赶来了。"

我万料不到他会说出如此露骨的话来,羞红了双颊,不依道:"皇上再拿臣妾取笑,臣妾可就再不理你了!"

皇上哈哈大笑,见我别过脸去,忙收了笑:"好了,好了,不取笑你了。今儿午后新进贡了一批水果来,朕知道你喜欢吃金橘,特意吩咐人给你送些过来。又想着这几日忙,都没过来看你,就一起过来了。"

他转身从几上彩衣刚洗净放好送进来的琉璃果盘中取了个黄灿灿的金橘来,仔细查看了,方才喂到我嘴里,丝丝酸涩里回着甜味。

"好吃么?"他问道,我含了笑冲他点点头,心里也有丝丝缕缕的甜意。

忽然,胸口一闷,胃里一阵翻滚,一股辛辣直冲喉咙,我慌忙捂住嘴转过身去,"哇"的一声吐了出来。

"言言,你怎么了?"他大吃一惊,起身过来扶住我,眼中满是关切。

"皇上,对不起……"我看着一地狼藉,歉意地说。

"都什么时候了,还顾得上说这些!"他不由分说地上前抱了我向屏风后内室走去,一边大声吩咐小玄子去传太医。

彩衣闻声忙进来，大吃一惊，一边令人收拾屋子，一边上前给我收拾身子，又拿了温水给我漱洗。

皇上紧张地陪伴在侧，抓住我的手。我低声抗议着："皇上，臣妾不过是有些不舒服，没必要这么小题大做的。"

皇上拍拍我的手，道："还是让太医看看好了。"

不一会子，南宫阳便来了，行过礼便上前来为我细细地诊脉。半晌，才收回手，满脸喜气地跪了磕着头："微臣恭喜皇上，德昭仪这是喜脉啊！"

"真的？"皇上惊喜道。

"微臣不敢欺瞒皇上，德昭仪这的确是喜脉。"南宫阳沉声回道。

"好！好！"皇上欣喜地看着我，激动道，"言言，你听见了么？我们终于又有孩子了！"

我早已欣喜若狂，猛地点着头，盈着泪说不出话来。

"奴才（奴婢）恭喜皇上、昭仪娘娘！"伺候在一旁的杨德怀忙带了小玄子、小安子、彩衣等一干奴才跪了贺喜。

"好，好！全都有赏！"皇上高兴地挥了挥手，让众人起身。

我温言道："皇上，这些日子来，多亏了南太医细心为臣妾调理身子，臣妾这才能得偿所愿，又怀了龙胎，难道不该赏么？"

"赏，赏，全部都赏！"皇上爱怜地搂着我，转头吩咐道，"杨德怀，传朕旨意，加封太医院院史南宫阳为正七品御医，即日起负责为德昭仪安胎！"

"奴才遵旨！"杨德怀将手中拂尘轻轻一拂，含笑退下。

我又身怀龙胎的消息刚一传开，宫中众姐妹又都前来贺喜，眼神各异，有羡慕，有眼红，更有嫉恨的，但个个都喜笑颜开，笑容满面，好似怀了龙胎的是她们自己般高兴着。众人直聊到午膳时间，我请众人用过午膳后方才欢天喜地地离开。

彩衣望着众人的背影啐了一口，低声道："这会子姐姐长，妹妹短，背地里又不知有多少人银牙咬碎，祸心暗藏，夜不能寐了。"

我淡笑不语，心知她所言非虚，心中不免有些隐忧。

彩衣端了青花瓷碗送到我手中，温言道："主子，方才也没见您用些什么，您如今可是一人吃两人补了，这是小厨房新做的甜品，你再吃点吧！"

我笑了点点头，接了过来，坐在湘红的织锦软榻上细细地品尝着碗里热腾腾的木瓜炖雪蛤。

"主子，南太医为您把脉来了！"小碌子跪在新换上的海蓝琉璃帘子外通传。

"快传！"我边吃边吩咐道。

南宫阳进得殿中，恭敬地跪了行礼："微臣太医院南宫阳拜见昭仪娘娘！"

我放下碗，接过彩衣递上的一方米白绣丝帕揩着嘴角，含笑道："南御医免礼！"

　　彩衣端来方凳，铺上软垫，我将手放了上去，彩衣又用丝帕盖了，方才请南御医上前诊脉。

　　南宫阳细细地为我诊完脉，开好方子。我这才笑着请他在旁边的楠木椅上坐了，又令彩衣奉上茶来。

　　我笑着说："这是新沏的蒙顶黄芽，就请南御医先尝尝。"

　　南宫阳接过茶来，揭了茶盖，轻吹茶沫，抿了一口，赞道："难怪古人有言'扬子江中水，蒙山顶上茶'，此茶色泽明亮，香如幽兰，入口甘醇，芽叶肥嫩，不愧是进贡的珍品！"

　　我呵呵笑道："这懂茶之人真就是不同，连这赞词也都是一套一套的。南太医晋升为七品御医，本宫还没来得及道喜呢，就送上这黄芽一罐，权当贺礼啦。"

　　南宫阳拱手道："全靠娘娘提携，微臣才有今日，感激还来不及呢，哪里还敢收娘娘的贺礼？"

　　我脸一沉，嗔怪道："看看，南御医又拿本宫当外人了不是？还是嫌本宫这礼送得轻了？"

　　南宫阳见我阴晴不定，忙赔笑道："娘娘就别拿微臣开涮了！如此好茶，别人想还想不到呢，微臣恭敬不如从命了！"

　　我这才喜笑颜开，灿烂地笑了起来："南御医是好茶之人，往后啊，本宫但有好茶，自然也少不了你的那一份！"

　　南宫阳顿了一下，又道："娘娘，微臣来的路上，外面已是风声大作，树枝左摇右摆的，不时还有轻微的断裂声传来。娘娘在殿中待久了，可能还不知道吧？"

　　我心下一惊，追问道："变天啦？"

　　南宫阳又道："是啊，微臣来时看见天边翻滚着一片乌云，正悄然迅速地扩张着，耳边还隐隐有雷声传来。"

　　我叹了口气，道："是啊，这天说变就变，一点也没个兆头。"

　　南宫阳见我神色不安，轻声道："要有雷雨啦，娘娘可得找个安全点的地方栖身才是。"说着又起身朝我拱了拱手，"娘娘好生歇着，微臣先行告退了。"

　　我若有所思地点点头，吩咐道："南御医先去忙吧，本宫也就不留了。彩衣，替本宫送送南御医。"

　　南宫阳谢过恩，退了出去。

　　过了一会子，彩衣回来了，掀了帘子就奇道："主子，奴婢方才送南御医时看天了，这外面明明是晴空万里，阳光明媚的天儿，哪有南御医说的要变天了啊？"

　　我淡笑不语，只慢条斯理地品着手中的茶，似乎听而未闻。蓦然，脑子里灵光一闪，放下茶杯，吩咐道："彩衣，收拾一下，去宁寿宫！"

到得宁寿宫门口，守门的小太监进去通传后，出来对我笑道："昭仪娘娘，太后这会子正在佛堂里，吩咐奴才带娘娘过去。"

彩衣上前塞了一锭银子过去，笑道："烦请公公带路。"那小太监收了银子，笑呵呵地领着我们朝佛堂而去。

到了佛堂前，小太监一刻也没耽搁，径直上了台阶跪在佛堂前替我通传："太后，德昭仪求见！"

"传她进来！"太后的声音平淡中隐含着威严。

我低声向那小太监道了声谢，才带着彩衣走了进去。佛堂正中供着一尊栩栩如生的白玉观音像，手中的净瓶里插着两枝新采下来的柳枝。前面是铺着青色暗纹丝绸的长条供桌，桌上的小香炉里轻烟缭绕，旁边还放置着烛台、果盘、经书等物事，两旁天花板上垂挂着辉煌的幢幡。

太后着一身断青绣黄凤暗花锦袍，虔诚地跪在湘红暗花锦绫蒲团上，微闭着眼，嘴唇蠕动着念念有词，手中一串楠木镂雕十八罗汉的佛珠在她手中有序地转动着。

一旁伺候着的云秀嬷嬷见我进来，无声地对我笑笑，又转过头专注地陪着太后。我默然恭敬地站在太后身后。

半晌，太后才动了一下，睁开眼来，云秀嬷嬷忙上前扶了她起身，走到旁边的黑檀木雕花椅上歪着，看着我笑道："哀家年纪大了，不中用啦，丫头啊也不是外人，就容我老太婆这样歪着失礼了！"

我忙上前几步福了一福："太后春秋正盛，一点也不显老。"

我接过彩衣递过来的早已备好的几幅卷轴，笑吟吟地向太后说道："臣妾知道太后潜心向佛，特意手抄了几卷佛经，请太后指点一二。"

太后点了点头，云秀嬷嬷上前接过卷轴，在太后面前展开一幅来，太后细细看着，微笑着点头："不错，不错！难得丫头有这份心思。"

我恭敬回道："臣妾的字难登大雅之堂，让太后见笑了！"

太后让云秀嬷嬷把卷轴收好，靠在椅子上，轻描淡写道："德丫头如今圣宠正浓，很少动笔了吧？"

我料不到太后会这样问起，顿时满脸通红，讪讪道："臣妾惭愧！"

太后凤眼微张，似笑非笑地看着我平坦的小腹："哀家前儿个听皇儿说你又有了身孕了，多早的事？也不告诉哀家。"

我含笑低头小声回道："前几天太医才诊断出来，只有一个多月，臣妾先时以为只是胃肠不舒服。"

太后温和地说道："年纪轻轻难免大意了些，浔阳去了后皇儿和哀家都心疼得不得

了，现在可好了，终于又有了，你可要仔细养着才是。"

我正色向太后跪下，道："太后，臣妾希望能长伴您左右，为您抄录佛经，借此修身养性，也为腹中孩儿积德，愿他平安健康！求太后应允！"

"哎哟，还跪什么呢？快，快起来！"云秀嬷嬷忙上前扶了我起来，我执意跪了，正色道："求太后应允！"

太后一颗一颗捻着手中佛珠，看着我："你有这份心意倒是好的，只是哀家怕你年轻静不下心来。"沉吟了一下，又道，"这样吧，你什么时候有空了就到宁寿宫来陪我这个老太婆吧！"

我心中大喜，朝太后磕头道："臣妾谢太后恩典！"

太后和蔼地拉我同坐椅子上，闲聊了好一会子，看我兴致盎然，又同我讲了讲佛经，直到晚膳之前，我才告退离开。

接下来的十来天里，我每日午后都去太后殿里听太后讲经，替她抄写经文，也陪她聊天取乐，太后兴致来了，就陪她做些糕点之类的小吃，若是晚了就干脆在宁寿宫里陪她用过晚膳，伺候她歇下了方才离开。

太后见我定下心来陪伴她，甚是满意，常常当着宫中下人，夸我是个懂事、有孝心的孩子。

"丫头啊，你这整日里陪着哀家这老太婆，不闷么？"太后慈爱地看着我，这眼光以前也常见她用了看端木晴。

"太后，臣妾一点也不觉得闷啊，臣妾倒是担心叨扰到太后您呢！以前臣妾无知，老是静不下心来，近日里跟着您品经念佛，倒是开了眼界，长了不少见识，脾气也没以前那么急躁了，这还是托了太后的洪福呢！"我笑语盈盈，看着跟前慈爱的太后，心里洋溢着温暖，忍不住调皮地朝她眨眨眼，"何况太后您一点也不老啊！"

太后微微笑道："瞧你这小嘴，难怪皇儿老是念着你的好，多疼你些。前儿个皇儿还向哀家抱怨，说哀家整日里霸着你不放，他有好些日子没瞧见你了。"

我顿时羞红了脸，别开脸去，低声道："太后又拿臣妾取笑了！能够伺候太后是臣妾的福气，况且臣妾如今有孕在身，也不方便伺候皇上，宫中姐妹众多，也要雨露均沾才是，臣妾怎敢独自霸着皇上？"

太后一听，深以为然地点点头，拉了我的手轻拍着："德丫头很是有后妃的风范，得让那些个等级低下的妃嫔好好学学。有你在皇儿身边，哀家也放心些。"

我摆弄着腰间的蚕丝裙带，笑而不语。

陪太后用过午膳，我才退了出来，回到殿中，脱下一身沉重的行头，沐浴后换了简单清爽的衣服，歪在贵妃榻上，正好对上旁边几上放着的锦盒。

我懒懒地问道："小安子，那些东西怎么摆在几上，也不收起来？"

小安子忙上前回道："主子，那是晚膳前万岁爷送过来的。"

我蓦然坐起身来，问道："万岁爷下午过来了？"

"回主子，万岁爷晚膳前过来，本来传了膳想和主子一起用的，可左等右等也不见主子回来，万岁爷便留下这些东西，吩咐奴才转告主子好好保重身子，这才离去了。"

我点了点头，复又歪回贵妃榻上，轻声吩咐道："叫人收了吧！"

小安子吩咐人将东西仔细收了，又令众人退下，小碌子守在门口，自己端了些玉米羹送到我手上，我用银匙搅了搅，小口小口送进嘴里。

小安子在跟前软凳上歪了半个屁股，踌躇了一下，方才问道："主子，你为何主动请求去太后那里服侍，这样行动起来不就不方便了吗？"

我将小碗放在旁边几上，用丝帕抿着嘴角："这宫中风雨欲来，本宫只是找了个安全点的地方栖身而已！"

"主子这话是没错，可是万岁爷那边……这已经是第五次万岁爷过来等了主子许久也不见人影黯然离去了。主子可要好生斟酌了，冷落了皇上奴才认为并不可取，毕竟君恩浅薄，更何况是在这美人如云的后宫之中。"

我自嘲地一笑，轻声道："这后宫之中君王的恩宠是以天来计的，本宫又岂能不知这个道理？只是有人告诉过本宫，要得到男人的心，最下乘的方法就是千依百顺，较上乘的方法就是若即若离，最上乘的方法就是求而不得。如今本宫肚子里有这龙胎，皇上一时半会儿还不会忘了本宫，本宫去太后那儿也正好可以对他若即若离，这样他才会更加挂念着本宫的好。"

小安子一副恍然大悟的样子，脸上全是敬佩的神色。

我娘既然是青楼花魁，这些个简单的道理她自是最明白了。可她偏偏爱上了我爹那样薄情的男人，并且对他千依百顺，才会落得红颜未老恩先断的下场。

我要进宫了，她自然跟我讲起这些，为了让我多些争宠的手段，多些自保的能力，她自是知无不言，言无不尽了。

"皇上的怨言已然到了太后那里了，本宫若是再拿乔，只怕万岁爷便真的会再也不踏进这月华宫了。"

"主子，奴才倒觉着你每日里去太后殿里栖身也未必就是长久之计啊，毕竟你只一人，分身乏术，况且你也有在殿里的时候，这一双双眼睛可都盯着你的肚子哩。"小安子担忧地说。

我点点头，道："这头三个月实在是危险至极，怎么着……"脑中闪过一丝灵光，顿了一下，道，"本宫这宫里这颗棋子也放太久了，是时候好好用用了。小安子，明儿午后，去请南御医过来为本宫诊脉。"

正说话间，小碌子在门口通传道："主子，秋菊姐姐来了。"

第六章　尔虞我诈　145

"让她进来吧。"我扬声道。小安子收了桌上的青花瓷碗，放在盘中端了出去，递予小宫女收了回去。

秋菊进得殿中，跪了禀道："主子，今儿午后主子去太后殿里，贵妃娘娘过来了，见主子不在，在偏殿里坐了一会子也不见主子回来，便留下贺礼，回去了。"说罢，将手中的一叠子物事呈了上来。

我打开来看，却是一件件小衣衫，那金线锦绣的料子，触手极为柔软滑腻，一看就是上好的料子精心缝制而成。拿在手里久了，不但没有新布的洗水味，反而有一种淡淡的香气扑鼻而来。

香气？！我心下一惊，面上却不动声色地挥退了秋菊。待她退出去后，方才甩手将衣衫远远地扔开去，用丝帕捂着鼻子道："小安子，快些收个僻静的地方放了。"

小安子见我神色有异，忙上前拾起衣衫，用裹布包了，拿了出去。过了一会子才匆匆进来，问道："主子，可有什么不妥？"

我神色凝重，半晌才道："小安子，此事不可再拖，得马上动起来才是。你叫小碌子连夜去请南御医过来。"

小安子应声而出，我歪在贵妃榻上闭目养神。

不一会子，南宫阳行色匆匆地赶来，掀了帘子进得屋中，见彩衣伺立在旁，忙上前问道："彩衣姑娘，不知道娘娘深夜召唤微臣来，是否身体有恙？"

我歪在贵妃榻上不知不觉便眯着了，彩衣为我盖了被子，又怕吵到我，便挥退了众人，又将暖阁中的蜡烛灭了大半。

如今东暖阁中只剩寥寥几支蜡烛，微弱的烛火在微凉的春风中摇晃着，似乎随时都会熄灭。南宫阳见状不禁神色凝重起来，忍不住拢了拢手，追问彩衣我的身子。

彩衣还未来得及回答，我已然蒙眬醒来，轻声道："南御医过来啦？"

南宫阳忙上前来，问道："娘娘可是哪里不好？"

我蓦然想起方才吩咐小碌子过去请他前来，这会子见他如此着急，定然是以为我身子不爽了，忙轻笑道："让南御医担心了，本宫没有不舒服，你不必担心。"

"那……"南宫阳有些不明所以地看着我。

"是这样的，本宫想请南御医帮忙检查一样东西。"说罢朝立在门口的小安子吩咐道，"小安子，你且带了南御医到偏殿去，将方才那些衣衫交予南御医细细查验。"

"是！"小安子朝我行了礼，又转身道，"南大人，请跟奴才来。"

不一会子，南宫阳神色凝重地掀了帘子进来，坐在旁边的楠木椅上，抿了口彩衣刚奉上来的茶，问道："娘娘，请问你那些衣裳从哪里得来的？"

"自然是宫里的好姐妹们送进来的了。"我看到他的神色，心下便有了谱，却不说什么，只是轻描淡写地说。

"啊？！"南宫阳猛地站起来，衣袖差点带翻了几上的茶杯，紧张地盯着我，语气低沉，"不可！娘娘万万不可接触这些衣服，这些衣服里填充的丝绵都是被可以堕胎的麝香浸泡过的！"

果真高明！我虽心中有底，知她绝不会如此好心，不料她却连这些方法都能想到，做得如此高深莫测，真真是防不胜防啊！

"这前三个月可是高危时期，如今刚刚过了两个来月，南御医，这个栖身之地也没有想象中的那么安全啊！"我脸色苍白，面露忧郁。

南宫阳沉吟了一下，上前来，小声低语："娘娘，依微臣之见，如今……"

第二日刚用过午膳，我便派彩衣前去太医院请南宫阳前来诊脉。过了许久，彩衣方才领了御医进来，我歪在榻上，隔着绣帘一见前来诊脉之人不是南宫阳，顿时沉了脸色："彩衣，你是怎么办事的？本宫叫你请南御医过来，怎么却请了别人来？"

彩衣脸色一白，"咚"地跪在跟前，眼泪水在眼睛里直打转，颤声回道："回主子，奴婢去了，可南御医他今儿有事告假了，奴婢没有法子，这才请了孙御医过来。"

我一听，神色稍稍缓和了一点，隔着绣帘冷冷地直视着御医孙靖海。孙靖海忙上前两步，行着跪拜之礼："臣太医院正五品御医孙靖海拜见昭仪娘娘！"

过了许久，我才缓缓道："孙御医免礼！赐坐！"

孙靖海脸色微微有些难堪，谢了恩，坐在旁边的楠木椅上，慢条斯理地喝着秋霜奉上来的茶。

彩衣上前来在榻前摆了小方凳，又在方凳上摆了软垫，示意我伸出手来放在垫上。

挥挥手，示意彩衣退下，不紧不慢地说："早就听说孙御医医术高明，这太医院中无人能及，官居太医院之首，正五品，最拿手的莫过于悬丝诊脉了。今儿个有幸能请到孙御医前来诊脉，本宫倒想见识见识这传说中的悬丝诊脉！"

孙靖海一愣，随即愤愤然道："娘娘，这诊脉岂是儿戏，怎可拿来观赏？"

"哟！"我满脸带笑，却不冷不热地说道，"孙御医别上火，本宫也只是听说，所以想见识一下而已，并没有瞧不起孙御医之意。孙御医既不敢现场示范，难不成……只是浪得虚名而已？"

孙御医朝我一抱拳："娘娘不必用激将法，微臣恭敬不如从命！"

我心下一喜，这南宫阳说得果真没错，这孙靖海虽医术高明，却好胜心强，最是耐不住激将法。

我朝彩衣示意了一下，彩衣会意地点了点头，抬手轻拍了两下。早已候在门外的小安子和小碌子忙掀了帘子进来，搬过屏风挡在榻前。小碌子搬了长条几和软凳摆于暖阁正中，小安子则上前卷了绣帘起来，同小碌子一起立于旁边伺候着。

彩衣端了杯新沏好的茶送到屏风后，我示意她放于旁边几上，两人相视而笑。

一切准备就绪，小安子上前客气道："请孙御医为娘娘诊脉！"

孙靖海点点头，上前歪在软凳上，又从随身带的医箱中取出一条两丈有余的红线，恭敬道："请娘娘将此线轻轻系于手腕处！"

彩衣走了出来，取了红线的一头，穿过屏风，拿至榻前，轻声道："主子……"

我点点头，彩衣侧坐在榻上，伸出右手，我拿了红线轻轻将红线系于她手腕处，彩衣朗声道："请孙御医为娘娘请脉！"

孙靖海歪在软凳上，左手拉着红线，右手搭脉于线上，凝神细听，一时间屋子里静得连根针落地都能听见。

半晌，孙靖海皱紧了眉头，开口道："娘娘，请你换一只手。"

我点了点头，解开彩衣手上的红线，系了个大大的活环，将手伸了进去，再拉紧红线，搭在手腕上。

孙靖海顿时眉头一挑，"嗯"了一声，松了口气，面露喜色。

我递了个眼色，彩衣忙扯动了几下红线。我趁机松了环，伸出手来，让彩衣伸手复又套了进去。孙靖海再探，眉头紧皱，面色凝重。

我冲彩衣眨眨眼，彩衣忍不住扯开嘴角，露出笑容来。我将手指放在嘴边，做了个噤声的表情，无声地笑笑，又整整表情，装出一副严肃的样子，朗声问道："孙御医，本宫腹中的龙胎可安好？"

孙靖海低头冥思，半晌不语。

我冷冷地追问道："怎么？孙御医，可有什么不妥之处么？"

孙靖海顿了一下，拱手回道："没有，娘娘脉象平和，一切正常。"

我点了点头，说道："如此，甚好！本宫也就放心了。"

孙靖海收了线，小安子等收了屏风。我起身请孙靖海坐了，彩衣奉上新沏好的茶来。我满脸含笑，客气道："孙御医，请用茶。"

孙靖海谢了恩，接了过来也不喝，只放在旁边的几上，筹措了一下，拱手问道："娘娘，微臣此次诊脉，太医院那边医案该如何上报是好？"

"如何上报？"我瞪大了眼睛，满脸诧异道，"如实报，便可以了呀！"

"微臣明白了。娘娘好生歇着，微臣先行告退！"

"孙御医公事繁忙，本宫就不多留了。"我说着又转头盼咐道，"小安子，替本宫送送孙御医。"

小安子恭敬答应着，送了孙靖海出去。

我和彩衣相视一笑。彩衣低声道："主子，看孙靖海的样子，想来是成了。"

"成与不成，过几天便有结果了。"我移步至楠木椅上，懒懒地歪在上面，又道，"这个孙靖海，医术倒是不错，只是这性子实在不怎么讨人喜欢！"

彩衣笑道："他那臭脾气，可是所有人公认了的，不然他也不会做到正五品了还只是个院判，连南御医都及不上！"

"你呀！就是这么口没遮拦的，小心祸从口出，到时候本宫也不出面保你。"我嗔了她一眼，又吩咐道，"快去叫人准备准备，去太后宫里。今儿可要早些回来，方才皇上已派小玄子过来传话，说是今儿晚上要过来用晚膳。"

"主子！"彩衣满脸担忧地看着我，"你孕喜本就有些严重，还成天这么忙碌着，也没好好歇着，身子怎么吃得消？今儿就别去太后宫里了。"

我摇摇头，叹了口气："彩衣，我们好不容易才走到今天，再苦再累也得撑着，已经没有回头路了！"顿了一下，又精神道，"别在这忧心了，你若是真心疼我，就多煲些好汤好好给我补身子！"

彩衣听了，这才勉强笑道："这还用说，奴婢一定把主子您养得白白胖胖的，好生个健壮的小皇子！"

我作势上前打她："小蹄子，好的不学，倒学会拿我取笑了！"

"哎呀，奴婢不敢，奴婢不敢了！"彩衣微微躲着，口中直求饶，扶了我歪在椅子上，方才转身出去，命人准备外出。

天气一天天暖和起来，院子里早已繁花似锦，幽香扑鼻，我歪在院子里看着小安子指挥着殿里的小太监们专拣那些含苞欲放的樱花摘了，送到后院给彩衣她们酿制花酒。

直忙到午后，方才大功告成，我笑道："今儿就先忙到这儿吧，过两天等剩下那一批花蕾开放时再采了。大家都辛苦了，去洗洗好好休息吧。"

众人谢过恩，方才散了。

我站起来活动了下筋骨，问道："小安子，累了吧？"

"不累！"小安子一副精神饱满的样子，抬抬手臂，做了个精神百倍的样子，"奴才又没忙着，只是在旁边看着他们而已，这会子精神着呢！"

我被他滑稽的样子逗得"扑哧"一声笑了出来。

小安子也跟着笑了："主子，你好久没笑了！"

"是吗？"我自己都没怎么注意，只是觉得每天都在忙碌中度过。

"今儿春光明媚，院子里定然是百花齐放，香气怡人，奴才陪你去走走吧？"小安子诚恳地建议着，"主子，你也许久没有去散步了，呼吸些新鲜空气对腹中的龙胎也有好处。"

也只有他们还注意着这些，只有他们才是真心关心着我。我眼中弥漫上雾气，顿了一下，吸了吸发酸的鼻子，用力地点点头。

院子里的草早就绿了，鲜花朵朵争奇斗艳的，空气中弥漫着沁人心扉的花香，我的心情也不由得好起来了。

第六章　尔虞我诈　149

小安子一直陪我走过玉带桥，下了白玉亭，绕到假山后。在湖边的椅子上小坐了一会子，正准备离开时，却听得不远处传来说话声，且越来越近。

小安子扶了我起身准备离开，却发现那说话声竟上了白玉亭了，我二人忙躲进白玉亭旁的假山中。

回想上次也是小安子和我躲在这假山中，如今再次回到这里，却早已物是人非了。我转头看看旁边的小安子，他也正好看着我，想来也是想到那一次我二人同躲在这里之事了，两人相视一笑。

"姐姐，我听说德昭仪的龙胎好似不那么妥当啊。"

耳边传来淑妃的声音，我心里一笑，想来是皇后和淑妃二人了，果不其然，听得皇后说道："这里又没有外人，说什么不妥之类的话。"

淑妃赔笑道："姐姐说的是。"

"本宫也听说了，奴才们都在传，说马上就要选秀了，德昭仪为了固宠，假怀孕！"皇后顿了一下，又道，"本宫也早就传太医院的御医来问过了。"

"那太医院的御医怎么说？"

"总共为德昭仪诊过脉的就南宫阳和孙靖海两位御医。那南宫阳一口咬定德昭仪已有两个多月的身孕，而孙靖海则闪烁其词。"皇后沉吟了一下，又道，"本宫心里只觉纳闷，便令人取了医案来看，那南宫阳每次都禀龙胎安好，开了安胎药和些补药；那孙靖海只诊脉一次，却禀了德昭仪脉象平和，一切正常，未提一字龙胎之事，也尚未开方。"

"有这等事？那……"淑妃却灵光一闪，奇道，"这南宫阳本就跟德昭仪走得近些，也是因为德昭仪的提携他才一跃升了正七品御医，如果说他二人狼狈为奸，欺瞒皇上，倒也说得过去。只是……如若这龙胎是假，她为何又请了孙靖海前去诊脉呢？这孙靖海可是出了名的倔驴子脾气，半点不会拐弯，请他诊脉，岂不是就等于露馅了么？"

我暗自点了点头，平日里觉得淑妃虽有些心眼，可聪明不够，如今看来也还不笨了，至少让她想到这一层了。

"这也正是本宫觉着奇怪，不敢定论之处了。"皇后起身朝亭下走去，"此事，还需细细斟酌斟酌才是。"

待那二人走远，我们才松了口气，小安子扶我慢步走了出来，绕过白玉亭，上了谷雨亭。坐在谷雨亭中，眺望着周围的景色。

小安子立于一旁，微微有些担忧道："主子，看来皇后和淑妃二人并未上当啊，不知长春宫那位……"

我淡淡地笑道："这宫中没有永远的朋友，也没有永远的敌人，只有永远的利益！"

小安子神色一凛，轻声道："主子是说……她们二人……"

"长春宫那位看似没有动，不过这宫里的流言早已满天飞了，储秀宫这两位表面也是风平浪静，却早已打探得知根知底了。她们自己在斗，她们也在共同跟本宫斗，要知道，如今本宫肚里这块肉，可是全宫中后妃们心里那根共同的刺啊！"

小安子点点头："到底是主子看得清楚，想得明白些。那主子，下一步都已经准备妥当了，要继续么？"

我叹了口气，缓声道："等等看吧，不出几日，自然能见分晓。"

如此过了两三日，依旧是风平浪静，倒是太后怜我孕喜得厉害，令我好生在宫里歇着，不必每日过去陪她。我口中称谨遵太后懿旨，却仍是隔一两日便过去听她讲经，只说是已静下心来，多日不听反而不自在了，太后虽未说话，却目露赞许之光。

这日午歇起来，彩衣上前来伺候我起身，笑着说："主子，今儿炖了些人参鸡汤，你喝上一小碗吧。"

我笑道："你这丫头，老让本宫这么补啊补的，等怀胎十月生完孩子，本宫可没法见人了！"

彩衣正要接话，门口琉璃帘"哗啦"一声被用力地甩开，我们循声望去，只见秋菊气呼呼地摔了帘子进来，秀气的笑脸因愤怒而显得通红。

"秋菊妹妹，这是怎么啦？"彩衣上前拉着她，关心地问道。

秋菊看了我一眼，见我只是温婉地接过小安子送上来的鸡汤，小口地喝着，并无怪罪之意，才说道："方才奴婢奉命去内务府领这个月的月奉，因为主子怀了龙胎，有额外的补贴，不料发俸的小太监阴阳怪气地问奴婢，主子还用领补贴么？奴婢心下奇怪，便说如今主子既然身怀龙胎，自然要领。不料奴婢刚领完转身，就听见旁边也去领俸禄的宫女太监们在背后嚼主子的舌根儿！"

"哦？都说了些什么？"我将青花瓷碗递给小安子，取了丝帕抿了嘴角，看着秋菊，缓缓地问。

"他们，他们说主子为了固宠，假怀孕，其实主子肚子里根本没有龙胎！"秋菊紧紧地拧着手中的丝帕，一张脸涨得通红，愤愤地说。

"岂有此理，是哪些不怕死的奴才在背后嚼舌根？"彩衣跺跺脚，气愤道。

"主子，请皇上下旨，把那些个嚼舌根的奴才们全都送到杂役房去，看谁还敢乱嚼舌根！"秋菊忿忿不平地说。

"最好是把他们全杀了，好让剩下的奴才们再说本宫恃宠而骄，魅惑君王么？"我瞟了她一眼，不冷不热地说道。

秋菊吓得低了头缩在后面不说话了，小安子忙挥挥手，示意她退下。

"主子，不要生气，没必要让这些个闲言碎语扰了龙胎的清净。"彩衣上前扶了我劝道。

我点点头，懒懒地歪在椅子上，冷哼道："她们倒还沉得住气，到如今了还不动

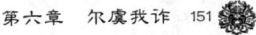

手！"

　　小安子沉吟了一下，接道："主子，经方才秋菊这么一说，奴才倒觉得她们是在等主子您先沉不住气！"

　　"等主子沉不住气？"彩衣有些不明所以道，"这龙胎在主子肚子里，主子沉不沉得住气有何相干？"

　　"你想啊，如今这宫里已是流言漫天了，主子自然也就知道了，若是主子先沉不住气了，自然会找皇上或是太后评理，到时候主子自然得要拿出有力的证据证明主子这龙胎是真的，到时候是真是假，自然也就见分晓了！"

　　"呵呵，"彩衣一听，笑了起来，"可她们哪里想得到这水还是主子想办法搅混了的呢！"

　　我听他俩一说，也倒笑了起来："果真是在这宫里待久的人儿，个个都快成精了。既如此，本宫就跟她们比比，看看究竟谁先沉不住气，究竟谁的道行更高些！你们两个出去准备准备，今晚就给她们下帖猛药！"

　　二人相视一笑，领了命退了出去。

　　天刚蒙蒙亮，天边泛起了鱼肚白，天上仍然有稀稀疏疏的小星星眨巴着眼睛，人们尚在沉睡之中，整个月华宫一片宁静，连回廊下关在笼子里的几只金丝雀也缩着脑袋沉浸在睡梦中。

　　"啊！"东暖阁里传出一声惨叫，袅袅余音飘散在空气中，钻进宫里每个人的耳朵里，久久不散。

　　下人房里三三两两地亮起了灯火，睡眼蒙眬的奴才们披着衣衫，嘴里咕哝着："什么事啊？大清早的！"慢吞吞地走至窗边打开窗户四处探望，只见正殿里已然是一片灯火通明，忙叫醒了众人，起身着装。

　　原本蜷缩在门口守夜的小碌子慌忙爬起来，直奔正殿。彩衣神色慌张地掀了帘子出来，正好看到慌张而来的小碌子，忙唤道："小碌子，快过来！"

　　"彩衣姐姐，发生什么事了？"小碌子忙大步上前，问道。下房的奴才们已有人贴在窗边仔细听着彩衣的回音。

　　彩衣也不回答他的问题，径自拉过小碌子凑到他耳边，小声叮嘱几句。小碌子脸色突变，神情惊恐，匆匆穿过回廊，出宫而去。

　　小安子匆匆赶来，见彩衣立于殿前阶上，忙上前急问："彩衣，出什么事了？是不是主子……"彩衣神色严峻地瞪了他一眼，一把拉过他同进正殿，小声说着什么，留下背后无数好奇的眼睛。

　　不大一会儿，小碌子领着神色凝重的南宫阳疾步穿过回廊，直奔正殿。小安子早已候在门口，直接让南宫阳进了正殿，入得东暖阁中，小碌子则留在门边守着。

小碌子转头看到通往下房的小径上三三两两伸出来打望的头，高声道："没你们什么事，起来了就该干吗干吗去！"

约莫过了半炷香的工夫，彩衣眼圈红红的从里面出来，在小膳房内烧了一壶热水。秋菊小心翼翼地出现在门口，轻声道："彩衣姐姐，让奴婢帮你吧！"

彩衣抬头看了她一眼，没有说话，只转身拿着盆子巾帕，提着热水进了正殿，宫里的奴才们见此情景纷纷交头接耳，小声议论起来。

大约过了一个时辰，南宫阳才脸色沉重地摇着头从正殿里出来，小声朝小安子交代着什么，又行色匆匆地离去了。

彩衣从殿中探出头来，瞧见左右无人，才端了盆暗红的水出来倒在院子角的樱花树下，又拿着一卷衣物匆匆地走到小膳房旁平日里少有人在的角落里准备浆洗。

"彩衣姐姐，要我帮忙么？"玲珑的声音在彩衣背后响起。

彩衣吓得打了一个激灵，慌忙用衣袖揩了揩眼角，把那堆衣服胡乱按到木盆中，转身挡住玲珑的视线，摆手道："不，不用了！我自己来好了！"

"哦。"玲珑讪讪地点点头，打探的眼光却直往彩衣身后瞟。

彩衣见她神情，忙吩咐道："玲珑，你还是去帮忙服侍主子起身吧，小安子一个人总有不方便的。"

玲珑答应着往外退去，却在彩衣转身时回过头来，一刹那间分明看到一堆雪白的中衣上刺眼的鲜红，嘴角不自觉地泛起一丝冷笑。

院子里，一个宫女趁着别人都忙着去服侍主子起身的时候，偷偷溜到角落那棵樱花树下，抓起一点还湿润着的泥土在鼻子前仔细地嗅着，闻见果真有血腥味，脸上显出得意的笑容。

东暖阁里，玲珑在我面前托着盛满琳琅满目的珠宝发簪的锦盒，眼光总不经意地往我脸上觑着，口中恭敬问道："主子，今儿选什么簪子？"

"就这支吧！"我用余光瞟了一眼，随手挑了支往常从来不用的大红镶红宝石的环步瑶，插在髻上。

打扮妥当，我对着镜子左看右看，总觉得脸色太苍白了，又打开妆台上摆的白玉盒，挑了些胭脂出来，细细匀了抹在脸腮上，顿时红扑扑的脸色便显了出来，我点点头："这样方才好看一些！"

"主子，药煎好了！"小碌子用托盘端着一碗褐色的药汁，边掀了帘子进来边说道。我回头狠狠地瞪了他一眼，吓得他立刻低下头去。

"你们都先出去吧！"小安子见状，忙打发其他人出去。

"是，奴婢告退！"秋霜领着其余的丫头福了一福，退了出去。

待她们刚掀帘子出去，小安子就低声呵斥着小碌子："你做事总是这么瞻前不顾后

第六章 尔虞我诈 153

的，也没见周围这么多人，瞎嚷嚷什么，叫主子怎么信任你……"

"咚！咚咚！"三更刚过，一条黑影提着一包东西从小膳房里蹿了出来，绕过曲折的回廊，进了后院，蹲在院中极偏僻处的一棵白玉兰树下，左右张望，见四下无人，忙动手用手中平日里花匠撬土的小铁锹铲起土来，不一会子便铲出一个洞来。他用袖子揩揩头上的细汗，深吸一口气，将手中提着的东西全部倒了进去，用土埋好，又用脚踩实了，用铁铲赶了边上的土盖了，才匆匆离去。

旁边花台后，一双诡异的眼睛暗中监视着他的一举一动。待他走了好一会子之后，那人才走了出来，小心翼翼地蹲在树下挖了起来，挖了没多少下，顿时停了下来，用手将先前那人掩埋之物拿到眼前细细地查看着，顿了一下，又从怀里取出一方丝巾，将那些东西都放在丝巾中包了，复了埋好土，这才四处探望着，见四下无人，方才走了出来。

月光透过新长出来的重重树叶，斑驳地洒在她的身上，一直看不清楚她的脸，这会子从阴影处走了出来，借着月光方才依稀辨出来人。

"怎么是她？！"彩衣失声低呼，借着月光她也认出了那张熟悉得不能再熟悉的脸，满脸惊讶地看着我。

"哼，居然是她！枉费主子平日里待她那么好，居然能昧着良心做出这些事来！"小碌子在旁咬牙切齿道，伸手拣了拣衣摆上粘着的一些草屑。

待到她也走远了，确认无人时，我们才借着月光漫步回到东暖阁中。

小碌子奇怪道："主子，为何不派人抓住她？"

"这宫里的老鼠可不止这一只，况且我还要借助她们的嘴巴成大事呢！"我阴沉地笑着，镶满金花玉石的指甲轻轻敲击着旁边红木雕花镶大理石面茶几，发出清脆的响声，在静谧的深夜里格外悠远。

这时，小安子也回来了，掀了帘子进来禀道："主子，玲珑也出去了，如主子所料，果真进了那边宫里。"

"办得好。"我点点头，嘉许地说道。

"主子，接下来该怎么办？"小碌子见我夸奖，兴奋地问。

"这消息是传出去了，可种种迹象表明也是给了她们足够的揣测空间，她们定然会异常谨慎，还会再探，毕竟如果一着踩不死我，倒霉的可就是她们自己了，这种搬石头砸自己脚的事谁愿意去做？所以接下来的几天，才是最重要的，大家可要格外小心，千万不要露出马脚，否则就前功尽弃了！"

大家见我眼中寒光闪烁，神色凝重，也沉重地点着头，小声回道："奴才（奴婢）定不负主子所托！"

我点点头，小声道："回去好生歇着吧，忙了大半夜了。"

夜里下了一场春雨，第二天天气有些微寒，我躺在美人榻上午睡，彩衣坐在旁边为我捶腿，院子里一片寂静，奴才们也都窝在屋子里打着瞌睡，唯有雨落之声隐隐传来。

过了一会子，我忍不住沉沉睡去，又过了一会子，彩衣也不禁有了困意，手中的美人捶有一下没一下地落在我腿上。

忽然，耳边传来"啊"的一声惊呼，我被惊醒了，看见秋菊惊慌失措地站在跟前，我正想发怒，发现她惊讶的眼神停留在我原本应该微凸，如今却平整如常的肚子上，顿时大悟。

彩衣已然醒来，慌忙拿过旁边小几上里纱棉布裹着的小簸箕为我装在肚子上。

秋菊知道自己看到了不该看到的东西，知道了不该知道的事，忙哭着跪倒在地："主子恕罪，主子恕罪，奴婢什么也没有看见，什么也不知道。"

我的脸上仿佛罩上了一层寒霜，冷冷地看着她，她不住颤抖着，神情惊恐，面部痉挛。

"没有主子的召唤，你进来干什么？"彩衣气急败坏地吼道。

"回，回主子，奴婢把贵妃娘娘送来的衣服晒好了送进来，没想到……"我这才看到她身边那几件被我叫人调换过的小衣服。

她见我仍不发话，只跪在地上磕头不止："主子饶命啊！奴婢什么也没有看见！"

"你知道得太多了，叫本宫如何饶你？"我冷冷地开了口。

"奴婢对主子一片衷心，不敢背叛主子。主子自进宫始，奴婢便跟随在侧，主子向来待奴婢们宽厚，奴婢不敢有二心！"秋菊额前一片淤青，渗出血来。

"主子，依奴婢看，秋菊也不像吃里爬外的人，您就饶了她一次吧！"彩衣从到我跟前便和秋霜秋菊情同姐妹，于心不忍地跪下替她求情。

"好吧。"我沉吟半晌，才开口道，"你的命本宫暂且记着，如果本宫听到一点风声，决不饶你！"

"多谢主子！多谢主子！"秋菊早已吓得没了力气，歪歪斜斜地谢了恩，连走带爬出了门。

"你去看看她，送点姜汤给她压压惊，顺便把上次南御医送来的药在汤里放上一粒，看着她喝下。"我吩咐着彩衣，末了又叹了口气，"别说本宫不念旧情，就给她这一次改过的机会，是死是活就看她自己的选择了。"

彩衣送完姜汤，小碌子就一直暗中监视着秋菊的一举一动，她倒也老实，白天一直待在宫里头，哪里也没有去，晚上仍然来服侍我梳洗，直到半夜里才悄悄从小门跑了出去，进了旁边的宫里。

到后半夜里，小碌子轻声回了话，我轻轻叹了声，彩衣含着泪道："个人选择，谁也不怨。"说罢转身出去暗自抹眼泪去了。

"本宫还真是低估了她！"我惨然一笑，对小安子轻声道。

"一直以来她都是最无害的那个，却没想到她也是埋得最深的那个，到如今才发现原来她竟一开始就放了这颗棋在主子身边。"

"呵呵，她也真是沉得住气了，本宫生浔阳之时也没见她动，到如今到底坐不住了。"我心中疑惑着。

"那是因为主子在万岁爷心里太重要了，主子你想想，你连生了浔阳都抢了出云长公主之位，好不容易没了威胁，如今才没多久又有了龙胎，她又怎能眼睁睁看着你再产下一男半女来呢？"小安子替我分析着，安慰道，"主子，她越是沉不住了，就越是会露出马脚来，也就越好对付了。主子犯不着为这种人生气，只管好生养着龙胎。"

我点点头，示意小安子扶我上床继续躺着。

如此平静地过了两天，也不见宫里有何动静，我忍不住有些着急起来。因为心里有事，夜里也没睡好，早上醒来已是日上三竿，窗外阳光明媚，几只不知名的小鸟立于枝头"啾啾"欢唱着，和回廊上那几只金丝雀相互呼应着。

面对这么个好天气，我心情也不由得好起来。午歇起来，彩衣正为我梳头，小碌子通传："主子，云秀嬷嬷来了！"

我忙迎了出去，将云秀嬷嬷迎了进来，去太后宫里时，她明里暗里也没少帮我。

"嬷嬷，今儿怎么得空过来啊？"我满脸堆笑地迎着她。

"丫头，我是奉太后之命来请你过去的。"云秀嬷嬷满脸沉重地看着我。

我微微有些奇怪，仍强打起笑容回道："是噢，最近一段时间因为南御医说龙胎不稳，要好生调养，我也有好长一段时间没去探望太后了，正想着身子好点了，再过去探望太后。"

云秀嬷嬷严肃地拉着一脸不明所以的我，沉重道："丫头啊，这事可能不太好了。"

"怎么啦？"我满脸惊讶地问道。

"昨儿午膳后，皇后和淑妃去了宁寿宫，不多时，连丽贵妃也去了。太后神色凝重地呼退了众人，几人密谈至深夜。太后过了三更天才睡下，一晚上也没睡踏实，长叹短嘘的，到今儿早上一大早就起来了，独个儿待在福堂里许久。刚才一出来，便令我几人分别出来请你和皇后、贵妃她们一起到宁寿宫喝下午茶，闲聊几句。我这心里总不踏实，心想，恐怕是要出事了啊，你可得自己小心了。"

我慎重地点点头，心道：终于来了，嘴上却说："多谢嬷嬷提醒，姑姑先行一步，我这准备准备稍后便到。"

"丫头啊，你可快些，我先回去复命了。"

行至宁寿宫门口时，正好遇上了迎面而来的丽贵妃。我笑着迎了上去："贵妃姐姐！"

"哟，原来是德妹妹啊！"丽贵妃满脸带笑，眼里却含着讥笑，柔声问道，"德妹妹，你这身子看着看着便一天天重起来了，这龙胎在妹妹肚子里可安稳？"

我心里冷笑连连，面上却不动声色，好似听不懂她话中有话，只温柔地笑了："多谢姐姐关心，这龙胎在妹妹肚里倒还安稳。"

"是啊，妹妹近日里时常服用人参、阿胶这些个补药，自然是调养得当了。"身后传来淑妃不冷不热的声音。

我回过头去，却见皇后和淑妃一起过来了，忙笑着福了福身子："臣妾见过皇后姐姐、淑妃姐姐！"

皇后柔声道："皇上免了妹妹一切宫中礼节，妹妹这不是折煞姐姐么？"

秋菊在去淑妃宫里的第二天便没了，她也就明了我已然知晓她在我宫里放的暗子了，这会子秋菊没了，她少了在太后面前最有力的人证，既然撕破了脸，也就失去了虚伪的耐心。这会子见我一派淡然的样子，自然有些沉不住气了，冷声道："真的是龙胎么？你我心知肚明，姐姐可等着看你被赶出这宁寿宫的样子！"

我眨巴着明亮的大眼睛，委屈道："淑妃姐姐，妹妹是不是哪里得罪姐姐了？纵然妹妹有不对之处，就请姐姐指正。"

淑妃忍不住笑了起来："德昭仪啊，德昭仪，你可真真是演戏的高手。不过现在会演戏也没有用了，没有了龙种，看你还能够得意到几时？"

我正要说什么，皇后见淑妃越发没了样子，不禁脸色一沉，喝道："快住口！太后等着呢，都先进去吧！"

淑妃噤了声，狠狠地瞪了我一眼，跟着进了宁寿宫，我待三人进去了，转头向身后的小安子点点头，方才移动而入。

正殿门口的小宫女掀起帘子，一股清淡的熏香扑鼻而来，彩衣待要扶了我一起进去，云秀嬷嬷在旁道："太后要单独跟几位主子说会子话，你在外面候着好了。"

"是，嬷嬷。"彩衣乖巧地答应一声，转头看到皇后、贵妃她们的丫头也在旁边候着，这才放开我，退至旁边，云秀嬷嬷上前扶了我向殿中走去。

我进去时，皇后、丽贵妃和淑妃她们早已行过礼端坐在两边的楠木椅上，太后端坐在中间，见我进来，两眼紧紧地盯着我，眼神深沉："德丫头，你来啦！"

我满脸带笑，移步上前向她行礼："臣妾给太后请安！"

"快起来，坐吧！"太后不冷不热地说，云秀嬷嬷扶起我坐到旁边丽贵妃的下首位上。

宫女们奉上茶来，太后轻咳一声，拿起几上的青花盖碗，抿了一口，才道："最近宫中有些很不好的流言，不知你们听说了没有？"

我们都点头表示听说了，太后紧紧地盯着我："德丫头，你听说了没？"

"臣妾听下人说过！"我面色镇静，不紧不慢地回答道。

第六章　尔虞我诈　157

"哦？那你有什么想法？"太后步步紧逼，我感觉头顶那目光如千斤巨石般直压下来。

　　我坐直了身子，朗声回道："后宫传言臣妾龙胎已失也不是三两日之事了，臣妾亦有所耳闻。臣妾不知道这是哪些居心叵测之人传出来的，不过臣妾认为没有必要理会这些无稽之谈，只需安心养胎，因此臣妾也便没在皇上和太后面前提起。"

　　太后点点头，目露赞许之色："看到你意志坚定，并没有被流言影响到心情，安心养胎，哀家很高兴。"

　　"太后，最近这流言已经传到宫外去了，造成很不好的影响，臣媳认为还是想个法子平息才是，不然就会有损皇室的体面。"皇后一派端庄平和的样子，柔声建议道。

　　"哦？"太后听得皇后开口，转过头看着皇后，问道，"那依皇后之意，该当如何？"

　　"事实胜于雄辩！"皇后一字一句地说道。

　　"这个……"太后沉默了，毕竟她对我多少也是有些喜欢和欣赏的，让一个已然确诊身怀龙胎的后妃重新诊脉，这本身就是一种侮辱。

　　皇后和丽贵妃对望了一眼，同时起身步行至殿中间，淑妃向来是跟着皇后的，自然也在身侧了，三人同时跪拜在地，齐声道："为了皇家颜面，请太后体谅臣妾等一片苦心！"

　　"你们三个的意思就是要德昭仪重新接受诊脉？"太后目光炯炯地望着跪于跟前的三人。

　　"是。"我心里冷笑连连，入宫以来倒是第一次见她们三人如此齐心过。

　　"德丫头，你的意思呢？"太后的眼光掠过三人头顶，朝我直射过来。

　　"太后，臣妾可以按照您的意思重新接受太医的诊脉。不过，臣妾有一个条件，希望太后可以成全！"我漠然地看着跪在殿中的三人头上微微颤动的流苏。

　　"什么？！德昭仪，你是在跟哀家谈条件吗？"太后惊讶地看着我，原本低头提出请求的三人不约而同地转头看着我，一副"你疯了"的表情。

　　云秀嬷嬷目瞪口呆地看着我，好一会儿才回过神来，忙上前小声道："德昭仪，快向太后认错，请她老人家原谅你的无理！"

　　"是的！如果太后不答应臣妾的话，臣妾将拒绝重新诊脉！"我目光炯炯地看向太后，眼神坚定无比。

　　太后看着态度坚定的我，缓缓点头道："好，你有什么要求尽管说吧！"

　　"谢太后！"我恭敬谢过恩，正色道，"臣妾这次接受重新诊脉，如果确认臣妾的确怀有龙胎的话，那么请太后您下旨将那些妄传谣言侮辱臣妾的人交给臣妾亲自处理！"

　　太后望着目光坚毅，神情严肃的我，点点头，郑重应允道："也好，如果重新诊脉确诊你的确怀有龙胎，也自当还你一个公道！"

"太后，此刻殿外定然已来了不少给您请安的姐妹们，请太后允许她们也一并进来，好为臣妾作个见证！"

太后点点头，示意跪于跟前的三人起身回坐，又道："也好，众人一起作个见证也好，正好用事实平息这场风波。云秀，还不快点派人去太医院请几位御医过来。"

众人得了令进得殿中，依次给太后问安后按位分坐了下来，太后歪在靠椅上，闭了闭眼，道："哀家老啦，不中用了，才这会子就坚持不住了。哀家先进去歇会子，等下太医们来了，再禀了哀家。"说罢在云秀、云琴两位嬷嬷的搀扶下入了暖阁中。

众人本就用异样的眼光看着我，这会子太后一走就更加肆无忌惮起来，甚至小声议论开了。

"姐姐，你说是不是为了那些流言呢？"玉答应小声朝身边的宜贵人问道。

"谁知道，等下看着不就知道了么？"宜贵人小心翼翼地瞅着坐于位首的几人。

淑妃轻蔑地望着我，眼里传递着必胜的信息，我知从我接受重新诊脉的那一刻起，她就一直在等着看我被赶出宁寿宫的狼狈模样了，也一定在梦想着皇上将我责贬，打入冷宫了。

我默然地望着眼前的众人，丽贵妃在上首位上，见我到如今还不动声色，心里渐渐有些发慌，试探道："德妹妹，你执意如此，等下可怎么下台啊？"

我带着春风般明媚的微笑看过去，柔声道："贵妃姐姐方才不也执意要妹妹重新诊脉么？这会子怎么又来猫哭耗子了？"

丽贵妃讨了个没趣，冷哼一声，转过头去，冷声道："自寻死路，与人勿扰！"

"你看！殿门口的是太医院的几位御医！"人群中不知是谁叫了声，人们回头ру看见宁寿宫的小太监领着几位御医立于阶前等候太后召见。

"看来太后是动真格的了。"荣贵嫔低声幸灾乐祸道，"德昭仪居然敢蒙骗皇上和太后，这下子，连御医都宣来了，看她怎么下台！"

"姐姐，此事到目前还没定论，切莫胡言！"熙常在提醒着，荣贵嫔不以为然地看了她一眼，转头不再说话。

淑妃狠狠瞪了她一眼，冷声道："没了龙种，居然还妄想瞒着众人，哼哼，本宫偏不让你如意！"

云英嬷嬷入得暖阁中，禀了太后，太后才在众人搀扶下，重新坐回正殿中椅子上。太后看了立于殿中云英嬷嬷一眼，她立即上前扶起我走到旁边早已摆好软墩的小桌后坐下，在我的手上盖了金丝绣绢，太后这才开口道："传他们进来！"

五位提着药箱的御医进得殿中，一起朝太后跪拜道："臣太医院华毅、孙靖海、南宫阳、杨简修、方宇堂，拜见太后千岁，千岁，千千岁！"

第六章 尔虞我诈 159

"都起来吧！"太后看着他们。

"谢太后！"五人谢过恩站起来，退至一边垂手侍立听候盼咐。

"德昭仪身子不大好，哀家召你们前来为她诊治，你们可一定要小心谨慎！"太后目光炯炯地看着立于旁边的五人，加重了语气，"等会子你们依次诊脉，把诊断结果写在纸上交给哀家就好。"

五人微微一愣，忙一起拱手，恭敬回道："是，微臣遵旨！"

云秀嬷嬷按序依次带几位御医上前为我诊脉，每位御医诊脉结束后，再被领到旁边早已备好笔墨纸砚的书桌前将结果写于纸上，交于云英嬷嬷，然后再回位侍立于原地。

"启禀太后，皇上驾到！"门口的小太监刚刚通传，皇上一把掀了琉璃帘子大步走了进来。

"儿臣给母后请安！"皇上沉着脸给太后问安后，云琴嬷嬷忙请他坐于太后身边。

"母后，这是在做什么？"皇上看着满屋子的人，又看着依次为我诊脉的御医，脸色阴沉，悻悻然问道。

"哀家让他们为德昭仪重新诊脉！"太后看着脸色难看至极的大儿子，缓缓说道。

"什么？重新诊脉？！"皇上"呼"地一下站起来，看向旁边神情委屈，戚戚然的我，深吸了一口气，又重新坐了下来，急切地说："母后！德昭仪已经确认有了身孕，你为什么还要让她受这么大的侮辱，重新接受诊脉呢？"

"什么？！皇上，你说侮辱？"太后神情诧异地看着一脸焦急的皇上。

"母后！德昭仪已经确认有了身孕，况且如今德昭仪的身子一眼便能看出已怀有身孕，你为什么还要当着宫中众嫔妃的面让她重新诊脉呢？她心里该多难受啊？"

"她心里难受哀家知道，哀家心里更难受！哀家向来视德丫头为自己女儿般疼爱，让她接受重新诊脉，哀家也是出于无奈！"太后一副痛心疾首的样子，"宫中有了关于德丫头龙胎很不好的谣言，造成了很坏的影响，为了尽快平息谣言，所以哀家才痛下决心让她接受重新诊脉！"

"母后！朕从来没有听说为了平息不相干的流言，就要让已经确诊有了身孕的妃子接受重新诊脉的事，母后，您这样做不是让一向对你敬爱有加的德昭仪难受么？"

太后叹了口气，道："哀家不过是不能容忍皇室的威严有所污垢，更加不能允许将来的皇室后裔有一丁点的是非，左右平衡下才决定这么做的，难道皇帝一点也不明白哀家的苦心吗？"

皇上一言不发，只闷闷地转过脸心疼地看着我。

"皇上！"我低低地唤了他一声，起身跪在地上，哽咽道，"太后一片苦心，也是为了皇室好，更是为了臣妾和龙胎好。这件事因臣妾而起，臣妾很应该亲自站出来辟谣，为了不让皇室蒙羞，请您允许臣妾当着所有宫妃的面接受重新诊脉吧！"

"言言，你真是太善良了！"皇上深情地看着我，眼圈红红的，亲自上前扶起我重新坐下。

半个多时辰过去了，待最后一位御医请完脉，写好结果递与云英嬷嬷后，我长长地舒了口气，看着旁边屏住呼吸，翘首盼望着结果的嫔妃们，心里一片畅快。

云英嬷嬷将御医们的诊断结果呈了上去，皇上和太后接过来，一张张细细看着，每张上面皆写着：德昭仪身子并无大碍，已有身孕三月余，只需好生将养，便可平安产下龙胎。

"母后，怎么样？朕就说言言是绝对不会欺骗朕的，御医们一致诊断言言身怀龙胎！"皇上喜出望外，脸色由阴转晴。

"皇上，你这是说的什么话？哀家也从来没有怀疑过德丫头，只是为了平息谣言，保全皇室的体面才不得已这么做的。"太后也笑了起来，脸色的阴郁一扫而空，柔和地看向我，"德丫头，哀家知道你受委屈了，哀家这也是不得已而为之，你可别往心里去。"

云秀嬷嬷早已将我扶回了楠木椅上，我起身朝太后福了一福，轻言细语道："太后这是什么话？臣妾知道太后所做的一切都是为了皇室，并无半点私心，臣妾绝不会埋怨太后。"

太后满意地点点头，这才喜笑颜开道："哀家答应了你的事，你尽管去做好了，也该给那些个乱嚼舌根的人一些教训才是！"

此话一出，殿中端坐的众人立时神色各异，方才有说我的人立时神色惊恐，紧张起来，心里盘算着怎么办才是，方才没有说我之人，这会子一副幸灾乐祸的坏笑，就等着看好戏了。

淑妃脸色苍白，神情紧张，可怜兮兮地看向皇后，皇后却熟视无睹，嘴角含笑，欣喜道："恭喜妹妹，终于沉冤昭雪了！"

"哟，皇后，妹妹没有记错的话，好似方才提出让德妹妹接受重新诊脉的人是你。"我还未说话，丽贵妃早已接过话，斜了她一眼。皇上一听，转过头去，狠狠地瞪着皇后，皇后立时低了头，大气都不敢出。

"皇后姐姐如此，不过也是为了维护皇室尊严，并无私心。"我态度恭敬，柔声道。

太后冷冷地瞟了一眼殿中的众嫔妃，疲惫地说："好了，这么一折腾，又说了这会子话，哀家也乏了，你们都先回去吧。德丫头，那些个乱嚼舌根之人就让她们自己去你宫里给你解释好了，至于要怎么处置，你自个儿拿主意就是了。"

太后一副疲倦的表情，我们忙起身告退。皇上一路扶着我出了宁寿宫，直往月华宫方向而去。众妃嫔跟在身后，几欲上前，又怕触在皇上火头上，只得眼睁睁看着我和皇上消失在视线内。

我沉着脸，一言不发地疾步往回走，喉咙一阵阵紧缩，眼里有些模糊起来。

第六章　尔虞我诈

"言言！"皇上一把拉住一言不发疾步往前走的我，扳过我的身子，面对面地望着我，"你可是在怪朕没有保护你么？"

我没有开口，只是默默地把头埋进他的肩窝里，泪水终于涌了出来，一滴滴浸湿了他的衣衫。

他伸手拥我入怀，轻轻地叹息着，眼圈儿有些发红，轻喃道："朕真是无能，连你都保护不了。"

"不，肃郎，臣妾没有怪您和太后。只是臣妾一想到背后有那么多人嫉恨着臣妾尚未出世的孩儿，想尽办法想对付他，臣妾就感到无比的难过和恐惧！"我悲从中来，万分悲痛，"臣妾真怕自己当初保护不了浔阳，如今又保护不了他！"

皇上紧紧抱住我，手指节咯咯作响，神情无比坚毅，郑重地对我说："朕答应你，以后无论如何再不让你受这样的委屈，也决不让任何人伤害你和孩子！"

我窝在他怀里点点头，轻声道："臣妾相信肃郎！"

"我们一起回宫吧！"他挥手召来龙辇，率先爬了上去，向我伸出手来。

我不禁想起，就是在这样一个阳光明媚的日子里，成帝坐在高高的黄金辇上朝班婕妤伸出手来，微笑如水的样子，她却循于礼教没有伸过手去。我不知道班婕妤闭眼时，有没有后悔当初缩回手去，没有和皇帝同乘一辇。

那样的荣宠，到最后不也因为飞燕的出现化为乌有了么？

我已到嘴边的礼教尊词顿时没了影踪，只轻声推脱道："肃郎，这，恐怕不太好吧？"

他显然已看出了我的顾虑，笑道："没关系，朕准你与朕同辇。况且盖了绣帘，也无人知道！"他半蹲下身来，将手放得更低了。我轻轻伸出手去，放在他温暖的大手里，踩到小太监的背上，上了辇。

我端坐在金黄丝绣龙纹的软垫上，悄悄望了过去，皇上正笑吟吟地看着拘谨的我，我顿时红了脸，转过头去，抚摸着纹理精细的镂空黄金龙头扶手，感受着无比尊贵的皇权。小玄子走到龙辇旁晃动的绣帘缝隙旁，深深地朝我点了点头，我则会意一笑。

第七章　策谋反攻

　　一觉醒来，已是日上三竿，我懒懒地在床上伸了个懒腰，彩衣见我醒来，忙上前福了一福，笑吟吟地说："主子醒了，昨儿晚上睡得可好？"

　　我在她的搀扶下起身下床，问道："皇上走了？"

　　彩衣呵呵一笑："主子，皇上五更天便上朝去了。"边从小宫女手中接过毛巾伺候我洗漱，边笑着说，"皇上可真真是宠爱主子，今儿早上皇上起来时，见主子还沉睡着，不忍心叫醒你，连我们进来伺候都吩咐我们小声些，千万别把您吵醒了。临走时，又一再交代要好好伺候你！"

　　"小蹄子，连你也来笑话我！"我作势要上前打她。

　　"哎哟，我的好主子，您要打奴婢您就吩咐一声，奴婢到跟前给您打就是了，您小心身子。"彩衣见我心情大好，越发说个没完，"连万岁爷都舍不得欺负你，奴婢又怎么敢笑话你！"

　　我洗漱完，端坐于梳妆台前，从首饰盒里选着华簪，边吩咐道："彩衣，你可把他们看紧了，越是在这种时候越不能出纰漏，给他们讲清楚，谁要惹祸上身，可别怪本宫不顾着他！"

　　彩衣一脸了然，嘴里答应着："知道了，主子！"

　　我选了支带着喜气的珍珠发簪插到发边，转头看看伺候在跟前的奴才，奇怪道："怎么不见小安子和小碌子他们？"

　　"回主子，小安子去了行刑司江公公那儿，至于小碌子，倒是没见着，他成天不见影

儿的，这会子也不知道野到哪儿去了。"

"哎哟，我就说怎么耳朵根子一直发烫呢，原来是彩衣姐姐在数落我的不是呀，我这不是回来了吗？"小碌子嘻嘻哈哈地掀了帘子进来，变魔法似的从背后拿了一把刚采下来的白玉兰，向我请了个安，笑道："主子，奴才方才去御花园给主子采花回来时，听宫里的姑姑说，皇上已下旨取消今年选秀了，让今年候选的秀女各自婚配。"

"什么？"彩衣满脸欣喜，"小碌子，你可打听清楚了？"

"千真万确，奴才回来的路上遇到去内务府领东西的云秀嬷嬷了，云秀嬷嬷也说皇上已经禀过太后了。"

我对着皇上派人新送来的菱花镜看了看，镜中的人儿脸上泛着一丝绯粉，眼睛闪亮似宝石，嘴角边不自觉地挂着一丝笑意。

"主子！"秋霜进来禀道，"主子，淑妃娘娘、容贵嫔、宜贵人、熙常在和玉答应等其他宫里的主子们过来了。"

"哦？"我心下微微一笑，就知她们定然会第一时间赶过来了，我轻笑一声，道，"请她们去偏殿候着吧，就说本宫还未起身。"说完又转头对着镜子细细地看着妆容。

来请罪么？那就得要有请罪的态度。我虽不能真拿她们怎样，但这个谱却是要摆的，否则，恐怕个个都要以为我是傻子，好欺负了！

入了正殿，才知竟是皇后亲自领了她们过来，忙态度恭敬地上前迎了她入座，含笑看她们假惺惺请罪一番，便连连打着呵欠。

皇后借口让众人散了。待众人退了，皇后才道："德妹妹，可否借一步说话？"

我看了看侍立在旁的奴才们，起身道："小安子，请皇后姐姐到暖阁里歇着。"

我命彩衣守在门口，小安子伺候在侧，与皇后和淑妃坐于暖阁之中，只是和皇后温婉有礼，却是没有与淑妃说过一句话，甚至当她不存在般，几次她赔笑着与我说话，我却视若无睹地把头转向皇后转开了话题。

淑妃一咬牙，上前端跪在我跟前，颤声道："妹妹，姐姐知错了，不该听信那些谣言而诋毁妹妹。"

我这才转头看着她，想要扯出个笑容来，眼里却升起了雾气，哽咽道："我自入宫始就住在姐姐宫中，深受姐姐照顾，如今也和姐姐毗邻而居，视姐姐如亲人般，不料姐姐却……"说到伤心处，已是嘤嘤痛哭起来，眼泪簌簌而下。

淑妃跪步上前拉住我的手，痛哭道："妹妹，都是姐姐糊涂，错信他人谣言，这才……"我顺手拉了她起来，小安子忙搬了椅子到跟前让淑妃坐了。

皇后忙劝了劝，我这才忍住了哭声，吸吸鼻子，嗡声道："那日里姐姐一副胸有成竹的样子，言辞凿凿地说臣妾的龙胎早就没了，臣妾心如刀绞，痛得几乎不能呼吸。"

"妹妹，都怪姐姐糊涂，听信了贵妃的谣言，受了她的蛊惑，这才……"淑妃用丝帕揩着眼角涌出的泪水，悄悄瞟着我的神色。

我愣了一下，悟道："原来竟是她！"说着又一副恨恨的样子道，"害死了本宫的浔阳，这仇本宫还没找她报呢，如今她又想来害本宫尚未出世的孩子！"

"是啊。"皇后见我有些信了，又道，"那日里贵妃告诉本宫和淑妃时，我二人俱是不信，她信誓旦旦地说是妹妹跟前的贴身婢女所言，本宫这才感觉兹事体大，为了皇家颜面，这才禀了太后。"

"啊？！"我满脸惊讶道，"难道臣妾跟前的宫女秋菊莫名其妙死在御花园角落中的荷花池中却是跟她有关？"

"姐姐心中也是如此想，可苦于没有真凭实据，所以妹妹来禀宫女失踪，后来又发现了尸身，本宫也只能按失足落水处置了。"皇后一副无可奈何的表情。

"定然是没有贺相这座靠山，她着急起来了。"我揣测道，转念又伤心道，"两位姐姐既然得了风声也不告诉给妹妹知道，害得妹妹……"

"妹妹切莫多心，姐姐不是将妹妹您排挤在外，不拿妹妹当自家人。只是当时的情况，姐姐怕贸然告诉妹妹，影响了妹妹养胎，这才禀了太后，不想太后却突然传了众人前往，姐姐此时方才后悔起来。"

我点点头，歉意地望向皇后："倒是妹妹多心了，姐姐切莫放在心上。"说着又拉了淑妃的手，"姐姐心里一直对妹妹有气，妹妹心里清楚。"

淑妃待要说话，被我拍手示意着，又接着道："心雅是宫里默认的长公主，皇上却突然将长公主的封号给了明珠，姐姐心里梗着，妹妹心里一直都是知道的，只是一直没有跟姐姐讲明，倒是做妹子的有错在先，姐姐你可别往心里去。"

淑妃刚擦干的眼泪又掉了下来，哽咽道："妹妹……"

皇后笑着上前拉了我俩的手，笑道："既然误会都解开了，以前之事就让它烟消云散吧，大家都不要放在心上。"

我二人对望一眼，破涕为笑："皇后姐姐说得是。"

我唤了彩衣叫人进来伺候着三人梳洗完毕，又奉上新做的绿豆沙，招呼着二人用了些，这才歪在暖阁里，边吃着刚切好的新鲜香桃，边说着话。

淑妃不动声色地瞟了我一眼，关切地说："妹妹可要小心些才是啊！妹妹所出的小公主都甚得太后和皇上宠爱，抢去了宏儿皇子的风头，如今妹妹又有了龙胎，只怕她一计不成，又再……"

"姐姐所言甚是，妹妹自当万事小心。可妹妹也担心着，她既已害妹妹不成，定然知妹妹已有了防备之心，转而打着其他主意，便防不胜防了。"你何尝又不担心本宫这龙胎抢了你们的风头呢，我心中冷哼一声，面上却不动声色地将话题转移开了。

"妹妹何出此言？"皇后听出我话中有话，忙追问道。

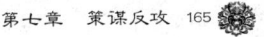

"皇后姐姐不知么？宏儿一天天长大，又甚是聪明伶俐，皇上去看宏儿的时间早已不知不觉越来越多了，对宏儿也关心异常，好几次在妹妹面前夸奖宏儿，直说他年纪这么小便如此聪明，长大了定是治国之才！"我一字一句说道，看着她的脸色慢慢苍白起来，又补充道，"姐姐又不是不知，自打上次禁足被放出来后，她便清淡了不少，贺相辞官后，更是全身心扑在宏儿身上。如今看来，她恐怕是想利用宏儿保住她在宫中的位置了。"

皇后面色凝重，若有所思。淑妃却快言快语道："只怕她想的不是保住贵妃之位，而是想让宏儿坐上东宫之位！"

"姐姐不可胡乱揣测！"我惊呼，心中却对淑妃感激万千，毕竟她帮我说出了想说给皇后听的话。

果然，皇后愤愤地说："此处并无外人，但说无妨。当初你我联手，本欲除去贺相，不料他却老奸巨猾，主动请辞；妹妹，如今只有你我再度联手，方能除去这心头大患。"

我点点头，轻叹一声道："只是妹妹如今身子重，只怕帮不了姐姐什么。不过，只要妹妹力所能及之事，定当尽心竭力。"

皇后稳定了神色，沉吟了一下，温和地说："妹妹只需好好留住皇上，让皇上的心思都在你和这龙胎身上即可，其他的，姐姐自有办法。"

我满脸茫然，不明所以地点点头。三人又闲话了一阵子，方才散了。

送走了两人，我有些乏了，歪在贵妃榻上，小安子在旁边伺候着，小心翼翼问道："主子，依奴才看，皇后她们可没那么好心，让主子您得皇上专宠。"

我点点头，懒懒地说："这个，本宫心里明得跟镜儿似的，只是目前本宫也只能与之周旋，以求自保。毕竟现下的本宫还没有能力与她们为敌，现下的本宫也还不是她们最主要的敌人，待她收拾了长春宫那位，接下来便是本宫了。"

"那主子……"小安子小心地观察着我的神色。

我疲惫地一笑："成天过着这种提防他人，算计别人的日子也真是累啊。如今难得忙里偷闲，本宫就坐在这里坐山观虎斗，看看再做打算了，毕竟如今本宫最重要的就是将这龙胎平安产下来。"

这日午歇起身后，我独自立于窗前，院子里郁郁葱葱的花草在烈日暴晒下都耷拉着脑袋，知了声声传进耳里。

我听了觉着烦闷，伸手扶了小安子的手臂，缓步而出，站在回廊下，小安子在旁轻声道："主子，外面传进话来，说朝堂之上已有人因为太子体虚多病，奏请皇上另立太子了。"

"哦？！"我愣了一下，问道，"都是些什么人？"

"听说，都是前贺相一手提拔起来的得意门生。"

"呵呵，她到底开始行动了。"我顿了一下，又道，"储秀宫那边呢？可有什么动静？"

"暂时还没听说，不过想来也快了。"

我点点头，吩咐道："你通知小碌子派人叮嘱各宫眼线，让他们好生给本宫盯紧了，一有风吹草动，即刻来禀。"

小安子点点头："奴才早就命人去办了。那边递过消息来，说是太子的精神时好时坏，太医们都诊不出病因来。"

"是么？"我轻叹一下，道，"难道真的是命么？本宫怎么争也没有用了么？"

"另外……"小安子见四下无人，才凑到我跟前低声说着。

我一惊，低声喝问："可曾瞧仔细了？"

"回主子，说是看得确了，时不时地两人都会见面，只是最近才少了些。"

我若有所思地点点头，心道：难道真是巧合么？可哪里会有如此精心而完美的巧合呢？

午歇醒来，太阳已然下山，只剩下天边一片红霞。彩衣进来伺候我起身，我见她打望的眼神，不由得红了脸，轻咳一声，问道："皇上几时走的？"

彩衣仿若未见我的羞涩，径自伺候我起身，笑道："主子，说起来万岁爷对您可真是天大的恩宠。起身时见主子睡着了，一再吩咐我们伺候的时候小声着，不可吵醒了您，离开时还一再交代让你好生歇着，叫奴婢们备好晚膳等主子起身。"

正说着，小安子进来了。我见他一脸通红，额头满是汗渍，忍不住说道："小碌子像只小猴子般四处跳骚，你也跟着有学有样了，说吧，今儿又野到哪儿去了？可见了什么新鲜事了？"

小安子呵呵一笑，道："一听主子这话，就是成日里待在屋子里，闷坏了！"说罢，转头看看四周并无他人，才小声道，"主子，小玄子方才送了一个人进来，说是西宁将军命人送进来的，以后就留在主子身边照顾主子了。"

"是么？"我微微有些惊讶，想不到他竟有这样的安排，"那还不快叫进来！"

我用手撑了一下身下的榻，想要站起来，不想被长裙绊了一下，微微有些失去重心。

"娘娘，小心！"一个纤细的身影穿过绣帘，飞快地蹿至我身边扶住我，彩衣愣在当场，伸出手想要扶我，到底被人抢了先。

我惊魂未定，舒了口气，笑吟吟地转头看着她，笑容僵在脸上，感激的话消失在嘴边，她不正是我让小安子知会小玄子通知殿前侍卫悄悄处置了的丫头玲珑么？

我不禁眉头微皱，眼神凌厉地看着他："小安子，你们怎么又把她带进来了？"

小安子却不惊慌，含笑道："主子，你再仔细看看！"

我疑惑地重新打量着身边垂首侍立的玲珑，纤细的身材，皮肤微黑的鹅蛋脸上一对黑白分明的大眼睛，因为她身份特殊，我有细细留意过她的模样，还是以前见过的模样啊。

我不解地转过头等着笑意满脸的小安子，他淘气地一笑，努嘴示意了玲珑一下。玲珑步伐轻盈地走到我面前跪下，伸手往脸上一揭："奴婢兰朵拜见昭仪娘娘，娘娘金安！"

彩衣惊呼出声："主子！如此了得的易容术，像真就是一个人！"

我惊颤地望着眼前娇艳动人的人儿，又看看她手中薄如蝉翼的肤容面具，脸色变了变，颤声道："你……你们怎么可以把宫外的人带进来？若是被发现了，这还了得？"

"主子放心，奴婢以后就是玲珑，除了自己人，其他人不会知道奴婢的身份的！"

我点点头，稍稍有些放松下来。小安子又道："主子可别小看了兰朵姑娘，她一直如影子般跟在西宁将军身边，功夫了得，又很是细心，西宁将军听说主子三番五次险遭暗算，很不放心，这才命兰朵姑娘进来保护主子。兰朵姑娘到皇城已有一段日子了，宫里的规矩也都明了，留在主子身边也刚好用得着。况且，玲珑已有些时日没出现了，主子也没有上报内务府，若是有心之人细查起来，对主子也有些不利。"

这是关心么？随即，我自嘲地笑笑，顶多也是内疚而已，况且长春宫那位还在，我还不能出事，这龙胎现下是我的护身符，他自然也得上心些才是了。

"玲珑，你随彩衣下去吧，以后就跟着彩衣留在本宫身边吧！"我淡淡地说。

"奴婢遵旨！"玲珑谢了恩，同彩衣一起退了出去。

我到底按捺不住心中的疑惑，挑了个机会同皇上一起去东宫探望病中的太子。刚到宫门口，守门的小太监便上来禀了，说太子正在观海亭中观日落，皇上携了我叫小太监带路，直奔观海亭。

观海亭坐落在人工湖泊和芦苇丛中，我皱眉看着眼前盛开的芦苇，微风吹来，芦絮飞扬，不时会钻进喉咙里，皇上忙命人取来丝巾替我遮住了口鼻。

太阳已经落下去了，漫天红霞给观海亭染上了一层绯红，芦苇在晚风中飘荡着，不时传来几声野鸭"嘎嘎"的叫声，亭下靠着一只小小的木船，远远地便瞧见观海亭中的人儿安静地眺望着远方，好一派画卷般的景象。

伺候在侧的奴才远远瞧见圣驾的身影，忙上前示意太子。太子转头一看，忙起身迎了上来，皇上心疼他有病在身，忙大步迎上前去，扶住正要行礼的太子："皇儿身子不好，就不必行礼了。"

"父皇！"太子见到皇上旁边的我，微微有些诧异，随即隐去，含笑道，"昭仪娘娘也来了？"

我温和地笑了，柔声道："太子身子可大好了？"

"已然见好，多谢娘娘关心。"太子虚弱地笑着，迎我和皇上进了观海亭中的竹椅上坐了。

"皇儿，在用甜品么？"皇上看看放在玉面石桌上的一小碗糖水。

"正是。"太子看着青花瓷碗中的甜汤，嘴角含笑，眼中一片柔情，"儿臣刚用过汤药，有些苦口，奴才们便送了这养生汤来，说是给儿臣去去口中的苦味。"

皇上瞟了那汤一眼，脸色一僵，眼中闪过一丝疑惑，随即含笑上来端起石桌上的青花瓷碗，皱了皱眉头，关怀地看向太子："皇儿，这汤都凉了，叫他们撤下重做吧！"

"呃，父皇！"太子神情有些激动，眼中闪过一丝不舍。

"怎么啦？皇儿。"皇上目光炯炯地看向太子。

"没，没什么。儿臣谢过父皇关爱！"太子讷讷地说。

皇上这才喜笑颜开，示意奴才上来撤下甜汤，太子暗自松了口气。

我不动声色地抢在小宫女之前上前从皇上手中夺过瓷碗，笑嘻嘻地说："让臣妾看看这是什么宝贝东西，让皇上和太子热乎这么会子！"说罢看了看碗中甜汤，在二人诧异的眼光中呵呵一笑，道，"什么养生汤啊？这分明就是《太平圣惠方》中所提及的'蚕蛹汤'，这可是补脾肾，退虚热的上品。"

我边说边用银匙搅了搅，一股浓香的甜意扑鼻而来。甜意？！我脑中灵光一闪，将碗拿至鼻端闻了闻，诧异道："蜂蜜？"随即又明白过来，"不对，这应该是野生蜂王浆，难怪不叫蚕蛹汤，而要叫养生汤了。这做汤之人可真是费尽心思，无所不用其极了，连这也想到了。"

"昭仪娘娘识得此汤？"太子一脸诧异道。

"略知一二罢了！"我谦虚道，看着眼中灼灼生辉的太子，心中不免轻叹一声，可惜了……

"哦？"皇上一听也来了兴致，"爱妃也懂这养生汤？你说这做汤之人心思玲珑，此话怎讲？"

"皇上这是在考臣妾么？"我笑着问道。

"呵呵，朕也不过是听你说得头头是道，方才来了兴趣，也好奇想听听罢了！"皇上呵呵一笑。

"这养生汤须将红枣去核，蚕蛹洗净，一起放入炖盅内，加无根水适量，炖盅加盖，微火隔开水炖上一个时辰，方放入野生蜂王浆才可食用。别看这说起来简单，做起来也就不简单了，这红枣须得选用雪山里百年以上的野生红枣，方才能炖出蚕蛹的味道，无根水也得选用春分前后的雨水方为上品，炖时须加盖方可保证原汁原味，且火候尤为重要，火小了炖不出香味来，火大了香味又随气散了，真是要用尽十二分心力，方能炖出上乘的养生汤来。"我细细地回忆着兰朵呈与我看到的调养之方，缓缓说道。

皇上连连点头，太子满眼惊叹，赞道："早就听说昭仪娘娘兰心蕙质，博学多才，今日算是领教了。"

皇上呵呵笑着，也跟着连连夸赞。我羞红了脸，转过头去，太阳完全落了下去，天边的云朵也渐渐变黑，我转头柔声劝道："虽说是七八月的天了，可太子也要保重身子，夜

露寒重，早些回宫吧。"

皇上点点头，示意众人一并回了东宫正殿，一起用完晚膳，方才携了我离开。

太阳西落，漫天红霞，皇上在白玉亭中陪着我观看日落。远处小碌子一路小跑而来，对着小安子低声耳语几句，小安子找了空当朝我点头示意。

我起身上前站在立于亭前眺望的皇上身边，柔声道："皇上，臣妾想起那日去东宫看望太子，太子宫中好似有片宽阔的芦苇湖，要是此时迎着徐徐晚风，划着小舟穿梭于芦苇丛中，该是件多么惬意之事啊！"

"呵呵，就你心思多！"皇上被我打断了思绪，转头笑着点了点我的鼻子，"言言想去，朕陪你去就是了！"

说罢挽了我的手，直奔东宫而去，众人忙收了东西追随而至。

东宫守门的小太监正是太子身边的贴身太监小福子。小福子一见皇上来了，忙上前跪了："奴才叩见皇上，皇上万岁，万岁，万万岁！"

皇上扶了我边往殿里走边问："太子呢？"

小福子忙起身跟上前来，擦擦头上的汗，结巴道："回皇上，太子殿下他……这会子不在宫中。"

"哦？外出了？"皇上停了一下，转头看看满脸渴望的我，又道，"无妨，朕带你过去。小玄子，摆驾兰馨亭！"

一时间小太监尖声通传皇上摆驾的声音和众人忙碌的身影挤在一起，东宫的首领太监宋公公又亲自上前带路，我在皇上的搀扶下缓缓前行，趁皇上不注意时转头朝小玄子一个示意，将准备开溜的小福子逮了个正着，悄悄拿下。

行至兰馨亭边，我兴奋不已，见到亭下原本停靠着的那只小船竟不见了，忍不住垮下了脸。皇上见我垮下脸，忙唤来宋公公："宋公公，朕和德昭仪想下湖游玩，你去准备一只小船来。"

"回皇上，这亭下原本……"宋公公看到亭下原本靠船之处此刻早已空空如也，奇怪道，"哎，奴才午后还来检查过，那只船明明还在，怎么这会子却不见了。想来是没拴牢，被风吹到湖中去了吧，奴才这就命人把旁边备用的小船拖过来。"

不一会子，那船已送了过来，小玄子率先上了船，确认无误后请皇上上了船，又小心地扶了我上去，我知如今的玲珑身手了得，就带了她在身边。

待有人再要上来，皇上沉声道："行了，都在这儿候着吧！"说罢示意小玄子将船划入芦苇深处。

迎着徐徐晚风，我开心地将头靠在他肩头，并排坐在小船上，皇上受了我的影响，心情也惬意了不少。

原来这芦苇生长之处大都是露出水面的干地，芦苇中挖了不少曲曲折折，横七竖八的深壑，仅供一条小船经过。转过一道弯，却见前面几米处静静地靠着一条小船，这不正是应该停在兰馨亭下的那条么？

我兴奋地示意皇上，用手一指，正要张口，却听旁边芦苇丛中传来窃窃私语，夹杂着低低的笑声，再一细听，竟是微微的喘息声。

我立时心下明了，侧脸悄悄看了看皇上的脸，他脸色阴沉，眼神深邃，我正想开口安慰他，却听得旁边传来满足的叹息："太子殿下，想不到你如此强悍，直让本宫欲仙欲死啊！"

我心下一惊，这声音是如此的清脆婉转，从皇上紧握的双手，泛白的指节间，我已知他定然已听出是谁的声音了。

"呵呵，是吗？"太子微微有些因兴奋而颤动的声音传来，"娘娘也不赖啊，难怪父皇多年来对你恩宠如故。"

"是吗？"那清脆的声音蓦然有些失落和自嘲，"可本宫如今已是昨日黄花，又怎比得过德昭仪那只狐狸精，皇上如今已是被她迷得晕头转向了，又怎会还惦记着我这人老珠黄的黄花呢？"

"正好，这不有我了吗？"芦苇丛中又传来"咯咯"的娇笑声。

我担忧地看着他，眼里全是心疼，伸手握住他紧握的拳头，皇上重重地透了口气，安抚地拍了拍我的手，站起身来。

小玄子忙爬上旁边的芦苇地，在玲珑的帮忙下扶了皇上上岸。皇上拖着沉重的步子一步步循声而去。

芦苇丛中半躺着的两人衣衫凌乱，正拥在一起甜甜蜜蜜地窃窃私语着，蓦然听到旁边的脚步声，忙回过头来，却见那身明黄的衣袍立于跟前，两人怔在原地，忘了行礼，忘了尖叫，更忘了蔽体……

时间仿佛停止在这一刻，直到皇上冰冷的声音传来："好，好！朕的好太子，朕的好贵妃！"皇上伸手扶着头，身子跌跌撞撞地连退了几步，小玄子和玲珑忙上前扶住他，口中连道："皇上，龙体要紧！"

两人合力将皇上扶了回来，坐上小船，划桨返回。半晌，身后才传来丽贵妃歇斯底里的尖叫声，皇上恍若未闻，小玄子一路飞划至岸边，扶了皇上上岸，凝重地对我说："昭仪娘娘，皇上就拜托你了，请你派人请杨公公到跟前伺候着，奴才要替皇上把这件事办了！"

我和玲珑合力扶了皇上爬上兰馨亭，众人见皇上模样，心知不好，乱成一片。

我沉声喝道："乱什么，都给本宫站住了！"

众人吓得立于原地，不敢动弹。我满意地点点头，这才高声道："小碌子，快去传太医！小安子，命人把皇辇送来，摆驾月华宫！其余众人，各司其职，不得慌乱，违者，重

第七章 策谋反攻 171

惩不贷！"

众人得了令，又有条不紊地忙碌起来。小玄子早已悄悄带了殿前侍卫再次入了芦苇丛中。

宫里一阵忙碌，南宫阳开了方子，又亲自煎了，方才在偏殿里候着。小安子掀了帘子，端了汤药进来，我闻声上前接过汤药，示意他退下，亲自端了汤药，放在床边的小几上。

皇上身子微微有些颤抖，我知他定然没有睡着，轻声唤道："皇上，皇上，该喝药了！"

半晌，他才转过身来，看着他空洞的眼神，我心知他对太子万分疼爱，如今太子的作为自然是深深地伤到了他。

我有些暗自责怪自己的残忍，早有预谋地带着他亲眼目睹了他最爱的儿子和最宠的妃子乱伦的一幕，对他而言，该是多么沉重的打击啊！

我心疼地看着他，眼里升起了雾气，却不知该如何安慰他。

他长长地舒了口气，痛声道："他母后难产而去，朕把所有的爱都给了他，即使他身子不好，朕也不顾众人阻拦，执意立他为太子，二十多年如一日的宠爱，从未变过。"

我讷讷地说："皇上，太子年轻气盛，难免犯错，皇上……"

皇上对我的话恍若未闻，又径自说道："她刚入宫那会儿是多么的单纯可爱，朕看到她就忍不住会微笑，即使她入宫多年，并未为朕产下一男半女，可朕依旧宠她如故，一步步将她擢升为贵妃。可她呢？入宫没几年，也对权势热衷起来，朕就命她协助皇后管理六宫，可她还不满足，朕又让她的家族荣耀万分，可她却鼓励他们结党营私，朕睁只眼闭只眼；可她仍不满足，用尽手段，使尽心计在这宫中排除异己，朕依旧宠着她，只作不见；可如今她，她却连朕的太子也不放过……"

皇上越说越伤心，眼中竟有了雾气，我心里一阵疼，喉咙一阵阵紧缩，如此坚毅刚强的人儿，如今却如此无助。我侧坐跟前，颤巍巍地伸过手去，搂他入怀。他轻轻地将头靠在我肩窝处，微微颤抖着肩膀，浸湿的衣衫让我忍不住喉咙哽住，鼻子发酸，静静地拥着他。

许久，他才抬起头来，整了整情绪，深吸一口气，红着眼，朝门外高声道："杨德怀！"

"奴才在！"一直候在门口的杨公公忙掀了帘子进来，躬身候旨。

"传朕旨意：太子旧疾复发，留在东宫好生调养，派殿前侍卫好生保护东宫的安全，为保太子能安心养病，没有朕的旨意，任何人不得前往探病！"

"奴才遵旨！"杨德怀虽刚前来伺候着，并不知发生了什么大事，让一向刚强的万岁爷也红了眼，可见众人凝重的神色，不敢有丝毫大意，忙恭敬接了旨缓缓退出。

"另外，给丽贵妃送杯酒过去，就说是朕赐的！"

杨德怀愣了一下，忙道："奴才这就去办！"

"皇上！"我惊呼，"皇上三思！宏儿一出生便没了母妃，幸得贵妃姐姐悉心照料，方才平安成长，如今若是……宏儿可怎么办？"

"言言不必多言，朕意已决！"皇上沉吟了一下，又道，"你如今身子又重，这样吧，宏儿就交由淑妃养育，淑妃养育出云也有了经验，言言就不必担心了。"

我见皇上如此神情，也不敢多言，只暗暗咬牙，倒便宜了淑妃那女人。

到子初时分，杨德怀进来回话。皇上瞟了他一眼，问道："都办妥了么？"

杨德怀迟疑了一下，才道："回万岁爷，贵妃娘娘不肯上路，跪在长春宫正殿中，求见皇上一面！"

"不见！"皇上沉下脸来，"杨德怀，你是越老越不中用了，连这点小事都办不好。不肯上路，哼，此事由得她说了算么？"

杨德怀吓得冷汗直冒，连声道："皇上息怒，奴才无能，奴才……"

"皇上，贵妃姐姐毕竟伺候了您多年，如今要去了，想来也有些临了的话要对你说，皇上能不能再见她一面，也能让她安心上路了！"我温言劝道。

皇上冷哼一声，别过头去，也不说话，我轻叹一声："皇上实在不愿再见贵妃姐姐，不如就让臣妾代皇上走这一趟，好歹让姐姐安心上路吧！"

皇上依旧没有说话，我见他神色却不似那么反对，便擅自作了主："杨公公，你在皇上身边多年，在跟前伺候着也熟悉些，你在宫里伺候着皇上，本宫和小玄子走这一趟，你看成么？"

杨德怀正求之不得呢，暗自松了口气，客气道："奴才谢娘娘恩典！"

我轻声道："皇上身子不好，你好生伺候着，本宫速去速回！"说罢行至偏殿里，吩咐彩衣伺候着换了衫裙，这才暗自吩咐小玄子带好人直奔长春宫而去。

长春宫的奴才们早被内务府遣了出去，小玄子命人进去将长春宫围了起来，这才扶了我缓步走入正殿。

宫门重掩，孤灯映壁，房深风冷，丽贵妃衣衫、头发散乱，脸上妆容全无，形同弃妇，孤零零地跪在正殿中央。

我缓步移了过去，立于她跟前，柔声道："贵妃姐姐！"

她一脸惊喜地抬起头来，却瞬间失望："怎么是你？皇上呢？"

"贵妃姐姐不用等了，皇上不会来了，他让妹妹来送你一程！"我前前后后围着她转了一圈，"啧啧"道，"贵妃姐姐向来最爱美丽的，如今怎么这般落魄了？来人啊！伺候贵妃娘娘梳洗，好好上路！"

门口疾步进来两个小太监，不由分说地上前就要拖起跪在地上的丽贵妃。丽贵妃狠狠

地瞪了我一眼，挣开两个小太监，自己爬起来，可能因为跪的时间太久腿麻了，刚站起来又跪倒在地，她忍不住呻吟出声。

"娘娘！"角落里跑出来一抹墨绿身影，我定眼一看，原来是展翠嬷嬷。

我呵呵一笑："展翠嬷嬷到底是忠心的，到如今也没弃你而去，倒是你的福分！"

展翠嬷嬷扶了丽贵妃坐在旁边的楠木椅上，复又上前，"咚"的一声跪在我跟前，磕头不止，哀求道："昭仪娘娘，你向来宅心仁厚，求求你发发慈悲，在皇上面前说说好话，救救我家主子！"

"不要求她！"丽贵妃歪在椅子上，有声无力地说。

我冷冷地看着磕头不止，头上已渗出血来的展翠嬷嬷，不禁想起当日里我为了彩衣前来求救之时，她却以此相挟，要我用腹中龙胎进行交换，如今风水轮流转，倒是她来求我了。

"展翠嬷嬷这是做什么呢？算起来你也是宫中的前辈了，你在我面前这样磕头不止的，传了出去，还不说本宫对长辈不敬么？"我不冷不热地说，吩咐小安子将她扶了起来。

我上上下下打量着她，看得她心里直发毛，这才凑上前去，冷冷地说："难得展翠嬷嬷如此忠心！不要说本宫不给你机会，只是这天下没有白吃的午餐，本宫若然救了贵妃娘娘，展翠嬷嬷用什么报答本宫呢？"

"老奴做牛做马伺候娘娘一辈子，上刀山，下火海，但凭娘娘一句话！"展翠嬷嬷紧紧地盯着我，郑重承诺道。

"哟！说的比唱的好听。你对贵妃姐姐如此忠心，本宫留你在身边岂不等同于留了条毒蛇在身边么？"我瞟了她一眼，一副蓦然醒悟的神情，"展翠嬷嬷本不该待在这里的，如今还在这里，若然是内务府知道了，任嬷嬷说就是宫中长辈，恐怕也难逃死罪了吧？"

她只是抿了嘴不说话，我又道："如今嬷嬷和贵妃姐姐都是死罪，如若本宫只能救得你们中的一个，不知嬷嬷作何选择呢？"

展翠嬷嬷神情刚毅地转身，朝丽贵妃一跪："娘娘，老奴以后再不能照顾你了，你好生保重！"

"嬷嬷，不要！"丽贵妃惊呼，却已为时已晚，展翠嬷嬷已然一头撞向殿中梁柱，顿时血流如注，小安子上前探了一下鼻息，朝我摇了摇头。

我心中微微有些震动，不过很快便被我压了下去，转头看着目瞪口呆，不敢置信的丽贵妃，轻描淡写道："本宫不过开个玩笑，不想她却当了真！"

丽贵妃愤怒地瞪着我，随即又淡淡一笑："她如今出现在这儿，自然就活不成了，早去晚去也就没什么区别了！"

我莞尔一笑："姐姐到底是这宫中的前辈，是要比她看得清楚、透彻些！"

丽贵妃早已用小太监们送上来的水洗过脸，又整理了一下头发，如今看起来整齐了不少，也已冷静了不少，只是憔悴依旧。

"德妹妹今儿过来，不会只是来看看姐姐落魄的样子吧？"

"当然不是，妹妹不过就是过来带句话给姐姐罢了！"我慢步移至对面的楠木椅上坐了下来，与丽贵妃对视着，不过人都说落毛的凤凰不如鸡，今日的她，早就没了往日的光鲜靓丽。

"胜者为王，败为寇！妹妹向来是这宫里公认的最贤良淑德之人，可从妹妹主动请求太后责罚鞭刑之时，本宫就知道妹妹才是这宫里的狠角儿。本宫想方设法阻拦你，却如螳臂当车，妹妹终究一步步爬了上来，输在妹妹手中，本宫倒也不冤！"丽贵妃惨然一笑。

"姐姐也是个明白人，妹妹也就打开天窗说亮话了。"我顿了一下，淡淡地说，"姐姐走到今天这一步，不是妹妹要姐姐死，而是皇上要姐姐死，是姐姐的熊熊野心要姐姐死……其实皇上对姐姐宠爱有加，姐姐稳坐中宫，富贵万千，权势熏天，又何必走这一遭险棋呢？"

"呵呵。"丽贵妃怅然一笑，满是深深的疲惫，"圣宠么？不过是虚无缥缈的东西罢了，都说男人薄情，富贵的男人更薄情，富拥天下的君王才是最薄情的。宠爱么？本宫开始也深信不疑，直到你出现了，本宫才明白对他而言，本宫也不过是一个符号，代表着整个贺氏家族罢了。当贺氏家族日益庞大，影响到他的皇权之时，也是贺氏家族灭亡之时了，妹妹如今不也代表着莫氏家族么？至于能走多远，就看妹妹的能耐了。"

我心中一震，思量着她的话，默默无语。

"妹妹，本宫如今眼看就要去了，只想听你一句真话！"丽贵妃目光灼灼地看着我。

"姐姐但说无妨。"

"关于浔阳之死，本宫是真心疼爱于她，就算起了那心，也绝对没有动手，怎么好好的她便没了？"

"是本宫自己动的手！"我惨然一笑。

"天下最毒妇人心，但虎毒尚且不食子！德昭仪，你如何下得了手？"丽贵妃万分震惊，呢喃道，"最漂亮温柔的往往才是最狠毒的，本宫知你向来心深，却不想你却狠毒至此！"

"时也，命也！"我双目盈泪，悲哀地说，"自从有了浔阳，本宫曾一度想不问世事，安心照顾她成长，贵妃姐姐那雪域圣果却逼得臣妾不得不走上杀女复仇之路！"

"啊？怎会？那圣果……"

"姐姐一片好心却铸成大错，浔阳先天不足，幸得南宫阳悉心调养方才健康成长，那圣果虽是稀罕物，却偏偏害了浔阳。"

"呵呵，本宫一片好心却害了浔阳，引来杀身之祸！"丽贵妃惨笑道，"报应啊，报

应！本宫入宫以来第一次真心喜欢一个人，却害了她也害了自己！"

"妹妹正苦无机会时，姐姐却先动了起来，给了妹妹这样一个大好的机会，妹妹看到了那碗养生汤！"

"你？！"丽贵妃再次震惊，随即万念俱灰，"连这妹妹都知道了，恐怕这宫中已然是被你控制在手了。妹妹竟能做得神不知鬼不觉，手段城府非一般人能及，这后宫早晚是你的囊中之物了。那养生汤就算是姐姐临了送你的礼物好了，只愿你能如愿产下皇子！"

"姐姐没有什么话要带给皇上么？"

"本来有，如今已经没有了。"丽贵妃戚戚然道，说罢慢慢起身上前，跪倒在我跟前，轻声道，"妹妹，姐姐有一事相求！"

"姐姐请讲！"

"原本是打算求皇上的，如今倒觉着求妹妹反倒更好。家父年迈，我去了后，只求妹妹能求求皇上，让家父在家安度晚年，我在泉下也当感激涕零！"

"姐姐快快请起！妹妹自当尽心竭力！"我忙让小安子扶她起来。

丽贵妃独自起身，推开小安子，优雅转身，衣袂飘飘地朝暖阁中走去："来人啊，给本宫斟酒！"

过了约莫一炷香的工夫，小玄子出来禀道："娘娘，办妥了！"

我点点头，道："小玄子，你按皇上的意思通知内务府处理后事。如今三更已过，明儿一早再对外宣称贵妃娘娘暴病而亡吧。"说着，打了个哈欠，"本宫也累了，小安子，回去吧！"

小安子上前扶起我，往殿外而去。刚走两步，我便看见正殿旁角落里装饰用的绣帘不停地颤抖着，心下道：起风了。

风？！蓦然又觉不对，角落里又无窗户，哪里来的风？转头看看对面角落的绣帘，却又是纹丝不动的，我回头沉声喝道："谁在那里？出来！"

无人应答，但那绣帘抖动得更厉害了，小安子也发现了异常，大步上前掀起帘子。只见瑶常在脸色苍白，全身颤栗地瘫在角落里，小安子抓住她的胳膊，往外一甩，她应声扑倒在地，又挣扎着爬起来，跪在跟前磕头不止，颤声道："娘娘饶命，臣妾什么也没看见，什么也不知道！"

我冷冷地看着早已吓呆了的她，想来她定然是听说丽贵妃长跪不起，前来劝说，不料遇到我过来，慌不择路便躲在了正殿绣帘后。

我知她已然见到了刚才的情形，听到了我和丽贵妃的话了，心道：天堂有路你不走，地狱无门你要闯进来！

我漠然地看了她一眼，长叹一声缓缓朝殿外走去，冰冷的声音飘荡在寂静的空气中："小玄子，瑶常在与丽贵妃姐妹情深，得知贵妃姐姐暴病而亡，伤心太过，也跟着去了！"

"奴才明白！"小玄子应道，挥挥手，立于门前的两个小太监忙进殿拖起早已瘫软在地的瑶常在往内殿而去。

第二日一早，宫里所有人都得知丽贵妃暴病而亡，瑶常在、展翠姑姑追随而去。皇上沉痛万分，只命皇后和淑妃按祖制将丽贵妃葬在了妃陵之中。

连着几天皇上皆称病没有上朝，又厌烦着宫中众人的叨扰，心中愈发郁闷，身子竟真有了些不爽。

太后终是知道了此事，传了我去，唉声叹气许久，又命我挑选几个性情好的姐妹，一起陪皇上去香山赏红叶，散散心。我好说歹劝，皇上终于点了头，又定了淑妃、熙贵人、玉才人等几人一同前往。

我眼瞅着出行的日子就要到了，派人传话出去请父亲前来闲话家常。次日午后，一身盛装丽服的二娘就坐了一乘小轿，带着一个随侍的老仆妇进宫来瞧我，门口的侍卫拦了，二娘只说那老仆妇是我从小的奶娘，因为我想念得紧，特传进宫来见上一面，又给守门的侍卫每人塞了两锭银子，这才顺顺利利地入了宫来。

我特意吩咐彩衣拿了平日里不穿的华丽宫装出来，又梳了个富贵万千的飞凤髻，簪了纯金镶玉的珍珠环步摇，端坐在暖阁里，才叫人带了她进来。

二娘一进来便磕头见礼，我温柔一笑，轻声道："都是自家人，何必行此大礼。"我让彩衣把她搀了起来，又命人拿来绣花的真丝软垫垫在楠木椅上，才道，"母亲就坐这个吧，够软和。"

二娘见我对她极为客气，又称她为母亲，这才放下原本忐忑不安的心，谢了恩，歪在楠木椅上。

"刘妈，还不快上来给娘娘磕头？"二娘一坐定，就回头吩咐一直跟在后面的老妇人道。

"老奴给娘娘磕头，娘娘万福金安！"那妇人约莫五十来岁，一身干净的宝蓝中长布衣，看起来甚是干净利落。

"嗯。"我满意地点点头，道，"赏！"

小安子用盘子端了两锭银子放在跟前，刘妈讷讷地看看我，又转头看看二娘。二娘盯着那银子眼都直了，见那妇人看她，才道："娘娘赏你的，还不快谢恩收下！"

"老奴谢娘娘恩典！"刘妈这才谢了恩，拿了那两锭银子，塞到袖笼里。

我指着旁边的彩衣道："你随她到侧殿去吧。"

刘妈忙磕头道："老奴晓得！"这才站起来，随彩衣一起出去了。

秋霜给二娘沏了一盏新茶，送到她面前："夫人请用。"

二娘忙伸手接住，点头谢过才喝了一口，笑道："这茶味道挺好，想来是进贡的茶

吧？"

我道："这是南方的新茶，我尝着倒是一般，母亲既然喜欢，等会子就带几罐回去吧。"

二娘和我有一搭没一搭地说些闲话，眼睛却不住地四处瞟去，打量着月华宫中的摆设，直愣愣地看着殿中金碧辉煌的摆设。

我笑道："皇上素日里总说我这殿里的摆设太素了，总叫人送些东西过来摆着，母亲也知我打小穷惯了，也不懂这些，也就随他们折腾了，只是折腾着耽搁了我不少午睡的时候。"

二娘尴尬地笑道："娘娘这可是凤凰窝，哪能算素净？足见皇上对娘娘的爱惜之情。"

我笑道："女儿得脸了，自然也就是做母亲的得脸了，母亲需要什么，尽管开口便是了。"

正说话间，彩衣和玲珑已带着刘妈进来了。

"可都学会了？"我问道。

"两位姑娘聪明伶俐，老奴不过略微说了些，两位姑娘便已学会十之八九了。"刘妈赔笑着回道。

我点点头，又命她们拿了些平日里用不完的东西出来，与二娘又闲聊了一会子，才命小安子收拾了那些东西，送了二娘出去。

不多时，小安子回来了，见四下无人，便从袖笼里摸出一个纯白细长的瓷瓶来递给我，低声道："主子，这是南御医按照您的吩咐配好的药。"

我拔开塞子，里面散出一股好闻的药香，抖出药丸放在手中细看，一颗颗晶莹饱满，复送回去，塞好瓶塞。

"南御医说这药每天只能服一粒！"小安子又在旁边叮嘱着，我点点头，他顿了一下，又道，"主子，南御医跟奴才说了，服用这催产之药后，生产之时痛苦异常，且有性命之忧啊。主子，你真要这么做吗？"

"本宫出此下策也是无奈之举。"我语气中透露出无限无奈和倦怠，"你忘了本宫产浔阳时窗下那碗药了吗？你忘了如贵嫔、黎昭仪了么？一件件血的事实告诉本宫，她们定然不会让风头正劲的本宫轻易产下腹中胎儿，一次次的算计都被本宫避开了，可这生产本就是闯鬼门关的事，自顾不暇的本宫如何在那时抵御敌人的入侵呢？本宫思前想后，这是唯一的办法了，趁着此次去香山，不在宫里，危险也可少几分。"

"况且如今长春宫那位没了，西宁将军那边还能不能靠得上，也是个未知数了。"小安子忧心忡忡地接道，"况且他现在人在边关，就连他如今是什么态度和想法都无从打探。"

"是啊，这也是本宫的一块心病，如今，本宫还不能失去这座靠山。该怎么办才好，本宫可得要好好想想才是。"

我额眉轻皱，小安子立于一旁沉思着。

临行前一天，宫里头上下一阵忙乱，帮我收拾离宫要带的东西，我看着她们进进出出地忙碌着，不一会子便收了满满两箱子出来放在暖阁中，我笑道："彩衣，你这也太夸张了，怎么带这么多东西？"

彩衣端了一盘洗净的黄皮上来，说道："免不了的，这又不是只去一两天，主子身子又重，多些行李也无妨。"

我吃了几颗黄皮，笑笑也就随她安排去了。小安子掀了帘子进来，在彩衣耳边低语几句，彩衣一拍脑门，道："看我，连这么大的事都给忘了！"说完忙招呼了玲珑她们又去收拾东西去了。

第二天一清早，由殿前侍卫开道，御林军护驾，成群的太监宫女们簇拥着浩荡的车队一路出了皇城朝香山而去。

行至香山别苑，早有内务府的内侍安排打点好了一切，见我们到来忙迎了我们到早已为各人备下的园中住下。

香山红叶历史悠久，金代便有"山林朝市两茫然，红叶黄花自一川"的诗句描写香山红叶，如今秋色正浓，霜染枫林，映日殷红，如火如荼，煞是喜人。

因着太后、皇后没有前来，淑妃又是个不理事的，所以随行来的妃嫔们总觉得比皇宫里无拘无束些，反而少了明显的勾心斗角派别之分，每日游山玩水，摆宴作乐倒也自在。

皇上仍旧时常沉默不语，众妃嫔以为他因为丽贵妃去了心中难受，每日陪他饮酒作乐，变着法儿地逗他开心。

他倒也配合得很，除了偶尔陪我漫步枫林小路，大都陪着众妃嫔嬉戏游玩，玉才人越发受宠，众人不禁有些眼红起来。只有我知他这样不过是想发泄心中的悲痛，荣宠玉才人也不过是为了保护临产的我不受众人排挤而已。心知他连此时也不忘为我着想，心中洋溢着满满的幸福。

我从临来时便开始每日服用南宫阳配的药，到了香山别苑后更是听从南宫阳的安排，每日按时服药，散步催产，过了几日发现竟已经开始有少量的见红，忙派人请了南宫阳过来。

细细诊脉之后，南宫阳吩咐彩衣等几个贴身奴才做好随时接生的准备，又让我每日坚持散步，以减少催产的危险。

香山古木参天，红叶遍野，美不胜收，众人皆兴奋异常，而我因为这性命攸关的生死一搏，心里老是烦躁不安，如诗如画的美景也无心欣赏，每日在林间散步完旋即回园。

这日午歇起身，用了些小安子给我准备的桂圆莲子羹后，与彩衣、玲珑在枫林小路上

散步，脚下红叶遍地，空中偶有红叶落下，周围一片宁静，空气一片清新，令人心旷神怡。

玲珑深吸了一口气，含笑道："想不到红枫竟有如此美景，难怪古人有云'停车坐爱枫林晚，霜叶红于二月花'。奴婢一直觉着那是古人的夸张之说，如今才真真领会到这样的意境！"

彩衣"扑哧"一声笑道："想不到玲珑妹妹还有此等才华，看来也是个多情之人！都是托了主子的福，要不奴婢们怎会有机会见到这广为传赞的香山红叶美景呢！"

玲珑被堵了个正着，憋红了脸蛋却说不出话来。我无奈地看着跟前这两个丫头，彩衣天真烂漫，刁蛮耍泼；玲珑一直受到严格训练，沉默冷静，不善言辞；两人一静一动，倒也相得益彰。

我莞尔一笑，正想开口，忽然觉得下腹坠胀，伴随着阵阵隐痛，忙伸手捂住肚子，脸上笑意全隐，脸色也一下子黯了下来。

"主子，莫不是要生了？"彩衣一把扶住我，紧张地问道。玲珑向来镇定沉着，此刻也不由得紧张起来，扶着我的手心冷汗淋淋。

我心知这是关乎性命之事，绝不允许有任何差错，况且眼前两人并不知我催产，忙咬牙忍住痛，向二人道："看样子恐怕是要生了，先别声张，你们快先扶了我回去。"

所幸并未走远，二人忙扶了我往回走去。刚到园子门口，我顿觉下身一阵巨痛，双脚一软，险些就要跌坐在地，玲珑毕竟是习武之人，力道大些，忙伸手抱住了我。

小安子闻声而来，忙吩咐小碌子立即去请南宫阳来，再通知皇上。吩咐完又上前接了彩衣的手，和玲珑二人合力扶我躺到床上。

小安子见我已然是痛得脸色煞白，急道："两位姐姐快准备准备，给主子接生吧。"

彩衣和玲珑虽已演练过多次，彩衣也见我生过浔阳，可也只是在旁边帮忙递递东西，端端水什么的，如今要单独面对了，不免有些慌张，玲珑虽为人沉着冷静，但毕竟从未见过此事，难免有些不知所措。

小安子见两人愣在当场，不知所措，忍不住气愤："你们，你们怎么……"

我躺在床上大口喘着气，浑身大汗淋漓，定了定神，沉声吩咐道："你们深吸口气，镇定下来，按稳婆所教的做。彩衣，你让她们协助你来给本宫接生，玲珑你在旁边仔细盯着，切莫出了差错，如今，本宫的性命就交到你们手上了。"

彩衣浑身一震，率先冷静下来，按照稳婆所教，吩咐秋霜她们去烧热水，又从随身带来的箱子里找出剪刀、毛巾之类的物件来。

玲珑定在当场，随即上前用力地握了握我的手，眼神清澈而坚定，铿锵有力地说："主子，别怕，奴婢会守着你的！"

我吊到嗓子眼的心总算放了回去，欣慰地点点头，疲惫地闭上眼睛，迎接着排山倒海一样的阵痛。

"娘娘！"屏风外一阵急促的脚步声，随即传来南宫阳喘着粗气，有些焦急的声音。

我有气无力地躺在床上，豆大的汗珠从鬓边渗出沿着发际滑落而下，微一张口，却逸出呻吟之声。

"娘娘，您一定要忍着，不要浪费了力气。"南宫阳听到我的呻吟声，忍不住低声呼道。

彩衣忙将已滚落在锦被间的软木又放回到我口中，抓住我的手摇晃道："主子，一定要忍住啊，奴婢听稳婆说从阵痛到生产还有一阵呢！"

我紧紧地咬住软木忍着，伴随着间隔越来越短的疼痛，眼前直发黑。

外间又一阵凌乱的脚步，随后传来关切而焦急的声音："言言！你怎么样了？"

是皇上到了，我精神不觉一振。

"皇上，娘娘的产房你不能进去啊！"杨德怀和小玄子苦苦阻拦着他。

"你说，德昭仪她情况如何？"皇上气急败坏的声音在屏风外响起。

"回皇上，娘娘她是阵痛，离生产还有一会儿。"南宫阳恭敬而镇静地答应着。

"那接生的稳婆来了没？"

"已经通知内务府管事公公了，因为这是在别苑，内务府又事先没算到娘娘会在此时生产……"园子里内务府派来伺候的公公颤声回道。

"一群废物！"一声怒喝伴随着沉闷的桌子被敲击的声音。

又一阵排山倒海的阵痛，下身的坠胀感越来越强，仿佛有什么东西要脱体而出似的，又一波阵痛传来，我再也忍不住了，一张口软木滑落而下，大叫了一声："肃郎！"

"言言！你怎么样了？"皇上的话又急又近，仿佛他就在跟前了。

"皇上，不可啊……"杨德怀和小玄子死死地抱住他的腿。

"滚开！"一声闷哼伴随着倒地的声音。

"不可以啊！"接着又传来小玄子的哀求声。

"皇上，就是您进去也是于事无补啊！"南宫阳在旁劝道。

"那你快想办法！"皇上终于止住了入内的脚步，朝南宫阳命令道。

又一波阵痛席卷而来，"啊"，我尖叫一声，只觉一股温热的液体喷涌而出。

"主子羊水破了！"彩衣叫道。

"娘娘快要生了，你们几个顺着娘娘的肚子向下轻推，快！娘娘，你顺着她们的推力使劲用力，用力！"南宫阳隔着帘子指挥着，充当起临时的稳婆来。

我伴着巨痛，拼命地用力，彩衣她们在旁便轻轻揉着我的肚子慢慢往下推，就在我快要失去力气时，彩衣急急地大叫："主子，用力，就快出来了！"

宫女云罗急急地送进来一大盆小碌子刚刚烧好端至门口的热水，欣喜道："头！头出

来了！"

我一听，立时又有了精神，顺着彩衣往下推的手一咬牙，用尽最后一丝力气，一声清脆的啼哭响起。

彩衣麻利地用剪刀剪断脐带，低声道："恭喜主子，是个皇子！"说罢送到跟前让虚弱的我看了一眼，便抱着洗澡去了。

我听到皇上在外间兴奋的声音："小玄子，快派人五百里加急报太后，说德昭仪产下皇子！"

正想说话，却觉得肚子一阵刺痛，下体涌出一股温热的液体，忍不住呻吟出声，一直守在旁边的玲珑看着染红的床单，惊道："不好，娘娘大出血了！"

"什么？！"皇上惊呼出声，大步便要进来。

"皇上，不可！产房是不洁之地，可不能进去啊，皇家的先祖们会保佑昭仪娘娘的！"杨德怀阻拦的声音再度响起。

"滚开！"皇上再次一脚将他踹开，却也止住了入内的脚步，在屏风外来回走动着。

"主子，主子！你可要坚持住啊，不能睡啊！"玲玲哽咽着，摇醒了意识已逐渐模糊的我。

我颤巍巍地张开已干裂的嘴唇，轻声唤道："肃郎！"

"所有人听着，"屏风外传来皇上沉着而威严的声音，"今日之事，谁要敢传了出去，朕定灭他九族！"说罢朝南宫阳挥挥手，"你快进去！"

南宫阳愣了一下，皇上怒道："你要不能保言言平安，朕先灭你九族！"

"微臣遵旨！"南宫阳忙起身，大步入内。

醒转过来时，已是第二天清晨，屋子里头到处都是快燃尽的蜡烛，我一睁眼就看见歪在旁边的皇上，我朝他虚弱地一笑。

他愣了一下，回过神来，眼中已然满是喜悦，急急地问我："言言，你终于醒了！还疼吗？你都昏睡了一晚上了。"

听他这么一说，刚才昏睡过去之后被忽略的疼痛又弥漫了上来，我忍不住轻轻呻吟出声。他听了呻吟之声，顿时着急起来，一边轻唤我的名字，一边手忙脚乱地想扶我起来，又怕弄疼了我，转头就要呼门外的人。

我忙伸手轻轻拉住他的衣袖："肃郎，我没事！"看着他着急又笨拙的样子，心里一动，热流翻涌而出，溢满胸怀，"大伙儿都忙了一夜，你扶我起来就好了。"

他小心翼翼地扶我坐起，拿了靠枕给我靠好，这才如释重负地吐了一口气："言言……看见你们母子平安，真好！"

他突然神色一暗，伸出手来紧紧将我搂在怀中，我的额头摩挲着他长满胡楂的下巴，感觉到他的身体瑟瑟发抖，耳边传来他喑在喉咙中的声音："言言，你不知道朕当时有多害怕！朕一直期望你能为朕产下皇子，可朕宁愿不要孩子，也不想你有任何危险。"

我窝在他怀中悄悄抬眼看他，只是短短一夜，他眼睛已是黑黑的一圈，神情已然憔悴了不少。我伸手轻抚他扎人的胡楂子，脸上缓缓绽开笑容："肃郎，皇上……都过去了！"

他低下头，吻了吻我光洁的额头，声音里有着抑制不住的轻颤："是，是……都过去了，你们平安就好！"他停住，深深地看着我，"这样吧，朕这就下旨，封你为贵妃！"

我吃力地从他怀中抬起头来，神情严肃地看着他，郑重其事地说道："肃郎，不要再说了，贵妃娘娘刚刚去了，我怎可逾越？"

他诧异地看着我："为什么？那个贱妇，朕保住了她的颜面，没有追究她家族的罪行，已经是万分恩典了。"

"皇上，我们知她的不耻之行，可别人不知道啊，如果传了出去，太子以后怎么办？皇室的颜面何存？"

他一听，沉默下来，眼中浮上一层悲哀："朕说过要给你最大的宠爱，可是朕……对不起，朕是真的高兴坏了。言言，如果……你要是愿意，有一天朕一定把皇后的名分……"

我一惊，连忙伸出手去捂住他的嘴，摇了摇头："皇上……言言只要有你真心对待就够了，别的，言言都不放在心上。"我深深地看着他，一直看到他的眼睛深处，"况且，言言入宫时日不长，在这宫里又势单力薄，不能再犯众怒啊！到时候，只怕皇上有心维护，也是有心无力啊！"

皇上紧紧地搂我入怀，深深一叹，半响才道："人人都说朕坐拥天下，无所不能，可谁又知道君王也有君王的无奈啊！还是只有言言最理解朕，放心，朕无论如何不会亏待你和我们的孩子！"

我含笑点头，看着他心疼道："皇上，你怎么一夜未睡啊！要是让太后知道了，臣妾又得吃鞭子了！"说着便催促他，"皇上，您快去歇着，臣妾已经没事了。"

皇上昨儿下午担惊受怕了一下午，晚上折腾到半夜，又守了我一晚上，这会子也是累极了，听我如此说，又见我有些精神了，吩咐我好好养了又高声唤了门外的小安子、彩衣他们。几人笑嘻嘻地掀了帘子进来，手里托着银盘瓷碗，皇上又命他们几人悉心照顾好我，这才回去了。

我举目四望，并没有看到我的宝贝儿子，忍不住问道："人呢？"说着想要起身，无奈浑身的酸痛牵扯着我每根神经，全身像被几十辆车碾过似的疼痛无力。

"主子放心，小皇子在东阁里喝奶呢，过会子就抱来让你瞧。"彩衣笑着扶起我，垫了两个靠垫让我歪着，这才取了盘中的人参乌鸡汤来，用银匙小口地喂着我。

"这么快？"我吞了几口，这才有了些力气发问。

"内务府的大人们因为没料到主子会提前生产，措手不及，已经被皇上责骂一顿，在找稳婆的时候就派人用千里快马连夜把宫里早准备好的嬷嬷还有奶妈全带来了。"小安子轻笑着回道，"这稳婆找来晚了没用上，但嬷嬷和奶妈来得刚刚好。"

我一口气喝了一大碗鸡汤，这才觉着身子有些暖和，头也不那么晕了，身上也有了些力气。待到彩衣收拾了碗匙离去，小安子又吩咐玲珑去抱小皇子过来，这才上前细心地替我将开额头上汗湿的碎发，轻念了声佛，喜极而泣："主子，这次真是佛主保佑，事情总算顺利，还一举得了皇子！"

我一听，想起生产时刻骨铭心的痛苦与恐惧，产下皇子后又生生地在鬼门关打了个转，心中也是百感交集，柔声道："我们总算是平安过了这关！"

绣帘响动，循声望去，却是玲珑抱了睿儿进来，我忙喜笑颜开地看向已吃饱喝足眨巴着小眼睛滴溜溜地看着周围陌生环境的襁褓中的孩子，直到他看到了一脸笑颜的我，一动不动地盯着我，我心中涌起一股暖流，忍不住朝他伸出手去。

"主子，不可！"玲珑收拢了抱着睿儿的双手，"南御医昨儿离去时又交代，主子这三天躺在床上不可乱动，更不可使力，主子想看小皇子，奴婢抱到你跟前就是了；主子若是想抱小皇子，得过上三五天身子养好了才行。"

我呵呵笑道："成，成，都听你们的。"边说边逗弄着玲珑怀中的睿儿，漫不经心地问，"玲珑，就你这身手，跟在西宁将军身边很久了吧？"

玲珑诧异地看了我一眼，答道："奴婢五岁那年村里发生瘟疫，父母双亡，打那以后奴婢就靠讨饭为生，四处漂泊，有一年冬天差点冻死在路边，所幸将军刚好路过救了奴婢，从那时起，奴婢便是将军的影子。"说到伤心处竟微微红了眼圈，深吸一口气，又笑道，"那都是些陈年往事了。将军此次出征前，让奴婢留下，找了机会跟在娘娘身边确保娘娘的安全。"

我点点头道："西宁是本宫的哥哥，难得他如此有心，时刻担心着妹子的安危。如今本宫已平安产下皇子，做哥哥的却远在边关镇守，不能与妹子同喜，我这心里……"

小安子见我满脸遗憾，忙道："主子不用伤心，西宁将军远在边关，信息的确很难传到，也不可书信来往，不过主子可派个可靠之人前去送信便可。"

我欣喜地点点头，随即又垮下脸来："说得容易，派人送信，本宫成日里待在宫中，哪有什么合适之人可派？难道派你么？"

小安子为难地说道："主子，你又不是不知道，奴才十二岁入宫，这次随主子来香山别苑还是奴才第一次出宫呢。你让奴才干别的，奴才一溜烟准办好，可这事，奴才实在……"

"奴婢愿往！"

我怔怔地看着玲珑，缓缓道："此事关乎多人性命，当然也包括你自己，事关重大，你可想好了？"

玲珑神情刚毅地说:"奴婢自被将军救起的那一刻起,这条命便是将军的了,如今将军叫奴婢认娘娘为主子,主子有令,奴婢万死不辞!"

"不,玲珑。"我握着她的手,柔声道,"你的命不是任何人的,只是你自己的,要好好保重。""娘娘……"玲珑红了眼圈,别过脸去。

"本宫过几日便向皇上请旨,让你代本宫到归元寺祈福,你便可偷偷前往,记住,你往返只五天时间,切记小心!"我小声交代道,"见到西宁将军,只需告诉他两件事:一是晴姐姐在天之灵终于可以安心了;二是……是本宫是足月生产。"

玲珑点点头,道:"奴婢记下了!"

待到请旨恩准后,我亲自送了玲珑到别苑门口,拉着她的手,小声叮嘱道:"玲珑,你快去快回,但若是出了事,就不要回来了,走得远远的,越远越好,永远也不要回来,好好地活着。"

玲珑双眼顿时弥漫上了雾气,用力地点点头,转身掀了绣帘,大步离去。望着她迅速消失在眼中的背影,我心知她一定会按时返来。

因为小皇子的降生,皇上欣喜万分,心情也平静了不少,又过了些时日,在我的劝说下,便先行回宫处理朝政去了。

我因为在月子里身子虚弱,不宜车马劳顿,便留在香山别苑。皇上每日里派人送来书信,问候小皇子的健康,诉说对我的思念。

第八章　釜底抽薪

好不容易熬到出月，皇上忙派人将我接了回来。车马劳顿，再加上身子还未完全恢复，一回到宫中我沐浴更衣完便倒头就睡。

第二日一早，早早地起身前去给太后、皇后等请安，忙到午时才回来。刚用过午膳，准备午歇，小安子掀了帘子进来："主子，小玄子来了。"

我蓦地从贵妃榻上起身："快请进来！"

小安子顿了一下，才道："主子还是去正殿较好，小玄子不是一个人过来，奴才看那阵势倒像是奉旨办差而来。"

我忙命彩衣唤人伺候我着了正式的宫装，才扶着我入了正殿。小玄子早已领了同来的小太监们立于正殿中候着。

被众人簇拥而立的小玄子，一副精神焕发的样子，越发的成熟稳重。自我生产时，杨德怀被皇上踢成内伤后，身子越发一日不如一日，回宫后竟已是不能下床。

皇上身边随身伺候在侧的自然就成了小玄子，得势后的小玄子按我的吩咐低调行事，宽厚待人，很快便取得了众人的拥护，站稳了脚跟，又被皇上金口玉言赐姓卫，成了皇上身边新近的红人，内务府总管之位俨然已是囊中之物。

我含笑凝神间，小玄子却愣着沉稳地举起手中明黄锦缎卷轴，高声道："月华宫德昭仪接旨！"

彩衣忙扶了我端跪殿中。小玄子打开卷轴，高声念道："奉天承运，皇帝诏曰：月华宫德昭仪莫言，贤良淑德、温婉贞静，无出其右，诞育皇子有功，特晋封为妃，赐号

'德'。钦此！"

"臣妾谢主隆恩，皇上万岁，万岁，万万岁！"

小玄子上前一步扶起我来，笑眯眯地说道："奴才给德妃娘娘道喜了！"说着把圣旨递到我手中，又转过头去一挥手。

立于身后一个端着托盘的小太监忙小步上前，托盘中央端放着一个黄金凤纹镶红宝石的小箱子，旁边放着一把精致的小钥匙，显然是用来开那小箱子的。

小玄子双手轻轻托起箱子，小心地放在我手上，笑道："娘娘，这箱子里装的是册妃的金册！"

我忙双手接了过来，缓缓说道："有劳卫公公！"

"本来册封德妃的礼仪是庄严隆重的，不过皇上天恩，念及娘娘身子尚未痊愈，所以格外特旨一切繁琐礼仪皆免，以免娘娘劳累。"

我忙面北而跪谢了恩。小玄子又挥挥手，让众人送上皇上恩赐的礼物，我示意小安子上前接了，不一会子，正殿里桌上几上皆已摆满了御赐之物。

送走了小玄子等人，宫里上下打赏了一番，奴才们个个喜气洋洋自是不提。

晚膳时，皇上过来了。我笑着迎了上去，皇上拉住正要行礼的我："行了，言言，又没外人，就不必行礼了。"

我侧在他身边，笑道："皇上这会子怎么有空过来？"

"朕不放心你，就过来看看了。"皇上眼光深邃地看着我。

我含羞而笑："皇上，今儿个可是初一。"

"朕就知道你会这么说！"皇上微微皱了皱眉，"朕知南御医说你的身子得好生调养几个月才行，可朕不歇在你这儿，连过来陪你用晚膳也不成么？"

我含笑着推推他，嗔怪道："肃郎别闹了！肃郎心疼言言，言言心里都明白。可如今臣妾刚刚晋了位，这会子本该去储秀宫的皇上却出现在月华宫，指不准明儿就被传成什么样了呢！"

皇上沉默了一下，没再坚持，我知他听进去了。顿了一下，扳过我，一本正经地说："言言，朕本想晋你为贵妃，可你也知那贱妇刚去，朕又不得不以妃礼将她葬在妃陵里，朕思前顾后便只封你为妃了。言言，朕会想办法给你最好的，朕也知你一个人在这宫里头无依无靠，朕再宠你也有顾及不到的时候，朕已经跟皇后说过了，以后就由你和淑妃协助她掌管后宫。你好好调养身子，过上一段日子便过去帮忙吧。"

我又惊又喜，张了张嘴，还没说出话来，皇上又道："好生养着，朕先去皇后那边了。"

待到皇上离去，彩衣和小安子上前恭喜我，我这才反应过来。原来他一直是知道我的难处，也真真是难为他了，事事为我想得如此周到，只是，不知道如果有天他发现我原

第八章 釜底抽薪 187

来并非他所知的那般贤良淑德，会是怎样愤恨……

晋位实在意料之中，掌权后宫虽说有些意外，但也在情理之中，这些统统都没能让我兴奋异常，毕竟我心里挂记着的是另外一件更为重要之事。

今天便是第五日了，如果玲珑回不来，那我在这宫里往后之路恐怕就举步维艰了。午膳没用些什么，小安子劝我歇会子，我怀着忐忑不安的心歪在贵妃榻上，朦朦胧胧一直未睡安稳，正蒙眬间，忽听得有人在旁小声叫着："主子，主子，醒醒！"

我蒙蒙眬眬地睁开双眼，眼前之人不是玲珑却是谁来着，旁边小安子咧着嘴乐呵呵地笑着，我不由得受了感染，笑容浮上脸庞，一下坐起身来，拉着玲珑："你可回来了！"

玲珑受了我的感染，笑着用力点点头："主子，我回来了。事情都办妥了！"

我忙示意她坐在旁边，追问道："兄长怎么说？"

"将军说他知道了，又命奴婢日夜兼程赶回来，好好保护你和小主子！"

我一听，心中那块大石终于落地，拉着她的手郑重道："我的安全就不用管了，倒是睿儿，玲珑，睿儿的安全我就交到你手上，全权拜托你了。"

玲珑郑重其事地点点头，我松了口气，这才发现玲珑竟连包袱都还挎在背上，忙催她回去休息，又令小安子唤人小心伺候着。

过得几日，皇后便派人请了我过去。刚到储秀宫门口，早已等候在那儿的宁英姑姑忙上前将我迎了进去。

入得正殿，皇后和淑妃早已端坐在殿中闲话，见我到来便停了声齐刷刷地看向我，我忙迎上前去，行礼含笑道："妹妹见过皇后姐姐，淑妃姐姐！"

皇后满脸堆笑，眼中有遮不住的落寞，眼明手快一把扶住了正准备屈身的我："好妹妹，又没有外人，况且你身子本就娇贵些，这礼就免了吧！"

我也不客气，喜笑颜开道："如此妹妹就不客气啦，多谢两位姐姐体谅！"

三人客套了几句，皇后才笑道："如今长春宫那位没了，这宫里总算是平静了。往后啊，这后宫就由咱儿三姐妹掌管了，本宫身子骨向来不好，三天两头地请御医诊脉，活脱脱就是个药罐子，往后啊，就要靠两位妹妹共同打理后宫了。"

"姐姐客气了，妹妹和德姐姐定然唯姐姐马首是瞻！"我不露声色，一派端庄肃穆的样子。

皇后点点头，道："德妃妹妹通情达理，熟读诗书，往后啊，这后宫的账目就要依靠你啦，淑妃妹妹这方面差点，你要多担待了。"

我忙含蓄道："皇后姐姐过奖了，这往后还要靠两位姐姐多多提点才是！"

"德妃妹妹不用客气，这些都是些简单的账目，本宫时常头疼难忍，就拜托你了。"皇后边说边示意宁英姑姑领了内务府分管账目的账房太监进来，才看向我道，"这个月各宫的月俸已经发下去了，下个月开始就由妹妹接管。这是账房管事太监苏公公，妹妹如有不明之处，只管问他便是。苏公公！"

"奴才在！"跪在地上的苏公公忙应道。

"待会子你便领了德妃娘娘去账房，细细地为娘娘讲解。"

"奴才遵旨！"苏公公得了令，躬身退下。

我们又说了会子话，我方才告退出来。候在门口的小安子一出储秀宫便问我皇后可有为难我，我摇摇头，百思不得其解，皇后居然如此轻易地便放了权，实在让人有些捉摸不透。

接下来的几日里，我都泡在账房里，实在看不完了，便叫苏公公命人将账本搬回了月华宫。我扔开账本，揉揉疼痛不已的头，终于明了皇后为何会如此轻易交权了，苏公公那儿一问三不知，账目繁琐又复杂。一晃三五天便过去了，我却对着成山的账本仍然毫无头绪。

小安子端了碗人参乌鸡汤进来，看着神情疲惫的我，轻言劝道："主子，您都忙了一天了，歇会子吧。"

我端了碗，小口喝着鸡汤，叹道："一晃眼便是月中了，本宫这却毫无头绪，眨眼间一月便要过去，到下个月初这月俸若是有个差错，本宫可就不好下台了。到时皇后收了权，本宫也是无话可说啊！"

"哼，奴才就说皇后娘娘怎的如此好心，却原来给主子您备了双这样的小鞋，等着主子自己来穿！"小安子愤愤地说，蓦然眼睛一亮，上前附在我耳边，小声说，"主子，那苏公公已然是被皇后娘娘收买了，主子想靠他肯定是靠不上了，主子不妨传话叫莫大人……"

我一听，果真是好计谋，忙道："小安子，事不宜迟，你赶紧去内务府登记，明儿就请莫大人进宫探望睿儿小皇子。"

第二日午后，莫尚书便带了个人进宫探望睿儿皇子。父亲见过我，又指了指旁边的人说道："娘娘，您要找的人微臣给你带来了，这就是皇城最大的钱庄里的账房管事金妈，人称金算盘！不知娘娘请她来所为何事？"

我并未答话，只朝上前参拜的那人望去，一惊，想不到这金算盘竟是个女人，看着她不亢不卑地朝我请安的样子，心中不由得多了几分佩服。

我亲自上前扶了她起来，柔声道："金妈，快快请起！本宫冒昧相邀，还望你不要见怪才是！"

金妈显然没料到我会如此礼遇于她，有些惶恐："娘娘客气了。不知娘娘请草民前来，所为何事啊？"

我朝手下吩咐道："小碌子，去传宁嬷嬷抱了小皇子过来，彩衣，你和玲珑在跟前小心伺候着；小安子，请金妈到偏殿喝茶。"

第八章 釜底抽薪 189

"是，主子！"待二人分别忙去了，我才转向微微有些激动的父亲，对他含泪而坐的神情仿若未见，只冷然道："父亲在此候着，等下睿儿便过来了。"

说罢掀了帘子往偏殿而去，身后传来一个老人老泪纵横的声音："谢谢，谢娘娘恩典！"我顿了一下，终于默然地走了出去。别说这宫里，这世上哪儿不是踩低垫高的地儿？当初若他知我也有今日，断然不会那样对待我们母女，如今又来假惺惺地装感人，实在有些可笑至极。

经过金妈的悉心指点，我终于从最初的毫无头绪渐渐入了门，细细查看之下，发现以前的账目实在有些混乱，便领了账房里的人重新整理宫里的各项账目，这几日真真是忙得不可开交。

我行至账房门口，守门的小太监正要通传，我举手示意了下，他便低头不语了。我立于门前阶上，听得里面有人抱怨道："真是新官上任三把火，德妃娘娘一掌权就要把账目全改了，咱家在这宫里做了几十年的账了，她却一上来便这改那改的，害咱们成日里瞎忙，也没个结果。"

"苏管事，你小声点，小心隔墙有耳！"旁边有小太监轻声劝道。

"怕什么！她能干到哪天还说不准呢，再过几天便要月俸了，到时出了岔子，看她怎么下台？"苏公公一副不以为然的语气。

我冷哼一声，大步跨了进去，冷声道："那也得等本宫出了岔子，你才能说这些个风凉话嘛！就这几日的工夫，你都等不了了么？苏管事！"

众人一见我，心知方才苏管事的话已全部传进我耳里了，忙齐齐跪道："奴才拜见德妃娘娘，娘娘息怒！"

神情异常的苏公公此时已全身颤抖地跪在跟前，初冬天里竟已满头大汗。我冷冷一笑："说啊，苏管事，如今本宫就在你跟前，怎么不说了？"

"娘娘息怒，奴才知罪，娘娘饶命！"苏公公神情惶恐地跪在跟前磕头不止。

"苏管事，本宫念你在账房掌事多年，没有功劳也有苦劳，平日里你懈怠事务，本宫已睁只眼闭只眼，不予理会了。想不到你却变本加厉，居然煽动账房里奴才们的反对情绪，你该当何罪？"

"娘娘饶命，娘娘饶命啊！"苏公公此时已是六神无主了，心知恐怕是今日难逃一死了。

"本宫想饶你，可这宫规饶不了你！皇后娘娘把宫里账目交予本宫全权处理，本宫也不能徇私枉法！"我冷声道，"来人啦！账房管事苏公公懈怠账房事务，妄传谣言，即日革职，杖责二十，送入杂役房！"

不多时，便有行刑司的太监拖了早已瘫软在地的苏公公出去。

屋子里静得连根针掉在地上都能听见，耳里只有院子里"劈啪"的杖责声及苏公公的哀号声。众人皆低着头，我看不见众人的表情，却看见众人晃动的衣摆。

"你们好好干，干坏了，本宫担着，干好了，本宫自然不会亏待你们！"我声音一凛，"但若是有人心存二心，想存心捣乱，有人想立于中间，远离是非，更或者有人想做墙头草，见风转舵，就趁早死了这条心！"

众人愣了一下，跪在较前年纪稍长的太监才道："奴才们定当唯娘娘马首是瞻！"

众人忙跟着一起说道："奴才们定当尽心竭力，唯娘娘马首是瞻！"

我这才满意地点点头："你们中谁是账房副管事？"

"回娘娘，奴才是账房副管事霍二。"方才先回话的那太监回道。

"往后你暂代苏公公之职，领着大家扎扎实实做事，本宫定不会亏待了那些尽心尽力做事之人！"

"奴才遵旨！奴才谢娘娘恩典！"众人又同声道。

我这才喜笑颜开，柔声道："起来吧，都去忙各自的去吧。霍公公，你随本宫过来吧。"

说罢便带了霍公公到了里间我独自处理事务的房间里，拿起账本细细地与他说起来，他不住地点着头，原本只有恭敬的脸庞上竟慢慢爬上了敬佩之色。

忙碌的日子终于告一段落了，我坐在椅子上舒了口气。

"娘娘，这个月的俸禄都已经发下去了，您看看，这是支出的账目。"霍公公将账本恭敬地递至我跟前。

我接了过来，随手翻了一下，抬起头来看着他道："嗯，我知道了。你先下去吧，我会慢慢看的，这几日辛苦了。"

他听我这么说，一脸惶恐地低下头道："奴才惶恐，娘娘！"

"好了好了，我知道了，在我跟前不用这么拘束。你们都是在账房待了几十年的差的人了，你的能力我还不知道吗？苏公公虽被我处罚，我也不过是依律行事，以便大家齐心协力做事罢了，只是他刚好撞到这当头。我已经盼咐过杂役房的管事好好照顾他的，你抽个空也去看看他，差不多了就让他回来吧，干了几十年了，干这个他也顺手些。"

"奴才替苏公公谢过娘娘恩典！"霍公公显然没有想到我还会让苏公公回来，我没要了他的命，在他们眼里已经是天大的恩典了。

我不以为然地笑了笑，突然想起一件事情来，问道："对了，那个都标注上去了吧，你都替我办妥了吗？"

"是。"他点了点头道，"一切都照娘娘的盼咐，也只有娘娘才能想出这匠心独具的方法来，真真是事半功倍，较之以往简单明了了许多。奴才不敢有半点疏忽，娘娘若是不放心待会儿可以亲自看看账目，奴才都写上了。"

我听他这么说，满意地点了点头道："我知道了，你下去吧。"

第八章 釜底抽薪　191

"是。"霍公公朝我拱了拱手，这才躬身退出。

看着他慢慢地退出去后，我才翻开账本一页页地看了下去，果真如我吩咐在那些地方看到了他已做好的补注，我这才放下心来。

放松了身体，靠在软椅上，一页页地翻着账本，拿起一旁的茶杯刚想喝口茶润润喉咙；却发现茶杯中已经是空空如也。刚想开口叫人进来，却见到小安子走了进来。

"怎么了，有什么事吗？"我皱了皱眉问道，看账的时候不喜欢有人在，若是没什么大事，他们都不会进来的。

小安子点点头："主子，新晋的惠才人来了，说想见娘娘。"

惠才人？不就是宜贵嫔殿里的贴身宫女么？听说皇上到宜贵嫔殿里，不料宜贵嫔不在，却偏巧碰上丫鬟惠香在园中抚琴。

第二天宫里便多了个惠常在，端端数月便升至才人，现下又大有晋位的可能，一时倒也是风光无比。

才想着，她就走了进来。我仔细地打量着她，发现她真是越来越漂亮了，以前宜贵嫔还是贵人之时便常常带着她。那时我就看得出来她好好打扮打扮，倒是个美人，没想到这仔细打扮了之后远远超出了我的想象。

白皙水嫩的肌肤，水汪汪的大眼睛，娇艳欲滴的樱桃小嘴，再加上摇曳生姿的身段，盈盈一握的纤腰，真真是画中走出的绝代佳人。

宜贵嫔、容婕妤她们虽然也很漂亮，但和她一比总觉着少了几分年轻。呵呵，原来我们也老了啊，已是昨日黄花，哪里比得上她们这些正在盛开的牡丹。

走到跟前，我再细细一看，她漂亮虽漂亮，只是面色不太好，透着些苍白。

"妹妹给姐姐请安。"

她倒是很客气，一来就给我行礼，只是她不是三品以上的嫔妃，按祖制是不能主动在我面前自称妹妹的。

不知是她做了主子时日尚浅，不懂规矩，抑或是有些看高了自己……我不以为意地点点头，示意她坐下。

她倒也耐得住性子，坐下后也不急着说，只是沉默地看着我，倒像是希望我先开口。我只装作没看见地喝着彩衣刚奉上的热茶，她无事不登三宝殿，我又有什么好急的？

果然没过一会儿她就等不及了，扭扭捏捏地像是有些犹豫，又过了一会儿才小声地开口道："姐姐，妹妹前来只是想问一声，为什么我的月俸少了二十两？"

原来是为了这个事，我在心里冷哼了一声，觉着她毕竟丫鬟出身，也真是小家子气，难不成还以为我故意克扣她的吗？

我勾起嘴角，笑着对她说："惠妹妹不要误会了，本宫只不过替皇上看着这后宫账务罢了，我们的月俸都是内务府照定数发的，本宫是不能经手也经不了手的。"

"那为何……"

"妹妹前月里为了打点奴才这银子是不是用得多了些？你账上透支了所以这才从你这个月的月俸里扣的。"

她听了我的解释倒说不出话来了，黯然低下了头，搁在膝上拿着丝帕的手微微收拢，过了会子，她抬头时却带了几分埋怨："那……那份补贴的银子为什么也没有？"

补贴的银子？她怎么会说到这个头上？我心下一惊，知定是有人在背后捣鬼，挺直了身体，看着她冷着声音问道："谁告诉你有补贴银子这件事的？"

她像是被我的严肃吓到了，愣了一下之后，结结巴巴地开口道："是宫里的姐妹们闲聊时告诉我的……"

"是哪个姐妹？"我追问道，随即醒悟到想要知道是谁给我下梁子，只能晓之以理，叹了口气，道："那份补贴我可不是不给你，而是现在你没办法拿，那是给有了身孕的嫔妃的。哼，她们告诉你有补贴时有没有和你说这个附加条件？"

她蓦地抬头望着我，满脸惊讶，随即红了脸颊，讷讷道："没，没有……"

"你虽做主子的时间不长，可进宫时间也不算短了，怎么别人说什么你都信？你自己怎么就不多想想，如今你圣宠正浓，皇上因此冷落了她们，她们会那么好心告诉你吗？"

她听我这么一说，眼眶迅速红了起来，长长的睫毛微微闪动，那眼泪就像断了线的珠子般滚落而下，抖了下身子，咬了咬唇，起身"咚"地跪在地上，颤声道："娘娘开恩，救救嫔妾！"

看她这样我无奈地长叹了口气，搞得像是我在欺负她一样："好了好了，别哭了。惠妹妹，我也是为你好，你新晋做了主子需要银子打点伺候的奴才我明白，可是这月俸都是按照品级给的，都有定数，你自己也要斟酌着花。平日里若手脚过于大方那群奴才习惯了之后也是越发地蹬鼻子上脸，到时候你要怎么办？"

她用帕子擦了擦眼角，吸了吸鼻子道："德姐姐……嫔妾本是宜贵嫔的丫鬟，偏巧那日宜贵嫔不在，嫔妾在园中弹琴被万岁爷给撞上了，嫔妾也拒绝不得。宜贵嫔却四下谣传嫔妾勾引皇上，嫔妾一个丫鬟出身，在这宫里无依无靠，又拿她没有半点办法，连殿里头伺候的奴才们也瞧不起嫔妾……"

我揉了揉额头，只觉着头开始疼了起来，闭上眼睛，用搁在案几上的手撑着头，对她说道："你先回去吧，这事容我再想想。"

"是，娘娘！"她道了一声之后却紧跟着传来一声响，我睁开眼却发现她无力地瘫坐在地上，脸色也越发的苍白。

"惠妹妹，你怎么了？"说着忙示意彩衣将她扶了坐在椅子上，轻声问道，"是生病了么？"

"我没事，只是近来人总是昏昏沉沉的没什么力气。"

"我问你，那补贴的事是不是淑妃和容婕妤告诉你的？"我按着她的肩一字一顿地问道，"你最近是不是跟容婕妤走得很近？我刚刚看过你那儿的支出了，你能撑到现在才来和我开口简直是不可思议，是不是她有出手帮你？"

惠香在我的注视下，有些害怕，神情紧张地点了点头。我原本还有些混沌的思路顿时豁然开朗，心下一阵冰凉，却忍不住勾起嘴角，拉着她的手，道："无论你是宜贵嫔的宫女还是皇上的妃嫔，对我而言，你都是我的好妹妹。你先回去吧，你的亏空我会帮你想办法。"

"谢谢娘娘！"惠香点点头，高高兴兴地回去了。

我看着她的背影终是冷笑一声，心知这事儿没那么快完，皇后，你可真是够狠，本宫就陪你玩玩，让你长长见识。

按例宫里面位分稍高又有生养的姐妹每月月底总会上皇后那儿聚聚，聊聊这一个月的情况，毕竟她怎么也是六宫之主，虽然她的权力一直都是有被分割的，以前是丽贵妃，现在好不容易没了，却又多了一个我。

"德妹妹，辛苦你了！"坐在首位的皇后不紧不慢地拿起一旁几上的茶杯，低下头慢悠悠地喝了一口，那阵冷嘲热讽也自她唇间传了出来。

"皇后姐姐夸奖了，都是姐姐在旁指点，妹妹只是尽了一点微薄之力而已。"我不动声色地应道。

"本宫原本不想妹妹如此操劳，只是这后宫琐事繁多，本宫身子又向来不好，只能辛苦两位妹妹了。妹妹出了月子身子调养得宜，本宫倒不担心妹妹的身子骨，只是有些担心皇上会怪罪本宫占用了妹妹太多的时间。"皇后轻言细语地说道，末了还斜了我一眼。

立时便有几道凌厉的眼神扫了过来，我苦笑道："妹妹生完睿儿就一直在调养身子，再加上如今新晋的妹妹们一个个嫩得像白葱似的，妹妹我早已是昨日黄花，皇上到我宫里也就是说说话罢了，还计较什么占不占用时间的。"

旁边那几个一听，脸色立时好看了不少，有人甚至有些幸灾乐祸的样子。

"哼，德姐姐何需这么含蓄，不就是新晋的惠才人么？万岁爷对她的恩宠谁看不见啊？"宜贵嫔一副愤愤然的样子，忍不住抬高了声音。

"她就会用她那种娇娇弱弱的狐媚样子迷惑皇上，我看着全身鸡皮疙瘩都起来了。"容婕妤气冲冲地说道。

"好了，好了，你们说话也遮着点吧，上次皇太后不是已经说过你们了吗？"一旁的淑妃自上次对付我反倒被治得服服帖帖后，收敛了不少，又恢复了以往一副温文和善的样子，甚至显得更为低调，连我如今掌权后宫她都似有似无地忍让着。

"哟，淑妃姐姐，上次在宁寿宫说德妃姐姐时你可不是如此和善的！"容婕妤所出的二皇子在太子被幽禁后受到皇上的赏识，她的地位也跟着水涨船高起来，晋了婕妤，也有了说话的底气了,"我们说的哪句不对了,你倒是说说啊?"

"你……"淑妃被她冲了一句,愣了愣,那句也就跟着塞在喉咙里了。她本是心雅的生母,靠着皇后的提携才有了今日,如今她被容婕妤呛成这样,皇后也只作未见,看来这中间很是有点问题了。淑妃到底只是白了脸,皱了皱眉却再也没有说什么,但谁都看得出来她心里不痛快。

"行了,行了,都住口了。"皇后见淑妃不再说话,气氛沉闷下来,才道,"这皇上宠着谁,喜欢谁并非我们能够决定,皇上找谁,我们又怎么能干涉呢?大家还是看开点吧。"

我朝皇后点了点头表示赞同她的话:"我看还是想开点吧,我们几个都是有生养的,儿女们替我们争气也就足够了,比起那些膝下空虚的,我们毕竟要好很多了。"

容婕妤睨了我们一眼,道:"皇后姐姐,德姐姐,话不能这么说,若是新人太受恩宠难免会骄纵,再说了,她又不是不会生养,若是再生个皇子难保她不会欺负到我们头上。两位姐姐掌管后宫,可不能置之不理啊!"

"是啊,这一月来只怕是除了初一、十五和偶尔翻了几次别的宫里的牌子外,都是她在伺候皇上了!"宜贵嫔皱着眉在旁煽风点火。

"宜妹妹说得一点没错,她如今就住你旁边,她那儿有什么风吹草动的你还能不知道?"容婕妤顿了顿,眼角微微瞄了我一眼,继续说道,"我就听说那惠才人前几天不就为了几十两银子上德姐姐那儿闹了吗?"

看着她不痛不痒地这么说着,我心中不禁冷笑了一声。她倒好,明明是她跑到惠才人那里说了那些故意误导她的话,这会子反过来倒是我报起屈来了。

不过她千算万算也算不到如今这宫里大半以上的奴才都受过我的恩惠,惠才人还是丫鬟时便与我关系很近了,也定没料到惠才人会把那些事一五一十地告诉我吧。我也不过顺水推舟,将计就计给她下了个套而已。

"什么?容妹妹说的可都是真的?"皇后挺直了身子问着我,却又突然看了容婕妤一眼才道,"看来容妹妹上次和我说的一点没错,不过稍稍向她透了点口风她那副恃宠而骄的样子就都露出来了。"

我呵呵一笑:"不过是件小事,不值一提。惠妹妹新晋了才人,有不明之处想问问明白倒也在情理之中。"

皇后深深地看了我一眼,又若无其事地喝着茶;淑妃有些担忧地看了我一眼;而容婕妤的嘴边则隐隐挂着一丝微笑。

转眼间已是冬月初八,天气逐渐寒冷起来,本不是一齐去向太后请安的日子,可皇后偏偏差人来请我。

我估摸着她怕是忍不住了,稍微打点了自己一下,便跟着传话的太监去了宁寿宫。

第八章 釜底抽薪 195

入了暖阁，朝太后请了安，我起身见这阵仗真是不一般，连平日鲜少出来怀着三个多月身孕的熙嫔也都在。

我入了坐，陆续又来了几人，皇后朝容婕妤打了个眼色，容婕妤起身朝皇太后道："皇太后，臣妾等今日来此是有件事要请太后做主。"

皇太后慢慢地看了我们一眼，也觉得今日的气氛有些不对劲："怎么了？什么事这么劳师动众的？"

"皇太后，臣妾本不想说，但是为了江山社稷，臣妾不得不说。皇上，皇上他实在是太独宠新晋的惠才人了。"

我一听，差点笑出声来，容婕妤实在不是告状做表面功夫的料，不说惠才人的不是，倒全说是皇上的不对了。我赶紧端起旁边宫女新奉上的茶杯，假装喝了一口，用来掩饰嘴边的笑容。

"放肆！"太后果真如我所料，猛地一拍桌子怒斥道，"这些都是谁教你说的？谁给你这个权力在这里说皇上的不是？"

我心中叹了一口气，皇后啊皇后，你可真真是个眼拙之人，连这样的人你也用，也难怪你没办法在这后宫独大，稳坐六宫之首的位置了。

那容婕妤倒也是个大胆之人，不知她是太笨还是性子太直不知道拐弯，见太后动怒也不知住口了，反而直挺着腰跪下昂着头看向太后："这些话句句都是臣妾的肺腑之言，没有人教臣妾，更没有人怂恿臣妾。皇上独宠惠才人一人，使后宫不能雨露均沾，怨气丛生，也不利皇家开枝散叶！"

"住口！"容婕妤一再提皇上的不是，太后真的是动怒了，她猛地站起身来指着容婕妤道，"你看看你现在这副样子，哪里有一点皇子母妃、一宫之主的宽容大度，我看到的只是一张争风吃醋的脸！你在这儿口口声声指责皇上独宠专房，你平心而论，今日这番话，多少是出自嫉妒，多少又是出自你口中振振有词的江山社稷？"

容婕妤被戳中了要害，她脸色刷白，但她素来心直口快，又甚是倔强，竟是挺直了身子一言不发。

"哎呀，容妹妹，惠才人再怎么着你也不能说皇上的不是啊。母后，你也别怪容妹妹了，她也是看不下去了，这才站出来替姐妹们说话的。"皇后像是没看到这紧张的气氛般，上前扶起容婕妤朝着太后微微蹙眉道，"那个惠才人也真是侍宠而骄得厉害，这不，前天她还上德妹妹那里闹去呢，硬是说德妹妹扣了她的补贴。"

好个皇后，狐狸尾巴这会子才露了出来，到底还是把我扯了出来。我起身微微一福，轻声道："是，太后，惠才人确实来过。"

"太后，你看，臣妾没说错吧，臣妾的话或者不中听，但是句句属实。"

容婕妤见外地站出来肯定答道，她立刻一副占了理的样子不服气地朝太后顶了一句。

太后拧紧了眉头看着我道:"德妃啊,哀家和皇上信任你,所以才把这后宫的账交给你,我相信你是不会故意做出这事来的,难道真的是惠才人故意寻你的麻烦吗?"

"这再精明的人都有糊涂的一天。"皇后似笑非笑地看着我道,"何况德妹妹新近接手,贵人事忙,也许真忘了给人家也说不定呐!"她走上几步凑在太后耳边低语了一番,太后抬头定定地看着她道:"你确定?"

"嗯。"皇后慎重地点点头,又补充了一句,"臣妾开始只是不信,仔细查查便觉八九不离十了。"

太后顿了一下,匆匆往外走去,突地驻步朝我们道:"你们都在这儿候着,没哀家的吩咐谁也不准离开。"

说罢匆匆离去,我暗自冷笑一声,看来皇后为了击垮我,独揽大权,还真是豁出去了。

"德妹妹。"坐在我旁边的淑妃担忧地靠了过来,拉着我的手小声道,"我看像是有意针对你,容婕妤不过是被她教唆罢了。"

"淑妃姐姐,没事的。"我心下一片明了,你也不过是被皇后冷落了才靠到我这边来而已,面上却不动声色地笑着回视皇后挑衅的目光,细声对淑妃道,"我今日将让她知道知道我的手段。"

容婕妤这才后怕起来,紧张地和皇后小声嘀咕着,皇后一个劲地宽慰着她,却频频朝我望过来,那得意的笑容仿若已经志在必得了。

约莫过了两炷香的工夫,太后回来了,坐着喝了口茶,才叫人传了账房的霍公公和苏公公进来。

"方才我已经私下里问过霍公公和苏公公两位管事了,也亲自把这几个月的各宫月俸的账本亲自点算过了。"太后一脸严肃地坐在上位,沉声说道。

跪在中间的霍公公磕了个头,回道:"回太后和各位主子,账房所有的账册皆有档可查,太后吩咐奴才带来的近半年的账册均在此。"说罢指了指他和苏公公跟前两叠高高的账册。

"怎样?母后,臣妾没有说错吧?"皇后有些激动。

太后没有理她,只是对着我道:"德妃,这事我想听你亲自解释。"

我微微一笑,起身跪下道:"太后明鉴,后宫各类账目臣妾接手这两月来都进行了调整,至于各宫月俸的账目,臣妾也稍稍做了些改动。太后方才既然看了这几月各宫月俸的账册,那也应该看到了,这两个月的账册上有两种记录。正文记载正常支出,而批注则是臣妾所写。"

我说到这儿,其他人都是有些不敢置信,一时间均是交头接耳议论纷纷。

我抬起头,看着太后,更确切地说应该是看着太后身边的皇后道:"批注所记均是各宫各人亏空和填补银子的数目，上个月共有十二位姐妹亏空，这月都补回了银子，这个月又有九位姐妹亏空，上面都有批注。"

说到这儿我轻轻一笑，接着道："太后您还记得上个月臣妾以给睿儿添置物品向您借贷那笔银子么？就是现在用的这笔备份银子了，只是当时不知此事是否可行，也就没敢明着告诉您，怕你担心，臣妾想每月省省还上也就是了。这笔小额备份银子主要用在新晋位和新近有了身孕的姐妹处，先用这里面的银两救救急，待有了宽余再暗中补上。臣妾没有将此事告诉大家知道，目的也是为了保存亏空之人的颜面。如今太后问起，臣妾也不得不说了。"

我仔细地观察着皇后的神色，我每说一句她的脸颊失去一分血色，待我说完她早已是面如白纸，怔在当场。

一直跪在屋中的霍公公说道："娘娘说的句句属实，这账目都是娘娘吩咐奴才们做的，这备份银子也由奴才保管着，这两个月备份银子的运作也如娘娘所讲到一样，德主子未曾碰过银子，自然也从未挪用过大内一分一毫。"

"回太后，各位娘娘主子，霍管事所言非虚，奴才可以作证。"一直跪着未说话的苏公公开口说道，"这个月的批注还是奴才帮着整理后娘娘才注上去的。奴才自杂役房调回账房后便一直在跟前整理这些账目，也只有娘娘这般心思玲珑、宅心仁厚之人才会想出此法来帮助她人了。"

"苏公公，据哀家所知，你才是账房管事，是德妃掌权后杖责于你，谪贬了你的管事之位，怎么这会子你倒替她说起话来了？"

苏公公红了脸，磕头回道："回太后，奴才惭愧。奴才当时对德妃娘娘更改记账方法很不以为然，心中不服，顶撞了主子，被娘娘责罚，是奴才咎由自取。娘娘宽厚，不计前嫌又将奴才从杂役房调了回来，给了奴才这样一个洗心革面，重新做人的机会，奴才感激还来不及呢，又怎会再心生怨恨？"说着说着竟热泪盈眶，用衣袖揩起眼角来。

"好好，好孩子！那份备份银子就不用还哀家了，从账上支取，皇上问起来，就说哀家用了。"太后连连点头，亲自上前扶起我来，对着其他人，尤其紧紧地盯着皇后道，"你们可都听见了，德妃的手是干干净净的，以后哀家不想再听见有什么无中生有的事来。"

皇后"咚"地跪下，低着头愤恨地道了句，"臣妾知道了。"

"还有，方才哀家已命太医给惠才人诊过脉了，她已经有了身孕，那份补贴的银子就拨给她吧。"

我盈盈一笑，回道："是，臣妾知道了，待会儿臣妾会亲自给惠妹妹送去的。"

"嗯，好，好。"太后笑着轻拍我的手，突然又严肃起脸对着瘫坐在一旁的容婕妤道，"惠才人有了身孕，最是需要休养，你没事不用去看她了。哀家瞧你面色不好，好好在自个儿宫里歇着吧，天寒地冻的，哀家可不希望有谁病倒了！"

容婕妤惨白着一张脸，俯下身哽咽一声："是。"

太后的身子早已一日不如一日了，忙了这会子也乏了，就让我们各自回去。淑妃拉着我要与我同行，我心下明了，面上自是一副再乐意不过的样子。

"淑妃姐姐。"刚出宁寿宫，容婕妤快走几步跟上我们，别有意味地看了我一眼，"淑妃姐姐，你好自珍重，莫要太过善良，以致被人利用了还不自知。"

那个人应该是你容婕妤才是吧？我觉着有些好笑，刚才被我教训了一顿还嫌没吃到苦头，这一转眼又说的是什么话。

"德妹妹。"皇后一派云淡风轻的样子，上前含笑道，"姐姐也是轻信了她人之言，可事关重大，不得不慎重，这才禀了太后，所幸妹妹没事，姐姐也就放心了。"

我笑道："劳烦姐姐操心了，往后还要靠皇后姐姐多多提携。"

皇后点点头，深深地看了淑妃一眼，若无其事地上了软轿。淑妃冷哼一声，低声道："她倒好，向来只做好人。"说罢又朝我道，"妹妹可得小心些才是。"

我笑道："多谢姐姐关心，姐姐今儿可得空到妹妹宫中坐坐？"淑妃点点头，我二人上了软轿朝月华宫而去。

屋外下着大雪，又是一年冬季到，我独自歪在贵妃榻上翻着书，屋子里一片寂静，只有窗外呼呼的风声刮进耳里。

"彩衣姑姑，彩衣姑姑？"外间传来胆怯中带着颤抖的轻唤声，是个从来没听过的声音。

无人回应。彩衣这丫头也不知野到哪儿去了，我心道。屋外一片沉静，就在我以为那人已离开时，那声音又再次在绣帘口响起，清脆而又怯生生的："请问，有人在吗？"

我轻皱眉头，柔声道："谁在外头？进来吧。"

绣帘轻掀，暮然增大又随着绣帘落下而减小的风声昭示着屋外的寒冷，一抹淡绿的身影小心地挪了进来，一见歪在贵妃榻上的我，愣在当场，直直地看着我。

我轻咳一声，她回过神来"咚"的一声跪在地上，连连磕头，颤声道："娘娘恕罪，娘娘恕罪！"

我看着她身上薄薄的单衣，眉头忍不住拧了几个结，坐起身，轻道："快起来吧，大冷的天儿，你是哪个宫的？"

她谢了恩，起身规规矩矩地站着，许是屋子里较暖和，又许是见我轻言细语的，心中不那么紧张了，细声回道："回娘娘，奴婢是浣衣局的奴才。平日里都在院中浆洗各宫主子们的衣服，不曾出来，今儿个……"她顿了一下，才又道，"今儿个管事嬷嬷不得空，便吩咐奴婢送浆洗好的衣服过来给彩衣姑姑。可奴婢不认识彩衣姑姑，这才打扰了娘娘，奴才拙笨，冲撞了娘娘，请娘娘恕罪！"

悦耳动听的声音娓娓传入耳中，竟让人只觉如浴春风，听她这么一说，我方才看到一直低着头的她手上捧着一叠折放整齐的衣衫。

我起身上前示意她将衣衫放在旁边的桌案上，她见我上前，不免又紧张起来。我细细地打量着她，可真是个娇娇弱弱，惹人怜爱的可人儿。

我含笑上前拉了她同坐炭盆旁的椅子上，手上冰凉扎手的触感让我微愣了一下。她也觉察到了，红着脸，自卑地低下头，将手缩了回去。

我一把抓住她的手，细细察看着，在她诧异的目光中轻抚那些长了冻疮结了茧和冻裂的伤口，轻声问道："疼吗？"

她飞快地抬头看了我一眼，又迅速低下头去，回道："不，不疼。娘娘，奴婢习惯了。"

我见她怯生生惹人怜的样子，轻叹了口气，想起壁柜上还有几盒前些日子我派小碌子去问南宫阳要来给殿里奴才们用的冻疮膏，起身拿来一盒打开，用手指挖起一些药膏轻轻抹在她的手上。

"娘娘……"她哽咽着，话未成句眼泪已如断线的珍珠般滚落而下，伸手接过药膏，"娘娘，奴婢自己来吧。"

我点点头，递到她手中："擦完就带回去吧，以后也用得着。"她没有说话，只默默地点了点头。

"主子，今儿外面可真冷啊！"彩衣边掀帘子边嚷道，见屋中有人忙住了嘴。

她见有人进来作势就要起身，我拉了她坐下，转头吩咐道："彩衣，去把前儿你从柜子里翻出来的那件棉袄拿来给……"蓦然想起还不知她的名字呢，又转头问道，"你叫什么？"

她忙收起药膏，又拉起袖子揩了揩眼角，整好仪容，才沙哑着嗓子道："回娘娘，奴婢叫木莲。"

"木莲，你家里都还有什么人啊？都是做什么的？"我看她好不容易放松下来，见彩衣回来又紧张起来，就随口这么一问。

"回娘娘，有爹娘和两个弟弟一个妹妹。"

"这大冷的天儿，怎么也不多穿点？看你，都冻成这样了。"看着真是让人心疼。

"回主子，奴婢打小家里就穷，如今又多了几个弟妹，一家人全靠爹在殿前侍卫房打杂和奴婢每月的月钱为生了。"

哎，苦命的孩子！

彩衣已取来了袄子，作势要给她穿上，她却躲闪开去，连声道："不，不，娘娘，奴婢已经受了你莫大的恩惠了，万不敢再拿娘娘的东西了。"

"穿上吧，这是旧衣服了，搁在那儿也没人穿了。"我笑着拉了她，让彩衣给她穿上。

我左右看看，活生生一个小美女，在浣衣局里洗衣，真真是暴殄天物。她欣喜地摸摸那滑手的缎子，挂着泪痕的小脸上绽开了笑容，跪在地上磕头道："谢谢娘娘恩典。"

我正要说话，小安子在外间说："主子，奴才进来了。"说罢掀了帘子进来了。

木莲见人越来越多，忙道："娘娘，奴婢出来有些时候了，也该回去了，再晚管事嬷嬷就要找人了，就不打扰娘娘了。"

我点点头，柔声道："嗯，去吧。往后有什么难处，只管来找本宫。"

小安子从进门见到木莲起便目不转睛地盯着她，木莲在小安子逼人的眼光中怯怯地谢了恩，躬身朝外退去。

小安子瞪着木莲消失的绣帘，呢喃道："像，像，真的是太像了。"

彩衣敲了敲小安子的头，笑骂道："人都已经走啦！还看。花花肠子还真不少，看见漂亮姑娘连眼珠子都不转了，人都走远了还盯什么盯。"

"去，去，别闹。"小安子拂开彩衣，转身上前道，"主子，方才出去的那位姑娘是？"

"哟！说说你还来劲了？"我本想逗一下小安子的，可见他一本正经的表情，不明所以地答道："怎么了？她不过是浣衣局的奴才罢了，本宫见她可怜，便留了她一阵子。有什么不对么？"

小安子定了定神，见屋子里没有外人，才道："主子，那丫头跟已故的薛皇后长得可真像啊！"

我心下一动："真的？你能肯定么？"

"奴才怎敢跟主子开这种玩笑。"小安子见我若有所思的样子，忙道，"奴才进宫那会子正是薛皇后怀着太子之时，奴才跟在杨公公身边，时常见到皇后。奴才不会记错的，那脸蛋，那身段，没有十分，也有七八分像了。"

我一听，忙吩咐道："小安子，叫小碌子去安排一下，将她悄悄调往偏僻不见人的地儿，做些简单的活儿，好生调养身子，别让人发现了。她要问起，只说是本宫的恩典。"

"是，主子。"小安子答应着往外退去。

"主子，她不过一个洗衣的丫头，你这么恩典她？"彩衣到底心直口快，问出了小安子心中的疑问。

"唔，现在还没想到，留着吧，总会有用的。"我闭眼歪在椅子上呢喃着。

迷迷糊糊间只觉有人在往我身上盖被子，张开眼愣了一下，才知是我不觉竟睡着了，彩衣拿了锦被给我盖上。见我蒙眬睁眼，歉意道："主子，吵醒你了。"

我摇摇头，准备起身，彩衣又道："主子，再睡会子吧。"

我坐起身来，在彩衣的搀扶下，移步到铺着软垫的楠木椅上，踩在椅下的暖脚铜炉

第八章　釜底抽薪　201

上，慵懒地说："这大冷的天儿，又不能外出，歪在屋子里就昏昏欲睡的，睡得人都糊涂了。"

"主子不想歇了，那就用点甜汤吧。"小安子正好掀了帘子端着一盅东西进来，笑道，"主子，刚炖好的生地龙骨汤，趁热暖暖身。"

我笑着接过小安子舀好递过来的青花瓷碗，用银匙搅着，猛地想起来："小安子，东边的养生汤还用着么？"

"当然，主子专门交代的事奴才岂敢忘了。"小安子收拾了一下，歪在我脚边的软凳上道，"以前伺候跟前的奴才没有换，又伺机给了他机会找到了那边会做汤之人，专门偷学过了，做法、材料、味道同以前一点未变，小玄子做得天衣无缝。"

我点点头，小口喝着汤，又缓缓问道："你们办事，我放心。对了，那，那边都安排妥当了？"

"放心吧，主子，都安排妥当了。"

我点点头，道："成败在此一举了，本宫可不想做第二个丽贵妃，自以为万无一失，其实不过是坐以待毙罢了。"

连着几天的大雪终于停了，太阳照在冰天雪地上一丝温暖也感觉不到，不过这样的天气心情倒也好了不少。

我坐在宁寿宫里认真地听太后讲经，太后正讲到兴头上，殿外传来沉重的钟声。我和太后大吃一惊，对望一眼，又不约而同朝殿外望去，要知道这千斤巨钟只有在宫中皇后太后之类的去世才可以敲的。

正发愣间，云秀嬷嬷跌跌撞撞地跑了进来，气喘嘘嘘地呼叫道："太后，太后，不好了！"

太后脸色一凛，沉声喝道："哀家也知出大事了，可你慌慌张张成何体统？但有何事，速速禀来！"

云秀嬷嬷没有理会太后的喝声，深吸了口气，颤声道："回太后，太子……太子刚刚去了！"

"什么？！"我们俱是大吃一惊，霍地站了起来。太后刚一开步，便软软地倒了下去，我忙上前扶住了她。

云秀嬷嬷一边同我一起扶着太后，一边高呼殿外的人进来伺候着，又命人去请太医。众人七手八脚地把太后扶了躺在床上。

云秀嬷嬷拉了我道："娘娘，东宫这会子只怕乱成一锅粥了，你快去看看吧，这里有老奴几人伺候着就成了。"

云琴嬷嬷也朝我点点头道："皇上皇后这会子只怕已是伤心欲绝，淑妃又向来不理事，德主子你快过去吧，无论如何可要撑着。"

我点点头,招呼了彩衣他们疾步出了宁寿宫,直奔东宫而去。

东宫里乱哄哄的一片,我入了东宫直奔正殿而去,入了正殿,推开来来往往的奴才入了暖阁,奴才们跪了一地嗡嗡地哭成一团。

皇后晕过去几次了,这会子正躺在偏殿里间,太医伺候在跟前,皇上面色沉痛,一言不发地坐在旁边,对屋子里的人和事仿若未闻。

我重重地透了口气,高声道:"小玄子,将皇上送到偏殿歇着;南宫阳,还不快命人去备些安神汤来!"

南宫阳得了令,忙吩咐人准备去了,我上前扶着皇上,他抬眼看到我,愣生生地扯开嘴角,想给我个笑脸,却比哭还难看,我忍不住鼻子一酸,哽咽道:"皇上……"

他拍拍我的手,沙哑道:"言言……"

"皇上,先歇着吧,这里有臣妾呢!"我心疼地看着一夕之间仿佛老了许多的他,眼睛有些发涩。

他沉重地点点头,沙哑道:"小玄子,杨公公如今是不能理事了,你暂代内务府总管一职,协助德妃处理此事。"

"奴才遵旨!"小玄子跪了回道,又令旁边的小太监扶了皇上离去。

待皇上离去,我神色一凛,低声吩咐道:"小玄子,立即调人暗中围了这儿和那边,密切注意进出之人,另外迅速派人设置灵堂。小安子,带东宫掌事太监宋公公进来见我。"说罢带着彩衣入了西暖阁。

宋公公虽悲痛万分,可也甚是有礼,一入门便跪了行礼:"奴才见过德妃娘娘。"

"嗯。宋公公,今儿本宫单独召见你,是有些事想问问你。"我也不叫他起身,顿了一下又道,"太子养病期间,都是谁在跟前伺候着?"

"回娘娘,是老奴带了下人们在跟前伺候着。"宋公公不亢不卑地回道。

"宋公公,你别在本宫面前打哈哈,本宫问的是谁在跟前伺候太子殿下的饮食起居?"我不由得提高了声音。

"奴才不敢!回德妃娘娘的话,太子殿下的饮食起居一直都是老奴亲自伺候,二十多年来,不曾变过。"宋公公抬起头来直视着我,高声回道。

我目光炯炯地盯着他,一字一句地说道:"太子一出生,宋公公便是太子跟前的贴身太监,宋公公二十年如一日全心全意侍奉太子殿下,本宫全都清楚。可近大半年来,太子殿下的饮食起居真的还是宋公公一人全权操办,不曾假以他人之手么?"

"这……"宋公公见我一副胸有成竹的样子,不免有些底气不足。

"宋公公。"我打断他的话,继续说道,"你看着太子长大,疼他、爱他、敬他、护他,本宫清楚;如今太子去了,你悲痛欲绝,为保全太子殿下的名声拼命想掩饰之事,本宫也清楚。可宋公公要知道,有些事,你想掩也掩不住,想担你也担不了!"

第八章 釜底抽薪 203

"娘娘……"宋公公闻言霎时白了脸色,大雪的天儿头上冷汗涔涔。

我拿起案几上彩衣方才送进来的御医诊断结果扔给宋公公,疲惫地说:"你自个儿好好看看吧!"

宋公公用颤抖的手慢慢拾起地上的宣纸,上面赫然是:中毒而亡!

"这,这怎么会……"宋公公一脸难以置信。

"如果本宫没有记错,方才在殿中所见的宫女翠奴便是长春宫丽贵妃跟前的侍女吧?"我冷冷地说道,"亏你还是宫里的长辈了,本宫看你真真是老糊涂了,连这点警觉都没有了!"

"天哪!老奴有罪!"宋公公高声惨呼,瘫软在地。

小安子呼地掀了帘子闯了进来,疾呼:"主子,不好了!宫女翠奴上吊自杀了。"

"什么?!"我和宋公公皆是大吃一惊,失声低呼。

我又惊又怒,这翠奴是太子养病期间伺候太子饮食的贴身宫女,我本打算从她身上下手,如今她这么一去,只怕要坏事了。

我霍地起身往外走去,到门口才又转头对瘫软在地的宋公公道:"宋公公,本宫言已至此,你自个儿好生斟酌斟酌,你若是真心疼爱太子殿下,就好生保重自己,为太子殿下伸冤报仇。"顿了一下,又道,"小安子,找小玄子调两个人,好生伺候着宋公公。"

入得正殿,奴才们正有序地忙碌着,我心乱如麻,见小玄子凑上前来,忙吩咐道:"小玄子,把东宫的奴才们可都看好了,可别再出事了,否则你我难逃干系啊!"

"是,娘娘!"小玄子答应着,转头吩咐旁边的奴才前去办了。

我立于正殿阶上,看着已然偏西的冰冷的阳光和望不到头的雪白宫殿,心知如今箭在弦上,已是不得不发,重重地透了一口气,沉声道:"小玄子,带上人,跟本宫走!"

疾步出了东宫,上了早已停在门口的软轿,一行人直奔长春宫而去。

长春宫门轻掩,几月未有人住也便荒凉了下来,大红的宫门已微微有些褪色,推门而入,宫中一片寂静,了无生气。

暗中围住的奴才们早已查过,宫中无人。我领头入了正殿,冷声吩咐道:"来人哪!给本宫搜,仔细地搜,一片瓦也别放过!"

"是,娘娘!"前来协助查办的殿前侍卫应声而动,入了各屋翻箱倒柜,仔细查看。

不多时,已有一侍卫双手捧了东西,上前来禀:"启禀德妃娘娘,奴才在暖阁小柜的夹层中发现了这本书。"

我瞟了一眼那本封面上写着"养生之道"的书,不以为然道:"一本破书,值得如此慎重么?再去给本宫仔细搜!"

"是,娘娘!"那侍卫应声而退。

"等等。"小玄子叫住了他,又转头向我说道,"娘娘,此书既是放于夹层之中,定然也多少有些用处，否则，也不会保存得如此隐秘了。"

我沉吟了一下，点头道："呈上来吧！"

那侍卫忙又将书呈了上来，小安子上前接了转呈于我。我拿了书，随手翻了几页，面色一怔，细细察看起来，面色也越来越凝重。

待到看完之时，已然怔在当场，呢喃道："真是天下最毒妇人心！"

处理完杂事天色早已暗了下来，各宫已点上了灯。我缓步踏入灵堂之中，处处白花花的一片仿若屋外白雪皑皑的景象。灵堂正中摆着千年檀香木龙棺，两边挂着大幅挽联，甚少露面的太子妃跪在灵前烧着倒头纸。

皇上神情憔悴地呆坐一旁，见我进来，竟强忍着悲痛上前来低声道："你跟朕来！"

我紧随其后入了偏殿，皇上沉声问道："德妃，你都查到了什么？"

我心下一惊，开口轻唤："皇上……"

皇上神情一肃，声音中透露出不自觉的威严来："难道你不打算跟朕说吗？"

我心下明了，今儿个我做的桩桩件件都已难逃他眼了，伸头缩头都是死，不如赌上这一把。想到这儿，反而平静了下来，默默地跪在地上，沉痛道："皇上息怒！臣妾并非有意隐瞒，而是如今皇上的神情和身子，臣妾实在不愿……臣妾担心皇上的身子，怕你知道实情承受不住啊！"说着眼泪簌簌而下，痛心万分。

皇上一愣，表情随即柔和下来，亲自上前扶了我起来，同坐楠木椅上，低声道："言言，看朕都说了些什么，朕真是糊涂了。"

我柔声道："臣妾知道皇上的痛心，可臣妾一来便认出了太子跟前的宫女翠奴以前在长春宫里伺候，这才起了疑心。于是单独唤了宋公公，想从他口里知道些什么，不想那边还没问出个所以然来，这边却出了事，翠奴竟上吊自杀了。臣妾心知这其中定有阴谋，于是令小玄子带人搜了长春宫，不想果真如臣妾所料，竟在暖阁中搜出了这个。"

我说着缓缓从袖中拿出那本养生之道，却踌躇再三，迟迟不愿递过去。皇上轻拍我的肩膀，将书接了过去："别怕，言言，朕挺得住！"

皇上翻开书细细看了起来，初时眉头轻皱，有些不明所以，渐渐地便神色凝重起来，待看完时早已悲愤难平，全身颤抖，紧紧捏着书页的手指节泛着白，半天才进出话来："好歹毒的贱妇，朕念及旧情，没有灭你九族，你却死也不放过朕的皇儿！"

我满目痛楚，担忧地看着他："皇上，龙体要紧，你可要好生保重。"

皇上没有理会我，只朝门外高声唤道："小玄子，叫宋公公来见朕！"

宋公公一进门见皇上的表情，又见我在旁，心下已知皇上所为何事，跪倒在地，痛哭失声："皇上，老奴死罪啊，皇上！老奴辜负了皇上的信任，一时大意，害了太子殿下！"

皇上也红了眼，沉痛道："你确是死罪！朕把太子托付于你，你就是这样回报朕的

么？那宫女究竟是怎么回事，还不给朕细细道来？"

"皇上，老奴糊涂啊，老奴天天跟在太子身边竟不知他何时对长春宫那位娘娘存了那样的心思。太子殿下病重，贵妃娘娘亲手送来了养生汤，后来太子殿下便常常挂记着这养生汤，奴才命人厚着脸皮要了几次，贵妃娘娘索性就送来了这宫女翠奴每天为太子殿下熬制这养生汤。"

宋公公顿了一下，抽了口气，又接着说道："老奴也真是老糊涂了，不中用了，竟不知两人暗中有了来往，直到皇上那次陪德妃娘娘来划船在芦苇丛里撞见……那以后，太子殿下被幽禁，老奴也才慢慢知道了此事。"

"你既已知道此事，却为何不将翠奴调开？"皇上冷冷地追问道。

"老奴一知此事，第二天便把翠奴调开了，可太子殿下非要喝那养生汤，甚至绝食，老奴没有办法，只好又将翠奴调了回来。"伤心过度的宋公公此时已是泪流满面，气喘嘘嘘地抽着气。

"混账东西，自寻死路，与人何忧！"皇上听宋公公说太子至死也对丽贵妃念念不忘，忍不住愤愤然道。

"宋公公，宋公公！"我惊恐地看着跪在地上的宋公公歪倒在地，喘着粗气，口角竟有鲜血流出，慢慢地气息越来越弱。

"你……"皇上愣在当场。

"太医，小安子，快传太医！"我回过神来，朝门口高声喊道，小安子忙掀了帘子进来。

"不用了，德妃娘娘。"宋公公轻声唤住我，又转头看着皇上，喘着气，用尽全力说道，"皇上，老奴有罪，就罚老奴去黄泉路上继续伺候太子殿下吧。"

宋公公的呼吸越来越弱，我心中一片茫然，闭眼轻轻透了口气，小安子上前探了一下鼻息，朝我摇了摇头。

皇上轻叹一声，吩咐道："命人好生安葬。"说罢举步走了出去。

太子的葬礼有条不紊地进行着，可自那以后，皇上再也没有在灵堂出现过，整日独自在御书房中，不然就在军机处与重臣商议政事。

直至太子下葬前夕，皇上突然颁下圣旨，直指前贺丞相与已故丽贵妃秘密谋反，被识破后皇上念及旧情，准其卸甲归田，不料两人恩将仇报，毒害太子，念贺相有功于朝廷，着发配边疆，没收全部家产，永不准回皇城，将丽贵妃贬为庶人，灵柩即刻迁出皇家陵园等等。

一石激起千层浪，朝中频频有人揭发贺相同党，不到一月，权倾朝野的贺氏一党便全军覆没了，一时皇城街头巷尾皆在议论此事。父亲进宫来看我，言语中不免因此有些扬扬得意，毕竟铲除贺氏一党他功不可没。

我万分震惊，心中更是万分后怕，他自己宠爱了多年的女人，竟然连眼都不眨一下便赐死了，如今一句贬为庶人便命人将其尸身拖出皇家陵园，弃尸荒野了。

　　丽贵妃说的没错，这宫里的女人不过就是一颗颗的棋子，代表着一个个的家族利益，爬得越高就会摔得越重。

　　如今我背后的不过就是看起来日益强大的莫氏家族罢了，父亲的日益强大让我有些后怕起来，若不想走上丽贵妃的老路，就得要好好斟酌斟酌才是了。

第九章　夺宫

　　太后伤心过度身子虚弱，皇后悲痛万分重病卧床，宫里一时冷清了许多，连着的新年宫中也没了喜气，在忧伤而沉闷的气氛中度过了。

　　开了春，太后的身子也慢慢调养回来了，我本以为皇后便会这样一去不返了，不料她竟也一天天好了起来。

　　皇上因为她没了太子痛心万分，便常常去储秀宫中看她。不料她却利用这个机会一步一步将容婕妤和宜贵嫔提携了上来，竟升了容昭仪和宜婕妤，大有荣升为妃之势。

　　皇后病重的时日，后宫之权自是落在了我和淑妃之手，淑妃又是个没什么主见之人，这后宫便是我说了算。如今皇后眼看着一天天好了，我们又不得不做做样子，多少拿些事到她跟前询问她的意思。

　　"皇后姐姐，不知妹妹上次提的开了春修葺长春宫、落霞殿和梅雨殿等几处宫殿之事，皇后姐姐以为如何？"

　　其实此事我早已禀过皇上，宫里发生了这么多事，想从宫外选些德品兼优的妹妹们进来冲冲喜，皇上已然同意，西宁那边也暗中做好了准备选了些靠得住的官员的女儿。如今皇后问起，我便拿了此事搪塞于她。

　　"此事，本宫看就不必了吧！"皇后不冷不热地说道，"这几年连起战事，国库空虚，我们姐妹虽帮不了皇上什么，可这宫里的开支也要能省则省才是！"

　　我心中冷笑一声，面上不动声色。淑妃却冲口而出："皇后姐姐，此事我和德妃妹妹已然禀过皇上了，皇上也已恩准了。"

我心中叹了一声，这个淑妃，还真是成不了气候的，也不知她当初在我殿里埋下那颗棋子是她自己的意思，还是他人之意了。

"两位妹妹想再选些妹妹进来冲冲喜，也热闹热闹，这是好事，姐姐也极力赞成。"皇后接过话去，用毋庸置疑的口气说道，"至于宫殿嘛，我看就叫奴才们打扫干净也就成了，不用再劳师动众地重新修葺了。改明儿我与皇上说说，此事就这么定了！"

我不动声色地喝着茶，没有说话，淑妃也没有说话，不过脸色就不怎么好看了。

院中的樱花又冒出了一个个花骨朵儿来，眼看着又要繁花似锦了，温暖的阳光照得人暖洋洋的。

我刚刚起身梳洗完毕，立于回廊下逗弄着那几只小鸟。小碌子突地从回廊拐角处慌慌张张地跑了过来禀报道："主子，淑妃娘娘差人来说，说是宏儿皇子不好了。"

宏儿自小没了亲娘，丽贵妃养了些时日又交由淑妃养育，皇上虽说不如疼爱睿儿般疼爱他，但隔三差五总会问上几句，去南院看睿儿时也时常会去看看宏儿。

我得了报，命人取了披风匆匆赶到万福宫，一进屋便看到淑妃和皇后守在床前。

我轻轻走上前去，低头看着正熟睡着的宏儿，轻声问道："皇后姐姐，淑妃姐姐，宏儿还好吧？"

淑妃见我到来，红了眼圈儿，疲惫地起身答道："太医开了方子，一晚上连着服了两次，到天亮才沉沉睡去。"

"没事就好，没事就好。"我上前握了她的手，连声安慰道。

正说着话，门外守门的小太监尖声通传："皇上驾到！"

我和淑妃俱是一愣，不明所以地对望了一眼，看她的表情我已知她并没有禀报皇上。皇后却已笑吟吟地起身朝门口迎去，我二人也赶忙跟了上去。

小玄子打开帘子，皇上踏进屋来，我三人早已跪在门口接驾："臣妾恭迎圣驾！"

"怎么样，孩子还好吗？"皇上搀起我三人急着往床边而去。

皇后迎了他过去，笑道："皇上，已经没事了。宏儿不过是闹了点肚子，我们也是太紧张了，所以才惊动了皇上。"

皇上走到床边，看着正安稳地熟睡着的宏儿，这才松了口气，转过身微笑着对我们道："孩子没事就好了。"

正说着皇后却突地跪下道："都是臣妾不好，见宏儿病了就慌得六神无主了，淑妃妹妹本说再看看，可臣妾心中恐惧得紧，耐不住性子赶紧叫人去通知了皇上，如今累得皇上一下朝便赶了过来，这样操劳，臣妾有罪！"

皇上看着跪在地上自责不已的皇后，心里头一软，皇后毕竟从小进宫服侍自己，累掉了龙胎后便一直没了生养，好不容易太子长大成人却又被贵妃那贱人所害，也难怪她如今如惊弓之鸟般，一有风吹草动便恐慌不已。

皇上忙亲自搀扶起她，柔声安慰道："好了，别再自责了，朕知道你是担心宏儿，朕又怎么会怪你呢？"

皇上看着眼角挂泪的皇后，温柔地伸手抹去她眼角的泪水，道："不许再伤心了，知道吗？"

皇后这才虚弱地微笑着点点头，突地，她脸色一阵刷白，身子微微晃了晃。皇上忙上前紧张地扶着她道："皇后，你怎么了？"

皇后摇了摇头，咬紧了嘴唇已是说不出话来了。倒是一旁的淑妃看了看她的面色回道："瞧皇后姐姐的样子，大概是方才起身的时候太猛了，姐姐可是觉着头晕目眩，眼前发黑？"

见皇后微微点头，皇上这才没有唤人传太医，顿了一下道："皇后，你既然不舒服，朕这就送你回储秀宫吧。"

皇后摇了摇头道："宏儿才刚好，臣妾放心不下。"

我见状，忙道："皇后姐姐身子向来虚弱，就回去好生养着吧，这里交给我和淑妃姐姐就行了。"

皇上如今对我已是万分信任，也跟着说道："是啊，这里交给她们就行了，有什么事就让她们商量着拿主意就成了，你别硬撑着，要是再病倒了怎么办？"

皇后这才摆了一副无奈的样子，顺从地点了点头。皇上当下陪了皇后回去，我和淑妃二人跪下送驾，隐约听到皇上对皇后轻言细语地叮嘱着，只叫她好生养病，切莫过于操劳。

我听着心里一阵空空荡荡的，直到二人都走了好远了，这才起身坐在旁边的椅子上。旁边的淑妃许是起得猛了，脚下禁不住一晃，伸手支着额头，一阵眩晕。亏得身边的海月及时扶住了她这才没有摔倒，伺候了她多年的海月嬷嬷看着身心疲惫的淑妃忍不住心疼万分。

"主子，您就是太忍让了。昨儿个晚上您在这儿照看了宏儿皇子一宿，那皇后今儿早上不过比德妃娘娘早来一会子罢了。她倒好，先您一步禀了皇上，这看在皇上眼里倒成了她的贤德了。主子您的劳累又有谁知道呢？"

淑妃叹息了一声，她也知道海月说的没错，可又有什么办法呢？谁叫她向来笨拙，又是个丫鬟出身，怎么及得上她呢？

"算了，这么多年都忍下来了，还有什么事儿忍不了呢？"

我但笑不语，只冷冷地看着这一切，心中若有所思。

这日里，我和淑妃一同去皇后殿中与皇后商量选秀冲喜之事。我将整理好的名册交予宁英姑姑转呈皇后跟前，待皇后拿了名册细细察看时，细声说道："皇后姐姐，这是内务府根据各部官员的千金的生辰八字整理出来的名册，请您过目。若姐姐没有异议，便传下话去，准备张罗选秀之事。"

"嗯。"皇后沉吟了一下，细细看着名单，半晌才缓缓开口道，"我看就不必大张旗鼓地选秀了，改明儿跟母后商量商量，看中了哪家德才兼备的妹妹就选进宫来，也就是了。"

"皇后姐姐，这连人的面儿都没见到，可怎么选啊？"淑妃诧异地问道。

"淑妃妹妹此话大为不妥！"皇后板起脸，严肃地说道，"选秀选的是品性和德才，容貌乃是其次，淑妃妹妹难不成想选些空有美貌之人进来伺候皇上么？"

"你……"淑妃被堵了个正着，面红耳赤地吐不出半个字来。

我忙笑着打了个圆场："看来两位姐姐对此事尚有些意见分歧，不如我们先仔细斟酌斟酌，改日再议。"

从皇后殿里出来，回到月华宫中，淑妃一路愤愤难平。我轻呷了一口彩衣新奉上来的新茶，一副平和的样子。

"哎呀，我说德妹妹，都什么时候了，你怎么还一副若无其事的样子？"淑妃见我不慌不忙的样子，急得直跺脚。

我放下茶杯，微微一笑，不紧不慢地说："姐姐这会子就算急出个三长两短来，也改变不了这已然是铁板钉钉之事。"

"妹妹明明知道我说的不是此事，却来跟姐姐绕圈子。"淑妃急道，"我担心的是从此这宫中再不是你我二人共同掌管了，只怕是以后都没了我们说话的份儿！"

我只装作没听懂她的话，她顿了一下，又道："她要是一直都卧病在床倒好了，也不碍着咱俩的事了！"

"那她要是不在了，这后宫岂不就是姐姐的天下了？"我不冷不热地接道。

淑妃万没料到我会如此语出惊人，脸色突变，转头四下察看，确认无人后才后怕地说道："妹妹，这种话可不能乱讲啊！"

我不紧不慢地喝着茶，半晌才道："姐姐向来和善，也不与她计较，姐姐明明吃了亏，可功劳却被她抢去了。如今姐姐代理后宫诸事尽心竭力，她却处处为难你，姐姐向来宽厚，也不与她计较，不过如今连做妹妹的也有些看不下去。"

"这也是个人的命不同，我不过一个丫鬟出身的宫妃，又岂能与她相比呢？"淑妃说起来不免有些自怨自怜。

"姐姐若果真是如此想的，当初又怎么不将宏儿让于她便是了，却愣生生让容婕妤捡了个便宜，得了宠。"我似笑非笑地看着她，轻声道。

淑妃脸色一变，心虚地低下头去，我知已然击中了她心中那根软肋，又一字一句道："姐姐，你不会真的以为皇后拉拢容婕妤，仅仅是因为元佑皇子如今入了皇上的眼，逐渐受到重视的原因吧？"

淑妃蓦地抬起脸来，惊道："难道不是？"随即又明了自己问了句废话，忙追问道，"妹妹觉着却是为何？"

"这后宫素来不是皇后一人独大，当初有丽贵妃，如今又有了姐姐与我，你觉着皇后所为何事呢？"我不冷不热地分析道。

"听妹妹一说，还真是那么回事！她本想拉拢我来对付妹妹，不想我不愿将宏儿让与她，她便转而联合了容婕妤她们，先是在太后面前诬陷你贪污，一计不成，如今只怕又想好其他计谋了，难怪这些日子她成日里故意挑刺为难我们。"淑妃着急万分，"妹妹，如今我们该当如何是好啊？"

我若无其事地抿着新茶，过了半晌，才缓缓道："办法，也不是没有。只是我担心姐姐下不了那狠心……"

"哎呀，妹妹，如今与她已是你死我活的时候了，你还说这种话，有什么办法你倒是快说啊！"淑妃到底见识短些，经不起多少挑拨便已是着急万分，恨不得立刻除了那人，好大权在握。

我这才将手中茶杯放到旁边几上，凑过头去在淑妃耳边轻声说道："姐姐，妹妹前两天在绣房里看到一绣女，惊为天人，长得竟跟皇上歇息的暖阁中那画像有七八分像……"

"真的？"淑妃一副难以置信的样子，失声道。

"是啊……"

没过两日，御书房里便多了一个在皇上批阅奏章时专门为皇上研墨，端茶送水的宫女木莲，一副娇娇弱弱的样子十分惹人怜爱。

到子初时分，小碌子来禀，皇上今儿个还在御书房中，并未翻牌子，我不免有些心疼，知他又在熬夜处理政事，就令小安子备了些糕点，亲自送了过去。

守在门口的侍卫早已与我熟识，见我前来，待要行礼，我轻轻摆了摆手，径自入了正殿，朝殿旁书房而去。

立于门口，却听得里面传来了清脆温婉的声音："皇上，奴婢脸上有什么不对么？"

"没，没有不对。"皇上的声音中夹杂着欣喜，"朕只是喜欢看着你。"

"皇上……"娇羞的嗔怪声传来，那女子定然是羞红了脸颊。

我微微一笑，待要转身离开，屋内却传来"哐啷"一声瓷具摔碎的声响，我大吃一惊，举步而入，耳中却清晰地听到了男人沉重的呼吸和女人欲迎还拒的娇呼声，细一听已然是娇喘连连的呻吟之声了。

我心中百般滋味，默默地收回已迈出去的那只脚，转身悄然出了殿。

门口的侍卫见我出来，轻声道："娘娘，您这是……"

我含笑道："万岁爷忙着，我就不打扰他了，你等会子叫小玄子好生伺候着，初春的天儿，可别着了凉，染上风寒。"

"是，娘娘。"

我顺着侍卫诧异的眼光惊觉到自己手中的食盒又拎了出来，含笑递了过去："大半夜的，你们值班也辛苦了，分给大家用了吧。"

"娘娘，这……"那侍卫待要推辞，我不待他拒绝就塞了过去，口中直道："快拿着吧，跟本宫还客气什么。"说罢带了小安子转身离去。

第二日我刚起身，小玄子便派人来报，说皇上一下朝便直奔月华宫而来。我淡笑不语，只对镜而立，仔细整理了仪容便跪在正殿门口接驾。

"言言，快起来吧，朕都说了多少次了，私下的不用这么行礼了。"皇上精神抖擞，容光焕发地上前扶了我，一同朝暖阁走去。

小安子送上我一早吩咐人炖好的鹿鞭汤上来，我亲手端了送到皇上跟前，柔声道："皇上，先趁热喝了吧。"

皇上一看那汤，立时明了，细细地察看着我的脸色，见我平静如常，这才接过青花瓷碗，一饮而尽，将碗递与小安子，示意他退下。

皇上扶了我同坐贵妃榻上，小心翼翼地问道："言言，昨儿晚上你去御书房了吧？"

"皇上如何得知？"他主动来找我，自是有话要说，我着什么急呢，只与他打着太极拳。

"朕见到那糕点盒了，心中便有了数，一问果真是。"皇上不自在地干咳一声，方才问道，"言言，你既然已撞见了，朕也就不瞒你了，你不会因此而不自在吧？"

我轻捶他一拳，娇声嗔怪道："都老夫老妻了，还吃哪门子的醋啊？皇上喜欢，就留着呗！"

皇上犹豫了一下，才道："此事如今便只有你一人知晓，按例她受了宠幸就该搬出来住到殿里，可，可朕想留她在身边多伺候几日。"

"皇上看着喜欢就多留上几日吧，只是这纸始终是包不住火的，若是有他人知晓了此事，臣妾便要立时为她安排地儿的，到时皇上可不许不放人。"

"是，是。"皇上嬉笑连连，伸手拥我入怀，"朕的言言可是越来越有管家婆风范了！"

"皇上！"我不依地对他推嚷着，作势要起身。

他反手将我紧紧搂住，在我耳边呢喃道："言言，朕说过，无论宠谁，你对朕来说才是最重要的。朕只是想起了一些事，一些事而已……"

不几日，宫中便有些关于莲贵人魅惑君王的风言风语传入耳中，我只作未闻，也不理会。

这日午后皇上去了军机处，我拎上一小盒糕点入了御书房。木莲自是认识我的，对我将她调到绣房也是满怀感激的，如今让她到御前侍奉，她也是心甘情愿的，见我进来，忙

第九章 夺宫　213

上前请安。

我笑着示意她起身，又说皇上不在也不必太过拘束，拉了她同坐椅子上闲聊着。

我虽待她一如往常，可木莲正襟危坐，不敢多言，我瞧她有些紧张，微微一笑拉着她的手道："有段日子不曾见到你了，怎么样，在御书房当值还习惯吗？"

木莲虽知到御前侍奉难免被皇上宠幸，可如今已然待奉过皇上的她，心中仍是觉着万分对不起竭力提携她的我，羞愧异常，只微微点头道："是，卫公公他们待奴婢都很好。"

我坐近了些又问："那皇上待你好不好？"

木莲脸上微微泛红，低下头道："皇上待奴婢也很好。"

我满意地一笑，细细打量着木莲，看来小安子真是没有看走眼，当初只有少女娇美的人儿，如今做了娇娇新妇益发成熟动人起来。

"最近身子可好？御前伺候固然重要，但皇上时常熬夜，你自己的身子也要多注意着。"我仔仔细细地嘱咐着，"平日里有什么难处，需要些什么只管来找我，知道吗？"

我如亲人般亲切的关心让她眼中升起了雾气，受宠若惊地连连点头。

我上上下下仔细打量着木莲，她身上除了一对珍珠耳坠外便再无别的饰物。我拔下来是刻意簪上的那支雕凤乌沉木簪，轻轻簪在她的发间，柔声道："还是淑妃姐姐想得周到，竟先给你备下了这份礼物。你如今在御前当值怎么还如此朴素，改明儿我也去寻几套首饰给你送过来。"

木莲慌忙站了起来，正要开口婉拒，门口的彩衣催道："主子，时候不早了，该回去了。"

我起身笑着跟她告别退了出来，彩衣迎上前来，我小声说道："成了，快走吧，耽搁了有一阵子了。"

下了台阶，早已候在那里的小安子扶我上了软轿，一路小跑直奔储秀宫。

入了东暖阁中朝皇后问了安，喝着宫女奉上的盖碗茶，我方才问道："不知皇后姐姐今儿个唤妹妹来所为何事？"

"听说皇上御书房里新添了一个随侍的宫女，妹妹听说了没？"皇后瞟了我一眼，不冷不热地说道。

"妹妹也听说了，也不知皇上打哪儿调来的，只吩咐人到我跟前打了声招呼便留下了。"我不动声色地回道。

"哦？连妹妹也是不知？"皇后一脸不信的样子。

"是啊，妹妹本想问的，可既然是皇上开的口，妹妹也就不好多说什么了。皇后姐姐怎么突然问起这个来，是不是有什么不妥之处？"我一副不明所以的样子。

"倒也不是什么大事，只是本宫听人说那御书房中已是夜夜笙歌，说那宫女魅惑君王，本宫这才叫了妹妹来问问。"

"哦？有这等事？今日睿儿身子不好，倒是妹妹疏忽了。姐姐不妨差人唤来问问，不就清楚了么？这传言也未必是真啊！"

皇后点点头，吩咐宁英姑姑差人去传木莲前来问话。我又与皇后有一搭没一搭地闲聊着，不一会子宁英姑姑便进来禀了，说是木莲来了。

我含笑道："姐姐，妹妹还是回避下比较好。"

"怎么？难不成妹妹害怕见她不成？"皇后飞了我一眼，问道。

我笑道："皇后姐姐传她前来问话，已然够她惶恐难安的了，如果妹妹也在这里，在那奴才眼里还不成了三堂会审了啊？到时来个愣不知声，皇后姐姐还不白传了这一回啊？"

皇后这才笑道："还是妹妹心思细些，想得周全。"说着示意我往里间而去，"既如此，就委屈妹妹暂避片刻了。"

宁英姑姑带我至里间坐了，便退了出去在皇后跟前伺候着。我起身立于门边，透过绣帘缝隙细细地看着外间。

木莲跟着宫女进了屋，双腿一曲"咚"地往地上一跪行着叩拜大礼，口中道："奴婢给皇后娘娘请安！"

"先起来吧。"皇后平和的声音稳稳传来，让人感觉不到有什么异样，木莲忐忑不安的心稍稍平静了些，暗自松了口气。

因为皇后近日一直在储秀宫中调养，如今又是在自己屋里，穿得甚是简单，发髻上也未插任何饰品，但那庄重的气质却已压得木莲心头突突直跳。

"今日传你来，是有些事情想问问你。"半晌，皇后的声音才再次响起，她说的看似平常，可那话中隐隐的威严已让人忍不住肃然起敬，"这几日都是你在皇上身边伺候着？"

木莲点头回道："是。"

"有多久了？"皇后又问。

木莲想了想，回道："大约有一个多月了。"

"皇上早已临幸过你了吧？"

木莲不想皇后会说得如此直白，霎时面红耳赤地低下了头，算是默认了。

皇后微微蹙眉道："你可知宫里的规矩是被临幸过的嫔妃要及时搬出御书房，住进内务府安排的宫殿，你这是坏了规矩知不知道？"

木莲脸上血色顿失，两腿一软复跪在地上，颤声道："奴婢不知道，每日都是皇上派人到下人房中传奴婢的。"

皇后瞧她那柔弱的身子，又说得有些可怜，心中有些不忍，叹了口气软言道："皇上

喜欢你是你的福气，你初来不知道规矩也就算了，但你伺候皇上的时候应该注意分寸，不能为了讨皇上的喜欢就做出些魅惑君王之事。"

皇后的话虽轻但意却重，木莲又是慌乱又是委屈，自觉已是万分对不起德主子了，如今又被皇后冤枉，不自觉地握紧了手，想也没想便冲口而出："奴婢不敢，奴婢没有。若是奴婢品行不端污了皇上的圣明，那奴婢甘愿调去杂役房做那粗使的杂役。"

皇后微微一愣，万没想到眼前这个宫女竟有这样的脾气和骨气，心中倒对她有了些好感，索性将话挑明了说，心想看她如何解释，便又道："宫里最近传言你当值的时候御书房中夜夜笙歌，还时常唱些民间小调，可有此事？"

木莲咬了咬唇，挺直了腰直直地盯着跟前的地毯，回道："那是皇上说起来，问了奴婢知奴婢会唱，便命奴婢唱了一曲江南小调，总共也只有这么一次。奴婢不敢欺瞒皇后娘娘，娘娘可以找卫总管和殿前侍卫对质。"

皇后微微一愣，仔细打量起眼前看似娇弱的女子来，并没有忽略她挺直的腰身和身侧微微颤抖的拳头，忽然嘴角一勾，扯出一个笑容来，柔声道："宁英，扶她起来。"

木莲猛吃一惊，她愣愣地抬头看着皇后身边的姑姑走到她跟前，从身后搀了她起身，坐到皇后身边。

皇后喝了口茶将茶杯放在旁边的几上，转头看着眼前的木莲，笑容生生地僵在脸上，原本木莲跪得远看不太清楚，如今坐到跟前，她才看清了她那张秀气绝美的小脸，心下明了皇上为何召她入了御书房，又为何令她唱那江南小调了。

皇后甩甩头，努力驱走心中那团不祥的阴影，暗自安慰自己薛皇后已经去了，如今眼前这丫头即便是再像也代替不了薛皇后，告诫自己切莫先乱了阵脚。

皇后一把拉住木莲的手，一双细长的丹凤眼密切地注视着她，叹了口气道："听妹妹这么说，本宫也就放心了，只是妹妹不能再住在下人房，也不能再去御书房了，晚些时候我便吩咐德妹妹给你安排个住处搬过去。"

皇后叹了口气，又道："妹妹别怨我多疑多虑，只是这祖宗规矩，我也不能随便破了，往后啊，还要靠妹妹多替皇上解忧了。"

木莲看皇后那么亲切，又说得那样真挚，心里莫名生出几分愧疚，她低下头喃喃道："奴婢无能，怕是会辜负皇后娘娘的厚望了。"

"怎么会……"皇后笑着正要宽慰她几句，蓦地脸色一变，霎时住了口。刚才木莲跪得远她不曾注意，坐在跟前又只注意到她那张酷似薛后的脸蛋也不曾注意，这会子木莲低着头，乌黑的发间那支乌沉木簪才被看得一清二楚，簪尾那凤头打磨得光滑鲜亮，甚至还微微反射着光泽。

"你……"皇后警觉地看着木莲，一时心中转过千百种念头。她不会看错的，那凤簪分明和故去的薛皇后曾有的那支一模一样。她竟有如此心计仿造了这么一支不成？

不，不可能。那支凤簪是薛皇后的陪嫁并非宫中之物，之后薛皇后便转送他人了，况且薛皇后过世时她还不曾出世，根本没机会见到，更别说是仿制了。

皇后审视着眼前的人儿，心里又生出另一个念头来：难道是她？一想到自己所猜测的可能，她顿生几分心寒，握紧五指，手心里已然是一片湿冷。

"妹妹这发簪好独特，是皇上赏的吗？"皇后尽量平稳自己的语气，故意试探道。

木莲全然不知，摇了摇头答道："不是，是淑妃娘娘赏给奴才的。"

真是她！皇后倒吸一口冷气，一下呛着，猛咳起来。

"主子，你怎么啦？"木莲和宁英姑姑看她咳得那么厉害，一时焦急不已。

皇后抚着胸口，脑海里杂乱异常，那些久远的往事忽然从心底浮了上来，又出现在脑海中。

"主子，奴婢只盼能早日替你产下皇子！"

"什么奴婢不奴婢的，你现在要叫我姐姐了。妹妹，我把已故皇后姐姐送的这个转送给你，希望你能沾上先皇后姐姐的孕气，早点有好消息。"

时至今日她还清清楚楚地记得当时的"她"是多么兴高采烈地接受了那支簪子，还一再承诺会好好侍奉主子，好好爱惜凤簪的。

皇后一瞥上前来扶她的木莲头上，发间那隐隐闪光的凤簪似乎在嘲笑她的天真，她的愚蠢，她从未想过有一天她会背叛自己，如此这样算计自己。

香草！淑妃妹妹，果然是你！

皇后猛咳一阵，一时气急攻心，身子一歪晕了过去。

"皇后娘娘！"

"主子！"

木莲和宁英姑姑大惊失色，我忙从里间疾步而出，三人合力，七手八脚地扶了皇后回床上躺着，赶紧差人通知皇上和太医院。

不一会子，皇上已一路狂奔赶来，疾步走到床榻边瞧了一眼，皇后和衣躺在床上，毫无血色的脸苍白得如白纸一般，他也不理会跪了一屋子的人，劈头便问："到底怎么回事？"

跪在一侧的木莲俯下身道："皇后主子传奴婢来问话，忽然咳嗽不止，跟着就昏了过去。"

皇上这时才注意到回话的是木莲，看着她那张焦急而苍白的小脸，一句话哽在喉咙里说不得又吞不下。

宁英姑姑也道："木莲姑娘说的是实话，奴婢方才一直在旁，皇后主子原本好好的，还问起木莲姑娘的凤簪，直说独特，谁知道，忽然……忽然就……"说到这里，宁英姑姑已然哽咽着话不成声了。

第九章 夺宫

"凤簪？什么凤簪？"

皇上目光转向木莲，木莲慌忙从发间取下凤簪，我目光陡地一敛，握着丝帕的手一下拧紧，绷紧了呼吸等着皇上看那支凤簪，不料门口华御医已赶到了，淑妃也跟着他脚跟脚地进了门。

皇上只晃了一眼便到皇后跟前去了。

我上前一步扶起愣在当场尴尬不已的木莲道："这儿人多事乱的，妹妹先回去吧。"

"德妃娘娘，皇后娘娘她……"木莲有些担忧地看向躺在床榻上的皇后一眼。

我扶了她退至一旁，微微一笑安抚道："你放心，皇后吉人自有天相，更何况皇上和我们都在这儿，你不用担心。"我顺手抽走了木莲手中的发簪不着痕迹地说道："这个……还是先放我这儿吧，我瞧皇上还有些在意。"

木莲微微点点头，朝众人磕了个头，方才垂着头退了出去。我暗自松了口气，悄悄收好凤簪，这才走回皇上身边。

华御医诊脉完毕，还不待他开口，皇上便开口问道："皇后怎么样？"

华太医面色凝重，顿了顿才道："回皇上，皇后娘娘体虚甚久，病中又受了刺激，一时气急攻心这才昏厥的。微臣稍后开个温和的方子，皇后娘娘服下后自会慢慢转醒，只是皇后娘娘如今的身子甚是虚弱，必须好生静养，切不可再受任何刺激了。"

"朕知道了。"皇上转头对我和淑妃道，"德妃，淑妃，中宫之事你们二人全权掌管，有什么事你二人商量着办即可，就不必再禀皇后了。"

我二人对视一眼，郑重地福了一福道："臣妾遵旨！"

我转身对着伺候在侧的宁英姑姑道："宁英姑姑，你这就随华太医去吧，往后皇后姐姐的药膳一事我就交给你了。"

"德妃娘娘，奴婢……"皇后病重如此，宁英姑姑自是不愿离开，莫说在跟前伺候左右，就是让她代皇后娘娘受病她都心甘情愿。

我一掌按在她肩上，郑重道："姑姑，如今皇后病重，这药膳之事最为紧要，我知道皇后姐姐只信你，所以我也只信你，我把这至关紧要的事交给你，你切莫辜负了皇后姐姐和我对你的信任。"

我如此一说哪里还有让她拒绝的机会，宁英姑姑本想说什么的，皇上也在旁边点头称是，宁英姑姑只得无奈地磕头谢恩后随华太医去了。

一晚上皇上和我二人守候在侧，让淑妃先行歇着去了，光是喂药就喂了三次。皇上不愿假以他人之手，每次都是我和他二人一勺一勺地喂皇后喝下，整夜守在跟前，皇后稍有动静便上前探视。

熬到天色微明时，淑妃过来了，我看皇后还没有清醒的样子，又怕皇上因此耽误了早朝，便让淑妃在旁伺候着，自己引了皇上到一旁，劝道："皇上，天快亮了，眼看马上就是早朝时间了,你累了一宿稍微歇息一下吧,等会子还得上朝呢。这儿就交给臣妾和淑妃姐姐吧,臣妾二人会一步不离地守在皇后姐姐身边的。"

皇上早已疲惫不堪,如今我又说得句句在理,他沉吟了一下,点头道:"那朕先去了,这儿就交给你了。"

我忙跪下称是,皇上又上前看了皇后一眼,这才带了小玄子离去。

天色微明,床上的人动了动,我知她快醒来了。拉了旁的宁英姑姑道:"姑姑,你先去熬好早晨的汤药,顺便给皇后娘娘备点清淡的粥吧,照华御医所讲,皇后姐姐不多时便要醒来了。"

宁英姑姑熬了一夜,也是疲惫不堪了,见这天色知皇后主子也快醒来了,听我如此一说,也就点点头,朝外走去。

我又道:"淑妃姐姐,你先在这儿守着皇后姐姐,我去门口走走便进来。"

淑妃道:"妹妹守了一夜也乏了,到旁的殿里梳洗梳洗,提提神吧。"

我朝旁边的淑妃打一眼色,她暗自点点头,我跟着宁英姑姑出了门,入了旁的偏殿,让奴才们伺候梳洗。

稍微梳洗了一下,我慢步往回走去,轻掀绣帘刚入暖阁便听见躺在床上的皇后微动嘴唇虚弱地呢喃道:"来人,水……水……"

我止步立于屏风后,看见淑妃起身到几上取了水,用勺子一勺勺送入皇后的口中。皇后喘过气来也同时稍稍恢复了神志。

"姐姐,你醒了?可是好些了?"淑妃见皇后缓转过来,温和地问道。

皇后蒙眬醒来尚不完全清醒,耳边传来的声音让她顿时完全清醒过来。她一转头,那侧坐在床榻边看着她的人不是她又是谁?

"你……"皇后的目光不经意地掠过淑妃的头顶,顿觉呼吸一窒,顿时再也说不出话来了。

"姐姐,你怎么了?"淑妃愣了一下,随即注意到皇后的目光死死地盯着她的发髻上,淑妃刻意倾身上前让她能看得更清楚一点,优雅地抬手整了整发髻上插着的凤簪,嫣然一笑,"姐姐可是在瞧这个,这么独特的发簪妹妹戴着好看么?"随即又一副恍然大悟的样子,"呀,倒是妹妹糊涂了,想来姐姐还记得吧?这是薛皇后送给姐姐,姐姐转送于我的。"

"香草,你……"皇后说了半句突然又开始剧烈地咳嗽起来。淑妃上前温柔地扶起她,拿了软垫给她靠着,替她顺着气助她喘过来。

"姐姐,我知道你想要个皇子,做梦都想要个皇子啊!"淑妃喃喃低语,"即便是你有了太子,你也时刻觉着不安全,毕竟太子身后有皇上有太后,太子也不能保你后位无忧,于是,你想到了我。可真真是人算不如天算啊,妹妹我也没有皇子。"

第九章 夺宫 219

皇后虽做了皇后，可做皇后这二十年来，哪一天不是战战兢兢，如履薄冰，她每天都在她身边，太清楚了。

说到此处，淑妃话锋一转，立刻让皇后心头一寒："可如今不一样了，如今没了丽贵妃，也没有了太子，我却有了深受皇上喜爱的宏儿，可你却偏偏想要抢我的宏儿。你知道么，有了宏儿皇上便会时常来看我，有了宏儿我甚至胜过了你，我的宏儿即将是太子了，你说，我怎么会把宏儿让给你？"

淑妃像是要把这些年受皇后的气全发泄出来般，她眼中的疯狂让皇后不禁恐惧万分，胸口一阵紧缩，痛得她张口喘息了几下，才勉强发出声来："你以为没有了太子，皇上就真的会立宏儿为太子么？你可别忘了除了宏儿宫中还有其他皇子呢！"

淑妃愣了一下，随即温柔地拿出丝帕替皇后擦去额上的汗，抓住皇后的手，一挑眉笑道："所以啊，皇后姐姐，你要快点好起来，我要你亲眼看着我的宏儿是如何成为太子，如何继承大统！"

皇后胸口一阵气血翻腾，刚张口想要说话，却吐了一口血晕死过去了。淑妃面无表情地看着床上昏迷的女人，过了良久像被针蜇了般甩开她的手，霍地起身张皇失措地后退几步，满眼惊恐，慌忙转身朝门外高喊："快来人啊，皇后，皇后她吐血了！"

我伸手打了背后的帘子几下，才疾步朝屏风前转去，刚过屏风，身后已传来一阵急促乱杂的步伐。

我转头望去，却是个小太监掀了帘子，云秀、云琴两位嬷嬷扶了太后疾步迈了进来，我忙跪了迎接。

太后看也没看我一眼，直朝床榻而去，看着皇后口角的鲜红和锦被上那摊猩红，太后眉头一蹙，厉声问道："太医呢？怎么也不传太医？"

"不，不用了，母后……"皇后看到一路赶来的太后，顿时来了精神，转头虚弱地看着太后。

太后听皇后说话，忙上前侧坐跟前，拉着皇后的手，柔声道："快别说话，好生养着。"

"母后，儿媳时候不多了，想单独跟你说几句话，行吗？"皇后撑起身子，吃力地说道。

太后沉吟了一下，挥挥手，示意大家退下。淑妃万没料到太后这时候会来，这会子又听说皇后要单独跟太后说话，目露惊恐，惴惴不安地随众人行礼退下。

刚一出门，淑妃便悄悄上前拉了我，低声道："妹妹，这可如何是好？皇后会不会跟太后讲些什么啊？"

我转头不明所以地看着她："皇后会跟太后讲什么呢？姐姐在担心什么啊？"

"我……"淑妃扭捏地看了我一下，低头小声道："姐姐也是一时气不过，才说了些不中听的话来，这会子……哎呀，这可如何是好啊？"

　　看着淑妃急得像热锅里的蚂蚁的样子，我心中冷笑一声，就知道你沉不住气，要的也就是你说这些个有的没的，好搬石头砸自己的脚，自寻死路，面上却不动声色地拍拍她的手，轻声安慰道："没事，先沉住气，到时候看看再说。皇后病得那么重了，到时候你来个抵死不认，谁又能奈你何？"

　　正说着，皇上已得了消息提前下朝赶了过来，扶起行礼的我们，劈头就问："你们怎么在这儿，谁在皇后跟前伺候着？"

　　"回皇上，皇后姐姐这会子在与太后说话呢。"我一副痛心疾首的样子，哽咽道。

　　皇上待要开口，只听得屋内太后连声叫："皇后，皇后，你醒醒！"

　　我们心下一惊，忙拥了皇上进得屋中，华御医已在跟前诊脉了，待他诊完脉，皇上便迫不及待地问："皇后怎么样了？"

　　华御医摇摇头，沉声道："回皇上，老臣尽力而为，这就去开方子。"

　　众人一听，心情不由得沉重起来。皇上侧坐窗前，看着已然没了知觉的皇后，呢喃道："怎么会这样，怎么会这样！朕离开时还好好的，怎么会突然急转直下，甚至，甚至有了性命之忧呢？"

　　我和淑妃两人跪在地上嘤嘤痛哭，我抬头看着懊丧的皇上，眼泪哗哗直流，呜咽道："都是臣妾的错，是臣妾没有照顾好皇后姐姐，都是臣妾的错。"

　　"德妃，不关你的事，你不要太自责了。"皇上扶了我，又示意淑妃起来，安抚了我们几句，又守在皇后跟前。

　　"思仪，朕来了，你睁开眼看看朕，朕就在你的身边啊！"多年的陪伴，即便是没有爱情，没了恩宠，也多了份亲情了，此刻皇后有了性命之忧，他不禁也红了眼圈，声音中有难掩的哽咽。

　　皇后的手动了一动，皇上又惊又喜，轻声道："思仪，你醒了？你觉得怎么样？"

　　皇后慢慢睁开眼，苍白的嘴唇才动了动，话未出口又是一阵撕心裂肺的咳嗽。

　　她觉着自己仿佛做了一个梦，梦见了过去的事和过去的人。梦里头有年少风流的皇帝，有老成持重的薛皇后，有圣宠正浓的她，还有初入宫闱的贺彩丽，还有……

　　她微一转头，一眼就看见了立于床榻边哭得双眼红肿的香草。

　　是啊，还有那最是青春美丽，天真浪漫又对自己忠心耿耿的丫鬟香草。

　　皇后虚弱地喘息着，吃力地说："皇上，臣妾方才做了一个梦。"

　　皇上握着她的手，哽咽道："真的吗，思仪。那你都梦见什么了？朕想知道，你告诉朕，好吗？"

　　皇后苦涩地一笑，长长地舒了一口气，答非所问："如今，梦醒了……"

　　说罢疲惫地朝绣枕中靠去，慢慢闭上了眼，思绪飞远，逐渐淡去的声音发出最后的呢

第九章　夺宫　221

喃:"我的好妹妹啊,我的好妹妹啊……"

皇上不安地低头道:"思仪,你怎么……"他蓦地睁大了眼睛,惊恐地看着点点红色在粉红的绣被上蔓延开来,手下意识地微微一颤,原本握在手中的纤纤玉指无力地滑落至床侧,在春风中逐渐冰凉。

"不!"皇上闭眼喊出撕心裂肺的心痛声。

皇后双目紧闭,嘴唇微张,最后的呢喃淹没在太后晕倒,众人惊慌失措的喊叫声中,无人听见,更无人回答,而她,再也醒不过来了……

大顺皇朝又一位国母的葬礼在我一手指挥下有条不紊地进行着,国母殇,皇朝百姓皆服丧三日。

皇上先失了太子,又失了皇后,一下子老了许多,也没了什么选秀的心情,除了国事外,大多数时间都在剩下的几位皇子身上,时常到我宫里,偶尔翻翻其他姐妹的牌子,他一夕之间沉闷了许多,也更加依赖我起来。

太后受不住一波又一波的打击,再次病倒,卧床一月有余了。我整理完一月的账目,正靠在椅子上闭目养神。

"主子,主子!"耳边传来小安子轻柔的呼唤声。

我睁开眼看着不知什么时候进来的小安子在跟前小心翼翼地唤着我,疲惫地说:"有什么事吗?"

小安子见我疲惫的神情,踌躇了一下,才道:"主子,卫公公派小曲子前来求见。"

"哦?"我立时坐了起来,心知定然是有事发生了,否则小玄子也不会派人前来了,忙道,"快带他进来。"

小曲子一进来便跪了行礼:"奴才拜见德妃娘娘!"

"快起来吧。"因为小曲子曾冒死送暖炉救了我一次,我便让小玄子将他从储秀宫中调了过去,收在身边用了,偶尔也会让他送个信什么的。

不待我开口,小曲子又道:"娘娘,求你去劝劝皇上吧!"

"劝皇上?"我一惊,月底月初有不少账目要整理,我也没顾得上其他,想想也有几日未见到皇上了,这会子说起他来,我自是异常着急,忙问道,"皇上怎么啦?"

"太后这几日身子越发不见好,到前儿晚上竟陷入昏迷之中,喃喃呓语,生命垂危,皇上这两天便日夜守在太后的病榻前,衣不解带,寝食不安,所有汤药和食物他都亲力亲为,不让任何人插手。奴才们苦劝不得,皇上说只要太后一日不醒来,他便一日不离去。昨儿晚上万岁爷便在太后榻前席地而坐了一晚上,一听到太后发出一点动静,立即上前察看。"小曲子早已泪流满面,哽咽道,"娘娘,皇上自太后昏迷之日起到现在已是两天两夜没合眼没吃东西了,今儿又是晚上了,万岁爷还是不听劝阻,奴才们也是没法了,卫公公这才派了奴才过来,求娘娘跑一趟,劝劝万岁爷。"

我一听,又惊又怒,厉喝道:"这么大的事,怎么也不禀报?"

小曲子没见过我怒目相对的样子,吓得浑身一颤,颤声回道:"回娘娘,是皇上拦着不让禀报,说是这宫里大大小小的事已经够娘娘操劳了,再者娘娘又有了身孕,就不要让娘娘您再担心了。"

我听他这么一说,心里一暖,喉咙不住地紧缩,鼻子酸酸的,都这时候了,他还替我着想,我还有什么可说的?

我吸吸鼻子,将眼里的雾气逼了回去,沙哑着嗓子吩咐道:"小安子,把我披风拿过来,去宁寿宫!"

皇上仍然坐在太后榻前,腰挺得直直的,只是胡子已冒出许多楂来,头发也有些凌乱。

跟着他整整四年了,四年来,我曾见过他同我嬉戏时高兴的表情,曾见过他遇到事情时生气的表情,曾见过他谈古论今时自信,更自豪的表情,也曾见过他失望的表情,更曾见过太子、皇后离开时心痛的表情,但却从未曾见过他如此疲惫与绝望的表情,往日的神采飞扬如今却充满着忧伤,双眼中盈满的是深深的绝望。

我蓦然想起那日在端木晴房中太后的话,是啊,这么多年来,两人风雨同舟才走到了今天,霎时明了太后对他而言是不可取代的最重要的人。

我沉默地立于一旁,还未开口,皇上连头也没抬,疲惫而无奈地说道:"他们还是违背朕的意思告诉你了?连你也是来劝朕的吗?"

我正要开口说不,刚开口唤了声"皇上",他却突然提高了嗓门,打断了我的话:"为什么你们都要劝朕,难道朕身为人子连为自己的母亲尽一点孝心都不可以吗?"

被他这么突如其来地一吼,我一惊之下不由得颤了一下身子,一个趔趄。他惊慌失措地起身扶住我,往旁边椅子上一坐,连声道:"言言,都是朕不好,你有没有怎样?传,传太医。"

我心里一酸,如今的他就如那惊弓之鸟,一点点小的动静都令他惊惶失措,我愣生生扯出一个笑容来,心疼地拍拍他的手安抚着他那颗不安的心,柔声道:"没事,皇上,你别急,臣妾只是吓了一跳罢了。"

他神情复杂地看了许久,轻叹一声,疲惫道:"言言,朕不是想凶你,只是朕觉着这宫里只有你最能理解朕,却没想到如今连你也来劝朕!"

看着他六神无主的落寞神情,我也忍不住叹了口气:"皇上,臣妾不是来劝您的,臣妾知道您和太后之间的深情是任何人都不可替代的,臣妾也没有想劝你离开。臣妾今日过来,只是想告诉皇上,在照顾太后的同时也要注意保重自个儿的身子,您若是也倒下了,那太后她又该依靠谁呢?"

皇上眼睛一亮,眼中闪过一丝激动和欣喜,搂我入怀,紧紧抱着我,将头靠在我肩窝处，在我耳边不住低语："言言，朕就知道，只有你……只有你一直都懂朕……"

这夜晚便陪了皇上歇在宁寿宫里，就在太后隔壁屋里，歇息前皇上一再交代伺候的奴才要小心伺候着，一有动静便立刻唤醒他。

沉沉睡去的他，连睡梦中都眉头紧皱，喃喃呓语，我心中万般滋味，原来一直以为自己多少是有些了解他的，现在突然觉着自己原来一直未曾了解过他，我不明白他怎么能对自己宠爱十几年的女人那样的翻脸无情，也不明白他怎么能那么冷漠地接受太子的背叛和离去，我也难以理解这样一个无情的人却在太后生病时这般的执著和绝望……

或许，是他一直没进到我心里，抑或是我并没有完全用心去了解过，更确切地说是我一直小心翼翼地保护自己，不让自己受伤害，更不让他闯进来，而他，却是那样全心全意地信赖着我。

我心中万般滋味，久久不能平静，呆呆地看着身边的他却不知何时熟睡过去。

蒙眬转醒，身边已是空无一人，心里一惊，忙起身抬头四处寻去，却见他已梳洗完毕，神清气爽地立于铜镜前，听见动静，转过身来："言言，你醒了？天色尚早，别急着起身，就多躺会子吧。"

我看着眼前冷静自信的他，一直吊在嗓子眼的心这才稳稳地放回了原地，我知道，熟悉的那个他又回来了，欣慰地舒了口气，掀了被子，起身下床。

彩衣忙上前替我换上早已命人从宫里取来的素净衣衫，刚梳洗完毕，正一起用着早膳，忽听得外面小玄子的声音响起："皇上，时辰到了，该起驾了！"

我放下手中的银筷，抬起头，有些不解地看着他：他不是说太后不醒来一步也不离开吗？怎么这会子又说起驾了，难道今日他不留在宁寿宫了吗？

"皇上要出去吗？"

"朕今日要去祭坛为母后祈福，乞求上苍不要带走朕的母后。"

原来他是要去为太后祈天，他与太后的感情真的是真真切切深厚异常，看着他镇定的神情，坚毅的目光，我知他已然做好了决定。

"去吧，皇上，早去早回，臣妾在这儿守着太后。"

我对他点了点头，起身上前跟着他走到正殿阶上。

外头正下着大雨，可他竟毫不在乎，迈着稳健的步伐大步走了出去，淹没在雨中。

"皇上，您至少撑着伞吧！"

小玄子拿起身后小太监早已备好的伞就要追出去，我一把拉住了他。

"卫公公，让皇上就这么去吧，皇上这是在向上天表示他的诚意！"我顿了一下，又吩咐道，"你且带了人跟上，小心伺候着，保护好皇上的安全。"

小玄子闻言，恍然大悟，连声说道："到底是娘娘心细，倒是奴才疏忽了，多谢娘娘指教！"

我对他点了点头，示意他快些跟上皇上："你快去吧！"

他朝我一拱手，说了声"是"也跟着冒雨跑了出去。

两人的身影渐渐在雨中变成了一点，直至完全消失，我收回远望的眼神，转身回到殿中，坐在太后榻前，替皇后守候着他最亲的母后。

也许是皇上的孝心感动了上天，抑或是太医们的全力以赴终于起到了作用，在祈天的当天晚上，太后终于自昏迷中苏醒了过来。

皇上欣喜若狂，坐于床榻旁拉着太后的手，痛哭落泪，哽咽道："母后，你终于醒来了，醒来就好，醒来就好！"

我示意屋里所有奴才都退了出去，自己默默上前递了丝帕给皇上，待他稍稍稳定了情绪后，又端起放在案几上的温水，走上前去，侧坐榻前，柔声道："太后，您醒了，先喝点水润润喉咙，臣妾已吩咐奴才们熬粥去了。"

"朕来吧！"皇上上前扶了太后起身，又拿了靠背垫在她身后，接过我手中的茶杯，小心翼翼地小口喂着太后。

我立于一旁，见太后喝了几小口水，这才放下心来，慢步朝门外走去，想去厨房看看清粥熬得怎样了。

刚到门口掀了帘子，就看到云秀嬷嬷用托盘端着一盅清粥进来了，我忙侧身让她进了屋。

云秀嬷嬷将托盘轻轻放于太后榻前的小几上，我示意云秀嬷嬷退到一旁，自己亲自上前揭开盖子，用银勺舀了两小勺清粥倒进青花瓷碗中，拿银勺轻轻搅拌了几下，舀起小勺放进口中，亲自试吃。

过了一会子，又用银勺舀了清粥倒进另外一个青花瓷碗中，舀满一小碗，这才放下银勺，端了小碗，用小银勺搅拌着，轻轻吹着气，缓步送到太后跟前。

"皇上，清粥可以用了。"

皇上见我亲自为太后试吃，努力克制住激动的表情，将茶杯递予伺候在旁的云秀嬷嬷，这才伸出颤抖的手接过青花瓷碗，转头轻声道："母后，您刚醒来，身子还虚得很，要好好调养，先喝点清粥吧。"

说着用手拿了小银勺在碗里打着圈儿，舀起一小勺，小心地吹着气，确定不烫了，这才送进太后口中。

看到太后喝完一小碗粥又沉沉睡去，皇上疲惫的脸上这才有了笑容，他知道，上苍最终还是听到了他的祈祷，没有在带走了他的太子和皇后之后又残忍地将他的母后一并带走。

我上前接过空碗，递与旁边的云秀嬷嬷，扶了皇上起身坐于旁边的楠木椅上，又拿了软垫给他垫上，柔声劝道："皇上，太后的病情已然稳定下来，你也该放心了，剩下的就

交给臣妾和宫里的姐妹们吧。皇上，你该去好生歇歇，朝政上的事臣妾不懂，可臣妾知道皇上已荒废了不少时日了。"

"可是母后刚刚醒来，朕……"皇上看看沉稳睡熟了的太后，有些心动，可又放心不下。

"皇上，你是臣妾的丈夫，是太后的皇儿，可你更是大顺皇朝的国君！请您以国事为重，照顾太后的事交给臣妾吧！"我端跪于他跟前，小声却坚定道。

他叹了口气，起身扶起我，柔声道："朕知道，可你如今又要帮着打理后宫，又怀有身孕，现在若是又照顾母后，朕怕你身子吃不消。"

我莞尔一笑，回道："这就不烦皇上操心了，臣妾已经想好了。太后跟前有云秀、云琴等几位嬷嬷悉心照料着，自然不用担心，但太后平日里总喜欢热闹，现下身子虚了行动不便只恐有些寂寞，依臣妾愚见，不妨让宫里平日里跟太后亲近些的姐妹们每日轮流过来陪太后讲经念佛，闲话家常。如此，太后好安生调养身子，皇上也可安心了。"

皇上听了连连点头，这才上前摸摸太后的额头，又替太后整了整盖着的锦被，才又回来拥着我出了房，欣慰道："言言，幸好还有你，真的，有你真好！"

我但笑不语，陪他走到宫门口，送他上了小玄子早已备好的龙辇，又吩咐小安子小心照顾好了，这才目送他离去。

太后在众人的悉心照料下竟奇迹般地好了起来，只是大病了一场，身子已明显不如从前硬朗了。

起先，我每日里必到跟前端茶送水，嘘寒问暖，也尽量抽了时间陪她闲话家常，但不知怎的，原本孕喜不怎么严重的我，这次竟破天荒地喜食酸果，又孕吐得十分厉害。

太后见了不忍，便叫我不必每日过去陪她，我知皇上时常担心着，也不放心，只嘴上答应着，却仍每日过去，待皇上忙完政事过去探望太后后，方才一起离开。

如此几番，太后竟让皇上下旨，免了我照料她的值，严令我在月华宫中好生调养，不用太过操劳。

一时之间，我竟成了宫里最闲的人。昨儿夜里看了这个月的支出明细，歇得晚了些，今儿醒来，已是日上三竿。短暂的阴雨天气后，天又放晴了，一天天暖和起来，院中的樱花虽含苞待放的居多，但已有三三两两的小花绽于枝头，迎风怒放着，不时送来阵阵清香。

一年一度的樱花又要开了，看样子繁花期就在这个月月底了。异于往常的孕喜让我慵懒了许多，梳洗完毕后，我立于窗前，看着院中一片春意盎然的样子，心情也不由得开朗起来。

"彩衣，叫人去吩咐玲珑，把睿儿抱过来给我看看。"我转头吩咐道，只有看着已半岁多活泼乱跳的睿儿，我才有着做母亲的自豪，才觉着只要能平安生下孩子，多么辛苦都是值得的。

　　我不自觉地伸手抚着肚子，多么希望这次能产下女儿，以弥补我心中失去浔阳的那块缺口。如今中宫无主，宫中诸事由我和淑妃共同掌管，可她大字不识几个，基本上都依赖着我，我只需时常问问她的意思，捧她几句，她便找不着北了，大小不就都由我说了算了。可我仍然不敢大意，只吩咐宫里众人小心，又只让跟前几个贴身可靠的人负责我的饮食起居。

　　"言言，在想什么呢？"

　　皇上不知何时进来了，我连忙迎了上去，福了一福，含笑回道："臣妾恭迎圣驾！"

　　他上前扶了我，我冲立于身后的小安子皱皱眉头，责怪道："万岁爷来了你们怎么也不通报？"

　　"好了，言言，你就别怪他们了，是朕不让他们通报的。"皇上今儿个心情大好，含笑安抚着我，携了我一同立于窗前。

　　"皇上，春天又来了。"迎着徐徐春风，我深吸一口气，欣喜地说道。

　　"是啊，又是一年春来到，言言这院中的樱花又要开了。"说到这儿，他突然话锋一转，"言言，你好些了么？这几日还孕吐得厉害么？"

　　我微微一笑，道："谢皇上关心，臣妾好许多了，也不知怎么回事，这次竟孕吐得这么厉害。"

　　皇上神秘一笑，靠上前来，在我耳边耳语道："听宫里有经验的嬷嬷说，爱妃这是要生皇子的征兆，朕可早就盼着与皇后子女成群了，如今终于要如愿以偿了。"

　　我心下大惊，这又是打哪儿来的谣言？我偷偷打量着他的神色，见他一副欣喜若狂的样子，倒不像是存了什么别的心思，要来试探我之类的，想来只是随便这么一说罢了。

　　可他随便这么一说，隔墙有耳传了出去，那还了得，我辛苦建立起的良好形象难免不会受到影响，只怕会前功尽弃，功亏一篑，可见他如今这神采奕奕的神情，我又不能明着说了。

　　左右为难，踌躇一番后，我才神情落寞地委婉开口道："臣妾倒希望此胎能生个女儿。"

　　"这是为何？生个儿子，睿儿不也有伴了么？可以一起念书，一起骑马射箭，多好啊！"皇上兴致盎然地说着，见我落寞的神情，垮下脸来，有些不解，轻声问道，"言言，你这是怎么啦？是不是哪里不舒服？朕叫他们传太医！"

　　我一把抓住了正要转身的他，心疼地看着已如惊弓之鸟的他，这两年他承受的实在太多了，而这些或多或少总与我有些关系，浔阳去后，我越发的心冷如铁，发起狠来算计着身边的每一个人，看着疲惫不堪的他，我时常在想，我带给他的，究竟是痛苦多于幸福，抑或是幸福多过痛苦呢？

"言言，言言！"他轻柔的呼唤声中，我这才惊觉自己竟然走神了。

回过神来，我连忙扯了个笑脸，回道："皇上不是说要与臣妾儿女成群么？如今已经有了睿儿了，再生个小公主，就真是儿女成双了，如此，岂不更好么？"

他却是一副全然不信的样子，目光炯炯地盯着我，一字一句，用肯定的语气拆穿了我的伪装："言言，你有事瞒着朕！"

我心里咯噔一声，沉默地低下头，吸吸鼻子，眼中升起了雾气，他伸手勾住我的下巴，想抬起我的头，我却顺势扑进他怀中，滚落而下的热泪滴落在他单薄的锦缎中衣上，半晌才哽咽道："肃郎，我想起浔阳了！我时常在午夜梦中梦见她回来了，还是那般聪明伶俐，乖巧懂事！"

皇上重重叹了口气，闭眼仰头而立，过了好一会子，才道："言言，浔阳正安稳地睡在灵山，有她的兄弟姐妹和母妃们陪着她，她不会寂寞的。"

"可是，可是臣妾时常在想，她们都不是她的亲生娘亲，她年纪又小，她们会不会不疼她，会不会欺负她！"我淤积在心中的悲痛再次迸发出来，再也忍不住失声痛哭起来。

"不会的，不会的。"皇上轻拍我的背，安抚道，"有列祖列宗们盯着，皇后薛佳莹坐镇灵山，没有人会欺负咱们的小宝贝的。"

皇上扶我同坐贵妃榻上，轻言软语哄着我，半晌我才止住了哭，轻轻抽着气。门外响起小安子的通传声："主子，玲珑和宁嬷嬷抱着睿儿皇子求见！"

我一听睿儿来了，忙用丝帕抹去角落的泪水，吸吸鼻子，沙哑道："快让她们抱进来！"

话刚落音，小安子便掀了帘子，玲珑领着抱着睿儿的宁嬷嬷进来了，一见皇上也在，忙上前跪了拜道："奴婢拜见皇上，拜见德妃娘娘！皇上万岁，万岁，万万岁！娘娘千岁，千岁，千千岁！"

睿儿在宁嬷嬷参拜时已然认出了我，咿咿呀呀地伸出小手勾了过来，宁嬷嬷一不留心，重心便随着睿儿移了出去，脸色一变，忙一把将睿儿搂进怀里，原本兴奋不已的睿儿被这一吓，瘪瘪小嘴，哇哇大哭起来。

"哎哟，宁嬷嬷，你可小心着，摔了小皇子，你有十个脑袋也赔不起！"小安子在旁也是吓得够呛，不禁怒从中来，开口教训起宁嬷嬷来。

玲珑忙伸手从愣在当场的宁嬷嬷手中接过睿儿，宁嬷嬷这才醒悟过来，全身一颤，扑通一声跪倒在地，连连磕头："皇上饶命，娘娘饶命！"

我回过神来，惊魂未定地示意玲珑将睿儿抱上前来，搂在怀中轻声哄他。

皇上阴沉着脸，皱眉看了看宁嬷嬷，张口却未说什么，转头用询问的目光看着我。怀中的睿儿已止了哭声，一双墨黑的大眼睛滴溜溜地盯着皇上转。

我见睿儿无事，况且宁嬷嬷照顾睿儿向来最是上心，经验也是相当丰富的，平日里睿儿在她和玲珑的照顾下，我省了不少心，这会子想来也是没想到睿儿会认出我，要朝我这里来，才差点出了事。

我微微一笑，和气地说："算了，那老虎也有个打盹的时候呢，宁嬷嬷一向细心稳重，况且如今睿儿不好好的么？宁嬷嬷快起来吧，以后小心着就是了。"

皇上点点头，赞赏地看了我一眼，转头沉声道："德妃心善，既然她开了恩，朕也就不再追究了。宁嬷嬷，你可是朕在内务府精挑细选的名单中钦点的人选，你可不要令朕失望，往后可要好生伺候好小皇子！"

宁嬷嬷这才舒了一口气，磕头道："谢皇上恩典，谢娘娘恩典！"

我举目瞟过去，见她已是满头冷汗，也难怪了，转眼间已在鬼门关晃悠了一圈回来了，想来背上中衣也是湿了一片吧！

我看向立于一旁的小安子，吩咐道："小安子，带玲珑和宁嬷嬷去偏殿歇着，叫奴才们好生伺候着，晚些时候再过来接小皇子吧。"

两人规矩谢了恩，这才随着小安子躬身退了出去。

怀中的睿儿仿佛对皇上身上的衣袍兴趣正浓，滴溜溜看了半天，这才伸出胖乎乎的小手轻轻触摸了一下，确认没有危险后，兴奋地伸出两只小手直往那明黄的锦袍上蹭，咯咯笑个不停，到后来直接毫不客气地伸手抓住不放了。

我一手搂住他，一手伸过去抓住他的小手想拉开来，弄了半天也是白费劲，他倒似来了劲跟我作对似的，竟死死抓住不放，更甚者将身子也凑上前去。

我弄了半天也拉不开，只无奈地放弃了，用无辜的目光小心翼翼朝皇上看去。他见状，哈哈大笑，伸手从我怀中接过睿儿抱在怀中，睿儿更加如鱼得水地霸占着他的锦袍，紧抓的双手不放，连小脸蛋也贴了上去摩挲着。

我无奈又好笑地看着他，歉意地朝皇上笑笑。皇上不以为意地将睿儿搂得更紧了，乐呵呵地说："看来朕的小皇子对朕这龙袍情有独钟啊！朕的小宝贝，快快长大，喜欢朕就将这锦袍赐予你便是了。"

我笑意愣生生地僵在脸上，皇上今儿个怎么一来就围着这上面说个不停啊！我顾不得揣测他的心意，起身退了几步，端正地跪了下去，平静地说："请皇上收回口谕！"

皇上见状，大吃一惊，连忙起身一手抱着睿儿，一手拉了起来，口中急道："言言，你这是怎么了？怎么好好的说跪就跪了，你如今可是有了身子的人，不要动不动就跪。"见我不为所动，仍坚持跪在地上，又道，"如今这儿除了你我二人又无他人，你有什么话不可以好好说啊，朕都说过多少次了，没有外人在的时候不用行礼，更不用跪来跪去的。"

我这才起身，扶住他手中的睿儿，同他一起坐回榻上，气恼道："臣妾这不也是被皇上您吓坏了么？你动不动的说什么将这身上的龙袍赐予睿儿，君无戏言，臣妾能不跟您急

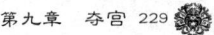

第九章　夺宫　229

么？"

皇上一愣，随即呵呵一笑："朕不也是随便说说么。"

"皇上，你可不能总这么随便说说的，臣妾都快吓掉半条命了。"我忍不住抱怨道，"都说这世上没有不透风的墙，皇上这一句戏言若是被别人听去了，这宫里朝上的又是要来一阵惊涛骇浪了。"

皇上见我有些不满的神情，奇怪道："言言，难道你不希望咱们的睿儿有一天能身着龙袍，君临天下么？"

"普天之下，莫非王土，哪一个当母妃的人不希望自己的儿子有一天能登上皇位，君临天下，淑妃姐姐希望，容婕妤希望，舞昭仪希望，臣妾亦然！"我目光灼灼地望着皇上，一字一句道，"只是自古以来，皇子虽多，可皇上只有一位，臣妾不希望皇上因为对臣妾的喜爱偏疼睿儿些，便要传位于他，毕竟那皇位不是人人都可以坐上去的。臣妾每日里伺候在皇上身边，别人不知，可皇后的苦衷和难处臣妾可是再清楚不过了。人人都道做君王好，可他们又哪知君王的难处。立储乃国家大事，请皇上与朝中重臣好生商议，谨慎处之，立储立贤，如果那时睿儿有了这样的才能，臣妾自是自豪万分，如果睿儿没有这样的才能，臣妾也毫无怨言。请皇上明鉴！"

"好好，朕的好妃子！"皇上连连赞叹道，"不枉朕对你赐号'德'字，言言，只有你才受得起这个封号！"

我红了脸，低下头去，细声道："皇上，臣妾句句皆是肺腑之言！"

"朕知道！"皇上含笑看着我，逗弄着怀里的睿儿，"都老夫老妻了，你脸皮还是这么薄，朕才夸你这么一句，便羞红了脸。"

"皇上……"我不依地拉着他的胳膊，把头靠到他肩上。

他一手抱着睿儿，一手伸过来圈着我，二人深情地对望一眼，幸福就这样围着我们一家三口，时光仿佛停在了这一刻，除了睿儿咯咯的笑声，屋子里只剩下一股暧昧弥漫在空气中。

"皇上！"帘外传来小玄子轻唤声。

"进来吧！"皇上恼火地皱了皱眉头，不情愿地放开了我，将睿儿递给我，朝帘子外高声道。

小玄子忙掀了帘子进来，跪地行礼道："奴才给皇上请安，给德妃娘娘请安！"

"起来吧！"这样的气氛被打断了，皇上不免有些恼怒，"小玄子，有什么事吗？"

见皇上一副"如果没有充足的理由，朕就宰了你"的样子，小玄子不免白了脸，小心翼翼道："回皇上，哎……"

"有什么事？速速禀来。"见他迟疑地望了我一眼，又道，"德妃又不是其他人，有什么事只管道来。"

"禀皇上，边关传来捷报，西宁将军定于三日后班师回朝，兵部尚书张大人等在军机处求见！"小玄子得了圣谕，这才细细禀道。

我心下一惊：他回来了？！

皇上歉意地看看我，柔声道："言言，朕先去看看，晚些时候再过来看你。"

"呃……"我回过神来，忙掩饰道："嗯，皇上，国事为重！"

皇上走后，我一人在殿里逗弄着睿儿，却总是有些心不在焉，以至独自在贵妃榻上玩耍的睿儿爬着爬着，失了力气趴在榻上，见无人理他，哇哇大哭起来。

我慌忙抱起他来，高声吩咐候在帘子外的小安子唤玲珑和宁嬷嬷进来照顾他。

不多时，小曲子来传了皇上口谕，让我在宫中筹备筵席，为西宁将军接风洗尘。

第十章　大义灭亲

　　这是我掌权后宫以来第一次独立筹办这样的筵席，我心知要想顺利拿到中宫令，这次就不能出任何纰漏，心中不免有些紧张，面上却不动声色，强作镇定，一来怕别的宫那些人笑话了去，二来怕小安子他们跟着乱了阵脚。

　　午膳后微眯了一下，亲自到御膳房中查看膳食糕点，确认无误后才朝宁寿宫而去。宁寿宫正殿内，小安子正在吩咐奴才们小心打点，摆设桌椅。

　　我正坐在殿中小声吩咐小安子要注意些什么，云秀嬷嬷走了过来，路过我身边时，小声说了句："太后起身了。"

　　我忙示意小安子在旁盯着那些奴才好生摆设，自己则带了彩衣疾步入了东暖阁。

　　刚到门口，云琴嬷嬷正好带着伺候梳洗完毕的宫女掀了帘子出来，我忙上前客气道："云琴嬷嬷有礼！"

　　云琴嬷嬷见是我，回了句："德妃娘娘有礼。"随即露了笑脸，转身让我进了暖阁，快走几步，高声道："太后，德主子过来了！"

　　我忙跟着转过屏风，见到铜镜前的太后，忙满脸堆笑地迎上前去，福了一福："臣妾给太后请安！"

　　"德丫头来了啊，快起来吧！身子重就别老顾着行礼了。"太后正端坐在梳妆镜前，两个小宫女正在为她梳头，从太后中气十足的话音中便能听出她的身子真的是大好了。

　　我静静立于一旁，太后待小宫女梳完头，在镜中左顾右看，跟着眉头轻拧，貌似有些不很满意。

小宫女到底见得多了，见太后神情，忙福了一福，问道："太后娘娘，您可是不满意？奴婢重新为你梳吧。"

"罢了……"太后正想张口拒绝。

"这么大喜的日子，太后您不妨梳个富贵朝阳髻，"我含笑上前道，"再配些艳色的发饰，才更能显得喜气些。"

"真的？"太后见我说得肯定，也有些动心起来。

"太后若不嫌弃，就让臣妾为您梳次头吧！"我忙道，见太后没有明显反对，径自上前挥退正冷汗淋淋的二人，轻柔地拆下太后头顶的白玉珠簪和翡翠玉如意，又打散了发髻，取了台上檀香木梳重新梳着发髻。

"德妃啊，你身子好些了么？还孕吐得那么厉害吗？"太后双目含笑，慈祥地从镜中看着我，关切地问道。

"多谢太后关心，臣妾服了御医开的方子，已经好多了。"我边替太后梳着头，边陪她说着话。

"那就好。你如今代理六宫，琐事缠身，可要自个儿保重身子，那些个不重要的事啊，就让奴才们去做吧，别事事亲力亲为的，累坏了别说皇上，哀家也是会心疼的。"

"谢太后，臣妾知道了，臣妾一定会照顾好自己的，太后您也要好生养着，别老挂记着我们，累坏了身子，皇上可心疼着呢！"

说话间我已梳好了发髻，举目在梳妆台上摆着的首饰盒中扫视了一番，伸手拿了那顶金凤吐珠皇冠簪于正中，又挑了几支湘红的珠钗斜斜地插在两鬓，用两手细细整理端正了，才微微退了两小步，仔细打量着。

只见镜中原本脸色微微有些苍白的脸色在金黄红艳的头饰衬托下竟显得富贵万千，脸色红润，神采奕奕。

太后对着铜镜细细看了半晌，满意地笑着点头道："好，好，很好！哀家竟不知德丫头还有这么一双巧手。"

我上前扶了她往镂空雕凤楠木椅走去，赔笑道："太后谬赞了，太后若不嫌弃，臣妾便时常过来跟您梳梳头，说说话。"

"咿……不可，不可！"太后歪在楠木椅上呵呵一笑，"且不说你忙得没那么多空闲，也不说哀家心疼你的身子，只怕是不出几日，便会有人上哀家这儿要人了！"

我一愣，顿时明了她所指何人，毕竟这大半年来发生的事太多了，皇上已很少翻宫里嫔妃的牌子了，可我却偏偏在此时有了身孕，这说明什么？不言而喻，大家心里明得跟镜儿似的，只是如今我和淑妃代理六宫，太后又大病初愈，众人是敢怒不敢言罢了。

我心下一惊，面上却是一副娇羞不已的样子，嗤笑道："太后这不是取笑臣妾了么？臣妾都这把年纪了，早已是明日黄花，更何况如今臣妾又有了身子，哪还会像初时那般浓

第十章　大义灭亲　233

情蜜意了。"

"德丫头这不是过谦了么？这宫里谁不知道皇上向来对你是最上心的了，如今你有了身子也没见皇上翻别人的牌子，听你这么一说，皇上也没在你宫里啊？这就奇怪了，难道这宫里就没有能进他眼的嫔妃了么？"

太后这么貌似不经意地一说，我顿时恍然大悟，原来她绕了这半天的圈子，竟是想说这件事。我顿了一下，顺水推舟道："太后，这会子说到这儿，臣妾正有一事，想问问太后您的意思？"

"呵呵，哀家老啦，也不中用了，这宫里的事你们该拿主意的拿了便成，也不用专程来问哀家的意思了。"太后推诿了一下，才又笑道："不过，德妃要是信得过哀家，想说给哀家听听，哀家也就听听，看能不能帮到你。"

我忙态度谦和，义正词严道："太后您这是哪儿的话呀，此事事关皇室颜面，皇家血脉，自然要禀了您，由您定夺了。"

"既然德妃诚意至此，你就说出来，哀家听听吧。"太后听我这么一说，又见我神情恭敬，脸上这才有了笑意，眼神也柔和了许多。

"前些日子本打算从朝中氏族大臣府中选些品德兼优的妹妹们充实后宫的，偏生……此事搁到现在也还未办，臣妾原想赶紧办了，偏偏太后身子不爽，臣妾也不敢拿了这些个琐事来打扰太后，这么大的事又不敢自己拿了主意，拖到现在才来禀了太后，请太后示下。"我恭敬禀道。

"哦，原来是此事啊。"太后一副恍然大悟的样子，沉吟了一下才道，"此事哀家听皇后生前提起过，说你们意见不一便搁置了下来，后来……算了，不提那些个不愉快的事了。如今这情形，再大肆选秀，只怕皇上已没了那心思，哀家也没那精力了，如今后宫能主持此事的恐怕只有德妃你一人了，恰巧你又有了身子，哀家恐你一人忙不过来，又没人能帮上你。依哀家之见，不妨就依了去了的王皇后一次，你用点心，挑些好姑娘，宣进宫来也就成了。"

我点点头，郑重回道："是，太后。臣妾挑些人选，给皇上和您过目，合适了再宣进宫来侍奉皇上。"

"嗯，好，好孩子！"太后连连点头，太后顿了一下，又问道，"丫头啊，你没有心里不舒服吧？"

"哪里会呢？"我含笑回道，"臣妾正受圣恩，擢升为妃，也已产下皇子，如今又有了身孕，本就不宜再侍奉皇上，臣妾感恩还来不及呢，又怎会嫉妒？再者说了，使后宫雨露均沾，为皇家开枝散叶本就是臣妾的职责，臣妾只望宫里姐妹们都产下皇子，为皇家开枝散叶！"

"嗯！"太后满意地点点头，"丫头啊，你果真能如此想，哀家也就放心了。"

我又与太后闲聊了几句，太后才道："时候差不多了，德妃啊，你也别尽顾着在这儿陪我这老太婆了，快出去看看吧。"

"太后，你可一点都不老，正年轻精神着呢，别老说自己老，臣妾可不爱听。"我笑道，"您先歇会子，臣妾出去瞧瞧，晚些时候臣妾再过来接您。"

"好，好！快去吧。"太后笑着挥挥手，催我快些去正殿，顿了一下又道，"德妃啊，吩咐人把睿儿抱到哀家这儿来吧，今晚哀家替你带着。"

我点头称是，福了福身子，才退了出来。刚出东暖阁就见候在一旁的小安子，小安子见我出来，忙迎上前来道："主子，都备好了，您去看看，还差些什么？"

我点点头，和小安子疾步进了正殿，仔细察看，一一查点。

得益于御膳房胖御厨的协助，把宴上每个人的口味和喜好摸了个透，并根据各人口味上了甜品。刚做好准备工作，便有人陆陆续续入席了，三三两两地闲聊着。

待到人都来得差不多了，我估摸着皇上和太后也快来了，就命人通知胖御厨着手烧菜。正想着，门外传来小太监尖声通传："太后，皇上驾到！"

我和淑妃相视一笑，携手带领后宫嫔妃们排成两列，立于殿中，迎接圣驾。皇上扶着太后欢笑颜开地入了殿，我们忙跪拜道："臣妾恭迎皇上，太后！皇上万岁，万岁，万万岁；太后千岁，千岁，千千岁！"

皇上扶了太后一路走过，路过我身边时停了一下，才又慌忙赶了几步才跟上太后的步伐。我身子一颤，差点破恭，忙深吸了一口气忍了下来。

待二人坐定后，皇上才抬手示意小玄子，小玄子深吸一口气，高声道："皇上有旨，平身！"

"谢皇上，太后恩典！"我们谢了恩，才又回到殿左侧位，依次按位分入了座。

刚坐定，端王爷便带了今儿列席宴会的皇亲国戚，朝中大臣进来参拜，参拜完依次按位入了右侧位。

西宁桢宇和父亲自然在列，看着父亲意气风发，得意扬扬的模样，我心下冷哼一声，还真是猪拉到京城还是猪，标准的小人得志相，看到就让人倒胃口。

收回视线，低头踌躇半天，才鼓足勇气瞟了过去，却见西宁神态庄重严肃，不苟言笑，如石雕般端坐条桌前，目不斜视，还真如传言般冷面无情。

我不禁又想起二人那日在小屋中的疯狂缠绵，不由得羞红了脸颊，忙将视线转开去，却见对面端王赤裸裸的目光追随着我。

我心下一惊，只作未见，轻皱眉头，忙转头看向太后和皇上，却见云秀嬷嬷已不知何时抱着睿儿立于太后身后，玲珑紧跟在侧。

我一见睿儿，眼神不由得柔和起来，太后顺着我的目光，看到了云秀嬷嬷怀中的睿儿，含笑安抚地朝我点点头。

酒过三巡，皇上转头轻唤："小玄子！"

"是，皇上。"小玄子微一躬身，转身从小曲子手上拿了早已备好的明黄卷轴，托于右手，高高举起，上前两步，高声道："原正五品定远将军西宁桢宇接旨！"

西宁桢宇起身行至正殿中，伸手一抬袍摆，端正跪了沉声道："臣西宁桢宇接旨！"

小玄子展开卷轴，高声宣旨："正五品定远将军西宁桢宇祁关大败祁朝，剿除匪患，平国安民，功不可没，特晋封为正四品忠武将军，服绯色，赐金带，金夸十一。钦此！"

"臣，西宁桢宇谢主隆恩！"西宁桢宇威严的声音中听不出喜怒，只端正地磕头谢了恩，从小玄子手中接过圣旨，又入了座。

端王见气氛有些冷了下来，忙举杯笑道："来，来，来，大家共同举杯，恭贺西宁将军！"

皇上，太后也跟着起身，众人忙起身举杯恭贺，西宁桢宇这才扯出一个笑脸，回道："同喜，同喜！皇恩浩荡，微臣受之有愧！"说罢一饮而尽。

"西宁将军过谦了，您这可是当之无愧啊！"端王满脸堆笑连连吹捧，西宁却不怎么热乎，端王自是讨了个没趣。

我正随同众人一起漫饮杯中的樱花酿，不想西宁却抬头看了一眼玲珑身边云秀嬷嬷手中的睿儿，又转头定定地看了我一眼。

我心下一慌，被呛了个正着，不免咳嗽起来，酒也洒了满身，淑妃一惊，轻道："妹妹，小心些，今儿这种时候可别出了差错。"说着又忙拿了丝帕替我擦着裙摆上的酒渍。

我小心地举目望去，却见众人正喜气洋洋地相互敬酒，完全无人发现我的失态，连那罪魁祸首此刻也正忙着和旁边的人寒暄着，没再瞧过来。

我忙向淑妃道谢，接过丝帕自己擦了起来。我见宴会将入正题，朝立于门口的小安子微一点头，小安子忙叫小碌子转身出去了。

不一会子，就有太监宫女们陆续端着新出锅的美味佳肴送了上来，依照每人的口味喜好摆上桌。

众人说了这会子话了，如今见到满桌热气腾腾又合乎口味的菜肴自然都觉得腹中多少有些饥饿了，不禁食欲大动，拿了筷子夹了放进口中。

"嗯，今儿的菜肴很合哀家的口味，德妃，你费心了！"太后一尝，连连点头夸道。

"太后谬赞了，臣妾分内之事，您中意便是臣妾的福气。"我忙起身朝太后福了一福，恭敬回道。

其他人还未来得及说话，云秀嬷嬷怀中的睿儿闻着菜香，又见众人都在吃，没人理他，不干了，在云秀嬷嬷怀中挥着两只小手，直朝太后那边倾去，嘴里更是咿咿呀呀说个不停。

太后一乐，呵呵笑道："看看，连哀家的乖孙儿都闻到味儿了，吵着要吃了。"说着挥手示意了云秀嬷嬷一下,"来,抱到哀家这儿来吧。"

乖巧地在太后怀中吃着豆腐羹的睿儿顿时成了殿中焦点。

户部侍郎首先开了口:"太后,您怀中想来便是五皇子睿吧?"

"哦?"太后奇怪地转头问道,"关爱卿何出此言?"

"本朝浔阳长公主的聪明伶俐,乖巧可爱人人皆知,太后怀中的小皇子神采奕奕,双目炯炯有神,标准的一个粉雕玉琢的娃儿,由此可见必为一母所出,不知微臣所测是否属实?"那关侍郎一副讨巧卖乖的样子,我这才想起他女儿关莺莺也在本次选秀之列。

"德妃娘娘可要用心养育,切莫如浔阳般,成了一段佳话,留下无限遗憾!"端王在旁凉凉地说道。

我一听,脸色突变,僵在当场:"你……"

原本双目含情望着太后怀中睿儿的西宁桢宇,收回目光,冷冷地扫过端王,又低下头去,假意饮着酒。

"端王,好好的怎么又提起那些个不开心的事?你若再提,哀家可要生气了!"太后双目炯炯地盯着坐在右侧位首的端王。

"是,是,母后,儿臣失言!"端王吓得危坐正襟,连声道。

"依臣看,五皇子天庭饱满,聪明伶俐,面对众人却视若无睹,颇有大家风范,一看就是遗传自皇上,是那真正有福之人。"西宁桢宇见气氛颇冷,露出了今晚的第一个笑容,替端王解了围。

众人忙又围着睿儿赞个不停,端王朝西宁投去一个感激的目光,西宁却只作未见,独自用心地饮着那樱花酿。

睿儿却完全无视殿中众人,吃得不亦乐乎,太后唤道:"哎哟,哀家的小皇孙呐,怎么抓得满手都是饭粒了!"说着转头吩咐道,"云秀,快,拿丝帕过来擦擦。"

太后转头过去的空当,小家伙却又如发现新大陆般兴奋不已,咿咿呀呀地闹了起来,扑向那一片明黄之色。我看在眼里,急在心中:哎哟,我的小祖宗啊,你就别再出风头了!

闭眼祈祷了一下,再睁眼看他时,心中一片冰凉,小家伙果真如我所料,是发现了皇上龙袍的明黄,此刻已从太后怀中够过手去,一把抓住了皇上的龙袍,手上的小饭粒也粘在了皇上的龙袍上。

众人倒吸了一口气,我闭上眼,伸手揉揉额头,暗自祈祷眼前一幕只是幻想,睁眼便会消失,睿儿还在吃个不停,没有抓上小饭粒,更没有抓住皇上的龙袍。

可惜……事实就是事实,菩萨不显灵!待我睁开眼时,云秀、云琴两位嬷嬷已上前去拉睿儿的小手了,睿儿怎么也不放手,云琴嬷嬷急了,用力捏住睿儿的小手,希望他能感到疼了就放手。

第十章 大义灭亲 237

我一看，急了，心疼起来，我的睿儿，被人这般用力地抓住，他一定很疼吧！我一着急，正要起身，却被旁边的淑妃一把拉回位上，低声道："妹妹，不可！"

"可是……"我心疼地看着睿儿。

"姐姐知道，可妹妹，这场面你万万不可越矩。你一动，便落人口实了，忍住！"淑妃此时却冷静异常，我虽心里恨恨地说你当然忍得住了，又不是你的孩子，可也知道她说的是实话。

小手被捏得红红的睿儿仍不放手，小嘴一撇，吸吸鼻子就准备要哭了，太后微微拧着眉头，云琴嬷嬷吓得急忙撒了手，要知道这样大喜的日子是不可以有人哭的，喜气被冲撞了是要遭受惩罚的。

众人心都提到嗓子眼了，皇上伸手从太后手中接过睿儿，笑道："朕的小皇子想跟朕亲近亲近呢，你们都别拦着了，乖乖，父皇抱抱！"

原本要哭的睿儿终于可以名正言顺地对着一大片明黄的袍子，小手抓个不停，咯咯直乐，众人这才松了口气。

我悬着的心总算放了回去，西宁桢宇仍旧面无表情地看着桌上的美味佳肴，拿手杯的手顿了一下，将杯中满满一杯酒一饮而尽。

皇上哄了一下，云秀嬷嬷忙从皇上手中接过睿儿，云琴嬷嬷拿了丝帕替皇上擦着饭粒，皇上阻拦道："行了，朕待会儿另外换套便成了。"说罢又转身同众人一起把酒言欢。

淑妃看了我一下，转头朝太后笑道："太后，近日里新来了一批伶人，新排了霓裳舞，要不唤上来给大家助助兴，太后以为如何？"

"嗯，宣上来吧。"太后一听，点头道。

淑妃举手轻拍两下，殿外便有两队红衫绿裙的妙龄少女从殿两侧缓缓步入，在殿中围成一个圈儿，在琴声中欢快地舞着，待蹲下去后，中间原本跪卧在地的少女这才缓缓抬头，起身。

众人不由得倒吸了一口气，那少女有着弹指可破的莹白肌肤，修长的双腿，盈盈一握的细腰，长长的睫毛遮着明亮的大眼，秀气的小脸上配上高挺的鼻梁，樱桃小嘴娇艳欲滴，整个一个风华绝代的美人儿！

场中男人的眼光不约而同地追随着她，淑妃瞥了我一眼，一丝冷笑自唇边泄露而出。我抿嘴而笑，这淑妃也真是小家子气，我如今这般奉承着她，给她面子，她还是自顾自打着小算盘，只是这招未免肤浅了点吧。

我举目朝皇上看去，却见他也正目不转睛地盯着那红衣少女，倒是对面的西宁对殿中养眼美色视若无睹，自顾自吃着盘中的菜肴，仿佛那才是世间难求一般。

我心下叹了口气，这么深情之人，怎么就偏偏得不到幸福呢？那桌上的菜是我命人专门为他烹制的端木晴生前喜爱的菜色，想来他也是知道的，这一晚上一刻也没停过，全都吃进了肚子里。

一曲终了，众人这才回过神来，一副意犹未尽的样子。皇上看着场中谢礼的女子，笑道："来人，赏！"

对面的男人们一副了然的样子，忍不住多看上一眼，也许过了今晚这女子也就成了娘娘主子了，再也不能这样肆无忌惮地看上一眼了，那女子在众大臣的眼光和意淫下早已身无片缕，坦诚相见了。

我身旁身后射出无数道嫉恨的眼光，如果眼光也能杀人，那女子身子这会子只怕已是千疮百孔，体无完肤了。

皇上顿了一下，又道："西宁，朕记着你还未娶妻吧？貌似连侍妾也还没有一个吧？"

西宁桢宇起身回道："是，皇上，臣尚未娶妻！"

"呵呵，正所谓美人配英雄！"皇上看了我一眼，才道，"如此美人，朕就赏给你吧！"

此话一出，众人一片哗然，表情各异。淑妃愣在当场，一脸难以置信；众嫔妃松了口气，提到嗓子眼的心放回了原地，一下子觉着场中这女子原来也很亲切；对面那些男人更是一副又羡又嫉的表情，恨不得自己便是西宁桢宇，今儿晚上好洞房花烛，与美人共度良宵。

西宁桢宇顿了一下，巡视的目光掠过我，沉声道："臣谢皇上恩典！请皇上收回成命，皇上上次为臣赐婚时，微臣便向皇上表明，臣已立过誓，终身不娶！"

"西宁桢宇，难道你敢抗旨么？"太后冷冷地看着在众人面前给皇上难堪的西宁桢宇，威严地斥问道。

"微臣不敢！"西宁桢宇信步走了出来，当廷而跪，不卑不亢地回道。

"罢了罢了！"皇上素来知道西宁的倔脾气，怕他和太后对上了，自己夹在中间左右为难，忙出声解围道，"你还真真是本朝第一痴情汉！朕也不勉强你了，待你哪天突然想开了，相中哪家姑娘了，来求朕赐婚时，看朕怎么刁难你！"

皇上这么一说，气氛顿时轻松了下来，众人跟着呵呵笑着。西宁桢宇磕头道："谢皇上恩典！"

端王起身一拱手，笑道："皇兄，你本想做个媒，不想西宁将军却不领情，还是让臣弟成全皇兄，求你把这美人赏赐给臣弟吧！"

"皇弟这么一说，朕貌似不同意都不行了！"皇上哈哈一笑，语气中透出一股子许久未见的爽朗，"准了！"

"谢皇兄成全！"端王仍是一副慵懒的样子，躬身谢道。

第十章 大义灭亲　239

"母后，瞧瞧这端王，一副得了便宜还卖乖的样子，貌似他向朕讨了这么如花似玉的美人儿，倒像是帮了朕的大忙似的！"

"好了，好啦！"太后也露出了笑容，连声道，"瞧你们兄弟俩，打小就这么吵吵闹闹的，当着这么多人的面，成何体统，也不怕被人笑话！"

皇上哈哈一笑："母后，此处并无外人，就不必过于拘礼了。"说罢又转了话题，传了宫里的伶人上来表演些杂耍，热闹着。

我转头瞟了一眼淑妃，她放在桌案下的手死死地拧着丝帕，轻咬嘴唇，看来内伤不轻。也难怪，这么久以来的算计却在一夕之间落空，心中有些落寞，难以接受也是可以理解的。

看来淑妃也的确是不懂男人的，的确，天下男人皆好色，皇上也是男人，好色在所难免。可她偏偏忽略了皇上如今已是年近五旬的人了，对于那些个风花雪月早已没那么上心了，更何况近两年皇上经历了那么多事，受了那么多打击，对如今的他而言，亲情远比美色来得重要得多。她这步棋，从一开局便错了，如今满盘皆输也在意料之中，只叹她到最后也不明白自己输在哪儿了。

那日筵席后，太后和皇上更加放心地把后宫的事交给我全权代理了，今儿刚选了些秀女的名单送到太后宫里，与太后细细地斟酌了几番，太后满意至极，听从了我的建议，宣了威远将军之孙孙美金，兵部尚书之女袁柳红，吏部侍郎之女余雪青以及户部侍郎之女关莺莺四人入宫。

与淑妃一番唇枪舌剑之后，待淑妃带走了孙美金和余雪青，我吩咐彩衣带了袁柳红和关莺莺二人出去，安排在宫中殿里住下。

待二人出去后，我疲惫地闭了眼，歪在贵妃榻上深深地吸了口气。小安子立于一旁，了然地轻声问道："主子，你在担心什么？"

"呵呵，小安子，你说，这后宫争斗何时是个头啊？"我眼中满是疲惫，心中早已麻木不仁。

"没有头，娘娘！"小安子恭敬回道，"后宫三千佳丽的聪明全都用在了一个男人身上，只要这个男人还在，争斗便日复一日，年复一年，永不休止，至死方休！"

"呵呵，小安子，到底你看得明白！你这话，对也不对，后宫历来争的不是那个男人，而是权力，想尽千方百计引得那个男人的注意，得到那个男人的宠爱，最终，为的不也是权么？本宫现在算是看明白了，所谓的情呀，爱的，不过都是些骗人的东西，最可靠的还是权力！"

"娘娘能如此想，就代表娘娘有了在这后宫生存的资本了，奴才也就放心了。"小安子听我这么一说，反而松了口气。

"可这权又是那么好争的么？"我摇摇头，"如今的我，看似风光无限，实则举步维艰。"

　　小安子一惊，奇道："主子，难道皇上他……"

　　"皇上那边是与不是倒还没个定论，只是，太后那边……"我轻叹一声，"本宫无论怎么努力，她心里总防着本宫，就连这选秀之事，也是她绕了一个大圈子提出来的，到底是怕本宫一人独宠专房，独揽大权。"

　　"那娘娘还担心什么，这宣进来的四人，除了美金小主外，其余几人皆是西宁将军安排的，主子只需命人盯住了美金小主，便可高枕无忧了。"

　　"我该赞你聪明还是笨啊？"我无奈地摇摇头，"这人都是会变的。本宫相信此时的她们一定都是一心向着本宫，竭力为本宫办事的，可以后呢？你难道忘了端木晴当初是如何算计我的吗？看起来最无害的往往才是最会落井下石，釜底抽薪的那个。如今本宫这皇后之路看似近在眼前，实则虚无缥缈，又偏偏来了这些个一个赛过一个的美人儿，指不准明儿就冒出来个什么贵妃啊，全妃之类的，再加上淑妃那边也在跟本宫耍心眼，你没见她巴巴地就把威远将军之女要去了么？本宫如今是腹背受敌，这心里实在不踏实！"

　　"娘娘多虑了，几个新人嘛，不就图个新鲜罢了，淑妃到底是个没什么主见之人，也掀不起什么大风大浪，太后那儿，虽说她如今身子大不如前了，娘娘也得小心谨慎才是，主子的心思还是得要花在皇上身上才是，睿儿聪慧过人，主子肚子里如今又有了龙胎，都是皇上心尖尖上的肉啊……"

　　小安子细细分析着，我若有所思地点点头，吩咐道："让人打探打探皇上今儿晚上翻了谁的牌子。"

　　"是，主子。"小安子应声而出，直至子初才回来禀道："主子，皇上今儿翻了美金小主的牌子。"

　　"嗯。"我点点头，示意彩衣伺候我睡下。

　　第二日起身时早已日上三竿，刚用过早膳，我扶着彩衣的胳膊慢步走至廊下，立于廊下看着满园花草，逗弄廊下那几只鸟儿。

　　刚站了一小会，忽觉头有些晕，眼前一阵发黑，我忙伸手扶住额头，连声叫："彩衣，快……快……"话未说完人便软软倒了下去。耳边最后传来的是彩衣扶了我高声呼唤众人的求救声。

　　蒙眬醒来，眼前一片明黄，我不明所以地眨眨眼，蓦然一惊，这明黄……作势就要起身，口中喃喃道："皇上，怎么来了也不叫人唤醒臣妾……"心中有些惊讶自己的声音竟这般虚弱，这才明了自己在廊下赏花时竟晕了过去。

　　"言言，你醒了就好了，快躺下，躺下！御医说你身子虚弱得很，可要好生调养才是。"皇上忙将我扶了重新躺下。

　　我虚弱地一笑，柔声歉意道："让皇上担心了！"

"言言,别尽说这些个跟朕见外的话,朕可不爱听,只要你没事,朕就放心了。"皇上坐在榻前,轻轻将我的手握在手心,柔声道。

"是啊,娘娘,你可要好生保重。皇上刚下朝,一听说娘娘不好了,急急地就赶来了,这会子还有一群朝中大臣候在御书房呢!"小玄子在旁接口道。

"小玄子!"皇上沉声喝道,"你太多话了!"

小玄子吓得打了一个激灵,缩着肩膀低着头,退至一旁。

我一听,急了:"皇上,国事要紧,你快过去吧!臣妾已经没事了!"

"可是,言言……"皇上有些犹豫。

"皇上若为了臣妾连朝政都不顾了,那臣妾就真是祸国殃民了,往后臣妾有个好歹,也不敢告诉皇上了。"我目露坚持地看着他。

二人对视着互不相让,周围的空气像被烧着了般灼热,奴才们吓得大气都不敢乱出,过了好一会子,皇上才轻叹了口气:"唉,朕还真是拿你没办法,你说你就不能像别人一样那样依恋着朕么?老这么理智又固执!"

我嘿嘿干笑两声:"她们是她们,臣妾是臣妾,臣妾可不爱皇上拿她们与臣妾相比!"

"她们那些个莺莺燕燕怎么能跟朕的言言相提并论,朕的言言可是独一无二的!"皇上笑着轻拍我的手,"你好生养着,今儿可不许再去管那些个琐琐碎碎的事了。"

起身指指立于一旁的小安子、彩衣他们,吩咐道:"你们好好盯着主子,好生伺候着,若再有个好歹,朕唯你们是问!"

"是,皇上!"小安子和彩衣几人忙跪了回道。

皇上又转身温柔地看着我,轻声道:"朕晚些时候再来看你!"

"谢皇上!"我含笑道,目送他信步走了出去。

我若知那天的坚持竟是亲自送走了他最后一次温柔的话,我绝对不会那样坚持地让他离开。那日离开时他说晚些时候再来看我,他没来,也没有任何解释,往后的日子也一直没有来,只频频翻着新进几位妹妹的牌子,对四人中容貌最为出众的余雪青更是宠爱有加,将其擢升为雪贵人。

这宫里向来是垫高踩低的地方,原本热闹异常的月华宫,如今比起永和宫来那是天壤之别了,淑妃在我面前自然也是眉目含笑,扬扬得意的。

我因为地位颇高,又代理六宫,自然也忍着不显山露水地让别人看出些什么,平日里除了处理宫里的事务,也就是到宁寿宫陪太后讲经念佛,闲话家常了。

"德妃啊,最近怎么这么有空老来陪哀家这老太婆讲经念佛?皇上最近都在忙些啥?没常去你宫里么?"太后眯着眼,不经意地问道。

皇上在忙些什么,只怕你心里比谁都打听得清楚吧!我心里冷哼一声,面上却不动声色地回道:"皇上素来国事为重,况且宫里有这么多妹妹陪着皇上,臣妾自然就能好生调养身子了。"

"可哀家听说皇上近日里频频翻那几个新进的嫔妃的牌子,丫头啊,你心里没哽着吧?"太后双目炯炯地盯着我,不放过我脸上任何一丝泄露心中秘密的表情。

我嗤笑一笑,红了脸颊:"太后,您在说什么呀?臣妾都年纪一大把了,况且又有了身孕,有那几位乖巧的妹妹侍奉着皇上,臣妾高兴还来不及呢!只望几位妹妹也快些传出好消息,为皇家开枝散叶!"

"你能如此想,哀家就放心了。"太后示意我上前坐在她身侧,拉了我的手,柔声道,"哀家还怕你心里不好受,影响了肚子里的龙胎!"

"太后就放心吧,这龙胎在臣妾肚子里好好的呢,宫里那么多姐妹,臣妾若要吃醋,早就变成老陈醋了!"我呵呵笑着。

陪太后聊了一阵子,我有些乏了,便告辞出来。刚出宁寿宫门口便碰上了来给太后问安的皇上。

我紧紧地打量着他,多日不见的他憔悴了不少,我心里一惊:不是有众位妹妹伺候着他么?怎么会这般憔悴又心事重重的神情呢?

他抬头看见缓步跨出的我,眼里闪过一丝光亮,随即又暗了下去。我立在门口,福了福身子:"臣妾拜见皇上!"

他上前跨了一小步,伸出手来,随即又止了步,站直了身子,冷淡而疏远道:"德妃平身!"

我愣了一下,眼中满是伤痛,默默地退至一旁,待他入了宁寿宫后,方才扶了小安子离开。

回到殿中,我细细地将这些日子之事回想了几遍,也没想出自己究竟有什么地方没有做好,转念一想,那日里皇上离开时说是有朝中大臣在御书房候着,今日巧遇时皇上又是那样的神情,看来,是有我不知道的关于我的事在发生了。

我一睁眼,从贵妃榻上坐起身来:"小安子!"

立于一旁伺候着的小安子忙上前问道:"主子,您有什么吩咐?"

"本宫越想越觉着不对劲,恐怕这问题不在新进来那几位妹妹身上。你暗地儿问问小玄子,那日里皇上从我这儿回御书房后发生了什么事?"

小安子点点头,迅速出了门,我又倒在榻上躺着,睡意慢慢袭来,不一会子便入了梦乡。

醒来时,天色已晚,小安子也早已回来了,我稍作漱洗后坐在桌前用着晚膳,支开了众人,独留了小安子在跟前,问道:"那事儿打听得怎样了?可有结果?"

"回主子,奴才打听过了,小玄子只说那日在御书房,皇上发了好大的脾气,后来大

臣们离开了，皇上也一直独自待在御书房中，连晚膳也只是随便用了一点，到晚上时又宣了吏部尚书端木大人进宫，两人相谈甚久，待端木大人离开后，本以为皇上会按例过主子这儿，不料他却传小玄子上了牌子，翻了美金小主的绿头牌。"

我点点头道："果真是有事发生了，可究竟是什么事，小玄子有没细说？"

"这个……小玄子也说不知，不过皇上却因此变得有些怪，时常独自发愣，有时走到月华宫门口了，停了一下，又绕过月华宫进了永和宫。"

"哦？"我心知大事不妙，放下手中的筷子吩咐道："小安子，你再跑一趟，让小玄子透过殿前侍卫那边请西宁将军帮忙打听打听朝中是否出了大事了。"

"主子别急，奴才已经说过了，小玄子让奴才回禀主子，说他会尽力而为的，让主子耐心等上两三天必定将有结果了。"小安子见我急起来，怕又影响到龙胎，忙急急回道。

"既如此，急也是急不来，你陪我去御花园走走吧。"我起身扶着小安子的胳膊朝外走去。

火红的太阳已然落了下去，只留一丝余光将天边的云彩染成了绯红色，明艳绚烂，我一路从宫门口漫步至玉带桥，轻倚白玉栏杆，眺望在晚霞中平静如镜的湖水，微风呼过，送来阵阵花香，让人心旷神怡。

忽闻岸对面传来嬉笑声，我眉黛轻蹙，小安子轻声道："主子，好像是皇上和淑妃及几位新晋的嫔妃在白玉亭中闲话。"

"哦？既如此，我们便回去吧，可别扫了皇上的兴。"说罢转身准备离去。

"德妃娘娘，请留步！"身后传来小太监的高呼声，我转身却见小曲子不知何时朝我这边直奔而来。

我立于原地，笑看着已近前的他。小曲子气喘吁吁地跪了给我行礼："奴才见过德妃娘娘！"

"起来吧，看你喘得，定定神再说吧。"我温和小笑着说道。

"谢德妃娘娘！"小曲子爬起身，顿了一下，才道，"娘娘，皇上请您前往白玉亭品茗！"

"烦劳公公回禀皇上，说本宫身子不爽，就不过去了，先行回宫歇息了。"我淡淡地开口拒绝道。

"这个……"小曲子为难地看着我，"娘娘，皇上说了，奴才若是请不到娘娘，也就不必回去了！"

我叹了口气，这是何苦呢？沉吟了一下，才开口道："如此，就劳烦公公带路！"

小曲子没料到我会这么快就改了主意，满脸惊喜，随即又歉意地看着我："娘娘……"

"请公公带路！"我淡淡地坚持道。小曲子不再说话，默默地在前面带路。

我跨进白玉亭，福了福身子："臣妾拜见皇上！"

正与众人喝着酒的皇上头也没抬，漫不经心地说："德妃来了啊？坐吧。"

我看了看，皇上坐在靠湖的位置，淑妃坐在左边下首位，剩下四人分别坐在左右两边，右手下首位空着，我举步朝那边走去。

"皇上，德妃娘娘见了圣驾，为何不行跪拜之礼？"我循声望去，说话的原来是坐在最外面的孙美金孙才人。

"此事也是你过问的吗？"原本慵懒随和的皇上顿时黑了脸，沉声喝道。

"德妃娘娘如此，于礼不合，臣妾并未说错！"那孙才人铿锵有力地坚持道，我转过头去，看着她坚毅的面容，突然觉着她有那么一些讨人喜欢。

"哎呀，孙妹妹，德妃娘娘身怀龙胎，皇上早就免了德妹妹的跪拜之礼，待哪天妹妹也有了好消息，皇上也定会免了妹妹你跪拜之礼的。"淑妃看似热心地替我解释着，实则若有似无地把有些字句咬得重了些，刺激着我的听觉神经。

我只淡笑不语，走至右首位坐了下来，宫女送了酒杯上来，我轻推开去："给本宫换茶上来。"

"德妃不饮酒么？"皇上自我进来便若有似无地盯着我，这会子更是目光炯炯地盯着我。

"回皇上，御医说饮酒对胎儿发育不好，即使是酒味极低的樱花酿。"我对他迫人的眼光视若无睹，淡淡地回道。

一时间气氛有些怪异起来，雪贵人见皇上的目光始终在我身上没有移开，不免有些急起来，端了酒杯从淑妃身侧走了出来，半跪在皇上身侧："皇上，德妃娘娘不能饮酒，让臣妾陪你满饮此杯吧！"

"好，好！"皇上嘴里应着，眼睛却始终没有移开，见我一副不以为意的样子，索性一把搂了雪贵人入怀，将雪贵人喂上来的酒一饮而尽。

雪贵人见皇上当着众妃嫔的面如此荣宠于她，更加肆无忌惮起来，柔弱无骨地依偎在皇上怀中，故作媚态，薄衫微扯，胸前丰满的浑圆在皇上身上摩挲着。

淑妃蹙了蹙眉头，孙才人神情严肃，若有所思，剩下二人双颊绯红，低头拧着手中的丝帕。我状似不经意地瞟了一眼在场的人，低头细细地品着茶，仿佛那才是世间极品，周围发生的事都与我无关似的。

"皇上！"这一声朗声大喊，打破了亭中怪异气氛。众人一抬头，却见孙美金缓缓站了起来，行至正中，对着皇上跪了下去，脆生生地说道："皇上，这里并非寝宫，皇上刚才的举动于礼不合，有损皇室威名！"

众人一听，无不倒吸了一口冷气，她居然敢如此直言不讳！我看着皇上难堪的神情，不免替孙才人担心起来，厉声喝道："孙才人，本宫看你是喝多了，先退下吧。"说着又

转头朝皇上赔笑道，"皇上，孙妹妹的意思是，雪贵人她……"

"德妃娘娘不用替臣妾解释，臣妾所言皆是依据祖宗家法，绝无半句虚言，皇上和雪贵人今日所为的确与祖宗规矩不合。"

皇上并不是十分放浪之人，历来恪守礼制，今日却这般失礼，见他神情想来也是因着我吧，我心中叹了一口气，忍不住怨恨起自己的倔强来，只是为着我这样一个人，毁了多年辛苦树立的威严形象，值得么？

皇上贵为天之骄子，又岂容一个小小的才人当着众人的面指责他，立时气得黑了脸，一把推开身侧的雪贵人，厉声喝道："放肆！孙才人，你居然敢如此诋毁朕？来人！"

几位太监匆匆进来跪了候命，皇上瞪着我，一字一句地命令道："传朕旨意，孙才人悍嫉成性，目无君上，即日起贬为常在，打入冷宫！"

我张了张口，却始终没有再发出任何声音，圣怒只怕是因我而起，我若再开口，只怕孙才人的下场会更凄惨。

那两名太监待要上来押解孙美金，孙常在却低喝一声："放手，我自己会走！"说罢缓缓起身，整理了一下衣裙，挺直了脊背，朝我微微一笑，傲然而去。

如今圣宠全无的我替孙常在求不得半点情，也只得吩咐冷宫的掌事嬷嬷好生照顾她，并暗示她不过一时惹怒了皇上，才被贬入了冷宫，过不了几日便会放出来，又令小安子给那嬷嬷塞了些银子，那嬷嬷自是欢天喜地，满口答应了。

我因为孙常在之事在殿里闷了两日，也没出门，只盼能不让皇上见着心烦，也少让他生些气，小玄子那边也还未有消息传来，我不免有些着急。

午歇时也时梦时醒的，索性叫人进来伺候起身，刚起身梳洗完毕，小碌子进来禀道："主子，宁寿宫来了个宫女，说太后有几日没见到主子了，甚是想念，传你过去闲话家常。"

我点点头，有些奇怪太后会专门派人传话闲话家常，也就没有耽搁，对镜整理了下仪容，便随传话的宫女去了宁寿宫。

"臣妾给太后请安。"我入了暖阁，规矩跪了行礼。

"起来吧。"

我谢过恩后走至一旁的椅子上坐下来，说是闲话家常，我却明显感到今日的气氛非比寻常。太后靠在炕上假寐，身旁并无一人伺候着，想来是她吩咐她们出去的吧。

太后眯着眼斜视着我，并不说话，我一时之间也不知该说什么才好，只端正坐了，努力维持着脸上的笑容。

一时之间，偌大的房中异常寂静，陷入了一种怪异的沉默之中。我僵坐在椅子上，心里头七上八下的，瞧今日太后摆下的这气势，定是出什么事了，额头上不知何时已布满了密密麻麻的汗珠，也不敢用手去擦，只得略略低下头，掩饰内心的惶恐。

"德丫头，你进宫也快有五年了吧！"

终究还是太后先打破了这一屋的沉闷，不冷不热地问道。

我虽然不知道她这么问有什么意思，想说明什么，却也只能点点头恭敬回道："是，臣妾是皇肃三十五年进宫的，过完今年就整整五年了。"

"时间真的是过得好快啊，你选秀那会子的样子还留在我的脑海中，哀家记得那时还是皇上钦点的你。这一晃眼就已经快五年了！"太后像是在回忆过去的岁月，脸上露出了深思。

我可不会傻到以为太后传我来，只是为了追忆过去的岁月的，也就不敢随便乱说，只端正坐了含笑恭敬听着。

"哀家看得出来，这些年皇上对你很是上心啊，常常在哀家跟前提起你。"她慈祥地笑着说道，起身走过来坐在我旁边的楠木椅上，温柔而暖和的手也覆上了我那摆在扶手上透着些冷意的手。

"那是承蒙皇上的错爱，臣妾没有那么好。"听她这么说着，我也只能装作羞涩地低下头谦虚地回道。

"你就不用那么自贬了，你向来温婉贤淑又明晓大义，否则皇上不会给你一个'德'字的封号了。"太后一脸笑容地夸着我，漆黑幽深的双眼中竟不露半分心思，让我无从揣测。

"皇后的身子一直都不是太好，贵妃去了后都是你在帮忙料理后宫的事务，皇后去了后都是你和淑妃在全权处理，是吗？"

"臣妾只是管管账，大多数事还是淑妃姐姐做主的。"

"瞧你这孩子，脸皮还真是薄，哀家不过夸你几句，你就不必过谦了，你管后宫那些繁琐账目的能力哀家又不是不知道，就算是初的贵妃，也是没有办法比的，更何况淑妃向来是个没主见的。"

听她这么一说，我吃了一惊，今儿个是怎么回事，太后要么就说那些个陈年往事，要么就说什么料理事务的事，再说了，这事怎么又牵扯到已去的丽贵妃的头上了？

我不敢做声，只是听她继续说道："只可惜啊，这丽贵妃聪明一时，糊涂一世，竟和她父亲两人串通一气，狼狈为奸，谋害太子，妄图独霸朝政，最后却落得人财两空的地步，连命都搭上了。"

她别有深意地说着，末了还意味深长地看了我一眼。我这才隐隐意识到发生什么事了，原来她兜了那么大一个圈子是在警告我。

警告我什么呢？贵妃？贺相？难道是他那边出了事了么？所以太后才急着传了我来，警告我别走丽贵妃的老路么？

我一惊，蓦然抬头，睁着大大的眼睛不明所以地看着太后。太后见我的表情，轻叹了

口气,道:"好了,德丫头,哀家说了这会子,也乏了,你先回去吧。"

"是,太后。臣妾告退!"我恭敬地行了礼,躬身退出。

一路坐了软轿回到月华宫,门口,便见到早已万分着急等在宫门口的小安子。我刚一下轿,他便迎了上来,扶着我的手低声说道:"主子,不好了,莫大人那边出事了。"

我心下一惊,蓦然想起太后的话来,转头看看周围的人,低声吩咐道:"进屋再说。"

一入暖阁,我便打发了众人离去,着急地追问道:"小安子,是莫尚书那边出事了,对么?"

"正是,娘娘。"小安子示意我少安毋躁,细细说道,"原来那日里朝中有几位大人是准备在早朝时弹劾莫尚书的,只因娘娘晕倒了,皇上便急急下了朝,赶了过来。御医确诊娘娘平安无事后,皇上在御书房见了几位大臣,皇上大发雷霆,怒斥几位大臣,不料几人却以死相谏,皇上无奈之下传了吏部端木大人,命他暗中进行调查。"

"哦?弹劾他么?"我眉头轻蹙,顿了一下,又问,"知道都有哪些人吗?"

"当日进谏时并未在意,皇上又有意压制此事,西宁将军查得也并不完全,小玄子细细回想过了,貌似以礼部容尚书和吏部余侍郎为首,其余几人不太记得清了。"

"容婕妤么?哼,皇后去了靠山没了也不老实待着。"我伸手揉揉头,又愤愤然道,"雪贵人么?入宫得了几天圣宠就有点找不着北了?一群乌合之众,成不了什么气候!"

小安子看着怒气难平的我,安慰道:"主子,你千万别生气,为那些个不相干的人气坏了身子可不值得!"

"莫新良啊莫新良,你害了我母亲一生还不够,如今又来害我!"我歪在贵妃榻上喃喃自语,"如今这情形,该当如何才是……"

"娘娘,你和小玄子不是对他恨之入骨么?"小安子立于一旁,小心翼翼地说道,欲言又止。

我一听,心下一动,睁眼紧紧盯着小安子:"你的意思是……顺水推舟?"随即轻笑起来,"呵呵,这倒是一箭双雕的好计策啊!"

"主子,奴才也就是这么一说,你再考虑,考虑,毕竟莫大人他……"小安子见我的怪异神情,惊觉自己说错了话。

"没有毕竟!"我打断小安子的话,恨恨地说,"莫新良啊莫新良,本宫本想再留你些时日,不想有人却比本宫更容不下你!自作孽,不可活,你自己犯了法,自寻死路,本宫就帮你一把,让你早死早超生!"

"娘娘,你……你真的要……"小安子见我一副咬牙切齿的样子,知我已下了杀心,不由得有些寒战起来。

"小安子,你是不是觉得本宫如今变得心冷如铁,狠毒至极?"

"不，娘娘，不是，奴才……"小安子被我这么直白的一问，不免有些语无伦次起来。

"你知道吗？小安子。我不是养尊处优的小姐，我娘只是个青楼的妓女，我爹的众多小妾之一。我生下来时我爹一听说是女儿，连看都没看一眼就走了，我跟着娘过着连下人都不如的日子，直至有一天，管家突然出现，说老爷要见我。小安子，你知道本宫有多高兴么？只能用欣喜若狂来形容，可事实不过是他的爱女莫雪不想进宫选秀，这才记起了我也是莫家的女儿。"我呵呵笑着，眼泪如断线的珍珠般从眼眶中滚落而出，"入宫前，我求他善待我娘，保她后半生衣食无忧，他满口应承，小玄子却带来了母亲受尽屈辱，重病而去的消息。小安子，你说这样一个薄情负心的男人，配拥有如今的风光荣耀么？你说这样一个言而无信，害死我从小相依为命的娘亲的小人，本宫能容得下他么？你说这样一个贪赃枉法，中饱私囊的罪人，即便是本宫原谅了他，皇上饶得了他，可大顺皇朝的律法能容得下他么？"

立于一旁的小安子早已泪如雨下，跪了连连磕头道："主子，对不起，主子，奴才该死，奴才不该……"

我吸了吸鼻子，扶起小安子，轻声道："去吧，小安子，把我的意思转告给西宁将军，请他授人上奏！"

立于窗前看着院子回廊处小安子消失的背影，我心中空落落的，一片木然，呢喃道："娘，你看到了吗？那个负心汉就要受到应有的惩罚了，你高兴吗？"

久久无语，我又轻叹了口气："娘，女儿知道，你一定不要女儿为你报仇，只想女儿好好活着。可是，娘，人间本就是个人吃人的地儿，你善良仁厚，亦希望女儿如此，女儿也想善良，女儿也想仁厚，可这个吃人的地儿容不下女儿如此，女儿也有无尽的无奈啊！娘，你若在天有灵，就保佑女儿达成凤愿吧！"

混混沌沌不知过了多久，直到彩衣进来点了蜡烛，我才惊觉已到掌灯时分。我转头却对上彩衣诧异的神情，伸手一摸，才惊觉面颊上还挂着未干的泪痕。

彩衣惊觉失礼，忙转身出门端了温水进来，默默地伺候我梳洗。梳洗完了才轻声劝道："主子，你多少用些晚膳吧。"

我轻轻摇了摇头，实在没什么胃口，平日里对那个人恨之入骨，恨不能食其肉，喝其血，如今眼看着他就要遭难了，心里又说不出的哽塞。

彩衣轻叹了一声，又道："主子，你不为自己想，也总得为肚里的龙胎想想吧？奴婢炖了你最喜欢的酸萝卜鸡皮汤，你多少用些吧！"

我伸手摸摸已微微有些凸显的肚子，点点头，伸手让彩衣扶了向外走去。

用过晚膳，我歪在贵妃榻上，彩衣在旁有一搭没一搭地聊着。小安子疾步掀了帘子进来，上前轻声禀道："主子，方才小曲子过来传话，说西宁将军传话给主子，今夜子时，

老地方见！"

"老地方？"我蓦然起身，奇怪道："哪有什么老地方啊？"

转念一想，难道他说的是……抬头吩咐道："小安子，派人去细细打探，看皇上今晚歇在哪个宫里。"

小安子应着转身出去安排了，我令彩衣找了宽松素净的衣衫给我换上，也不怎么看得出来肚子，梳了个简单的头，出门也不那么引人注目了，这才坐了下来着急地等着小安子。

直至子初，小安子才回来禀道："主子，皇上歇在了容婕妤殿里。"

我点点头，转头朝彩衣点点头，她依言上了榻，面向里侧身而卧。小安子放下帘子，灭了灯，扶了早已准备妥当的我缓步出了暖阁，对守在门口的小碌子吩咐道："主子睡下了，好生伺候着。"

"是，安公公，奴才明白。"小碌子低声回道。

小安子四处探望，确定并无可疑后，扶了我一路行至后院，从隐秘的小门入了桃花源。行至小屋前，一见这地儿不禁又想起了这屋中曾有的暧昧情欲，不免犹豫起来，踌躇不前。

"来都来了，又踌躇什么？"屋里传来低沉的声音，磁性却冰冷异常。

我深吸了一口气，掀了帘子，举步踏入屋中。屋中并无灯光，只能借着窗外的余光依稀辨出人的模样神情。几年的军中历练使他成熟了不少，也魁梧了不少，模糊不清的脸上有了岁月的沧桑，眼中少了以往的年少轻狂，神采奕奕，却多了几分沉稳。

我们相对无语，昏暗的灯光下清浅的呼气声弥漫着满室暧昧的气息，我几次微微张口，却不知该说什么，该唤他什么，还可以称兄长么？

我心中慌乱万分，连呼吸也隐隐有些急促起来。

"德妃娘娘！"终究是他打破了这一室沉静，冰冷的声音浇熄了这一室暧昧情欲，也浇灭了我心中那份不安的幻想。

"兄长，你……"是了，我忍不住自嘲起来，他心中始终有的只是端木晴，我不过是个意外而已，他根本就没有，也不会在意，自己又何必扭捏不安，何必自作多情呢？

"今日的德妃娘娘又岂是当初的言妹子呢？"西宁桢宇眼中一片冰冷，沉声道，"微臣今日来，只是想从娘娘口中确认小玄子传来的消息，娘娘真的要对付莫大人——你的亲生父亲么？"

"是！"我冷然道，"小玄子所说的正是本宫的意思，请西宁将军安排人上疏弹劾！"

"你！果真……"西宁桢宇断没料到我回答得如此干脆，直白，不加任何掩饰，眼中闪过一丝不屑，咬牙切齿道，"果真是天下最毒妇人心！"

我努力忽略掉心中因那丝不屑而针扎般的刺痛，淡淡地说："随你怎么说！"

他眼中一片疼痛，满脸失望地盯着我。

我委屈万分，用力忍住眼中盈满眼眶的泪水，坚强地假装若无其事道："西宁将军如无其他事，本宫就不奉陪了！"

半晌不见他回应，我默默转身朝门口走去。

"该死的！"他从身后冲了上来，一把抓住了我，将我推至旁边的墙壁上，两手压在墙板上，将我牢牢圈在两臂间。

我被眼前粗暴的他吓得怔在当场，忘了呼叫，忘了哭泣，只愣愣地看着他，双手死死护住小腹。

他喘着粗气，一把抓住我领口处的罗衫，紧紧将我按向墙板，咬牙切齿道："你真让我痛心，你把我那温柔善良的妹子藏哪儿去了？你这个权力熏心的女人，你为了争权夺利，连生你养你的亲生父亲也不放过！你的良心都上哪儿去了，被狗吃了么？"

我看着眼前几近疯狂，厉声呵斥我的西宁桢宇，心中的怒气如烈火般熊熊燃烧，再也忍不住心中的悲愤，双手抓了他的手，用力挣扎着，口中低吼出撕心裂肺的话来："我权力熏心，我歹毒？你什么都不知道，你凭什么在这儿空口白牙，言之凿凿地指责我？"

他浑身一怔，手上立时失了力道，我大口大口喘息着。半晌，才轻声道："我歹毒么？是，我亲手杀死了自己的亲生女儿来陷害丽贵妃；我利用贵妃和太子的私情揭穿了二人的奸情，亲手毒杀了丽贵妃；我在皇后去了后想尽办法讨好太后，手握后宫大权；如今，我连自己的父亲都不放过，要找人弹劾他。多么歹毒的一个女人啊！"

我话锋陡地一转，紧紧盯着他的眼睛，厉声问道："可你知不知道，端木姐姐去之前我被人陷害险些也失了龙胎？你知不知道，我生浔阳时窗外廊下放了一碗毒药？你又知不知道，浔阳被人下了毒才逼得我不得不走上杀女复仇之路，而那下毒之人正是丽贵妃？你还知不知道，太后已经紧紧盯着我的一举一动，我若再为父亲开口求情，下一个要入冷宫下地狱的就是我和睿儿了？这宫里本就是个吃人的地儿，冤魂遍地，命如薄纸，一个无宠无权无势的嫔妃连确保自己的儿子性命无忧的能力都没有，就更是谈不上什么给他似锦前程了。我每日里小心伺候皇上，刻意讨好太后，举步难艰，如履薄冰，连睡觉都戴着面具，又是为了谁？难道仅仅是为了我自己吗？"

他满脸震惊，愣在当场，我却再也忍不住了，眼泪如断线的珍珠般滚落而下。半晌，才哽咽道："你说我连自己的亲生父亲都不放过，可是，你知不知道在莫新良的眼中，十五年前的我是多余，连停留在我身上一秒的眼光都懒得施舍一眼，十五年后，我不过是他升官晋爵的踏板而已。我母亲痴恋了他一生，伺候了他一辈子，最终却在他满口对我保她衣食无忧的承诺中，纵容他人对她冷嘲热讽，残忍逼迫，最终含怨而亡。我对他残忍么？是他自己对他自己残忍，从他坐上户部尚书之位后，私欲便膨胀起来，贪赃枉法，中

饱私囊，我容得下他，可天理能容吗？国法能容吗？我不过想为母报仇，我不过想确保睿儿和我母子平安，在这宫里不受人欺凌罢了。我这样的想法错了吗？我真的就那么残忍歹毒到令人不耻么？你告诉我，你回答我！"

我痛哭失声，长久压抑的不被理解的痛苦终于发泄了出来，不住地捶打着跟前的他。他却如石雕般一动不动，任我捶打，半晌，才伸了手起来，想安抚我的情绪，却又无力地软了下去。

如此再三，蓦地伸手拥我入怀，连声呢喃道："对不起，对不起！是我不好，我没有照顾好你们母子。我以为，以为有了玲珑照顾睿儿，以为你有了圣宠，便可高枕无忧了，我……放心吧，以后不会了，以后都不会了。"

突如其来的温暖让我有些手足无措，虽然明明知道他只是出于同情，虽然明明知道他心中始终只有端木晴，但多年的宫斗早已让我如惊弓之鸟般疲惫不堪，我在心中默然道：晴姐姐，对不起！就让我贪恋这一刻的温暖和安全吧。

我闭上眼，头枕在他的胸前，听着他凌乱的心跳，任由他阳刚的气息包围着我，任由这暧昧的气息在一室黑暗中蔓延。

"谁？"门外传来小安子的低喝声。

我二人俱是一惊，蓦然分开，我不禁红了脸。西宁桢宇往门边一靠，一把拉了呆在原地的我往他身后一靠，我怔怔地看着他宽阔挺直的脊背，想着他不自觉的保护动作，心中闪过丝丝甜意：真好，这世上除了娘和小安子他们，还有这么一个人也关心着我。

"是我，安公公！"黑暗中传来女子的回应声。

我还未听出声音，西宁桢宇却瞬间放松了下来，沉声道："兰朵？！"

"是，主人！"我这才听出来人竟是玲珑，正要说话，却听得玲珑道："主人，兰朵带小主人前来求见！"

西宁桢宇没有说话，转头怔怔地看着我。

我几步上前，掀了帘子，将跪在门口的玲珑一把拉了进来，责怪道："玲珑，你怎么把睿儿私自带了出来？若是被发现了……"

"主子，奴婢只是想让主人见见小主人。"玲珑语气恭敬，却饱含坚持。

我看看玲珑，又看看双眼早已紧紧盯着玲珑怀中熟睡的睿儿不放的西宁桢宇，默默地退至一旁。

西宁桢宇一步步走到玲珑跟前，颤巍巍地伸出手，轻轻托上睿儿光滑细致的小脸蛋，睡梦中的睿儿不自觉地动了动脖子，咕噜一声，又沉沉睡去。

西宁桢宇一脸欣喜，轻轻地伸手从玲珑手中接过睿儿，饱含深情地看着他。半晌，才呢喃道："睿儿么？真乖！我知道你是晴儿送我的宝贝，对，一定是，一定是晴儿在天有灵见我孤独寂寞，送来陪我的宝贝！"

又是端木晴！我分不清心中涌上的那股滋味，究竟是酸是苦，但有一件事我却是肯定的，往后的日子，我和睿儿有了更坚固的后盾！

第二日刚起身，小安子就送来了父亲的求救信，信中将上疏弹劾他的官员骂了个狗血喷头，直说他们陷害忠良，让我在皇上面前替他说说公道话，如此云云。

我看了冷然一笑，这西宁桢宇，动作这么快，怕是昨儿一宿未合眼吧。

我胡乱用了些早膳填饱了肚子，养足了精神，带上彩衣和小安子直奔宁寿宫。

太后正在佛堂做晨课，云秀嬷嬷带我坐至一旁的楠木椅上。

过了许久，太后才睁开眼，示意云秀嬷嬷将她扶了坐至旁边垫了冰丝软垫的椅子上，眼睛都没有抬，平淡的声音中透着些威严："德丫头，怎么这么早就过来了？"

我没有回答太后的话，神情严肃地起身，走至太后跟前，"咚"地端正跪在跟前，双手将父亲送进来的那封信举到她伸手刚好能够到的位置，一字一句沉声道："太后，臣妾特来请罪！"

太后满脸疑惑，接过我手中的信，打开来细细看了内容，沉声道："德妃，你这是……"

"太后，臣妾有罪，此等大事臣妾居然蒙在鼓里，全然不知，因为臣妾的恩宠，臣妾的父亲居然恃宠而骄，知法犯法。请太后转告皇上，请他切不可因为臣妾的原因而有所顾忌，下旨让吏部用心察查，一旦确认臣妾的父亲身犯律法，请皇上依律而治，严惩不贷，若有臣妾应受的处罚，臣妾甘愿受罚，绝无怨言！"

我目光炯炯地望着太后，直望进她眼眸深处，坚定地说。

"好，好，好孩子！"太后愣了一下，亲自上前扶了我起身，"快起来吧，你如今身子重，别动不动就跪着。"说着又拉了我的手，轻轻拍了拍，"难得你如此深明大义，此德此性堪称后宫典范！"

"太后，臣妾没有你说的那般好。臣妾若知早就该劝导父亲，也不致到如今让皇上和太后为难了，臣妾有罪。"我可不信她是真想夸我，忙推托着。

"傻孩子，这怎么能怪你呢？你在这宫中，一个月也就见他那么一两次，你哪能知道他做下的那些事？孩子，苦了你了，要做出这样大义灭亲的举动该经历多少挣扎，下多大的决心啊！孩子，别怕，往后啊，你就是哀家的女儿，哀家便是你的娘家人，有什么苦，尽管来找哀家诉！"太后慈祥地拥我入怀，柔声安慰道。

我心中冷哼一声，面上却一副怆然凄凉的神色，哽咽了半天才唤了声："太后……"

"哭吧，孩子，想哭就哭出来吧！哀家知道你心里一定很苦……"

我在太后轻柔的抚慰声中嘤嘤落泪，继而用力抽泣起来，最后终于忍不住号啕大哭起来："太后，您说臣妾的父亲如今位居尚书，锦衣玉食，富贵万千，他为何还不满足？偏偏要走上这绝路……国法难容……国法难容啊！"

第十章 大义灭亲 253

太后这才满意地点点头，轻拍着我的背，替我顺着气，让我尽情地发泄着。

　　我后来是怎么回到月华宫的，我不记得了，我只知道我睁开眼时，人已躺在月华宫的榻上。

　　皇上满脸心疼地守在一旁，见我醒来，一脸欣喜地说："言言，你醒了？"

　　"皇上，臣妾，你怎么……"我蓦然想起先前在太后宫中之事，所有的回忆涌上心头，忙坐起身来，作势就要下床，口中语无伦次道："皇上，臣妾有罪！臣妾……"

　　"不！"皇上一把抱住我，紧紧搂入怀中，似要把我糅进他身体里般，充满歉意的声音中带着哭腔："言言，是朕不好，是朕的错，朕不该这么不信任你！"

　　"不，不，皇上。是臣妾不好，臣妾让皇上为难了！若不是今儿个父亲送了信进来，臣妾还蒙在鼓里，一心以为……以为皇上把臣妾给忘了……"我窝在他怀中，嘤嘤抽泣着。

　　"不是，言言，怎么会呢？对朕来说，你一直都是独一无二的，只是，只是吏部察查出来莫爱卿有巨额财产来源不明。朕，朕实在是不知该如何面对你……"皇上搂着我，痛苦地说道。

　　"他果真干下了这等天理国法不容之事？皇上，古话说'王子犯法，与庶民同罪'，更何况他只是臣妾的父亲！"我自他怀中抬起头来，神情坚毅，一字一句道，"皇上，臣妾有一个不情之请，请您成全！"

　　"言言，你不要这样吓我，言言，朕这就让他们……"皇上满眼心疼地看着神情坚定不移的我，轻叹了声，最终只是说，"言言，你有什么请求，只管道来。"

　　"皇上，臣妾想亲口听父亲大人承认他犯了国法，罪不容诛，这样，臣妾就死心了。"我一咬牙，沉声道，"那时，就请皇上下旨，依律严惩不贷，臣妾绝无怨言！"

　　"这个……"皇上犹豫着。

　　"皇上，您是臣妾的丈夫，可您更是大顺皇朝的君王，难道你要为了臣妾而被人指着脊梁骨骂是昏君么？"我朗声问道。

　　"可是，言言，他是你的亲生父亲，是朕的岳父大人啊……"

　　"皇上，臣妾是莫大人的女儿，可臣妾更是大顺皇朝的德妃，是睿儿的母妃！"我目光炯炯地望着他，"莫大人若真真犯了法，那是他自寻死路，与人无尤！皇上！"

　　皇上沉吟了一下，不忍再看我痛不欲生却坚定不移的刚毅神情，闭上满目痛楚的双眼，半晌才挤出一句有气无力的话来："朕，准了！"

　　小安子掀了帘子领了莫尚书进来，我端坐在正位上看着这个身材微微有些发福，头发花白，年过半百的老人，心中有些不忍，有些遗憾，更多的是不解。

　　做了十几年的侍郎，虽默默无闻却也平平安安，如今做了两年尚书却被人弹劾，立时便要下大狱了。

难道他做侍郎时没贪，做了尚书才想起来要贪的么？我不信，他府里那群妾室儿女是如何养活的？靠他的俸禄么？恐怕只够每天喝粥吃咸菜。

"微臣见过德妃娘娘！"他一进来便跪了给我行礼。久久不见回应，才大着胆子悄悄抬头望了我一眼，见我面无表情地端坐着，才又轻轻唤了声："娘娘……"

我这才回过神来，惊觉自己跑神了，忙满脸堆笑道："父亲怎么还跪着？快起来坐了。"

我笑着指了指旁边铺着软垫的椅子："刚换上的冰丝软垫，父亲快坐吧，够舒服。"

"谢娘娘！"莫尚书朝我拱了拱手，信步走到椅子旁坐了下来。

"彩衣啊，还不快给父亲奉茶！"我高声唤着门口的彩衣。

"来了，娘娘！"彩衣应着端了茶进来，送到他跟前，客气道："莫大人，请用茶！"

莫新良从踏进来神情便焦虑不已，这会子接过茶，也不喝，只放在旁边的几上，几次想开口，却欲言又止。

我只作不知，奇怪道："父亲怎么不喝？是觉着茶不好么？要不我叫人另外换杯？"

"不，不是。"他话语有些打结，推托道，"娘娘，微臣现在还不渴。"

我好笑地看着他的神情，也不提那日他送信之事，只笑道："那父亲想喝的时候再喝。"

他踌躇再三，细细察看我神情无异，才小心翼翼地开口问道："娘娘，那日微臣托人送了信进来，不知现在如何了？"

"送信？什么时候的事？我怎么不知？"我满脸诧异地看着他。

"啊？！"莫新良脸色一变，"丢了？还是被人截了？这可如何是好？"

我不以为意地笑笑："不就是封信么？犯得着父亲这么着急，父亲今儿既然亲自来了，你直接告诉我便成了。"

"不是，娘娘，那信……"莫新良一副欲言又止的样子。

我笑道："父亲莫急，等会子我便吩咐人去找找，断然不会丢了，父亲不用太过担心。父亲既然来了，就说说吧，父女之间还有什么难开口的？"

父亲红了红脸，扭捏一下，才道："近日里朝中有些大臣居然上疏弹劾微臣，说微臣贪赃枉法，中饱私囊！哼，简直不可容忍！"

"呀，那父亲大人你有没有犯法啊？"我脸色大变，急急地追问道。

"哼，一群乌合之众，无稽之谈！"莫新良愤愤然地说道，一脸飞扬跋扈的神色。

我听他这么一说，才稍稍放了心，吐了口气："没有就好，没有就好！父亲也不用如此愤怒，人做事总有不被人理解的时候，父亲大人既然没有，还怕他们作甚？到时吏部察查之下，定会还父亲以清白，父亲不用担心。"

第十章 大义灭亲 255

"可是，娘娘！"莫新良听我如此一说，有些着急起来，"他们这么肆无忌惮地上疏弹劾微臣，明着是对付微臣，实则是对娘娘你不满啊，娘娘不可掉以轻心啊！"

"哦？"我一脸诧异，随即又轻笑起来，"父亲大人，你多心了吧！这宫中姐妹和睦相处，太后皇上都放心极了，我虽代理六宫，但从未苛刻过宫里任何一位姐妹，岂有什么对我不满之说？"

"娘娘，这害人之心不可有，可防人之心不可无啊！"莫新良一副忠言逆耳的样子，我看着不免有些厌恶，一下子失了和他兜圈子的心情。

"多谢父亲提醒，女儿知道了，女儿会放在心上，小心行事的。"我轻轻打了个呵欠，"劳烦父亲专门进来给女儿送信，若是没什么事，父亲就先回去吧，女儿想先歇会子了。"

"是，娘娘。微臣告退！"莫新良果真谢了礼朝外走了。

我有些惊讶地看着他的背影，难道我药下猛了，还是没到火候？照他目前的情形不应该如此沉得住气才是。

已走到门口的莫新良蓦地转身，大步上前"咚"地跪在我跟前，恐慌道："娘娘救命啊，娘娘！"

我大惊，诧异道："父亲大人这是怎么了？怎么好端端的又说出什么救命的话来？"

"娘娘，那些朝臣上疏弹劾微臣，皇上已下令让吏部好生察查了，请您救救微臣！"莫新良磕头不止，此时话语中已带着明显的哭腔。

"父亲方才不是说那些不过是无稽之谈么？父亲大人既然清清白白又岂用担心他们察查，皇上定然不会冤枉了父亲！"

"那个……娘娘，俗话说'常在河边走，哪有不湿鞋'，父亲为官多年，总有些丁丁渣渣之事，若查起来总能抓住些把柄了。请娘娘，"父亲顿了一下，吸了口气才道，"请娘娘看在父女情分上，替微臣向皇上求求情，饶了微臣这一次！"

我"啪"地一拍旁边的小几，冷声道："父亲既然不信任女儿，又何必来说让女儿求情的话？果真是如父亲所说，只是不小心在河边湿了鞋么？你连实情都不愿告诉女儿，让女儿如何帮你？父亲回去吧，女儿无能为力！"

"不，不，娘娘！"莫新良失声痛哭道，"请你救救微臣……"

我心中冷冷一笑，莫新良啊莫新良，你也有这么跪着求我的一天？

我冷哼一声，不冷不热地问道："那你是如何贪赃枉法，中饱私囊的，还不如实道来！"

"是，是。"莫新良颤声道，"微臣不过让塘沽、雅布等几个郡每年多交了二成的公粮，另外上次南方洪灾，皇上命微臣拨款赈灾，微臣从中抽了半成而已，还有，还有另外就是些下级官员供奉了些奇珍异宝，古玩书画之类的东西。就这些了，没，没了……"

"就这些？！"我难以置信地听着他以一副如此轻松的口吻将他的历历罪行数落出来，心中万分震惊，霍地站起身来，厉声喝道："莫新良，你贪赃枉法，中饱私囊，鱼肉百姓，实在是令人发指！天理难容，国法难容！"

　说着转身朝身后的屏风一跪，高声道："皇上，请你下旨，依律严惩，以正法典！"

　"莫言，你……"莫新良一听，顿时白了脸，满脸惊恐。

　小安子和小碌子跑了进来，将我身前的屏风缓缓拉开。

　屏风后正中赫然坐着神情阴郁的皇上，旁边自然是端木尚书，莫新良立时瘫软在地。

第十一章　举步维艰

　　我自此大病了一场，南宫阳每日定时请脉，不敢有丝毫疏忽，皇上每日里总会抽时间过来看我，我因为怕将病气传给他，我便硬是不让他歇在殿里。

　　太后也派人过来探望了两次，还命人送了调养滋补之物，叮嘱我安心调养，宫里其他嫔妃自是见风使舵，时常过来问安。

　　如此过了数十日，身子才渐渐开始恢复，南宫阳便让我时常散散步，以利调身养气。

　　因为天气已暖和起来，日间艳阳高照，彩衣和小安子怕我此时出门有个闪失什么的，便力劝我每日日落后再去园子里散步。

　　我知二人是真心体贴我，又听他们说得甚是有理，便同意了。出了月华宫门，一路行至玉带桥上，不时有宫妃上前见礼，我心中生厌，面上却不得不含笑招呼着。

　　彩衣见我面色不好，知我所为何事，小声建议道："娘娘，咱们不妨挑了僻静的地儿行走，人烟稀少处空气新鲜些，对主子身体也好些。"

　　我一听，甚合我意，转头盼咐小安子："小安子，你只挑了僻静的地儿走，让小碌子他们远远跟着。"

　　"是，主子。"小安子依言带了我往僻静处行去。

　　绕过几个弯后便渐渐静了下来，微风送来淡雅的花香，伴随着林中鸟儿归巢的欢叫声，让人心旷神怡，心情舒畅。

　　我笑道："小安子，到底你平日走动多些，我入宫几年了竟也不知这宫中还有这等清雅之地。"

"主子过奖了，其实主子不知道这地方说来也属正常了。"小安子笑了笑解释道，"这地方原是先皇的嫔妃——梅妃的故居。梅妃去了后，这园子中便时常闹鬼，请了几次法师作法，收效甚微，却是越闹越厉害，后来也就不了了之了，这园子也就再无人居住了。后来，先皇驾崩，皇上继位，薛皇后便令人将这梅园改建成了宫里奴才们的下人房，但后来大家还是或多或少知道了些闹鬼之事，也都推托着不敢来住，慢慢地也就空了下来，再无人居住了。"

"呀！小安子。"彩衣面露不安，嗔怪道，"既是不干净的地儿，你如今怎么还带主子过来？主子，要不我们回去吧？"

"瞧你，吓得脸都白了！"小安子本想痞彩衣几句，但见她怒目相视的样子，忙赔着不是解释道："彩衣妹子尽管放心，那是久远的事了，况且梅园在那前面远远的，离这儿还有好长一段地儿呢！"

彩衣一听才稍稍恢复了神色，放下心来，嘴上仍不放过他："那你早说嘛，吓坏了主子，看你有几个脑袋给皇上砍！"

"我见主子神色如常，不像被吓到的样子，倒是你，小脸都白了。"小安子见彩衣嗔怒的可爱神情，忍不住回嘴道，"你自个儿怕就怕呗，我和主子又不会取笑于你，说不定等下还可以先保护好你，免得你吓晕过去了。你如今肥成这副德行，没人扛得动你。"

"你！"彩衣被说到短处，看看自己圆鼓鼓的腰身，气得双颊绯红，一跺脚朝我抱怨道，"主子，你看小安子，越发变着法儿地欺负奴婢了，居然当着您的面说我肥……"

我含笑看着眼前不停斗嘴的两人，眼中闪过不自觉的温柔。

这小安子，也不顾及彩衣怎么也是女孩子，脸皮薄些，有些话，尤其是涉及到身段问题是不能随便说的。

况且虽说我朝历来以胖为美，但彩衣的身材，我仔细瞟了过去，不禁笑了，的确是比以前肥了不少，可这小安子也不知嘴下留情，彩衣脸皮薄怎么受得了？

我忙笑着拉了两人道："行啦，还像小孩子般吵闹着，也不怕被人笑话了去，所幸此处并无他人，否则传了出去看你俩往后怎么见人？"

两人一听，顿时不好意思起来，跟着呵呵笑开了。

微风拂过，林间传来树叶摩擦的沙沙声，风过声止，身后不远处齐腰的黄杨丛间树枝却依旧摇个不停。

我三人俱是一惊，转身紧紧盯着那晃动的树丛，惊得忘了呼吸。彩衣脸色煞白，浑身颤抖，却冲上前来将我死死护在身后。小安子愣了一下，上前几步，护住我和彩衣，强作镇定，高声道："谁？谁在那里？"

那树枝蓦然止了动静，小安子回头看了看我，小步向前走去。

我挥开挡在跟前的彩衣，立于原地，沉声喝道："谁在那儿装神弄鬼的？不管你是人

是鬼，速速现身，本宫在此候着你！"

　　许久不见回应，我怒喝道："里面的人听着，不管你出于什么原因，速速现身，本宫不予追究，饶你性命。若不然，本宫只好命人进去请你出来了，到那时，哼，可别怪本宫不近人情，不好说话了！"

　　话刚落音，树丛中便传来一小太监的声音："娘娘饶命，娘娘饶命啊！"

　　彩衣和小安子一听，立时松了一口气，放下心来。此时，原本远远跟着的小碌子见情形似有不对，已带人赶了上来。

　　几人合力从树丛中抓了一人出来，扔到地上。我定睛一看，那小太监穿着破旧的蓝布衣服，衣服上已沾了不少灰尘，有几处还被树枝挂破了。

　　这小太监早已吓得六神无主，浑身打战，连连磕头不止："奴才该死，娘娘饶命，娘娘饶命啊！"

　　小安子怒从中来，上前便要动粗，口中怒道："装神弄鬼的东西！该死的奴才，惊了娘娘，你有几个脑袋都不够砍！"

　　"快住了！小安子。"我见跪在地上的那小太监的身子单薄，只怕小安子这一脚下去，不去半条命也要躺上几个月了，我忙喝住了盛怒中情绪有些失控的小安子。

　　小安子听见我的喝声，方才醒悟过来，愣生生收住了已到半空的脚，狠狠地小声道："算你走运！"

　　那小太监一听，忙跪着爬上前几步，连连磕头道："德妃娘娘向来善良仁厚，奴才谢娘娘恩典！"

　　我挥退了小碌子他们，转头看着那太监，问道："你叫什么名字？哪个宫的？这一路跟着本宫所为何事？"

　　"回娘娘，奴才小全子，原是杂役房的，后来被调来梅园照顾病重的杨公公。"

　　"杨公公？哪个杨公公？"我有些奇怪地问道，"你说的不会是皇上跟前的杨德怀杨公公吧？"

　　"回娘娘，正是前内务府总管杨公公。"

　　"什么？！"我大惊，"他何时搬来住在梅园了？他不是在香园养病么？"

　　"这个……奴才就不清楚了，奴才是两个多月前被调到梅园照顾杨公公的。"

　　"回娘娘，杨公公想见您！"小全子恭敬回道，"卫公公来看过杨公公几次，杨公公几次请卫公公代为转告求见娘娘，可卫公公总说娘娘代理六宫事务忙，等有空了就会过来。时间长了，杨公公也看得出来卫公公不过是在敷衍他，便求每日在跟前伺候他的奴才代为请求，可奴才哪有什么机会见到娘娘啊。杨公公却总是念念不忘，每日里总要求上几次，问上几次，奴才见他可怜，实在有些不忍心，便答应了。可奴才一打听，才听说娘娘病了，也不敢前去打扰娘娘了。今日出来刚好见娘娘外出散步，这才悄悄跟了。后来……

后来，奴才在树丛中不小心崴了脚，被娘娘您发现了……"

我心下大奇，说起来杨公公病了后我没再见过他，可我一再叮嘱小玄子派人好生照料着他，小玄子明明说送了杨公公去香园调养，怎么这小太监又口口声声说杨公公在梅园中。

小玄子从未提过杨公公想见我之事，这小太监却说得有鼻子有眼的，又不像是在说谎的样子。

"小全子，抬起头来！"我命令道，一个人有没有说谎，眼睛是不会骗人的。

小全子缓缓抬起头来，我一惊，脑中闪过一张熟悉的面孔，虽比眼前这张脸红润胖乎了许多，可那五官，那眼神，我相信自己是不会记错的，颤声道："你……你不正是烟霞殿中那……你怎么会来了这里？"

小全子一愣，随即明了我已然认出了他来，一脸欣喜道："正是，娘娘，正是奴才！"

我不禁想起当日烟霞殿下人房中那许多奴才来，颤声问道："这些年……你们还好吗？"随即明了自己问了一句多余之话，既是被派到梅园这种地方，又哪里好得了？

小全子见我还惦记关心着他们，红了眼圈。我又轻声问道："这些年……你们都是怎么过来的？"

"回娘娘，当日晴主子去了后，奴才们全被遣进了杂役房，每日辛苦劳作却吃着残杯冷炙，很快地，身子弱的便吃不消了，没多久也就去了，剩下的日复一日，如今也就剩下奴才和另外一个小太监小印子了。"小全子说到伤心处，不免黯然神伤起来，"所幸奴才身子骨够强壮，才勉强支撑到现在，要不有生之年怕是见不着娘娘了，难为娘娘还惦记着奴才们，他们若是地下有知，也定会笑着长眠的……"

"快起来吧！"我说着示意小安子扶了早已泪流满面的小全子起来，"你们受苦了，本宫会即刻派人整顿杂役房这类粗使奴才们的地方的，你就放心吧，本宫向你保证，再不会有人轻易死去！"

小全子听我这么一说，刚止住的眼泪又掉了下来，激动得又要下跪："谢娘娘恩典，娘娘宅心仁厚，奴才先代杂役房的奴才们谢娘娘恩典！"

"行了，别动不动就跪了，你先带我去见杨公公吧！"说着又转身吩咐道，"小安子，叫小碌子抬了软轿过来，另外，小全子方才崴了脚，派两个人扶了他吧。"

"是，主子！"小安子领命安排去了。

沿着曲曲折折的小路行了许久方才停了下来，小安子上前扶我下了轿。我举目望去，路两边是两排整整齐齐的四合院，因为了无人烟不免显得有些荒凉。

我们顺着小全子的指引上了右上位院子的台阶，大门的红漆经过常年的风吹日晒早已褪了颜色，有些脱落了。

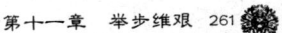

推门而入，院中花草早已枯萎，只剩几棵圆柱大小的树顽强地生长着，院子里静悄悄的，了无生气，在夜幕中一片荒凉。

小全子引我们进了正房，因为天色已晚屋中已有些黑暗，小全子摸索着找了半截红烛点上，屋子里方才亮了起来。

我环视四周，空空荡荡的屋中央摆着一张褪了色的方桌和四张条凳，空气中飘荡着的霉味让我忍不住皱了皱眉。

"小全子，是你回来了吗？"屋中传来了熟悉却异常苍老的声音。

我朝小全子点点头，他疾步入了里屋，走至床前，回道："公公，是奴才回来了。"

"小，小全子！"卧在床上的杨公公咳嗽了几声，有气无力地问道："今儿内务府有没派人送饭过来啊？"

"公公饿了吗？"小全子这才听出来今儿的晚饭又没人送来，声音中有些哽咽，"奴才这就去御膳房拿些饭菜回来。"

我一听，忍不住心酸起来，朝小安子挥挥手，让他派人去准备，自己举步挪进屋中。

转身而出的小全子见到我，低声唤了声"娘娘"，便要转身回禀杨公公，我拦了他，亲自走上前去。

"小全子，你在跟谁说话？谁来了？"躺在床上的杨公公却已听到了那声轻唤，追问道。

"杨公公，本宫来看你了。"我立于床前，柔声说道。

"啊？！娘娘！"杨公公已然听出了我熟悉的声音，激动起来，挣扎着就要起来，我忙示意小全子扶了他起来，又拿靠枕替他垫在背后让他靠着。

他吁吁喘着气，半晌才道："德妃娘娘，请恕老奴不能给你见礼了。"

我见这一起身便似耗去了他大半精力似的，又见原本发福微胖的他如今只骨瘦如柴，眼窝深深地陷了下去，颧骨高高的，躺在破旧的棉被中异常虚弱，仿佛每一次呼吸都会要了他的命似的。

曾经红极一时的宦官，如今却落得如此下场，该怪他自己，还是该怪如此对他的人？

"杨公公，你快别起来了，好生躺着。"小安子已搬了屋中最好的那张木椅进来，放于床前，让我坐了，我柔声道："杨公公，你身子好些了么？太医怎么说？"

"呵呵……"杨公公干笑两声，答道，"娘娘是真不知啊，还是讽刺老奴呢？抑或是特意来看老奴的凄惨下场的？"

先前听小全子所说，我已知小玄子从中做了手脚，但始终有些疑惑，如今只有先听听杨公公怎么说了。于是，我面上一副不明所以，奇怪道："公公何出此言？"

"娘娘何必明知故问？"杨公公自嘲地笑笑，"御医么？老奴连医官都没见到半个！汤药么？不如赏老奴一碗米饭更为实际些！"

"公公病了后，本宫不是令卫公公安排公公前去香园调养身子么？怎么公公却在这荒废已久的梅园之中？"我不理会杨公公的冷嘲热讽，只细细问出心中的疑惑，话锋一转，朝旁的小全子厉声喝道，"小全子，你可知罪？"

小全子突然被我这么一喝，吓得双腿一软，"咚"地跪在地上，颤声道："娘娘饶命，奴才不知！"

"哼，该死的奴才，只会这般巧言令色！"我冷哼一声，喝道，"内务府派人悉心照料杨公公，你却将杨公公置之不理，每日里只顾着四处闲玩，以致杨公公卧床不起，骨瘦如柴！"

"娘娘饶命，奴才冤枉啊，娘娘，奴才冤枉！"小全子磕头不止，高声呼冤。

"还敢狡辩，都这会儿的天色了，杨公公连晚膳都没用，被本宫碰了个正着，你还有什么话说？"小全子被堵了个正着，顿时说不出话来。

我却在一旁追问道："你倒是说说看，还不给本宫如实道来！"

"小全子，娘娘既然问了，你就如实说了！娘娘自会替你做主！"躺在床上的杨公公多少听出了些猫腻来，替小全子打着气。

小全子深吸一口气，这才回道："娘娘，奴才先前所说句句属实！奴才被派到梅园时，杨公公因无人照料已是奄奄一息了，内务府传了奴才过来，不过是怕杨公公死在园子里无人知晓，无人收尸罢了。奴才实在于心不忍看杨公公自生自灭，就悄悄去请太医，太医们都不愿来，还好太医院药膳房的医官心善，每次去总塞些药给奴才。奴才也不懂医药，只好死马当做活马医，胡乱熬些汤药给杨公公喝了，不想却歪打正着，杨公公竟比先前好了许多。起先时，因为卫公公有时会过杨公公这里，御膳房的奴才们也还规矩些，每日定时送些饭菜过来，可后来他们发现卫公公冲杨公公大发雷霆后，就变了嘴脸。饭是有一餐没一餐地送着，没送来时都是奴才自己去御膳房拿过来的，开始还好，后来饭菜越来越差，更甚者奴才去了，人家只说是过了用餐时间了，没有剩下的了，让奴才第二天再去。奴才就这样和杨公公过着有一餐，没一餐的日子……"说到伤心处，小全子已是嘤嘤痛哭起来，哽咽道，"娘娘，奴才说的句句实话，奴才冤枉啊！"

待我再看向杨公公时，他已转过脸去，苍老的脸上一脸悲哀，眼角挂着一滴晶莹的泪珠……

我一拍椅子扶手，满脸怒色，愤愤然道："这个卫公公，真是不知天高地厚！"说罢转头吩咐道："小安子，立刻派人去请卫总管过来！"

"是，主子！"小安子愣了一下，答应着出去了。

待有宫女送来一碗清粥，小全子伺候杨公公用完，小玄子已接了令匆匆赶到了。小玄子一人疾步进了房中，对着端坐在木椅上的我跪拜道："奴才拜见德妃娘娘！"

我冷冷地看着他，许久没有说话，他低着头，我却已看到他额头上的那层冷汗了。我

第十一章 举步维艰

心中冷哼一声，倒还知道害怕了，多少还有些救，冷声道："卫公公，起来吧！"

"谢娘娘！"小玄子谢了恩，起身立在一旁。

"卫公公，本宫今儿个请您来，是想听你解释解释，为何本宫命你送往香园悉心照料，好生调养的杨公公如今却出现在了这废弃的梅园中呢？"我侧头冷冷地看着小玄子。

"回娘娘，因着前些时日香园修葺，奴才便命人将杨公公送来了这清幽之地，以便杨公公能好生调养身子。"小玄子不紧不慢地回道。

"卫公公可有请太医过来细细为杨公公诊脉啊？杨公公当日因为皇上受了伤，功不可没，可得好生医治，切不可有任何闪失啊！"我似有若无地咬重了"皇上"二字。

小玄子一听，扯上皇上可不怎么好交代了，这才有些后怕起来，踌躇道："这个……奴才时常过来问候杨公公，命人专门送来了汤药，还调派了人手在跟前用心伺候着，难道是伺候的奴才没有用心么？改明儿奴才再多派几人过来小心伺候着……"

"哼！好一副伶牙俐齿，你还真是不见棺材不掉泪！"我挥手示意小碌子上前，拿过他从院子里搜出来的那堆不见章法的药材，扔在小玄子跟前，厉声喝道，"小玄子，你还待如何巧言令色？还不知罪么？"

小玄子见我动怒起来，脸色一白，"咚"地跪在地上，连连道："奴才知错，请娘娘责罚！"

我一拍木椅的扶手，喝骂道："不知天高地厚的东西！俗话说：'一日为师，终生为父'，你就是这般对付你师傅的么？即便是杨公公平日里有对你不住的地方，可你要清楚，是谁把你从一个名不见经传的小太监提携到了如今的地位和身份？没有杨公公，能有你的今日？翅膀还没长硬呢，就想飞了？你还嫩着呢，你！"

我将他骂了一通，却又似有若无地提了杨德怀平日的德行，让他知道我是知道他那些个见不得人的事的。

"还不快向杨公公磕头认错，求他老人家原谅你！"我背着杨公公朝小玄子示意道。

小玄子虽有些疑惑，但毕竟是精明之人，见我神色有异，忙跪了爬上前去，跪在杨公公面前，磕头道："师傅，徒儿知错了，请你原谅徒儿一时糊涂，往后徒儿一定好生孝顺您老人家，请您给徒儿一次改正的机会！"

杨公公也是见好就收之人，明明心里恨得要死，可如今的他是落毛的凤凰不如鸡，即便明摆着是要欺负他，也不得不忍痛道："好徒儿，知错就改就好，快起来吧！"

我一听，脸色这才缓和了些，上前柔声道："杨公公，年轻人难免糊涂，您就别往心里去了。"说罢又冷声吩咐小玄子，"还不快将杨公公送到香园，请了御医过来好生把脉，悉心调养！若是杨公公有个闪失，本宫拿你是问！"

"是，娘娘，奴才这就去办！"小玄子忙应了匆匆出去。

我转身走到床前朝杨公公福了一福，歉意道："哥哥，妹子给你请罪了！"

杨德怀见我如此,神情惊慌起来,作势就要起身,口中连连道:"娘娘,你这不是折煞奴么?"

我上前扶住已坐了起来的杨公公,轻轻将他按回床上,柔声道:"妹子记得哥哥曾说过:'妹子的事就是哥哥的事';如今做哥哥的虽是退了下来了,可在妹子心里,哥哥仍旧是哥哥,做妹子的今天也要告诉哥哥:'哥哥的事就是妹子的事,妹子如今能力有限,但只要有妹子的一天,就不会亏待了哥哥'!"

"妹子!"杨公公干枯的眼中闪着点点泪花,哽咽道,"好妹子,你是做哥哥的在这后宫六十多年见过的最善良的人!"

我摇摇头,一字一句道:"妹子不知何为善良,何为歹毒,妹子只记得哥哥曾经是那样地提携妹子,做妹子的一直放在心中,并未遗忘过半分。哥哥受伤了,妹子虽时常记挂着,却没有亲自探望过,只命人好生照料,不想那些个……"我愤愤然道,"该死的奴才!"

杨公公吸了吸鼻子,稳住了情绪,才道:"妹子,这宫里本就是个垫高踩低的地儿,做哥哥的待了一辈子,见得实在太多了,老了老了倒能得有妹子如此相待,已不枉此生了。"

"哥哥这是哪里话?"我嗔怪道,"等会子去了香园,我令南御医过去好生给哥哥诊脉,哥哥啥也别多想,只管好生调养身子,定能长命百岁!"

正说着呢,小玄子进来禀了一切准备就绪了,我笑着对杨公公道:"杨公公,你且去香园好生养着,过上几日本宫再去看望你,日常用度但有所缺,只管吩咐人取了,若是有什么事啊,只管叫人到月华宫通禀。"

说着又令人进来小心扶了杨公公起身,不一会子便坐上小轿而去。

我疲惫地吐了口气,吩咐道:"彩衣,去请卫公公进来,命小碌子守在门口。"

"是!"彩衣应声而出。

小安子上前扶我坐在椅子上,劝道:"主子,您别生气了,对身子骨可不好!"

不一会子,小玄子低着头走了进来,满脸的不服气,一副万分委屈的样子。我伸手拉了他,柔声道:"弟弟,你心中憋屈姐姐知道,可今儿这个事啊,你做得实在有欠考虑。"

"姐姐,你……"

我拍拍他的手,继续说道:"杨公公是怎样的人,我们比谁都清楚,可是别人不知道啊;但你如今这般对待杨公公,一旦传了开来,这宫里谁都知道你卫公公是什么人了。若是给个有心之人抓住了把柄,这杨公公又是侍奉了皇上一生,若是惹怒了皇上,做姐姐的恐怕也难替你开口求情啊。"我见小玄子不再那么倔强,仿似有些听了进去,又道,"退一万步说,即便是皇上不怪罪于你,也定然对你多少有些负面影响,你可不要忘了,如今

你只是代理内务府总管一职,这位置还未坐稳啊!"

"可是,姐姐,当初杨公公对弟弟那般非人对待,难道……难道就这么算了么?"小玄子心中始终有那么个疙瘩。

"弟弟啊,算来你在这宫中也已经有四年之久了,难道你不知道这宫里最平常的手段便是杀人于无形么?"我笑意盈盈地看着他,"还记得杨公公受伤时,姐姐给你的那瓶子药么?"

"记得,那时姐姐令弟弟每日在杨公公汤药中放些。怎么?难道那是?"小玄子惊道。

"呵呵,不然你以为是什么?杨公公那么强壮的身子骨才短短几年间说没便没了,你难道就没想过为什么么?"我轻声吩咐道,"你照常在他的汤药之中每日放些。"

"知道了,姐姐。"小玄子这才喜笑颜开起来。

"你呀,也别太着急了,动作慢些。"我细细叮嘱道,"这东西虽说一般人查不出来,可你要是下猛了,他本人可感觉得出来。俗话说,姜是老的辣,杨公公如今虽说是过了气候了,可咱们也要防着他的黄蜂尾后蜇。"

"姐姐也太小心了些,这些日子弟弟已经细细清理干净了,谅他也翻不起什么大浪来了,否则弟弟也不敢把他往梅园这种地方送了。"

"成了,小心驶得万年船。杨公公在这宫里几十年了,临了临了动之以情,说不准还能从他嘴里知道些什么对咱们有利的呢!"我叹了口气,"弟弟啊,咱们姐弟的路还长着呢,你这总管没坐稳,姐姐这六宫之首的位置更是一步之遥,咫尺天涯啊!"

"姐姐何出此言?"小玄子听我如此一说,倒是吃了一惊,"弟弟看皇上和太后都对你挺上心的,弟弟还一直以为这六宫之位早已是姐姐囊中之物了。"

"谈何容易啊!"我叹了口气,"太后那是笑里藏刀,风声大,雨点小,皇上早已疲惫不堪,他只巴望着这后宫能安宁下来,这两年他受的打击也太多了。况且如今又新晋了几位妹妹,一个个水灵得跟把葱儿似的,看得我啊,这心里直打战。我如今算是体会到当初皇后和丽贵妃的心情了,想来她们也是这样看着我们那时候入宫的吧?"

"主子,您别想太多了。当日皇后和贵妃的恩宠怎么能跟主子您相比呢?"小安子见我忧郁起来,忙开口安慰道。

"是么?可如今的我辛苦劳累如斯却连丽贵妃的位置都没坐到,就更不要说那六宫之首了。这真是前路茫茫,后有追兵!弟弟啊,你要切记,丽贵妃杨公公的老路咱们是决计不能走的,从今儿个起,你也要谨言慎行,切莫给了别人把柄。"说着又不放心地吩咐小安子,"小安子,你这做哥哥的可要时刻在弟弟身边提个醒!"

几人又说了几句,我才让小玄子回去了,自己坐了软轿回了宫。

皇上连着两日没过来了,我忙着月俸之事也没怎么在意。这日午歇刚起来,彩衣进来侍奉我梳洗，我却见她眼睛有些红红的，忍住没问，她却也不说。

待到梳洗完毕，我信步走至桌案前，提了笔写着字，看了几眼彩衣，才笑问道："怎么啦？谁惹本宫跟前的第一红人彩衣姑姑啦？本宫饶不了他！"我一说，彩衣却更是一副含泪欲滴的样子，强忍着不敢说话，怕一开口眼泪便要掉下来了，我神色一肃，"彩衣，究竟怎么啦？是不是小安子他……"

"不是，不是，娘娘……"彩衣再也忍不住了，"咚"地跪在地上嘤嘤地哭泣着，哽咽道，"娘娘，刚刚传来消息，昨儿个皇上新收了一个雨贵人，今儿，今儿连早朝都未去上！"

我手一颤，雪白的宣纸上顿时晕开了一团黑色的墨汁，呆在当场，好一会子才回过神来，放下僵在半空的手，不自在地呢喃道："咳，我还以为是什么大事呢，不就收了一个贵人……贵人么？"

我蓦然顿住，一般的宫女皇上即便是收了房，因为身份低微也只能封做常在和答应的，如今既然封了贵人，那就是说……

"小安子呢？彩衣，唤他进来，可曾打听清楚了，究竟怎么回事？"我回过神来，放下毛笔，急急地吩咐道。

"一听说便打听去了，这会子也还没回来，真是急死人了。"彩衣在我的示意下，起身退至一旁，却仍抹着眼泪。

"主子，奴才回来了。"小安子连通报都省了，直接掀了帘子进来，上前禀道："主子，那雨贵人之事，奴才打听清楚了。"

"快说！"我急着催促道。

"回主子，那雨贵人原本是太后的侄女，也是端木晴之妹——端木雨，前几日被太后传到宫中陪伴她，却被去太后宫中请安的皇上瞧见了，昨儿个并未晋封，今儿一早却突然令小玄子传旨封了贵人。"小安子看着我不安的神色，轻声回道。

彩衣看着呆若木鸡，脸色煞白的我，担忧地叫道："主子……"

我压住心中万般滋味，愣生生扯出一个笑容来："这是喜事啊，彩衣，快去备些礼物给雨贵人送去，转告她若是缺些什么，只管吩咐奴才们去操办。"

彩衣心疼地看看我，答应着往外退去，我又叮嘱道："彩衣，可得备丰厚些！"

"是，主子。"彩衣答应着掀了帘子出去了。

"主子，您……"小安子满脸担忧地看着我。

"没事，小安子，我没事，别担心。"我笑笑，心中气血翻滚，越是想压下去若无其事的样子就越是有些憋不住了，索性吩咐道："小安子，去叫人备了软轿，去香园，本宫答应了要去探望杨公公的，是时候该去看看了。"

"主子，你今儿的身子……"小安子不放心地说道，"要不，明儿再去吧……"

第十一章　举步维艰　267

"快去！"我忍不住提高了声音。

"是，主子！"小安子不敢再言，只答应着出去了。

我深深地叹了口气，瘫软在椅子上，脑中思虑着见了杨德怀该问些什么，好做下一步的绸缪。

刚从杨德怀的园子出来，还没上轿，就见小碌子一路小跑而来，蹙眉问道："小碌子，匆匆忙忙究竟什么事？"

小碌子上前回道："主子，皇上来了，在殿里候着呢，彩衣姑姑命奴才赶紧过来禀告主子。"

我一听，忙上了软轿："快，赶快回去！"

轿夫们一路飞奔回了月华宫，我一下轿，彩衣便扶了我疾步入了暖阁。皇上正站在桌案前看着我早上闲来无事随手的涂鸦。

我忙上前跪拜道："臣妾拜见皇上，皇上万岁，万岁，万万岁！"

皇上抬头见我，一副喜出望外的样子，随即又想起什么似的沉了脸："爱妃如今可真是忙啊，朕来了都还得候着，是不是下次朕来了，还得派人先禀了？"

我一颤，恭敬回道："皇上息怒，臣妾惶恐！"

皇上终是不忍，叹了口气，亲自上前扶了我起身，上上下下仔细打量着我。我被看得有些不好意思了，侧身掩着肚子，红了脸道："皇上别这般看着臣妾，臣妾如今黄脸婆一个，丑都丑死了，哪经得住皇上这般仔细瞧着！"

"胡说！朕瞧着如往常一般漂亮，比往常更有韵味了。"皇上笑着捏了捏我因为怀孕而饱满起来的脸颊。

"只要皇上不嫌，臣妾也便心满意足了。"我轻抚肚子，柔声回道。

"朕永远不会嫌朕的言言！"皇上轻揽我，呢喃道。忽地想起什么似的，严肃地问我："言言，这大半年来，苦了你了，淑妃虽说在帮你，可朕心里明白，她不越帮越忙你就谢天谢地了。其实朕都知道，这宫里全靠你一人撑着，言言，辛苦你了！"

"皇上，好端端的怎么说起这个来了？"我心下一惊，柔声道，"皇上信得过臣妾才把这些交给臣妾代为管理，等皇上哪天立了新后，臣妾自然也就轻松了。再者说了，这宫里平日里也没什么事，月俸日常用度的早就有了规矩，自有内务府的奴才们去忙，臣妾只是代皇上看着而已。"

"言言，你……"皇上叹了口气，道，"朕只是怕你累坏了。看看你，忙得，朕来了你都不在！"

"皇上，你说哪儿去了？"我呵呵笑着，原来是为了这事哽着啊，"臣妾哪有你说的那么能干，这宫里的人都有各房管事撑着，臣妾也没皇上想的那么忙，臣妾方才不过是代皇上去香园探望杨公公罢了！"

"哦？"皇上面露诧异之色，问道，"杨公公如今身子骨怎样？好些了吗？"

"皇上就放心吧，杨公公已好了大半了。"我看皇上挺有兴致的，便笑道，"臣妾想着杨公公侍奉了皇上大半生，如今退下来了也该好好享享清福了，便做了主派人送了他去香园颐养天年。皇上忙于朝政，这些个琐事，臣妾便自己拿了主意，没有事先禀告皇上，请皇上恕罪！"

说罢便要起身行礼，皇上忙拉了我，笑道："行了，行了，言言。这后宫之事既然由你代管，你拿主意就成了，况且这事办得好，让那些个奴才都知道，只要用心侍奉主子，主子也不会亏待了他们。"

我红了脸，嗔怪道："皇上过奖了！"

顿了一下，我又道："皇上今儿个怎么有空来臣妾这里啊？"

"这话问得！朕都几天没过来了，想你得紧，刚批完奏章就过来了。"随即一副恍然大悟的样子，点了点我的鼻子，笑道："你这是在怪朕么？还是心里梗着啦？"

"瞧皇上把臣妾说成什么了？"我飞了他一眼，笑道，"臣妾正愁身子重不能侍奉皇上，皇上身边也没个贴心的人儿呢，如今雨妹妹进来了，臣妾也就放心了。"

"可是真心话？"皇上含笑紧紧盯着我，"不怪朕好些天都不来看你么？"

我鼻子一酸，眼中弥漫上了雾气，扑进他怀中，哽咽道："臣妾也是女人，说一点不梗着那就是骗人！可只要皇上心中还有臣妾，臣妾便心满意足了。"

"傻瓜！可不许哭。"皇上轻抚我的背，叹气道："朕这几日为朝事烦心着呢，哪有心思在别人身上。你就别成天胡思乱想的了，朕这就下旨封你为后！"

"不可！"我忙拉住他，连连摇头，"如今臣妾的父亲犯了王法，下了大狱，这宫里的人都知道是臣妾亲自送父亲进的天牢，他们还不说臣妾卖父求荣啊！这名不正，言不顺的，太后那边只怕也会反对，臣妾可不希望因为臣妾的缘故皇上和太后有了嫌隙，那就是臣妾之罪了！"

"唉……"皇上拥我入怀，轻拍我的背心疼地说，"言言，苦了你了！此事，容朕再想想，再想想，你放心吧，朕说过，一定不会亏待了你和咱们的儿子的。"

"皇上，臣妾什么都不要，只要皇上时常来看看臣妾，别把臣妾给忘了，臣妾便心满意足了！"我在他怀中哽咽着。

"快别哭了，对身子可不好！"皇上扶住我，小心替我擦着眼泪，"朕今日过来，主要是有个坏消息，不得不告诉你。朕踌躇许久，决定亲自告诉你。"

我一听，心下一紧，抓住皇上的衣袖，追问道："可是跟臣妾的父亲有关？"

皇上无奈地点点头，沉声道："吏部的堂审已然有了结果，按律当斩，朕批了个流放三千里的折，吏部和刑部几位大人也没有反驳！"

我木木地立于当场，话未开口，泪已滴落而下！不是因为伤心，而是多年的夙愿终成

第十一章 举步维艰

现实，心中反而有些空落落的！

半晌，我才找回了自己的声音："皇上，臣妾想见父亲最后一面，为他饯行！"

皇上心疼地拥我入怀，沉重地点了点头："明儿去吧，后天流放，你就不要去送了，朕担心你的身子。"

次日醒来，皇上早已上朝去了，梳洗完毕，用了些早膳，玲珑抱了睿儿过来。玩了一会子，我见时候差不多了，就让玲珑带睿儿回去了。

彩衣上来替我梳妆，我轻声道："等下要去看莫大人，就打扮素净点吧。"彩衣点点头，替我梳了个简单的流云髻，配了套素净的白纱衫。

小轿刚到天牢门口，守门的侍卫便上前来，显然是皇上已传过口谕了，见过礼便直接领我去了莫新良的牢房，客气道："娘娘，莫大人就在里面，您请！"

因为莫新良是朝廷重犯，被关在了隐秘的单间中，待侍卫离去后，我令小碌子守在门口，自己则带了小安子进了牢房。

原本蹲在角落里打瞌睡的莫新良听见响声，蓦然醒来，一见来的是我，一脸欣喜地上前道："哈哈，我就知道我莫新良一定吉人自有天相。言言，您是来接父亲出去的么？"

我不冷不热地看了他一眼，开口道："吉人当然自有天相，可你是吉人吗？莫大人？"

莫新良万没料到我是如此神色，愣了一下，讷讷道："言言，您这是……"

"放肆！"我冷冷地看着他，厉声喝道，"本宫的闺名也是你一介罪民叫的么？莫新良，你只配叫本宫娘娘！"

莫新良满脸错愕地看着我，半晌才道："娘娘，您这是……"

"本宫入宫四年来，等的就是这一天！如今，终于让本宫如愿以偿了！莫新良，你终于遭报应了！"

"你……"莫新良毕竟也不是傻子，一联想起那日在我殿里我的所作所为，一下子明了，"你这个贱人！是你算计我！"

"莫大人真是后知后觉，这么多年了怎么到如今才想到？"我呵呵一笑，"从我得宠的那一刻，你就该知道你会有今天！"

"哼，你以为你大义灭亲揭发了我，你就能借此登上后位么？"莫新良冷笑一声，"没有了莫家的支持，你以为你还能是那个呼风唤雨的德妃娘娘么？没有了莫家的支持，你以为你凭什么坐那六宫之首之位？"

"莫大人啊莫大人，可笑你到如今还做着那春秋大梦，可怜你白白活了大半辈子！你以为本宫依靠的是你么？你以为本宫有今时今日的地位是靠你提携得来的么？你这尚书之位也不过是本宫可怜你，赏你坐几天罢了！"我飞了他一眼，一副他是白痴的神情。

"你这贱人，你好狠的心啊！我莫新良虽从小有些对不住你的地方，可你入宫后我哪一点对你不起？你连自己的亲生父亲都不放过么？"莫新良心灰意冷，说话也毫不客气起来，连骂带吼，道出了心中怨气。

"你骂吧，抓住这最后的机会，痛痛快快地骂吧！"我不以为意地浅笑着，"本宫就是要看看你从天堂掉到地狱会是如何狰狞的神情，就是要你痛苦一生，苦不堪言，就是要你用后半生的痛苦来忏悔你所犯下的罪行！"

莫新良面如土色，眼泪潸然而下，跪倒在我跟前，痛哭流涕，恳求道："娘娘，微臣已年过半百，行将入土，如何经得起那流放三千里的颠沛流离，你可怜可怜微臣，救救微臣吧！"

"呵呵……"我冷笑连连，眼泪却滚落而下，"莫新良，你也有跪着求我的一天？想当日我跪着求你照顾我母亲时，你是如何的信誓旦旦？可我娘仍然早早便去了……"

"你母亲她……"莫新良见我提起这事来，有些心虚起来。

"你唯一对不起的，只有我娘！"我目光炯炯地瞪着他，"世上没有不透风的墙，你以为我住在宫中就当真一点不知宫外的事么？你真以为我不知我娘是怎么去的么？"

"啊？！"莫新良震惊万分，脸色一变，"你……你是什么时候知道的？"

"一开始！"我紧紧地盯着他的脸，想从上面找出一丝一毫的悔意来，"小枫一家被你赶出府后，他入了宫……"

"那我和你二哥第一次进宫见你……"他震惊万分，喃喃地说到一半，有些说不下去了。

"不是不报，时候未到！"我惨然一笑，"莫大人，你也别怪本宫心狠。这些年本宫是怎么过来的，别人不清楚，本宫自己最清楚，本宫做的一切努力，只是为了今天，只是为了能看到你有所悔意，却不想你到如今仍然想蒙骗本宫。枉费母亲全心依恋着你，你这种男人根本就不配拥有我娘的真心，你也不配做我的父亲！"

"报应啊，报应！"莫新良心中最后那一丝希望完全破灭，反而冷静了下来，"亏得我还自以为掩饰得天衣无缝，原来竟不过是自欺欺人。"

我挥手让小安子从食盒中端出备好的酒菜，我上前扶了莫新良坐在牢中破旧的条凳上，亲自取了酒替他斟满，轻声道："就让我父女二人再共进一餐吧。"

说罢双手捧了酒敬到他跟前，莫新良也不客气，接过酒杯一饮而尽，叹了口气道："你一出生，我就没正眼瞧过你，你如今这般对我，我也不能怨你。"

我替他夹了满满一碗菜，痛心道："为什么到如今你还不明白你之所以落到今时今日的地步，全是你自己的错。你若不做那些个违反律法之事又何至于此？即便是我不这般对你，你以为你就能逃过律法的制裁吗？"

莫新良愣了一下，随即释然了，苦笑道："娘娘言之有理。往后啊，我不在了，娘娘可要好生对待你娘！"

"我娘？！"我蓦然抬头，诧异万分地看着他，"你说我娘？我娘她不是……"

"哎，都怪我无用。"父亲重重地透了口气，"言言啊，都是为父无用，才害你们母女受人欺凌。当时你二娘伙同你几个姨娘吵闹，我成天听着都烦了，就随了她的意，暗地里将你娘转到了凝香别苑调养，让丫鬟小倩在跟前伺候着她。如今为父去了，你可要好生照顾你娘，莫要让她再受半分委屈！"

"你，你说的可是真的？"我愣在当场，随即明了在如今的情况下，他自然不会说谎骗我了，呆愣地坐在条凳上，半晌才痛呼："天哪！我都做了些什么啊？！我……"

"娘娘，你没有错，你说得对，今时今日的一切都是我罪有应得，你不过做了你该做的而已。"莫新良朝我拱了拱手，道，"草民谢娘娘前来饯行，娘娘就快些回去吧，宫中向来人多嘴杂，况且如今草民乃一介罪民，恐那有心之人对娘娘不利。"

我到底心中一紧，眼泪掉了下来，哽咽道："父亲……"

"言言……"莫新良老泪纵横，"想不到你还会认为父这个父亲，为父心满意足了！为父这一去，恐怕是再也见不到了，先在这里祝福女儿您平步青云，圣宠不衰，如愿以偿！"

"父亲……"我跪倒在地，"父亲保重！女儿，女儿一定会想办法的，您一定要保重身子！"

回到殿中，挥退了众人，独立坐在窗前，心中五味混杂。当你竭尽全力去做一件事，到最后却发现原来这一切不过是一场错误，心中有深深的失落和无奈，仿佛一下子便失去了生活的目标，找不到了活着的意义。

当最后一丝光线落了下去，天空回复了一片蒙蒙的淡蓝，一天又要过去了。过了今天，父亲就要如我所愿般离开我的视线了，心中，没有半分胜利的喜悦，只有淡淡的落寞和挥不去的歉意……

小安子布上了菜，彩衣进来柔声道："主子，该用晚膳了。"

我摇摇头，有气无力地说："没有胃口，先放着吧，小安子呢？我想出去走走。"

也不理会他们，径自出了门，也不择路，见路便行。小安子忙取了薄纱披风一路跟着，也不敢劝住，只一路尾随保护。

我漫无目的地走着，走着走着竟走到了极为偏僻的地儿，无意识地四处张望，却见淑妃和容婕妤一行人浩浩荡荡地从远处的林间小路经过。

小安子上前来，小声道："主子，淑妃娘娘和容婕妤那是朝冷宫而去了。"说罢指了指几人消失的地方。

我懒懒地看了一眼，轻抿着唇，半晌才有气无力地说："走吧，远远地跟在后面，看看本宫焦头烂额的时候，她们都在忙些什么？"

一路追了过去，拐了几个弯，穿过角门，就是冷宫了。破旧的宫墙，长满了野草的房檐，原本该是大红的木门，如今几乎都露出了木底，只偶尔还能稀稀拉拉看到一小块一小块的红漆。

门口的小凳上，容婕妤的宫女初一正百无聊赖地坐着打呵欠。我正想上前，小安子却拉住了我，朝我摇摇头，指了指旁边。

我跟着小安子从旁边的小树林穿了过去，绕到了冷宫的侧门，小安子上前敲了敲门，不一会子就有个嬷嬷开了门，见是小安子忙客气地让了道。

小安子塞了两锭银子给她，示意她退下，那老嬷嬷千恩万谢地退了后，小安子才回来迎了我进去。

"方才那位嬷嬷你认识？"我见他二人像是很熟的样子。

小安子尴尬地一笑，回道："主子，她便是冷宫的管事嬷嬷，你曾吩咐过奴才打点她照顾孙常在时有过几面之缘。"

我点点头，随小安子从侧门一路穿行，居然连一个太监宫女也没遇到，院子里静悄悄的，只有偶尔在树上啄食归巢的小鸟被我们惊飞，偶尔刮来一阵微风，在这炎炎夏日竟给人一种凉飕飕的感觉。

"这里怎么这么阴冷啊？"我忍不住抱怨道。

"主子，冷宫之所以称之为冷宫，就是因为这里确实是个很冷的地儿，若无人庇护，冷宫里的主子连奴才也是瞧不起的。今儿个这位娘娘死了，明儿个那位娘娘疯了，都是极为平常之事，早已勾不起任何人的怜悯了，这本就是个活死人的地儿，别说这冷宫的管事嬷嬷，就连送饭的太监也是瞧不起她们的。"

"唉。"我叹了口气，道，"这是后宫女人不可避免的悲剧之一，三千粉黛的荣辱皆系于皇上一人，得到与失去本就是在皇上一念之间，指不准明儿待在这儿的便是本宫了。"

"呸，呸呸……"小安子连连呸道，"主子切莫乱讲，肯定不会的，这明眼人都看得出皇上对主子一向都是很上心的。"

我微微一笑，知他是为我着想，也不去理会，只随口问道："如今这冷宫中有多少位主子啊？"

"回主子，先皇谪贬的娘娘们在先皇去了后便殉葬而去了，皇上素来心善，很少重惩宫里的主子娘娘们，先前贬来的两位主子因受不了这里的冷酷和寂寞相继去了后，如今恐怕就只剩孙常在住在这里了。"

我松了口气，威远将军几次托人捎来礼，请我务必保他女儿安全，我虽做了多方努力，可自身岌岌可危的我到底不敢在皇上面前提及此事，也只命人暗中保护她。如今这冷宫之中只她一人，再加上有管事嬷嬷照看着，我也放心多了。

穿过回廊便是孙常在的住所了，我和小安子怕被发现了，便直接穿过林子，躲在了屋

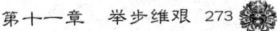

檐下。

　　院中里安静凄凉，一点儿生机都没有，原本一池的荷花如今也早已残败不堪，只剩枯萎的干枝三三两两地立于混浊的池水中。

　　天色已暗了下来，正殿里却破例点上了许多红烛，照得殿里一片明亮。透过年久失修早已破旧不堪的窗户，很轻易地就能见到殿中的情形。

　　淑妃坐在正中的主位上，下面依次坐着容婕妤，宜贵嫔，雪贵人和莺才人，孙常在和她从家里带来的贴身宫女春艳跪在冰冷的地板上，往日精致的妆容已全部洗去，素颜白脸，如今只着了一身素净的衣服，反而透出一股子与这宫中莺莺燕燕不同的柔静和甜美来。

　　雪贵人目露凶光，自孙常在这么一闹之后，皇上就再也没有翻过她的牌子了，这会子自然恨不能活剥了孙常在。

　　雪贵人端了桌上春艳刚奉上的新泡的茶，揭开茶盖，借着光看了看颜色，朝淑妃笑道："淑妃娘娘，你走了一路了，想来也渴了，就先喝口茶，解解渴吧。"

　　淑妃听雪贵人这么一说，倒觉着有点渴了，端起桌上的茶，揭了碗盖刮了刮茶沫，猛地喝下一口。

　　"噗"的一声，淑妃刚喝到口中的那口茶就铺天盖地地喷了出来，跪在跟前的孙常在躲闪不及，被喷了个满头满脸，本来素白的脸颊被淋湿了后显得越发的苍白了。

　　淑妃万没料到会这样，愣在当场，不知所措地左右为难着，正想要不要跟她道歉，又因为孙常在是罪人之身，当着众妃嫔的面又拉不下面子来。

　　正在喝茶的几位嫔妃被这突如其来的状况吓得一愣，一口其味难咽的茶含在口中，想吞又实在是难以下咽，想吐又不知该怎么吐，踌躇一阵也只是面色古怪地互望一眼，嘴一抿，一咕嘟吞了下去。

　　殿里出奇的静，似乎连众人的呼吸声都没了，只剩下咚咚的心跳声。最后，还是雪贵人打破了这僵局，看了看众人，呵呵笑开了："哎呀，还是淑妃娘娘仁慈，知道这冷宫中素来缺衣少食的，帮孙妹妹好好洗了把脸，好让妹妹洗心革面，重新做人！"

　　众人一听，仿似找到了出口般，也跟着掩嘴而笑。原本有些歉意的淑妃被雪贵人如此一堵，就更加拉不下面子来，只随着众人呵呵笑着。

　　孙常在不以为意地站起身来，不卑不亢地站在那里，眼中波澜不惊地看着众人，额上鬓边的茶水也不去擦拭，任由茶水沿着耳沿往下滴到雪白的衫裙上，不一会子衣领胸前的衣衫上便多了一圈圈儿的茶渍。

　　雪贵人起身上前站在孙常在面前，一副高高在上的样子，一脸轻蔑地看着孙常在。孙常在冷冷地看着眼前这个入宫时处处讨好自己，受贬后处处刁难自己的雪贵人，嘴角漾开一丝冷笑来。

春艳在旁边手足无措地看着自己的主子，唇微微颤抖着，却始终不敢动弹，双眼无奈地红了起来，满眼的泪花极力忍着不敢掉落。

雪贵人讨了个没趣，恨恨地走回木椅上坐了下来，瞪着默默站着的孙常在看了一会儿，忽然笑着说道："常在妹妹不过在冷宫待了些日子，怎么连宫里的规矩都忘记了？只跟淑妃娘娘行礼，就不跟我们这些姐妹行礼了么？"

春艳一听，慌忙转了朝雪贵人跪下，在背后偷偷地拉了拉孙常在的裙带，用祈求的眼光看向她。

孙常在看了看春艳，低不可闻地叹了口气，草草地屈膝向雪贵人行了个礼，口中直板板地说道："拜见雪贵人！"

"看来常在妹妹不太高兴呢！"雪贵人用手中云锦丝帕轻轻揩了揩嘴，浅笑道："妹妹在冷宫待了些时日，连行礼都忘记怎么行了？"

"给雪贵人请安！"孙常在深深地透了口气，再次行礼，可脸上的表情特别的难看。

"哟，淑妃娘娘，婕妤娘娘，你们看看孙常在这是什么表情啊？孙常在，今非昔比了，难道姐妹们还当不起你这一跪吗？"雪贵人挑了挑眉，努力煽动着淑妃和容婕妤的情绪。

"哟，雪妹妹，孙常在怎么说也还有个将军父亲撑腰嘛！"宜贵嫔那刻薄的嘴脸这两年可是一点没变啊，"不过，人家说了，落毛的凤凰不如鸡，孙常在，你看清你目前的处境，最好别惹了众位姐姐不高兴，否则有你好果子吃。"

容婕妤听她们这么一说，也黑了脸，冷声问道："孙常在，你果真是觉着我们姐妹几个都当不起你这一跪么？"

"没有。"孙常在看了一眼雪贵人，几乎是咬牙切齿答道。

"那就请常在妹妹行个礼来看看吧。"容婕妤目光如炬地看着孙常在。

孙常在木木地站着，还未说话，雪贵人便不怀好意地笑着接道："小芳，你行个礼给孙常在看看。"

"是。"小芳答应着，转身朝孙常在恭敬跪了磕头行礼，十分的规矩，口中道："奴婢给孙常在请安。"

"看清楚了吗？孙常在。"容婕妤平淡的声音中听不出喜怒，"看清楚了还不照做？"

"你！"孙常在双手紧握成拳头，怒瞪着看似漫不经心的容婕妤，要她站在这里受她们的侮辱白眼已经够难受的了，现在居然要她朝这个昔日对她卑躬屈膝，万般讨好的低贱之人磕头，她是无论如何做不到的。

虽然父亲一再托人送进信来，让自己忍耐为先，保命要紧，可如今的情形……士可杀，不可辱！

一直跪在身后的宫女春艳焦急地看着主子，实在忍不住了，忙跪着上前几步，磕头赔笑道："请婕妤娘娘恕罪。宫里的规矩，除了朝见太后、皇后及正二品以上嫔妃之外，其余嫔妃之间只需要位分低的向位分高的主子屈膝行礼即可。"

春艳虽是轻言细语讨好着说的，可偏偏好心就做了坏事，那最后一句话听在容婕妤耳里却显得格外刺耳，不由得大怒："少口口声声拿宫规来压本宫。一个目无君王，悍忌成性的罪妃，容她活到今日就是皇上格外的恩典了，再不安守本分，拉下去一顿打杀，看她还敢不敢这般不知规矩。"

听她一说什么悍嫉之事，孙常在眸中寒光一闪，轻声开了口，音调不高不低，吐字却清清楚楚，正好让殿中的所有人都听得清清楚楚，漫不经心地道出三个字："你不敢！"

容婕妤顿时被点着了般，气得浑身颤抖，恨恨地说："我不敢？你竟然说我不敢？难道我还治不了你这贱人？"回头命随侍的太监："去传杖来！将这个贱人拖下去用心打，给我打得让她认清尊卑，学得规矩。"

淑妃身边的海月姑姑听说要传杖，急急暗中轻拽淑妃的衣袖，淑妃轻轻摆摆手，让她少安毋躁。

容婕妤盛怒中传杖的话脱口而出，才想到了在旁的淑妃，想开口询问，又不好在孙常在面前丢了面子，只冷冷地坐在椅上摆着一副高高在上的样子。

一直跪在地上卑微的春艳此时却不紧不慢地磕了一个头，态度恭敬地说道："请婕妤娘娘三思，我家主子虽然位分低微，可好歹也是皇上亲封的正经主子，不同于别个宫女，请娘娘三思。"

我无声地叹了口气，摇摇头，孙美金这个丫鬟胆色过人，忠心可嘉，可这脑子实在……让人不敢恭维！

果真，此话一出，便犹火上浇油般令容婕妤更加气愤难当，又下不得台来，把心一横，指着她发狠道："给我传杖！先打这个口无遮拦的贱婢，主子学坏了，这些个贱婢才是罪魁祸首！"

立时便有人取来刑杖，又有几个小太监上来拖住两人，孙常在万念俱灰般不挣扎也不反抗，一副一心求死的样子，任由人拖拽了自己去。

容婕妤见淑妃没有阻止，已然默许了自己的行为，扬扬得意地朝孙常在轻蔑地一笑，叫道："不用拖出去了，就在这里打！"

丫鬟春艳忙挣脱着跪了连连求道："婕妤娘娘素来宅心仁厚，菩萨心肠，是奴婢的不是，娘娘教训奴婢就是了。"

容婕妤冷笑一声，说道："好个忠心的丫头，你且放心，你们两个，一个也少不了。"

容婕妤自觉在众妃嫔面前丢了面子，存心想令孙常在惊惧胆怯开口求饶，于是指了指春艳道："先打这丫头，给我着实打！"

行刑的太监们自然听得懂主子们那话中之话，所谓"用心打"就是举得高落得慢，或许还有活路；所谓"着实打"就是下狠心打，往死里打，打死算完。

立时便有两个太监上前拖了春艳按倒在地，拿了软木塞住了嘴，高高举起了庭杖，用力十足地打了下去，"笃"一声闷响之后，春艳痛得满头大汗，呜呜哀哭。

孙常在被押在一侧，容婕妤本想吓吓她好叫她开口求饶，不料她却面如死灰，只是愣愣地看着被打的春艳，脸上竟无半分惊惧，双唇微动似乎叨念着什么，侧耳仔细一听，居然是："吃人的地儿，不待也罢，不待也罢！"

耳中传来监刑的太监尖声计着数："一杖……两杖……三杖……"数到第五杖，春艳已经痛得昏厥了过去再没了声息。

监刑的太监上前探了探鼻息，转身恭敬禀道："启禀娘娘，宫女春艳已然昏厥过去。"

容婕妤听罢冷哼一声，转头看向孙常在，见她面上一副波澜不惊的样子，暗自诧异，心中揣测着她是被吓傻了还是真的不惧，伸手一挥，太监们便把孙常在押到了春艳躺过的地方。

待要将软木塞入孙常在口中，她本能地将脸一侧，满脸厌恨之色。容婕妤心里这才觉着痛快了些，微笑道："我还以为孙妹妹是铁打的，原来也是知道怕的啊？"

孙常在也不说话，目光轻慢傲然，径直望向她的身后，思绪似乎飘向了远处，一副不把容婕妤当回事，放在眼里的样子。

容婕妤刚下去的怒火又被挑了起来，厉声喝道："来人哪！"

"慢着！"一直坐在旁边看好戏的淑妃却突然发了话，"容妹妹……"

一直坐在最后面不言不语的关莺莺起身款步向前，轻盈一福，柔声打断了淑妃的话："婕妤娘娘请听臣妾一言。"

容婕妤惩罚孙常在本就有些底气不足，如今见淑妃发了话，莺才人又出来劝阻，便挥了挥手，已经高高举起庭杖的太监退了下去，候在一边。

"莺妹妹有何高见？说来听听。"

"娘娘过奖，高见不敢说，低见倒有一些。"说着伸出纤纤玉指指了指身边的孙常在，"娘娘，今日要是打死了这个贱人，虽然影响不了娘娘的地位，但毕竟有些名不正言不顺的，对娘娘也不好，而且也太便宜这个贱人了！"

"哦？"容婕妤毕竟不管六宫之事，对嫔妃的惩罚更是没有半点权力，淑妃虽代理六宫，但她仿似从头到尾还没发过话，如今听莺才人如此一说，便顺着台阶下来，"那依妹妹之见，该如何做呢？"

"依臣妾看，今日羞辱她也羞辱得差不多了，咱们先回去，好好合计合计有什么乐

子，将来再拿她来取乐，当个活宝岂不是更好？"

我不由得点了点头，这个关莺莺，倒是个可教之才，我不过轻轻点了她一句，几人共同进宫，姐妹间要相互关照些，她便听懂了。

"妙啊！"容婕妤哈哈大笑，"要不是妹妹提醒，姐姐差点就上了这个贱人的当，让她来了个痛快。妹妹说得对，怎么能这么轻易就放过她呢？哈哈哈哈……"

笑完又转头朝淑妃问道："姐姐，您意下如何？"

淑妃仿若没有看到眼前发生的一切般，答非所问："本宫有些乏了，大家都回去了吧。"说罢扶着海月姑姑的手肘站起身来，向门外走去，众人也跟着起身朝外走去。

雪贵人扭着小蛮腰摇曳生姿地跟着，路过孙常在身边时，转头朝她莞尔一笑，明明柔媚至极的笑颜却让人生生打了个冷战，艳红的小嘴中轻柔飘出一句话来："以后的日子还长着呢！"

孙常在身子一软，面如死灰地瘫了下去。

待到众人走了之后，我方才和小安子原路退回，命小安子前去塞了些银两给管事嬷嬷，托她帮忙照顾孙常在和那宫女春艳，又吩咐小安子回到宫里便命小碌子去太医院派个太医过去给孙常在把脉。

二人默默地走在回宫的路上，小安子细细察看着若有所思的我，半晌才道："主子，那莺才人瞧着年纪不大，倒也是个聪明之人，主子就这么一提，她便听懂了其中的意思。"

"再看看吧，若她真是个聪明可靠之人，本宫倒可以提携提携她，至于她父亲那个事嘛，请西宁将军做主就可以了。"我兴趣缺缺地说道。

"主子，你说这杀人不过头点地，这次莺才人帮她逃过了此劫，可以后的日子也很难过，漫漫长路，何必……"小安子一副无奈的样子感叹着。

"你没有听说过，好死不如赖活着吗？只要活着一天，就还有希望。"我立于湖边桥栏前，出神地眺望着路灯下幽幽的湖面。

"娘娘既然也如此觉得，便不该这般沉溺伤怀。娘娘是错怪了莫大人，可也是莫大人有错在先，娘娘所作所为也不过是人之常情，娘娘实在不必如此自责。"小安子立于我跟前，目光灼灼地望着我，"况且如今莫大人尚在人间，只要他活着一天，便有一天回来的希望。倘若连娘娘都放弃了，那莫大人岂不是就一点希望都没有了吗？娘娘不想着自己，也要想着尚在襁褓之中的睿儿；不想着即将流放的父亲，也要想着那殷殷期盼的母亲啊！"

"小安子，你……"原来他绕了这大个圈子，却是要劝我这些。是啊，我怎么会忘了身边还有他们呢？一直都有他们陪伴着我，我却自私地只顾着自己，却没有顾及到他们的安危，没有想到原来他们都替我担心着急着。

"主子，如今可不是你消沉的时候啊，你一定要振作起来，你这么千辛万苦才走到今天，可不能这样白白拱手让人啊！"小安子苦口婆心地劝着我。

我含泪拉了他的手，郑重地点点头："走吧，天色不早了，回去了。"

远远地便看到在门口着急不已，四处张望的彩衣，小安子迎了上去："彩衣，怎么啦？"

"小安子……"彩衣话没说完便看到了缓步走来的我，忙迎了上来，拉着我，哽咽道，"主子，你可回来了，担心死奴婢了！"

"呸呸呸！"门内的小碌子也迎了上来，"彩衣姑姑，别张口闭口说些不吉利的话，主子回来就好了。主子，您一定累了，快进屋歇着吧。"

我点点头，伸手扶了小安子的手肘慢慢走上台阶，轻声道："彩衣，我想喝你炖的酸笋鸡皮汤。"

彩衣愣了一下，随即一脸欣喜，挂着泪痕的脸上立时堆满了笑容："唉，奴婢这就去准备去！"说罢一路小跑直奔宫里的小厨房去了。

小安子扶了我进了东暖阁，歪在楠木椅上，秋霜奉上新泡的茶，我走了一路也累坏了，端起桌上的茶杯，刮开茶沫，轻抿了一口，润了润干涩的喉咙。

小安子见我累坏了，上前扶了我到贵妃榻上歪着，拿了薄纱锦被替我盖了，轻声道："主子，你先眯一会子，打个盹，等汤煲好了，奴才再唤您起来。"

不一会子，刚蒙眬眯着，就听小安子隔了帘子禀道："主子，卫公公过来了。"

我蒙眬一惊，还未完全清醒过来，想着小玄子又不是外人，迷迷糊糊坐了起来，随口应道："快请进来。"

话音刚落，帘子便被掀了起来，一人低头进来，朝我一拱手道："奴才见过德妃娘娘，娘娘万福金安！"

我心下一惊，打了一个激灵，睡意全无，这人身材外形虽和小玄子有几分相似，可动作口气，尤其是在无外人时这般对我说话，肯定就不是小玄子了，再看看门口神情极为为难的小安子，我更加肯定了心中的想法。

"你是谁？抬起头来。"那人却仍是低头不动，我不由得问道，"你是谁？你不是卫公公。"

"哈哈……"来人低头笑出声来，我心下大奇，起身上前走去。

待我行至跟前，正要拆穿他时，他却蓦然一把搂我入怀，我一惊，待要挣扎，却闻到了他身上独有的熟悉的味道来，随即想到小安子那副神情，更加肯定了心中的想法。

我一推他，娇笑着嗔怪道："皇上！你坏，居然这般戏弄臣妾！"

"呵呵！"皇上双手扶了我的肩膀，深情地望着我，"言言，你笑了。"随即搂我入怀，呢喃道："你笑了就好了，朕就放心了。"

"皇上……"为了哄我开心，他居然……难为他愿意这么为我了。

"言言。"他拥了我同坐贵妃榻上，"朕知道你一定伤心难过死了，一处理完朝事就赶过来陪你了。"

"皇上……"我眼中盈满泪水，"多谢皇上。"

"言言，对不起……"

"皇上！"我一惊，堂堂一国之君居然向我道歉，这实在是……我如何担当得起，忙半推半就道："若臣妾说心里不难过，那就是在欺骗皇上。可臣妾也知道，父亲落得今天的下场全是他自己的错，怨不得任何人，只愿他能改过自新，重新做人。可，可臣妾，臣妾只要想到父亲年过半百还要过着流离失所的日子，臣妾这心里就……"说到伤心处，眼泪忍不住簌簌而下。

"朕知道，朕理解。"皇上轻拍着我的背，"有那群迂腐的朝臣们据理力争，朕就是想……也是不能。母后也问起了此事，朕实在是……不过，你放心吧，言言，朕都已经安排好了。莫爱卿去了那边，辛苦可能会辛苦一点，不过朕一定保他生活安定，不致真的流离失所，苦不堪言。"

我忙起身跪了准备谢恩，皇上已抓住我一个用力将我拉了起来，拥坐在侧："言言，你别总把朕当外人似的，朕可不喜欢。"

"可是，臣妾是真的打心眼里感激皇上。"我软软地靠在他怀中，柔声道。

"朕知道，朕的言言是最善良，最通情达理，晓以大义之人。"皇上搂着我的肩，深情地看着我，蓦然想起什么似的，说道："朕进来时瞧见彩衣忙着在布菜，你是不是到现在还未用晚膳？"

我无言地点了点头，他脸色一沉，抿着嘴，顿了一下，才又放松了表情，轻轻扶了我，哄道："走吧，朕陪你去用膳。"

我随他挪至红木桌前坐了下来，彩衣已布好了菜，按我的惯例盛好了汤，我拿了旁的小瓷盘中的小银匙轻搅了一下汤，舀了一小口送进嘴里，酸酸的味道中伴着浓香的鸡味，开胃健脾，又是养颜圣品，我一向喜欢拿了用作开胃汤。

我知皇上今儿是专程过来陪伴我的，悄悄瞟了一眼坐在身旁的他，却见他并未动筷，只端坐一旁凝神看着我喝汤。

"皇上，你……"我羞涩地低了低头。

"朕的言言，怎么看都那么好，连看着你喝汤，朕都觉着是一种幸福。"皇上朝前靠了靠，伸手握住我放于桌上的纤纤玉手。

我脸颊上立时飞起了两团红云，拿惯有的微笑莞尔嗔怪道："皇上，都老夫老妻了，还说这些个……"轻叹了口气，"转眼间臣妾进宫都四年多了，老都老喽，早已是明日黄花了，承蒙皇上荣宠至此，已是臣妾的福分了。"

"怎么啦，言言？"皇上见我落寞的神情，又发此感叹，立时紧张起来，追问道："好好的，怎么就突然说起这个来了？"

"皇上。"我看了看他的神色，小心翼翼地说道，"臣妾今儿心里难受，便不敢一人在殿中待着，方才出去散了会子步，因不想被人叨扰，专拣了那些个僻静的地儿，不想却走到了冷宫。"

我见他并无半点介怀之色，才又接着道："臣妾想起那日被贬的孙常在，便进去瞧了瞧她，看看她是否已然知错，有没有悔过之心。"

"哦？"皇上一听，脸上闪过一丝不自在，随即又掩了过去，只道："那个胆敢公然顶撞朕的嫔妃？倒是有几分胆识。"

"那是当然了。"我见皇上似无恼怒之意，忙道，"正所谓虎父无犬子，常在妹妹虽是女儿之身，可多少还是遗传了些威远将军的耿直性子，说话有些口无遮拦，这才顶撞了皇上。"

"朕就知道，你在冷宫看到了什么？定是令人心酸之事，你又心软了吧？"皇上伸手轻抚我的脸庞，"言言，你总是这般善良，这宫里却是个钩心斗角的地儿，朕着实放心不下你，有些日子没见你了，朕就担心着有没有人欺负你了？朕就忍不住想知道，这脚啊不由自主地就跑来了。"

"真的吗？"我咯咯笑了，把脸埋进他手心中，"那臣妾甘愿如此，这样皇上便能时常惦记着臣妾，时常来看臣妾了。"

"朕的这么多嫔妃，敢跟朕对抗的，只你和孙常在两人了。"皇上边说边拿筷子夹了菜放进我碗里，示意我多吃，"不过孙常在是敢想敢说，朕一恼，她就少不得要受罚了，可言言你是敢想敢做，就是不说，你明明清楚地把心里的想法传递给朕了，嘴上却从来不说，朕常常被你恼得快晕过去了，就是发不出火，生不起气来，真是拿你没办法。"

我淡笑不语，只努力吃着碗中的饭菜。

"看看，看看！"皇上含笑指着偷笑得心里乐开了花的我，"说着说着就来了，朕真是被你吃得死死的，拿你没有半点办法。说罢，你想为孙常在求个什么情？"

"臣妾哪里有想为孙常在求情之意啊？多了一个青春美丽的孙常在，不就多了一个跟臣妾争宠之人了吗？可皇上如此一说，摆明了就是要臣妾替她求个情，臣妾这情就是不想求也不得不求啦！"我一副万分委屈的样子。

"哟！给你点脸面，你还越发发起泼来了？"皇上含笑伸手捏了捏我的小鼻子，"得了便宜还卖乖！"

"皇上，那孙常在的确性子是直了些，可心地善良，也没什么玲珑心眼，挺好的一个妹子。"我笑着一本正经道，"皇上就算不看孙常在，也看看威远将军吧，威远将军替国南征北战多年，居功甚伟，如今膝下就这么个宝贝女儿也送进宫来侍奉皇上了，真可谓是

第十一章 举步维艰 281

为国为民鞠躬尽瘁，对皇上忠心耿耿了。况且如今孙常在在冷宫也有些日子了，想来心性也静下来了，臣妾想接了她出来，好好调教调教，必定也能成为皇上的好嫔妃！"

"瞧你这小嘴，说得天花乱坠的！"皇上笑道，"朕也是这么想的，朕看今日威远将军精神都差了许多，想来也是为了这事吧。你得空去安排安排吧，过些日子再特旨让将军夫妇进宫看看女儿吧。"

我忙起身端正跪了，喜道："臣妾代常在妹妹谢皇上恩典！"

"行了，快起来吧。"皇上扶了我起身坐下，责怪道："你如今的身子，别动不动就跪了。瞧瞧，饭菜都快凉了，再多吃点吧。"

皇上拿了自己跟前的银筷往我碗里夹着菜，嘴里却说道："瞧你，瘦成这样，让人看着便心疼，快多吃点，好长胖一点。"

我哭笑不得地看着碗中堆得满满的饭菜，伸手覆在他手上拦了他，嗔怪道："皇上，你把臣妾当小猪啊？哪能吃这么多！"

皇上看看我哭笑不得的表情，又看看桌上那碗堆得高高的饭菜，失笑道："还真是有点像养小猪般。"看完一脸发怒的表情，忙笑道："算了，反正都差不多凉了，就别吃了，晚些时候再叫人送点甜品上来吧。"

我如获大赦般猛点头，起身扶了皇上一同朝暖阁而去。